Klaus Brabänder _ Arabella

KLAUS BRABÄNDER

Arabella

EDITION SCHAUMBERG

1. Auflage © Februar 2020

Edition Schaumberg
Brunnenstraße 15, 66646 Marpingen
Telefon 06853502380
E-Mail: info@edition-schaumberg.de
Verlagsinformationen im Internet unter www.edition-schaumberg.de

Titelbild, Gestaltung, Satz: Thomas Störmer
Schrift: Janson Text
Druck: kerndruck.de

ISBN 978-3-941095-68-7

Woche 1

1

»Du und deine Scheißviecher! Ihr geht mir dermaßen auf den Wecker«, schrie Paul Hammerschmitt durch den Keller. Dabei ereiferte sich der hagere Siebzigjährige dermaßen, dass die Halsschlagader hervortrat. »Dieses Gekreische! Dieser Gestank! Dieser Dreck!«, brüllte er weiter. »Das ist zum Kotzen!«
Hammerschmitt warf den Sack mit den Wäscheklammern nach seiner Frau, traf aber den Feuerlöscher neben der Tür.
»Seit dreißig Jahren höre ich rund um die Uhr das Gejammer dieser Papageien! Es macht mich wahnsinnig! Verstehst du? Wahnsinnig! Ich kann es nicht mehr hören!«
Jetzt flog der Futternapf hinterher, aber auch der verfehlte sein Ziel.
»Am liebsten würde ich dir und deinen Vögeln die Hälse rumdrehen und bei Gott, irgendwann werde ich das mit Sicherheit tun! Ich kann mir das nicht weiter anhören! Ich schwöre dir: irgendwann drehe ich dir den Hals um, mitsamt deinen Viechern!«
Die Dose mit dem Trockenfutter schlug zwanzig Zentimeter neben seiner Frau ein; langsam näherte sich Paul seinem Ziel.
»Und du?«, brüllte er ohne Unterlass weiter. »Schau dich an! Wie du aussiehst! Dick und fett und ungepflegt. Du ekelst mich an. Papageienmutter! Miststück! Irgendwann werfe ich dich aus dem Haus. Aber vorher bringe ich dich um! Das schwöre ich dir! Dich und deine verdammte Papageienbrut!«
Langsam ging Paul Hammerschmitt die Puste aus.
Früher hätte er ohne Probleme zwei Stunden weiterbrüllen können, das hatte er auf seinen Baustellen rund um den Globus oft fertiggebracht, aber diese Zeiten waren vorbei. Im Augen-

blick konnte er froh sein, wenn er ohne Hilfe den Rückweg über die Kellertreppe ins Wohnzimmer schaffen würde.
»Hau endlich ab!«, rief er seiner Frau kraftlos zu, dann musste er sich auf der Waschmaschine abstützen.
In letzter Zeit waren die Schwächeanfälle wieder häufiger aufgetreten. Die Spätfolgen einer Tropenkrankheit ließen Paul schnell ermüden, das war schon seit Jahren so, aber mit zunehmendem Alter kamen die Schübe schneller und die Erholungsphasen dauerten länger. Paul war fest davon überzeugt, dass die Wut, der Ärger und die ganze Aufregung daran schuld waren. Diese Scheiß-Papageien und die dusselige Kuh brachten sein ganzes Immunsystem durcheinander.
Und dann war da sein Sohn Lazarus! Mein Gott! Der trug nicht gerade zur Verbesserung der Situation bei, ganz im Gegenteil! Aber der Kerl war ein Kapitel für sich.
»Hast du dich wieder beruhigt?«, hörte er seine Frau schreien. »Du Idiot! Wie oft muss ich dir erklären, dass diese Tiere unsere Altersabsicherung sind? Hast du dir schon mal Gedanken darüber gemacht? Du Spinner! Wo ist denn die Kohle mit der du immer geprahlt hast?«
»Du blöde Kuh, du! Während ich das Geld verdient habe, hast du diese blöden Kakadus angeschafft. Und dieses Freigehege und den ganzen Scheiß. Und mit dem Rest habe ich dich und deine missratenen Söhne und dieses ganze bescheuerte Haus finanziert.«
»Das sind Papageien! Keine Kakadus! Wie oft soll ich dir das noch erklären? Geht das nicht in dein Spatzenhirn?«
»Ja, ja, ja! Als ob mich das interessiert! Ist scheißegal, die machen alle den gleichen Dreck und Krach und überhaupt: du kannst mich mal!«
»Ach so! Jetzt bin ich schuld! Und diese wunderbaren Vögel, oder wie? Als ich vor vielen Jahren mit der Zucht angefangen habe, hast du dich mit den Huren dieser Welt auf allen Kontinenten amüsiert. In Bangkok, Singapur, Rio und was weiß ich

wo! Ich saß alleine in diesem gottverdammten Nest und hatte zwei Kinder an der Backe. Deine angeblich so großzügigen Überweisungen haben gerade so für das Nötigste gereicht, während der feine Herr Gemahl, Vater und Ingenieur sich in der Welt herumgetrieben hat. Von wegen Tropenkrankheit! Wahrscheinlich hast du dir die Syphilis eingefangen oder den Tripper oder AIDS, mir soll's egal sein. Hurenbock, erzähl du mir nichts von Geld! Du nicht!«

»Schwachsinn! Absoluter Schwachsinn! Du lügst das Blaue vom Himmel! Was ist denn aus den Kindern geworden? Ja, was? Der eine ist in der Drogenszene verschwunden, der andere ist ein Taugenichts! Und warum? Weil du dich nicht um sie gekümmert hast und alles in diese blöden Vögel investiert hast.«

»Mit einem Paar habe ich angefangen! Und heut! Die Zucht ist ein Vermögen wert! Wenn du in ein paar Jahren vor dich hin sabberst, was dann? Glaubst du, dass uns deine mickrige Rente dann hilft? Dann wirst du froh sein, dass es diese Tiere gibt!«

»Ach ja? Als ob du dir meinetwegen Sorgen machen würdest! Verlogenes Miststück! Im Übrigen wirst du vor mir ins Gras beißen! Schau dich an mit deinen fünfzig Kilo Übergewicht! Was glaubst du, wie lange das deine Pumpe mitmacht? Du bist fünf Jahre jünger und zwanzig Jahre älter als ich.«

»Ich überlebe dich um Jahre, darauf kannst du wetten!«

»Reines Wunschdenken! Eines sag ich dir: an dem Tag, an dem du die Augen zumachst, dreh ich den Viechern die Hälse rum und werfe sie dir ins Grab!«

»Ich traue dir sogar zu, dass du das machen würdest, so blöd wie du bist. Aber keine Sorge, soweit wird es nicht kommen. Vorher spalte ich dir den Schädel, und wenn es das letzte ist, was ich machen werde.«

»Ach, leck mich doch!«

»Du mich auch! Idiot!«

2

Der donnernde Applaus reißt mich aus dem Schlummer. Um mich herum springen die Zuschauer von ihren Sitzen und spenden frenetisch Beifall. Stehende Ovationen für das Ensemble.

»Fantastisch! Bravo!« Marion ist völlig aus dem Häuschen. Auch sie hat die Begeisterung aus dem Sitz katapultiert. Um nicht aufzufallen, erhebe ich mich und spende artig den anscheinend berechtigten Applaus; ich weiß zwar nicht wofür, aber so viele Menschen können sich nicht irren, jedenfalls nicht, wenn es um die Kunst geht; in der Politik wäre das was anderes.

Ich habe nicht viel mitbekommen und bin irgendwann wohl weggedöst. Ob Peter den Wolf letztendlich erlegt hat oder selbst vom Untier gefressen wurde, habe ich verpennt. Mir ist zudem nicht ganz klar, was die einzelnen Tänzerinnen darstellen sollen. Katze oder Tiger? Dem Gang nach könnte eine Ente dabei sein. Bei zwei Figuren bin ich mir sicher, schließlich heißt das Stück Peter und der Wolf.

Der Applaus will nicht enden, langsam tun mir die Hände weh.

»Hat es dir gefallen?«, fragt Marion und strahlt mich derart begeistert an, dass mir die Antwort leicht fällt.

»Selbstverständlich! Prima! Große Kunst!«

Das ist nicht einmal gelogen, wenn man mein Urteil auf das akustische Erlebnis beschränkt. Die Musik war wirklich gut. Vor allem die Geigen haben mir gefallen, die haben etwas harmonisch Friedvolles im Klang, was wahrscheinlich meine Schlummerphase ausgelöst hat. Die dunklen einschläfernden Töne haben mir dann wohl den Rest gegeben.

Marion hatte mir vor der Aufführung erklärt, dass jeder Figur ein Instrument zugeordnet sei, aber bevor ich das nachvollziehen konnte, war bei mir der Handlungsfaden des Stücks bereits gerissen.
»Welche Figur hat dir am besten gefallen?«, fragt Marion überflüssigerweise, als der Applaus abgeebbt ist.
»Die Geigen!«, antworte ich wahrheitsgemäß.
»Aha, also der Peter!«
»Die waren so schön harmonisch.«
»Ich fand die Querflöte gut.«
»Die Ente?«
»Nein, der Vogel. Die Ente ist die Oboe.«
»Ach so, ich dachte, das wäre die Katze!«
»Nein, die Katze ist die Klarinette.«
»Ich weiß nicht, irgendwie ist das alles dasselbe«, stöhne ich.
»Banause! Du hast überhaupt nichts mitbekommen! Zwischendurch hattest du sogar die Augen geschlossen.«
»Weil ich mich auf die Musik konzentriert habe!«
»Von der du nix verstanden hast. Außerdem ist das ein getanztes Märchen. Getanzt! Mit geschlossenen Augen funktioniert das nicht!«
»Ballett ist eben nicht mein Ding.«
»Kunst ist generell nicht dein Ding!«
»Der mit dem Wolf tanzt hätte mir besser gefallen.«
»Wenn es unbedingt ein Wolf sein muss, nimmst du am besten Rotkäppchen! Na ja, mir soll es egal sein, ich fand's jedenfalls gut.«
»Ich auch, aber ich kann es eben nicht so zeigen.«
»Schon klar, mein Schatz. Lass uns im Foyer ein Gläschen Champagner trinken!«
»Crémant wäre billiger!«
»Du trinkst sowieso nur Wasser, schließlich musst du fahren!«
Das Foyer ist gut gefüllt, die Menschen drängen sich um die Getränkeausgabe. Das eine oder andere Gesicht kommt mir

zwar bekannt vor, aber eine Zuordnung gelingt mir nicht. Zu meiner Überraschung fühle ich mich in diesen Kreisen in meinem Outfit mit Anzug und Krawatte relativ wohl, obwohl ich seit dem letzten Polizeiball ein paar Kilo zugelegt habe. Nur die Schuhe zwicken, denn ich bin diese engen Treter nicht gewohnt. Entgegen der mahnenden Worte meiner Begleiterin besorge ich für uns beide je ein Gläschen und zahle einen horrenden Preis; im Discounter hätte ich dafür einen halben Weinberg bekommen.

»Marion!«, ruft jemand mit lauter Stimme hinter mir und ich ahne, dass es jetzt mit der gemütlichen Zweisamkeit vorbei ist. Ich drehe mich um und stelle fest, dass ich die Person, die auf uns zu eilt, nicht kenne.

Das Phänomen ist überall das gleiche, egal wo: Marion trifft selbst in den entlegensten Ecken dieser Erde jemanden, den sie kennt und seit ewigen Zeiten nicht mehr gesehen hat.

Die mir unbekannte Dame ist ungefähr in Marions Alter, die Frau, die sie im Schlepptau hat, ist mindestens zehn Jahre älter.

»Doris!«, ruft Marion. »Was treibt dich denn hierher?«

Hoffentlich nicht mein Champagner! Ansonsten ist die Antwort vorprogrammiert.

»Die Kunst!«, antwortet Doris und fällt Marion um den Hals.

»Josch, erinnerst du dich an meine Schulfreundin Doris? Vor einem Jahr auf meinem Geburtstag war sie auch dabei.«

»War das, als der Musiker vom Balkon gefallen ist?«

»Genau!«, lächelt Doris. »Ein Glück, dass dem Mann nichts Schlimmes passiert ist.«

»Zu dem Zeitpunkt war ich bereits im Bett«, entschuldige ich. »Tut mir leid, da waren so viele Leute, dass ich mich nicht an Sie erinnern kann.«

»Doris Seyfried, Josch!«, klärt Marion auf. »Klar, erinnerst du dich. Das ist die Tochter vom Apotheker, der unten in der Hauptstraße war; neben der früheren Metzgerei, dort wo heute das Sonnenstudio ist.«

»Welche Apotheke?«
»Mein Vater ist 1978 gestorben«, stellt Doris fest. »Seitdem gibt es die Apotheke nicht mehr.«
»Mein Gott, da war selbst ich noch jung! Woher soll ich denn wissen, wo damals in Spiesen eine Apotheke war? 1978 wusste ich nicht einmal, dass es Spiesen überhaupt gibt.«
Marion versucht es mit weiteren Erklärungen, aber ich finde keinen Bezug zur Person von Doris Seyfried.
»Ist egal«, resigniert Marion schließlich nach gefühlten zehn Minuten.
»Das ist Frau Vogelgesang!«, stellt Doris nun ihrerseits ihre Begleiterin vor und zieht die ältere Dame in unseren Kreis. »Eine Nachbarin aus Furpach!«
»Guten Tag, nett Sie kennenzulernen. Doris war so freundlich, mich mitzunehmen, weil … «
»Meine Mutter ist kurzfristig ausgefallen; wir haben ein Abo. Tanja hat niemanden gefunden, der auf Maja aufpasst. Clara kann ich mit der Kleinen nicht alleine lassen, das geht gar nicht! Da habe ich eben Katharina mitgenommen.«
Aha! Vier Namen zwischen zwei Atemzügen! Da bin ich selbst als ehemaliger Kriminalist überfordert. Mir ist es allerdings ziemlich egal, wer hier wen warum ersetzen musste.
Die Damen plaudern. Über alte Zeiten, neue Zeiten, die Vorstellung, frühere Vorstellungen, alte Bekannte, neue Bekannte, neue Zeiten, alte Zeiten … eine Endlosschleife, die nach weiterem Champagner ruft und den zu besorgen, ich beauftragt werde, allerdings erklärt sich Frau Vogelgesang in einem voreiligen Anfall von Übermut bereit, die Kosten zu übernehmen, ohne zu ahnen, was sie der Spaß kosten wird. Mich bewahrt diese Großzügigkeit allerdings vor dem sicheren Ruin.
Nach einer Weile gehe ich zur Toilette und als ich zurückkomme, haben sich die Reihen im Foyer bereits erheblich gelichtet. Die Damen sind zwischenzeitlich bei Dorftratsch angekommen. Es geht um Rücksichtslosigkeit und Nachbarschaftsstreit.

»Bei uns in der Siedlung wohnt eine Tussi, das ist fast nicht zu glauben!«, weiß Doris zu berichten. »So was von rücksichtslos!«
»Ja, ja!«, bestätigt Frau Vogelgesang. »Die hat Papageien! Mindestens zwanzig Stück!«
»Zwei Dutzend!«, stellt Doris richtig. »Das ist ein Krach! Den lieben langen Tag!«
»Frag mich nicht!«, ergänzt Frau Vogelgesang. »Die Voliere grenzt an unseren Garten! Man kann sich kaum draußen aufhalten.«
»Und der Dreck und die Federn!«
»Und stinken tun die auch!«
»Du meine Güte!«, entrüstet sich Marion. »ist das denn überhaupt erlaubt? Josch, du kennst dich bestimmt aus. Darf die das? Mitten in einer Siedlung? Die übertragen Krankheiten! Zwei Dutzend! Ist das artgerechte Haltung?«
»Keine Ahnung«, seufze ich. »Mit Flugsauriern hatte ich nie etwas zu tun.«
»Josch ist nämlich Hauptkommissar beim LKA«, erklärt Marion.
»War!«, interveniere ich. »Falls du dich dran erinnerst: Ich bin seit zwei Jahren im Ruhestand!«
»Das verlernt man nicht!«, behauptet Frau Vogelgesang.
»Wie Radfahren!«, bestätigt Marion.
»Und Schwimmen!«, ergänzt Doris Seyfried.
»Was macht man da am besten?«, fragt Frau Vogelgesang. »Ich meine wegen der Papageien? Tanja war bei der Polizei, aber die haben gesagt, dass sie das nichts angeht.«
»Stimmt! Die vernehmen nur sprechende Papageien«, behaupte ich und handele mir dafür einen Knuff von Marion und zweifelnde Blicke der beiden anderen Damen ein.
»Joschs Humor versteht nicht jeder«, entschuldigt Marion. »Vielleicht solltet ihr den Tierschutz einschalten.«
»Ich denke, wir sollten gehen«, schlage ich vor. »Wir sind die

Letzten, die Leute wollen Feierabend machen.«
»Schade«, seufzt Doris. »Wir hätten uns einiges zu erzählen. Ihr müsst uns dringend mal besuchen!«
»Besser, ihr kommt zu mir«, schlägt Marion vor. »Bei uns können wir ungestört im Garten sitzen, da stören keine Papageien.«
»Gerne! Seid Ihr mittlerweile eigentlich verheiratet?«, fragt Doris und schaut uns beide an, als sei nur eine einzige Antwort zulässig.
»Nee!«, beeile ich mich. »Steht nicht auf unserer Agenda!«
»Ooch! Ihr wäret so ein schönes Paar.«
»Da gibt's noch andere Kriterien, die … «
»Ich rufe dich in den nächsten Tagen an, dann machen wir einen Termin!«, unterbricht Marion.
Wir verabschieden uns. Auf dem Weg zum Parkplatz zeigt mir Marion einen Vogel.
»Vernehmung von sprechenden Papageien! Du hast sie wohl nicht alle! Die armen Leute so zu verarschen!«
»Mein Gott, eine Ente als Klarinette war auch nicht besser!«
»Oboe, Josch! Oboe! Die Klarinette war die Katze!«
Man mag von mir aus behaupten, ich sei ein Kunstbanause, aber immerhin kann ich eine Ente von einer Katze unterscheiden!

3

Paul Hammerschmitt hatte die zweite Flasche Bier am Wickel, als sein Sohn Lazarus das Wohnzimmer betrat und sich auf die Couch flegelte.

»Wie steht's?«, fragte er und deutete auf den Bildschirm.

»Steht oben links! Wer lesen kann, hat mehr vom Leben.«

»Bayern führt 1:0?«

»Steht ja da!«

»Wer hat das Tor geschossen?«

»Kimmich! Und jetzt halt die Klappe!«

Lazarus murmelte etwas, was sein Vater nicht verstand.

»Was ist? Wo kommst du jetzt eigentlich her?«, fragte Paul Hammerschmitt.

»Ich hab die Käfige sauber gemacht.«

»Hat die Alte dich wieder in Beschlag? Käfig sauber machen! Kein Wunder, dass aus dir nix wird!«

»Hab ich 'ne Wahl?«

»Nee, leider nicht! Du bist nicht dran schuld, dass deine fette Mutter nur ihre dämlichen Vögel im Kopf hat.«

»Sie sagt, das sind wertvolle Tiere; aber das sagt sie immer.«

»Weil es wahrscheinlich sogar stimmt.«

»Warum verkaufen wir sie nicht endlich?«

»Sag das mal deiner Mutter!«

»Ja, ich weiß. Es sind nun mal ihre Lieblingstiere. Sie liebt die Tiere mehr als die Menschen.«

»Tierliebe? Blödsinn! Es geht bloß um diese bescheuerten Papageien. Im Garten hat sie Gift ausgelegt, damit keine streunenden Katzen und Hunde dem Federvieh zu nahe kommen. So viel zum Thema Tierschutz!«

»Das dürfte sie nicht machen!«
Paul Hammerschmitt schüttelte den Kopf und nahm einen Schluck aus der Bierflasche. Die Einfältigkeit von Lazarus war mal wieder unerträglich.
»Lazarus, du bist mein Sohn … «
»Wirklich? Mama hat mal gesagt, das würde gar nicht stimmen.«
»Quatsch! Das sagt sie nur, um uns zu verletzen. Du bist mein Sohn, aber du bist immer noch ein Kind! Mensch, mit 35 muss man doch langsam mal auf eigenen Beinen stehen! Andere sind da schon Familienvater, du hast nicht mal eine Freundin!«
»Wie soll ich denn jemanden kennenlernen? Ich komme aus diesem Ort nicht raus und hier ist nirgendwo was los.«
»Wenn du einen anständigen Job hättest, könntest du dir ein Auto leisten.«
»Immer wenn ich etwas in Aussicht hatte, hat Mama interveniert, dass ich dann keine Zeit mehr für die Vögel hätte. Denk nur an das Angebot vom Zweibrücker Rosengarten, das hätte mir prima gefallen, aber nein, das ging nicht, weil ich dort hätte wohnen müssen und deshalb war Mama dagegen.«
»Ja, ich weiß, es ist ein Teufelskreis!«
»Kannst du nicht noch mal mit ihr reden?«
»Mit deiner Mutter kann man nicht reden! Ich hätte sie vor zehn Jahren aus dem Haus werfen sollen oder früher, dann hätten wir jetzt unsere Ruhe.«
»Dir geht's nicht so gut, oder?«
»Glaub nicht, dass ich mir deshalb auf der Nase rumtanzen lasse!«
»Das habe ich nicht gemeint. Ich meine, wegen deiner Krankheit. Was ist, wenn das immer schlimmer wird?«
»Das wird schon wieder, aber ich werde halt nicht jünger!«
»Wenn du stirbst … «
»Was ist dann? Hat deine Mutter darüber gesprochen? Ich kann mir gut vorstellen, dass sie nur darauf wartet, dass ich den

Löffel abgebe.«
»So direkt nicht.«
»Wie denn?«
»Na ja, sie hat mal gesagt, dass es kein Verlust wäre, wenn … «
»Das glaube ich sofort. Fragt sich nur, wovon sie dann leben will. Mit der Witwenrente wird sie nicht weit kommen.«
»Vielleicht verkauft sie dann die Papageien.«
»Ach nee? Das glaubst du doch selbst nicht. Dummer Junge!«
»Ich will nicht mit ihr alleine sein! Dann wird alles viel schlimmer.«
»Das kann ich verstehen. Nimm dir ein Bier aus dem Kühlschrank, mein Junge. Wir müssen reden!«

4

»Hast du gestern Abend die Käfige sauber gemacht?«
»Ja, Mutter, habe ich.«
»Lazarus, ich sage es nicht noch mal! Ich wünsche nicht, dass du mit deinem Vater vor der Glotze sitzt und dir die Hucke voll haust. Ich habe die leeren Flaschen gesehen! Es reicht, wenn dein Vater säuft, das musst du ihm nicht nachmachen! Hast du mich verstanden?«
»Aber ich habe ...«
»Ob du mich verstanden hast?«
»Ja!«
»Willst du werden wie dein Bruder, dieser Idiot? Irgendwo in der Gosse landen und warten, bis dir einer den Schädel einschlägt oder dir dieses Dreckszeug den Rest gibt?«
»Archie ist nicht mein ... «
»Halt den Mund! Klar ist Richard dein Bruder! Er ist mein Fleisch wie du, also ist er dein Bruder!«
»Du hast gesagt, dass ... «
»Das habe ich nur so gesagt, um deinen Vater zu ärgern.«
»Papa ist krank!«
»Ja und? Ist das vielleicht meine Schuld? Wer jahrelang in der Welt herumhurt, muss sich nicht wundern, wenn es ihm im Alter dreckig geht. Und die Sauferei macht es nicht besser.«
»Wir haben nicht gesoffen! Zwei Bier, jede Halbzeit eins.«
»Ja, ja, ja. Wer's glaubt, wird selig!«
»Wenn wir Geld hätten, könnte ich ... «
»Geht jetzt diese Leier wieder los! Urlaub machen oder was? Ich wüsste nicht, wovon du dich erholen müsstest.«
»Du bist gemein!«

»Ich bin deine Mutter und weiß, was gut ist für dich und was nicht. Mit Geld kannst du nicht umgehen!«
»Woher willst du das wissen? Ich hatte nie welches!«
»Gott sei Dank! Weiß der Teufel, was du damit angestellt hättest!«
»Die Stelle in Zweibrücken angenommen und ein Auto gekauft.«
»Du würdest nicht mal die Führerscheinprüfung schaffen! Wie willst du alleine einen Haushalt führen?«
»Ich muss hier alles machen!«
»Weil ich dir sage, was du machen sollst und alles organisiere. Von selbst kämst du nämlich nie drauf!«
»Stimmt nicht!«
»Diskutier nicht mit mir! Du ziehst sowieso den Kürzeren! Wo steckt dein Vater?«
»Der dreht eine Runde um den Block, glaube ich.«
»Da steht er mir wenigstens nicht im Weg rum. Gib den Vögeln Wasser und dann mähst du den Rasen! Aber kürzer als beim letzten Mal.«
»Ich hasse diese Vögel!«
»Wie bitte? Was höre ich da? Hast du es immer noch nicht kapiert? Ein Wort und du kannst das Mittagessen vergessen!«
»Alles dreht sich um die Papageien!«
»Weil sie unsere Lebensversicherung sind. Und weil es sich um schöne, intelligente und ehrliche Tiere handelt.«
»Aber sie kacken alles voll und machen jede Menge Dreck.«
»Kehr den Hof, dann ist er weg! Und jetzt zisch ab!«

5

»Wieso sollte ich mich um euer Essen kümmern?«, fauchte Isabella Hammerschmitt-Burger wütend und voller Verachtung. »Was ist mit euch? Kümmert sich jemand um mich? Ich habe den ganzen Haushalt an der Backe, während ihr nichts anderes als euren blöden Fußball im Kopf habt und euch vor der Glotze die Birne zuknallt!«

»Welchen Haushalt meinst du?«, schrie ihr Mann zurück. »Diese Scheiß-Viecher vielleicht? Ist das dein Haushalt? Der Junge putzt und ich tue, was ich kann ... «

»Ach ja? Was tust du denn? Nichts! Spazieren gehen und den Jungen auf dumme Gedanken bringen. Nicht mal Einkaufen geht ihr.«

»Wovon denn? Das ganze Geld geht an diese blöden Vögel! Dosensuppe, Ravioli und Tiefkühlpizza – seit Monaten der gleiche Fraß!«

»Dann koch selbst, wenn dir meine Küche nicht schmeckt!«

»Deine Küche? Du meinst die Mikrowelle und den Backofen.«

»Du könntest beides nicht mal bedienen!«

»Du auch nicht, das alles erledigt Lazarus!«

»Lazarus, Lazarus! Wenn ich den Namen nur höre, wird mir schon übel. Alles muss man dem dreimal sagen!«

»Das stimmt überhaupt nicht!«, beschwerte sich Lazarus. »Ich mache alles, was du sagst. Und Papa hat Recht! Immer diese blöden Papageien! Außerdem ... «

»Was außerdem? Hä?«, drohte Isabella ihrem Sohn. »Was außerdem? Willst du deiner Mutter etwa Vorschriften machen? Du bist nicht besser als dein Bruder. Kein Wunder, ihr habt den gleichen Vater!«

»Bist du sicher, du Miststück?«, schrie Paul dazwischen, was die Situation endgültig eskalieren ließ.
Isabella fuhr herum und giftete ihren Mann an.
»Du elendes Arschloch!«, schrie sie ihm entgegen. »Ich bringe dich eines Tages um.«
»Versuch's doch, du fette Henne«, brüllte Paul. »Im Knast unter Gleichgesinnten wirst du schneller zum Skelett abmagern als ich im Sarg!«
»Wenn ich dich abmurkse, wird es keiner mitbekommen und niemand weint dir eine Träne nach.«
»Hör auf, so über Papa zu reden«, schrie nun Lazarus in die Runde und dann ging alles so schnell, dass niemand bewusst wurde, was eigentlich geschah.
Lazarus griff nach dem schweren Zinnkrug, der auf der Anrichte stand und seit Jahren keinen Blumenstrauß mehr gesehen hatte. Wie von Geisterhand geführt, landete das Metallteil auf dem Kopf von Isabella, traf sie seitlich an der Schläfe und flog daraufhin quer durch die Küche.
Langsam wie eine vom letzten Keilschlag aus dem Gleichgewicht gebrachte Tanne, neigte sich Isabella Hammerschmitt-Burger zur Seite, um kurz darauf mit einem dumpfen Plumps auf dem Boden aufzuschlagen, ohne dass ihrem ansonsten lauten Mundwerk ein einziger Ton entwich.
Da lag sie nun auf dem Rücken, die Gliedmaßen sternförmig von sich gestreckt; sie röchelte ein letztes verzweifeltes Grunzen und verabschiedete sich dann von ihrem Heimatplaneten, bevor der Rest der Familie mitbekommen hatte, dass die Mutter soeben das Zeitliche gesegnet hatte.
Vater und Sohn starrten fassungs- und wortlos auf die Leiche und versuchten, dass Unfassbare zu begreifen. Zunächst gelang es ihnen nicht, vor allem waren sie auf Anhieb nicht in der Lage zu beurteilen, ob das Geschehene nun ein Glücksfall oder eine Tragödie war.
»Scheiße!«, entfuhr es Paul schließlich, der als Erster begriff,

dass sie jetzt ein Problem hatten, egal wie die Einschätzung ausgehen würde.
»Ich hasse sie!«, war alles, was Lazarus beim Anblick seiner Mutter herausbrachte.
»Das ist nicht zu übersehen«, seufzte sein Vater. »Scheiße!«
»Ich glaube, sie ist tot.«
»Bei der kann man nie sicher sein.«
»Das habe ich nicht gewollt. Papa, was machen wir denn jetzt?«
»Woher soll ich das wissen? Abwarten!«
»Abwarten?, fragte Lazarus ungläubig.«
»Ob sie wieder aufsteht.«
»Und wenn nicht?«
»Haben wir ein Problem.«
»Und wenn doch?«
»Haben wir ein größeres Problem.«
»Du meinst … «
»Ich meine gar nichts.«
»Aber wir müssen etwas tun! Einen Arzt rufen!«
»Bist du wahnsinnig! Was glaubst du, was dann passiert?«
»Was denn?«
»Du kommst in den Knast, mein Sohn!«
»Aber ich habe das doch gar nicht gewollt!«
»Spielt keine Rolle! Du hast es getan, nur das zählt.«
»Du wolltest doch selbst … «
»Schweig! Sagen und tun sind zwei Paar Schuhe. Aber beruhige dich, wir stehen das zusammen durch.«
»Wir können sie nicht einfach so liegen lassen.«
»Ich sagte, du sollst dich beruhigen. Wir können es nicht mehr ungeschehen machen. Sie ist tot! Basta! Schau hin! Die Augen und keine Atmung.«
»Ja, sie ist tot. Oh Gott, ich habe sie umgebracht.«
»Stimmt! Aber außer uns beiden weiß das niemand.«
»Papa, ich habe Schiss!«
»Ich auch, Lazarus, aber das hilft uns nicht weiter. Bring uns

zwei Bier, wir müssen überlegen, was wir jetzt tun.«
Folgsam schlich Lazarus zum Kühlschrank.
»Keins mehr da«, stellte er fest und schloss die Tür.
»Da hat die Alte wieder auf blöd gemacht; gestern waren drei Flaschen da. Geh runter in den Werkraum! Rechts neben der Werkbank im unteren Schrank steht meine Reserve.«
Lazarus machte sich auf den Weg und war kurze Zeit später mit vier Flaschen wieder zurück.
»Ganz schöner Vorrat«, lächelte er und öffnete zwei Flaschen.
»Gut, dass sie es nicht mehr mitbekommt. Setz dich!«
Lazarus und Paul saßen am Küchentisch und tranken schweigend ihr Bier, während die Mutter und Ehefrau ebenso schweigend zu ihren Füßen lag. Immer wenn Lazarus ansetzte, um etwas zu sagen, gebot ihm sein Vater, zu schweigen. Eine halbe Stunde verging. Zwei weitere Flaschen wurden geleert und Paul schickte seinen Sohn erneut in den Keller; der Vorrat würde für eine Weile ausreichen. Nach dem dritten Bier brach Paul endlich sein Schweigen.
»Wir müssen es von der praktischen Seite sehen. Irgendwann musste etwas passieren, jetzt ist es passiert. Wir sollten froh sein, dass wir die Alte los sind. Du musst dir keine Vorwürfe machen, sie hat uns bis aufs Blut gereizt, jetzt hat sie die Quittung. Natürlich wird uns keiner glauben, deshalb müssen wir zusammenhalten und schweigen! Verstehst du? Wenn wir zusammenhalten, kann uns keiner was nachweisen. Du und ich sind die Einzigen, die wissen, was passiert ist.«
»Ja, Papa, wir halten zusammen! Wir haben sonst niemanden mehr, wir beide sind die Familie.«
»Genau! Wir verhalten uns, als wäre nichts geschehen. Wenn einer fragt, sagen wir, sie ist im Krankenhaus und danach in Kur. Und später behaupten wir, sie sei mit ihrem Kurschatten durchgebrannt. Falls überhaupt jemand nach ihr fragt.«
»Das ist eine gute Idee, Papa. Was machen wir mit ihrer … also ich meine, mit … «

»Die Leiche lassen wir verschwinden, ich habe bereits eine Idee, aber das hat Zeit. Wir legen ein Gemüsebeet an.«
»Noch eins? Warum brauchen wir zwei Gemüsebeete?«
»Dummer Junge! Wir beerdigen sie im Garten. Heute Mittag fängst du an zu graben, wenn's dunkel ist, schaffen wir sie runter. Rechts neben dem Zierbrunnen, vor dem Busch; dort kann man uns am wenigsten beobachten. Zwei Meter lang, einen Meter breit, eins dreißig tief.«
»Das wird ein riesiges Loch … «
»Ja, vielleicht reicht's etwas kleiner, aber sie ist halt ein Koloss. Und wir brauchen von dem Vogelmist!«
»Wozu brauchen wir den?«
»Das erklär ich dir später! Mach! Ich wickele derweil die Leiche ein, aber vorher muss ich einiges besorgen.«
»Bitte lass mich nicht mit ihr allein, Papa.«
»Keine Angst, die keift nicht mehr. Du hast ohnehin im Garten zu tun, also los! In einer Stunde bin ich zurück.«
Lazarus tat, was ihm sein Vater aufgetragen hatte, zwar widerwillig, aber Hauptsache, er musste nicht alleine in einem Raum mit der Leiche seiner Mutter bleiben.
Sorgsam stach er den Rasen aus und legte die Soden fein säuberlich am Gartenweg entlang. Seitlich breitete er eine Plastikplane aus, auf der er die ausgehobene Erde lagerte. Als Gelegenheitsarbeiter in einer Gartenbaufirma hatte er derartige Arbeiten schon öfter erledigen müssen, aber der Gedanke, dass er gerade dabei war, das Grab seiner Mutter auszuheben, ließ ihn erschaudern. Andererseits hatte er keine Wahl. Er war der Täter und sein Vater hatte ihm deutlich vor Augen geführt, was geschehen würde, wenn die Polizei Wind davon bekam. Das war das Ausheben des Grabes das absolut kleinere Übel.
Als Paul Hammerschmitt nach fast zwei Stunden im Garten auftauchte, war Lazarus froh, dass er seine Arbeit unterbrechen konnte und mit seinen Gedanken nicht mehr alleine war.
»Es hat länger gedauert als geplant, aber es war nicht einfach,

die Sachen zu besorgen«, kommentierte Paul seine Verspätung. »Aha, du bist fast fertig. Hör auf, sonst werden die Nachbarn neugierig. Den Rest erledigen wir, wenn es dunkel ist. Hol uns zwei Bier, ich habe Nachschub im Kofferraum.«
»Jetzt brauchst du das Bier nicht mehr zu verstecken«, antwortete Lazarus.
Spontan fielen sich Vater und Sohn in die Arme, als hätten sie einen großen Sieg zu feiern und irgendwie fühlten sie sich auch so.
»Gott sei Dank hat die Alte nicht viel Blut verloren«, freute sich der Neuwitwer. »Nur ein paar Spritzer auf dem Boden. Du musst das wegmachen, mit Seife und Wasser, das ist deine Sache.«
»Ja, Papa, mach ich sofort.«
»Guter Junge!«
Später saßen die beiden auf der Gartenbank, tranken Bier und beratschlagten, wie es weitergehen sollte. Ohne dass es einer aussprach, waren sie jetzt ein Team, das sich von einem übermächtigen Vereinsboss getrennt hatte. Genauer gesagt, hatten sie sich seiner entledigt und je länger sie zusammensaßen und darüber sprachen, umso klarer wurde ihre Überzeugung, dass dieser Schritt längst überfällig war. Paul redete beständig auf seinen Sohn ein, dass er deswegen kein schlechtes Gewissen haben müsse.
»Mach dir keine Sorgen, irgendwann hat es so kommen müssen. Sie hat selbst Schuld«, beschwor er Lazarus.
»Du hast selbst gesagt, dass du sie eines Tages umbringen wirst«, entgegnete Lazarus. »Aber ich war schneller als du und habe es getan. Es hätte genau umgekehrt sein können.«
»Wir beide sitzen im selben Boot. Nun müssen wir aber die Beerdigung vorbereiten!«
»Das nennst du eine Beerdigung? Wir verscharren sie im Garten, das ist etwas anderes. Ich glaube, das ist nicht richtig!«
»Haben wir eine Wahl, du dummer Junge? Nein, es gibt keine

andere Möglichkeit. Ich habe einen Leichensack besorgt. Das heißt, es ist eigentlich ein großer Müllsack für Sondermüll, den man verschließen und die Luft absaugen kann. Hat 120 Euro gekostet und die kleine Pumpe das gleiche noch mal. Sicherheitshalber legen wir eine Lage Kalk und Vogelmist drüber.«

»Woher weißt du das alles?«

»Früher in Afrika, da haben wir … egal! Es war nicht einfach, das Zeug zu besorgen.«

»Ich kann das nicht!«, moserte Lazarus. »Mama in so einen Sack einpacken.«

»Wir machen das zusammen. Bei ihrem Gewicht geht das sowieso nur zu zweit.«

Eine Stunde später lag Isabella Hammerschmitt-Burger gut verpackt auf der Veranda. Die Papageien krächzten, als wollten sie einen Abschiedsgruß loswerden. Zwei der gefiederten Trauergäste stimmten ein Tremolo an. Ein letztes Ständchen für das Frauchen, als wüssten sie Bescheid.

»Du musst die Kuhle dreißig Zentimeter tiefer ausheben, in der Mitte mehr, damit ihr fetter Arsch reinpasst!«, ordnete Paul an. »Ich übernehme derweil die Entlüftung des Sacks. Gut, dass die Wäsche an der Leine hängt; das Bettzeug verhindert neugierige Einblicke aus der Nachbarschaft.«

»Die hat Mama heute Morgen gewaschen und jetzt … «

»Und du hast sie aufhängen müssen! Werd bloß nicht sentimental! Los an die Arbeit!«

Isabella Hammerschmitt-Burger fand ihre letzte Ruhestätte, doch es war eine elende Schufterei, bis Vater und Sohn den schweren Körper an die Kuhle geschafft, richtig platziert, die überschüssige Erde in Säcke verpackt, weggeräumt und die Oberfläche eingeebnet hatten.

»Die Bepflanzung machen wir morgenfrüh«, legte Paul fest. »Vorher hängen wir die Wäsche ab damit die Nachbarn sehen, dass wir ein neues Beet anlegen. Die Säcke mit der Erde lagern wir erst mal in der Garage, vielleicht brauchen wir sie noch,

falls es Setzungen gibt; man weiß nie.«
Die beiden Männer setzten sich auf die von den Blicken der Nachbarschaft abgeschirmte Veranda und genehmigten sich zwei Flaschen Bier. Paul verschwand in den Keller und kehrte wenig später mit einer Pulle Wodka zurück. Im Lichtschein einer Kerze prosteten sie sich zu, als feierten sie ein Fest, und insgeheim taten sie das auch, aber keiner der beiden sprach einen Toast auf Isabella aus oder erwähnte sie mit einem Wort.
»Was machen wir mit den Papageien?«, wollte Lazarus nach geraumer Zeit wissen.
»Verkaufen natürlich! Aber das hat Zeit. Nach und nach verscherbeln wir die Viecher, damit es nicht auffällt. Du kennst dich mit den Biestern besser aus als ich. Erkundige dich unauffällig, ob es Interessenten gibt und wie wir an die ran kommen. Aber anonym und unverbindlich! Erst mal Gras über die Sache wachsen lassen!«
Über diesen unfreiwilligen Witz schüttelten sich die beiden Männer vor Lachen, Lazarus wollte gar nicht mehr aufhören, bis sein Vater ihn stoppte.
»Gut jetzt! Nicht so laut! Du musst dich im Griff haben! Mach bloß keine Fehler und verplappre dich nicht! Hörst du?«
»Ja, Papa, keine Sorge, ich passe auf. Was machst du eigentlich? Was erzählen wir, wenn die Leute nach ihr fragen?«
»Ich fahre morgen frühzeitig weg. Du behauptest, dass deine Mutter und ich einen Kururlaub machen. Für die ersten Wochen wird es keine lästigen Fragen geben.«
»Einen Kururlaub?«
»Ja auf Sylt; wegen der Atembeschwerden, das glaubt jeder.«
»Und wenn jemand wissen will, in welchem Hotel?«
»Dann sagst du, dass du das nicht weißt! Wir sind nicht erreichbar, weil wir uns erholen müssen. Fertig!«
»Papa, es ist nicht fair, dass du mich alleine lässt.«
»Kein Grund zur Panik! Ich lasse dir Geld da, damit du dich verpflegen kannst, geh aber sorgsam damit um, nicht dass du

gleich alles verjubelst. In ein paar Tagen komme ich wieder zurück. Ich breche die Kur ab, den Rest muss ich mir überlegen.«
»Das ist ziemlich schlau.«
»Ich glaube schon, aber die Einzelheiten muss ich mir erst einfallen lassen.«
»Und wo fährst du wirklich hin?«
»Nach Sylt. Da mache ich Fotos zum Beweis, falls jemand misstrauisch wird.«
»Irgendwann wird aber … «
»Ich weiß, jetzt nerv mich nicht! Ich sagte gerade, dass ich mir über alles Weitere Gedanken machen muss! So, und jetzt machen wir Feierabend!«

6

»Was steht heute an?«, frage ich beim Frühstück, das Marion und ich nur an Wochenenden gemeinsam und ausgiebig zelebrieren können. »Was hältst du von einem Ausflug? Am Schaumberg soll es eine neue Attraktion geben.«

»Sag nicht, dass du das schon wieder vergessen hast! Ich hab's dir mindestens drei Mal erzählt.«

»Was? Ich weiß nicht, was du meinst!«

»Meine ehemaligen Schulfreundinnen kommen.«

»Davon hast du mir nix erzählt.«

»Quatsch, natürlich habe ich das! Gestern Abend!«

»Wann?«

»Vor der Tür auf der blauen Bank! Du hast neben mir gesessen.«

»Unsinn! Ich saß neben Sonja, und neben dir saß Markus.«

»Nein! Neben mir saß Steffen!«

»Der war doch gar nicht da!«

»Dann war es eben Bhavin!«

»Auch gut, dann hast du es dem erzählt und nicht mir.«

»Egal, ich backe jedenfalls gleich einen Kuchen.«

»Wer kommt denn und wann?«

»Um drei!«

»Wer?«

»Doris , Hertha und Maria.«

»Kenne ich nicht!«

»Natürlich kennst du die. Die waren neulich schon mal da.«

»Neulich? Ich kann mich nicht erinnern.«

»Unmittelbar nachdem ich das Haus gekauft habe.«

»Hör mal, das ist fast zehn Jahre her!«

»Da kannst du sehen, wie die Zeit vergeht!«
»Und da soll ich dabei gewesen sein?«
»Weiß ich nicht, aber sie wollen dich unbedingt kennenlernen. Doris kennst du auf jeden Fall, die haben wir kürzlich im Theater getroffen. Erinnerst du dich wenigstens daran?«
»Dunkel.«
»Einige Frauen aus der Nachbarschaft kommen vielleicht auch.«
»Da wird ein Kuchen aber nicht reichen.«
»Sonja bringt einen mit.«
»Muss ich da unbedingt dabei sein? Ich hatte … «
»Unbedingt! Du kannst dich nicht jedes Mal aus dem Staub machen.«
»Aber … «
»Nix aber! Füll bitte den Kühlschrank nach, du weißt ja, wo der Crémant liegt.«
Argumenten wie diesen konnte ich mich noch nie entziehen. Seit ich in Rente bin, fällt selbst die Notfallausrede flach. Ich habe keine Wahl.
Während Marion in der Küche hantiert, bestücke ich den Kühlschrank im Keller, fege die Terrasse, stelle die Gartenmöbel zurecht, spanne den Sonnenschirm auf und lege die Polster auf die Hollywood-Schaukel. Es ist zu früh, um den Kaffeetisch zu decken, daher teste ich die Schaukel auf Bequemlichkeit und komme zu dem Schluss, dass ich bis zum Eintreffen der Gäste ein kleines Schläfchen halten sollte.
Um halb drei weckt mich Marion und verflucht mir die Knochen, weil ich im Freizeitdress rumhänge. Als ich mich aufrappele, um ins Bad zu gehen, ist dort besetzt. Als ich endlich an die Reihe komme, klingelt unten bereits unser Besuch. Marions Besuch!
Ich lasse mir Zeit; bei der Begrüßung käme ich sowieso nicht zu Wort. Nach einer halben Stunde begebe ich mich in den Garten; aus meiner Sicht kann die Höhle des Löwen nicht un-

angenehmer sein.
»Josch ist auch schon fertig«, führt Marion mich in die Gesellschaft ein. »Es ist mir immer wieder ein Rätsel, was ein Mann so lange im Bad macht!«
Das ist ein Hammer! Ich will mich gerade beschweren, dass ich um jede Minute im Bad kämpfen muss, als mir eine bislang unbekannte Schwarzhaarige zuvorkommt.
»Ich finde, dass das Ergebnis den Aufwand rechtfertigt«, haucht sie hingebungsvoll. »Marion, da hast du dir aber einen Leckerbissen an Land gezogen.«
»Danke für die Blumen«, entgegne ich. »Marion sieht das wahrscheinlich völlig anders.«
»Marion, wenn du ihn loswerden willst, nehme ich ihn«, antwortet die schwarzhaarige Antonia.
»Lass mal gut sein«, widerspricht meine Herzallerliebste. »Eigentlich ist er ganz brav. Nur heiraten will er nicht! Noch nicht!«
»Was kommt als nächstes?«, frage ich in die Runde. »Soll ich apportieren, Männchen machen oder übers Stöckchen springen?«
»Nein, den Sekt aufmachen, Schatz! Wir sind gar nicht zu einem Begrüßungsglas gekommen.«
»Wie viele seid ihr?«
Marion zählt durch.
»Sieben!«
»Mit dir Acht!«, korrigiere ich. »Das heißt: zwei Flaschen.«
»Wie viele liegen kalt?«, ruft Marion mir hinterher.
»Zwei!«, behaupte ich, verschweige allerdings, dass das nur die halbe Wahrheit ist.
Wenige Minuten später sitzen wir bei Tratsch und Klatsch zusammen, das heißt, die Mädels reden und ich höre nicht zu. Irgendwann kommt das Gespräch auf mich, den Ruhestand und die Probleme, die die anderen Damen mit ihren Rentnergatten haben; da kann allerdings nur die Hälfte mitreden, denn

die andere Hälfte ist bereits verwitwet. Schnell ist thematisch die Brücke zum Ableben der jeweiligen Gatten geschlagen, was wiederum Ausgangspunkt für die ausgiebige Diskussion von Krankheitsbildern, Ärztepfusch und anderen Wehwehchen ist. Die Zahl der Verstorbenen im Bekanntenkreis steigt mit jeder Gesprächsminute, wenn das so weiter geht, wird es bis zum Abend keine Überlebenden mehr geben.
Nach der zweiten Flasche wundert man sich, dass man selbst überhaupt noch am Leben ist und beschließt, diesem Glücksfall ein weiteres Fläschchen zu opfern und nun dem Kuchen zu frönen. Ich mache gute Miene zu bösem Spiel und mime den perfekten Gastgeber, was Antonia erneut dazu veranlasst, Marion ein Transferangebot für meine Dienste zu machen; auf Leihbasis! Notgeile Frauen und Alkohol auf leeren Magen führen mitunter zu peinlichen Situationen.
Nach einer Weile kommt das Gespräch auf Marions Garten, den gepflegten Rasen und die wunderschönen Blumenbeete. Dabei bleibt nicht unerwähnt, dass ich zu diesem Paradies wenig bis gar nichts beitrage. Bei der Fachsimpelei kann ich ohnehin nicht mitreden, weil ich mir außer Tulpen und Rosen keine Pflanzennamen merken kann.
Als eine Krähe und eine Amsel sich in der Krone des Kirschbaums lautstark streiten, berichtet Doris Seyfried von einer Beobachtung in der Furpacher Karcherstraße, die mich vermuten lässt, dass die dortigen Siedler den lieben langen Tag nichts anderes zu tun haben, als sich ausgiebig zu beäugen, um sich bei passender Gelegenheit gegenseitig das Leben schwer zu machen; das typische Verhalten einer Wohlstandsgesellschaft, die sonst wenig oder gar keine Probleme hat.
»Also bei unseren Gartennachbarn haben wir vorgestern Merkwürdiges beobachtet«, erklärt Doris. »Das muss ich euch erzählen. Meine Nachbarin, Frau Vogelgesang, hat's ebenfalls gesehen. Also, das war Zufall; wir liegen ja nicht den ganzen Tag auf der Lauer!«

Wer's glaubt, wird selig!

»Wieso, was war denn?«, fragt die Damenrunde wie aus einem Munde.

Was folgt, ist eine Story, wie sie Agatha Christie nicht besser hätte erzählen können.

Vor einigen Tagen hatten die Seyfrieds und die Vogelgesangs in ihrer Furpacher Siedlung beobachtet, dass in Nachbars Garten eine Kuhle ausgehoben worden war.

»Das alleine ist an und für sich nichts Besonderes«, erklärt Doris. »Aber seither haben wir Isabella nicht mehr zu Gesicht bekommen!«

»Ja und?«, fragt Marion.

»Also, wenn ihr wüsstet, was bei denen manchmal abgeht, würdet ihr stutzig werden.«

»Wie? Was geht da ab?«, hakt Veronika nach.

»Zoff ohne Ende! Wenn die Krach haben, hört man das in der ganzen Siedlung.«

»Ehekrach?«, fragt Marion.

»Und wie! Da werden Schlachten geschlagen und Kriege geführt. Sie, das ist die mit den Papageien, von denen ich neulich erzählt hatte ... «

»Mir nicht!«, beschwert sich Veronika.

»Ja, die hat eine Papageienzucht. Ein fürchterlicher Dreck und der Radau erst! Über ein Dutzend oder so. Josch wollte sich erkundigen, ob das in einem Wohngebiet überhaupt zulässig ist.«

»Ich?«, widerspreche ich. »Wieso sollte ich auf diese Idee kommen?«

»Doch, du wolltest ... «

»Ist jetzt egal!«, stoppt Marion den Disput. »Was war das mit dieser Kuhle?«

»Es würde mich nicht wundern, wenn die Isabella abgemurkst und im Garten verscharrt haben.«

»Wer die?«

»Ihr Mann und der Sohn! Er ist ein Trinker und der Lazarus

ein Taugenichts.«
»Lazarus?«, frage ich nach.
»Das ist der Sohn!«
»Bei dem Namen hat die Mutter nichts Besseres verdient«, seufze ich.
»Josch!«, regt sich Marion auf.
»Ist doch wahr! Wer gibt seinem Sohn einen derart bescheuerten Namen? Lazarus!«
»Wieso sollten die beiden die Frau umgebracht haben?«, fragt Marion ungläubig.
»Weil die immer einen riesen Zoff haben und weil die beiden so heimlich getan haben.«
»Wie, heimlich?«, fragt Dagmar.
»Die Kuhle, das war so eine Nacht-und-Nebel-Aktion. Die haben gedacht, dass wir das wegen der Bettwäsche nicht mitbekommen, aber denkste! Ich habe ein Fernglas.«
»Wegen der Bettwäsche?«, hinterfragt Veronika.
»Ja, die hatten Bettlaken als Sichtschutz aufgehängt, aber wenn der Wind ging, habe ich durch die Lücken einiges beobachten können.«
»Sag mal!«, ulkt Dagmar. »Liegst du den ganzen Tag mit dem Feldstecher auf der Lauer?«
»Nicht den ganzen Tag. Nur ab und zu.«
»Ich würde dich liften, wenn ich deine Nachbarin wäre.«
»Vielleicht hat sie ihn ebenfalls umgebracht«, macht Marion ein neues Fass auf.
»Nein, den Paul habe ich danach noch gesehen! Und den Lazarus auch.«
»Mädels, ihr lest zu viele schlechte Krimis und schaut zu oft Fernsehen. Eure Fantasie geht mit euch durch. Die gute Frau hat sich womöglich einen Erholungsurlaub gegönnt, oder sie ist zu Verwandten gefahren, um dem ewigen Zoff aus dem Wege zu gehen. Entspannt euch und bleibt auf dem Teppich!«
»Ha! Die und Urlaub! Dafür ist sie viel zu geizig, und mit ihrer

Familie hat sie sich, soviel ich weiß, längst verkracht.«
»Ja, wenn das so ist, bleibt nichts anderes als der dringende Verdacht, dass besagte Dame durch fremde Hand protegiert, das Zeitliche gesegnet hat«, stelle ich zum Erstaunen der Damen urplötzlich fest. »So ein Pech! Da wäre sie besser in Urlaub gefahren.«
»Sag ich doch!«, bemerkt Doris.
»Meinst du wirklich?«, staunt Veronika.
»Das ist ja ein Ding!«, wundert sich Dagmar. »Sag mal selbst, oder?«
»Unglaublich!«, schließt sich Marion an.
»Tja, Ladys! Die Welt ist grundhaft schlecht und jetzt fangen die Männer an, sich zu wehren. Das sollte euch zu denken geben!«
»Josch verarscht uns!«, vermutet Dagmar.
»Dabei machen wir uns nur Sorgen um die arme Frau«, schmollt Doris.
»Gerade eben hattest du kein gutes Haar an der Tante gelassen«, urteilt Marion.
»Ja schon, aber so was geht nun auch wieder nicht!«
»Was ist, wenn das wahr ist?«, fragt Marion. »Angenommen, die habe sie wirklich umgebracht und im Garten verbuddelt.«
»Dann schaut sie sich die Radieschen nicht nur sprichwörtlich von unten an«, stelle ich lapidar fest, weil ich die ganze Diskussion mittlerweile als äußerst amüsant empfinde.
»Josch, du bist unmöglich!«, regt sich Marion auf. »Als ehemaliger Hauptkommissar kannst du mit diesem Thema nicht so leichtfertig umgehen. Stell dir vor, da ist tatsächlich was dran!«
»Dann erhöht das die statistische Messziffer der nicht aufgeklärten Tötungsdelikte.«
»Und zwei Mörder laufen unbestraft in der Gegend rum«, ergänzt Dagmar.
»So ist es!«
»Das ist jetzt nicht dein Ernst!«

»Da muss man doch was tun!«, ereifert sich Doris Seyfried.
»Tja, da gibt es nicht allzu viele Möglichkeiten«, resümiere ich. »Rüber gehen, graben und nachschauen, das ist dann allerdings Hausfriedensbruch und strafbar. Oder die Kripo informieren: Die Kollegen werden aber einen Teufel tun, auf der Grundlage eines Gerüchtes hin, aktiv zu werden, und das ist völlig okay. Stellt euch vor, was die zu tun hätten, wenn sie jeder vagen Beobachtung nachspüren müssten.«
»Man müsste eine Vermisstenanzeige aufgeben!«, schlägt Dagmar vor.
»Wer sollte der nachgehen, wenn weder der Mann noch der Sohn sie vermissen?«
»Das die beiden sich nicht rühren, ist doch wohl logisch!«
»Wie wäre es mit einem Privatdetektiv?«, fragt Doris.
»Wenn du ihn bezahlst«, meint Dagmar.
»Wie käme ich dazu?«
»Vielleicht könntest du einfach mal nachfragen!«, schlägt Marion vor.
Als ich bemerke, dass alle Blicke auf mich gerichtet sind, wird mir klar, wem diese indirekte Aufforderung gilt.
»Vergiss es!«, rege ich mich auf. »Denk nicht mal dran! Was habe ich mit dieser Sache zu tun? Außerdem habe ich nicht die geringste Lust, mich in die Familienprobleme anderer Leute einzumischen. Ich halte es für besser, wenn jeder vor seiner eigenen Tür kehrt. Und dieses gegenseitige Belauern geht mir generell gegen den Strich.«
Gut möglich, dass meine Ausführungen einen Tick zu laut und aggressiv ausfallen, jedenfalls herrscht plötzlich peinliches Schweigen am Tisch und die Damen schauen ziemlich angefressen aus der Wäsche.
Mir ist das egal, Hauptsache, ich habe ab sofort meine Ruhe. Das Thema kommt nicht mehr zur Sprache; als ich mich zurückziehe, sind die Frauen bereits bei den Erinnerungen an ihre Schulzeit angekommen.

7

Lazarus hatte klare Anweisungen bekommen, bevor sein Vater sich für die nächsten Tage verabschiedet hatte: keine unnötigen Kontakte zu der Nachbarschaft, aufpassen, dass keine Tiere im Garten wühlen, das Haus so wenig wie möglich verlassen, Vögel füttern, Käfige reinigen, sich so unauffällig wie möglich verhalten, so tun, als sei alles wie immer.
Paul hatte großzügig eingekauft, der Kühlschrank war gut gefüllt; endlich mal was anderes als Fertiggerichte. Sogar einen Kasten Bier hatte Paul angeschleppt und Gemüse, Salat, Wurst und frisches Brot.
Falls jemand nachfragen sollte, war klar, wie die Antwort zu lauten hatte: Die Eltern sind zu einem Kuraufenthalt in Sylt! Details gingen niemanden etwas an!
Zwischendurch sollte Lazarus die Unterlagen der Mutter durchforsten und über die elektronische Post nachschauen, mit welchen Papageienliebhabern Isabella Kontakt hatte. Besonders wichtig waren Namen von Händlern und anderen Züchtern. Er sollte stöbern, keinesfalls anrufen oder über das Internet Verbindung aufnehmen, das hatte Paul ausdrücklich angeordnet, denn die kontaktierten Personen würden sofort stutzig werden, wenn sich plötzlich der Sohn meldete und nach dem Verbleib von Isabella nachfragen.
Paul Hammerschnitt überschätzte dabei die Fähigkeiten seines Sohnes, was das Internet betraf, bei Weitem. Lazarus hatte keine Ahnung davon, welche Möglichkeiten das Netz bietet und wie man damit umgeht. Da der Vater völlig unbedarft mit den neuen Medien war, ging er davon aus, dass das bisschen Grundwissen seines Sohnes ihn bereits zum Experten machte;

aber dem war nicht so, es reichte nicht für intensive Recherchen.

Lazarus jedoch war sich dessen bewusst und beschränkte sich daher auf die Durchsicht der Aktenordner. Lieferanten von Tierfutter und allerlei Zubehör, der Tierarzt und Rechnungen von Zeitungsabonnements brachten ihn nicht weiter.

Trotz aller Vorgaben des Vaters entwickelte Lazarus jedoch den Ehrgeiz zu beweisen, dass er zu mehr im Stande war, als nur in den Akten zu stöbern. Er wollte es Paul zeigen und unbedingt herausfinden, was die Vögel tatsächlich Wert waren. Der Gedanke beflügelte ihn, denn je schneller sie die Mistviecher loswerden würden, desto eher würde er sich manchen lange gehegten Traum erfüllen können.

Er sah allerdings ein, dass er die Kaufverhandlungen nicht selbst würde führen können, das traute er sich nicht zu, aber Erkundigungen einholen, das würde kein Problem sein. Blöd war eben nur, dass er das mit dem Internet nicht so richtig hinbekam. Vielleicht gaben die Fachzeitschriften etwas her.

Isabella hatte ein halbes Dutzend davon im Abonnement, die damit verbunden Kosten waren häufig ein Streitpunkt zwischen den Eltern gewesen. Der Stapel von Magazinen lag auf dem Sideboard neben dem Bücherregal im Wohnzimmer. Papageien, Papageienzeit, Papageienumschau.

Tipps für Halter und Züchter. Krankheitssymptome und Behandlungshinweise. Training. Futter ... Lazarus blätterte alle Magazine sorgfältig durch. Beeindruckend waren vor allem die Fotos.

Aha! Börse und Händleradressen! Kleine Inserate mit Abkürzungen und Fachbegriffen, die Lazarus nicht verstand. Mit einem Mal wurde ihm klar, dass er im Grunde genommen von den Tieren, die er tagein tagaus fütterte und hegte, überhaupt keine Ahnung hatte; außer den Namen wusste er wenig über die Vögel.

Die lateinischen Bezeichnungen der Arten, Alter und andere

Details hatte Isabella mit ins Grab genommen. Mit seinen dürftigen Kenntnissen würde er nicht rausbekommen, was die Tiere wert waren, so viel war schnell klar. Bestimmt gab es darüber irgendwelche Unterlagen, aber Lazarus hatte keine Ahnung, wo er danach suchen sollte, in den Aktenordnern war jedenfalls nichts zu finden.

Unter den Inseraten der Händler und Experten fiel eine Adresse sofort ins Auge:

Claudette Roux
Neutrale Straße 35
66798 Wallerfangen-Leidingen
Telefon 06837.444444

Claudette Roux!

Lazarus wusste zwar nicht, wie man den Namen richtig aussprach, aber in seiner Vorstellung klang er irgendwie bezaubernd. Mehr noch! *Wer einen derart klangvollen Namen trägt, der muss bezaubernd schön sein*, redete sich Lazarus ein und kam ins Schwelgen.

Die Frau, die vor seinem geistigen Auge erschien, war Mitte dreißig, 180 cm groß, blond und hatte eine super Figur mit gewaltiger Oberweite. Genau so stellte sich Lazarus seine Traumfrau vor!

Claudette Roux!

Laut Inserat handelte sie mit Vögeln aller Art, vornehmlich Papageien und Kakadus. Unter der Annonce standen die Internet- und die Homepageadresse. Irgendwie musste er es hinkriegen, auf diese Internetseite zu kommen, er musste es versuchen, anders würde er nicht rauskriegen, wie Claudette wirklich aussah.

Der Rechner war uralt und brauchte geraume Zeit, um hochzufahren. Noch länger dauerte es, bis eine Verbindung zum Internet aufgebaut war. Die ersten Versuche schlugen fehl, nach einer halben Stunde war es dann soweit.

Mit zittrigen Fingern tippte Lazarus die Buchstaben ein, ver-

tippte sich mehrfach, musste von vorne beginnen und schaffte es schließlich tatsächlich, die Web-Seite von Claudette Roux aufzurufen. Das Ergebnis war allerdings enttäuschend.
Lazarus hatte gehofft, ein Foto der schönen Claudette zu Gesicht zu bekommen, aber diese Hoffnung erfüllte sich nicht. Abgebildet waren ausschließlich Vögel als Kaufangebot, Käfigausstattungen und anderes Zubehör, sowie Pflegeanleitungen und Buchtipps. Keine Spur von Claudette Roux. Mist!
Lazarus überlegte, was er nun tun sollte. Das war jetzt richtig blöd! Einerseits hätte er gerne mehr über Claudette Roux erfahren, zumal er über sie mit Sicherheit mehr über den Wert der Papageien herausfinden könnte, andererseits hatte ihm sein Vater strikt untersagt, persönlichen Kontakt zu anderen Leuten aufzunehmen. Nun ging aber das eine nicht ohne das andere.
Nach längerem Überlegen kam Lazarus zu einer Entscheidung, und die fand er super: Er würde anonym anrufen! Die Idee schlechthin! Da konnte nun wirklich überhaupt nichts passieren!
Lazarus schrieb die Telefonnummer auf und ging in die Küche zum Telefon. Stopp! Er musste sich einen Namen einfallen lassen. Was würde gut klingen? Es musste ein Name sein, der Claudette neugierig machen würde. Philip war gut, das klang Französisch. Okay, Philip! Wie noch? Was passte dazu? Lazarus blätterte im uralten, zerschlissenen Telefonbuch. Dubois? Wie spricht man das aus? Lieber nicht! Lopez! Ja, das war gut! Das war wahrscheinlich kein rein französischer Name, aber egal. Philip Lopez!
Lazarus wählte die Nummer und wartete auf die Verbindung, Nach dem dritten Läuten ging jemand ran.
»Klodett Ru!«
Die Stimme klang weit weniger zart, als Lazarus erwartet hatte. Die Aussprache war hart, der Charme des Namens aus Lazarus' Vorstellung blieb auf der Strecke. Er war so überrascht, dass er zunächst keinen Ton herausbekam.

»Hallo?«, wiederholte die Stimme.
Lazarus nahm allen Mut zusammen und versuchte, sich zu konzentrieren.
»Ähm, ja, hallo. Also, hier spricht Laza... ähm Philip.«
Verdammt! Der Nachname?
»Okay, Philip. Noch was außer Philip?«
»Ähm, ja. Philip Lopez am Apparat.«
»Herr Lopez, was kann ich für Sie tun?«
»Ja, also, es geht um Papageien!«
»Da sind Sie bei mir genau richtig! Wo zwickt denn der Schuh?«
»Ähm, äh, kaufen Sie Papageien?«
»Manchmal schon, aber das kommt natürlich ganz drauf an. Um was für ein Exemplar handelt es sich denn?«
»Ja, also, das sind mehrere.«
»Aus einem Nachlass oder einer Zucht?«
»Wie?«, versuchte Lazarus sich dumm zu stellen.
»Sind Sie der Besitzer, Herr Lopez?«
»Ja, äh ... ich meine nein. Meine Mutter will die Tiere abgeben.«
»Kennen Sie sich damit aus, Herr Lopez? Was für Tiere sind das denn? Ich muss mehr wissen! Art, Alter, Geschlecht, Gesundheitszustand, Federkleid, Färbung und so weiter. Verstehen Sie?«
»Ja schon. Das eine ist ein Hyazinthen-Pärchen. Meine Mutter hat sie aufgezogen.«
»Aha! Wie alt?«
»Fünfundsechzig.«
»Das ist unmöglich, so alt werden Hyazinthen nicht.«
»Nein, ich meine das Alter von meiner Mutter.«
»Ach so, die züchtet Papageien?«
»Ja, das könnte man so sagen.«
»Merkwürdig! Ich kenne alle Züchter der Region, aber der Name Lopez ist mir nicht bekannt. Wo wohnen Sie denn?«

»Warum ist das wichtig?«, fragte Lazarus, weil er das Gefühl hatte, das Claudette ihn aushorchen wollte.
»Okay! Hat ihre Mutter die Zucht aufgegeben, oder wie soll ich das verstehen?«
»Sie ist krank. Ich wollte nur fragen, ob Sie Interesse haben.«
»Um das entscheiden zu können, müsste ich die Tiere erst sehen. Ich gehe davon aus, dass Sie wenig Ahnung haben, sonst würden Sie nicht anrufen. Stimmt's?«
»Ich pflege die Tiere nach den Anweisungen meiner Mutter, aber wie gesagt, jetzt ist sie krank.«
»Gibt es andere Tiere?«
»Ja!«
»Wie viele? Und welche Arten?«
»Es sind insgesamt mehr als zwanzig Tiere. Darunter Rote Aras und Graupapageien.«
»Meine Güte! Ich möchte mir das gerne anschauen.«
»Ich weiß nicht! Das würde meinem Vater wahrscheinlich nicht recht sein.«
»Besprechen Sie es mit ihm! Ohne dass ich die Tiere gesehen habe, kann ich gar nichts sagen. Überlegen Sie es sich!«
»Gut, ich rufe dann wieder an«, erklärte Lazarus und war froh, das Gespräch endlich beenden zu können, weil er spürte, dass er Claudette nicht gewachsen war.
Er verabschiedete sich höflich und war sauer, dass das Gespräch nicht so gelaufen war, wie er sich das vorgestellt hatte. Es wäre wohl am besten, wenn er seinem Vater von dem Telefonat nichts erzählen würde. Der würde ihm nur Vorwürfe machen, dass er zu viel preisgegeben und am Ende doch nichts erreicht hatte. Das Thema Claudette Roux war für Lazarus abgeschlossen!

Woche 2

8

Nach dem Telefonat mit Claudette am Vortag hatte Lazarus erst mal die Nase voll und auf weitere Recherchen keine Lust. Er war eben kein Diplomat und wusste, dass er nicht imstande sein würde, eine ordentliche Diskussion mit einem Händler zu führen. Die Gefahr, dass man ihm mehr entlocken würde, als gut für ihn und seinen Vater war, wäre einfach zu groß und die auf der anderen Seite hätten gute Karten, ihn übers Ohr zu hauen.

Nein, das war nicht seine Sache, damit würde sich sein Vater beschäftigen müssen, wenn er in zwei Tagen zurückkäme. Paul würde zufrieden sein und stolz auf seinen Sohn, denn abgesehen von dem Telefonat lief alles bestens.

Lazarus hatte über das neue Beet Streifen aus Alu-Folie an kleinen Holzspießen befestigt, um Tiere davor abzuhalten, in der Erde zu wühlen. Die Papageien waren versorgt, die Käfige gereinigt, die Wohnung geputzt und das Geschirr gespült. Die Wohnung strahlte eine friedlich angenehme Atmosphäre aus, so harmonisch war es nie gewesen, seit Lazarus denken konnte. Lediglich eine Flasche Bier hatte sich Lazarus jeden Abend vor dem Fernseher gegönnt, nicht mehr, denn er wollte seinem Vater unbedingt beweisen, dass er sich auf seinen Sohn verlassen konnte. Lazarus war gerade dabei, das Nudelwasser abzugießen, als die Haustürglocke läutete. Ausgerechnet jetzt! Das konnte eigentlich nur der Briefträger oder der Paketdienst sein.

Als Lazarus die Tür öffnete, war ihm sofort klar, dass es weder der eine noch der andere war. Vor ihm stand eine rothaarige Frau etwa in seinem Alter und gleicher Körpergröße, aber mit dem doppelten Leibesumfang. Mindestens! Alles an ihr war groß, eher mega-groß: der Mund, die Augen, der ganze Kopf, die Brüste, das Becken – ungefähr wie bei dieser dunkelhäutigen Tennisspielerin aus den USA, die bei jedem Schlag so laut aufstöhnte, und bei der Lazarus beim Fernsehschauen nie begriff, wieso sich ein solcher Brocken von Mensch derart flink bewegen konnte. Was jetzt vor Lazarus' Haustür stand, schien die weißhäutig-rothaarige Ausgabe dieser Tennisspielerin zu sein.

»Philip Lopez?«, fragte die Frau, und Lazarus erkannte nicht nur an der Stimme sofort, wen er vor sich hatte.

»Ja, das heißt … «, stottert er.

»Schon gut! Ich bin Claudette, aber das kannst du dir vielleicht denken.«

»Also ja, aber ich weiß nicht … «

»Kein Problem. Mir ist es egal, wie du heißt, ich will mich nur davon überzeugen, dass es den Vögeln gut geht.«

»Äh, woher wissen Sie, dass … «

»Ganz einfach: In dieser Gegend gibt es nur einen Halter, der die von dir beschriebenen Papageien hat. Außerdem habe ich deine Telefonnummer auf dem Display gesehen, da war mir klar, dass es Isabellas Tiere sind. In meinem Geschäft muss ich mich in der Szene auskennen!«

»Sie kennen die Vögel also?«, fragte Lazarus verwundert.

»Das wäre zu viel gesagt. Ich kenne sie nur von Fotos. Die Community tauscht sich über Foren aus, wenn es Fragen oder Probleme gibt.«

»Ach so, ja!«, erwiderte Lazarus verlegen.

»Kann ich die Tiere sehen?«, fragte Claudette forsch und machte Anstalten, in die Wohnung einzutreten.

»Warten sie!«, wies sie Lazarus brüsk zurück. »ich weiß nicht, ob das meinem Vater recht wäre.

»Frag ihn, ich warte!«

»Das geht nicht, er ist nicht da!«

»Liegt deine Mutter im Krankenhaus?«

»Ja!«
»Aha, du bist also Isabellas Sohn; von wegen Philip Lopez! Wie ist dein richtiger Name?«
»Lazarus!«
»Aha! Seltener Name. Hör zu, Lazarus: deine Eltern sind nicht da und du kennst dich mit wertvollen Papageien nicht aus. Das ist nicht gut für dich und auch nicht für die Papageien. Stell dir vor, denen passiert etwas! Deine Eltern werden dir die Hölle heiß machen!«
»Den Vögeln fehlt nichts! Ich pflege sie sonst immer!«
»Sonst?«
»Als Mama noch … ich meine, als meine Mutter … sonst eben!«
»Wann kommen deine Eltern zurück?«
»Bei Mama kann das dauern, mein Vater kommt in ein paar Tagen.«
»Ist es bei deiner Mutter etwas Ernstes?«
»Ja!«
»Was fehlt ihr denn?«
»Das geht niemanden was an!«, blockierte Lazarus ungewollt heftig.
»Also ist es ernst! Hat dein Vater Ahnung von Papageien?«
»Ja … das heißt nein … nicht so viel wie ich!«
»Lazarus, ihr, also dein Vater und du, ihr versündigt euch an den Tieren und Isabella! Sie hat den Bestand über Jahre hinweg aufgebaut. Wollt ihr das alles aufs Spiel setzen?«
»Deshalb wollen wir die Tiere über kurz oder lang verkaufen.«
»Weiß Isabella davon?«
»Ja, sie kann die Tiere nicht mehr züchten.«
Lazarus war stolz auf diese Antwort, denn immerhin entsprach sie voll und ganz der Wahrheit.
»Und in der Zwischenzeit? Ein Virus oder eine unentdeckte Krankheit und der ganze Bestand ist hin! Diese Tiere sind extrem empfindlich!«

»Die Tiere sind gesund!«, behauptete Lazarus trotzig, bekam aber trotzdem langsam weiche Knie bei dem Gedanken, dass Claudette Recht behalten könnte.
»Das sagst du, weil du keine Ahnung hast! Lass mich die Tiere anschauen, oder ich komme morgen mit dem Veterinäramt wieder! Das ist mein voller Ernst, Lazarus!«
Lazarus stand jetzt mit dem Rücken zur Wand. Die Sache war aus dem Ruder gelaufen. Egal, was er jetzt tat, sein Vater würde ihm die Hölle heiß machen, aber bei Claudette bestand immerhin die Hoffnung, dass sie bald wieder verschwinden würde. Zögernd gab Lazarus den Eingang zur Wohnung frei, fasste Claudette aber am Arm.
»Aber nur kurz!«, sagte er bestimmt. »Ich gehe vor!«
Lazarus war jetzt froh, dass er die Wohnung aufgeräumt und geputzt hatte. Wenigstens diesbezüglich brauchte er sich vor Claudette nicht zu schämen. Aber er musste vorsichtig sein. Diese Frau war redegewandt und clever; Lazarus wusste, dass er ihr nicht gewachsen war, und deshalb musste er ungeheuer aufpassen!
Claudette schaute sich neugierig um, sagte aber kein Wort, während sie Lazarus durch die Wohnung und den Keller bis zu den Volieren folgte. Dort angekommen stand sie wortlos vor dem Drahtgeflecht und starrte staunend auf die Vögel, die krächzend und aufgeregt, den ungewohnten Besuch beäugten.
»Mein Gott!«, stammelte sie schließlich. »Wahnsinn!«
»Sie sehen ja, dass die Tiere gesund sind«, bemerkte Lazarus in der Hoffnung, den ungebetenen Gast schleunigst wieder loswerden zu können.
»Auf den ersten Blick und die Entfernung kann ich das nicht feststellen«, antwortete Claudette. »Da müsste ich näher ran.«
»Nein, ich will das nicht«, beschwerte sich Lazarus halbherzig.
»Die Leute vom Veterinäramt werden erst gar nicht fragen! Also!«
Lazarus gab sich geschlagen und sah ein, dass er gegen diese

Frau nicht ankam.
»Aber bitte vorsichtig!«, mahnte er.
»Keine Angst, ich kenne mein Geschäft!«
Claudette Roux öffnete die Tür und betrat die erste Voliere. Die Vögel flatterten nervös und krächzten, als ginge es ihnen ans Leder, aber Claudette ließ sich davon nicht beeindrucken. Lazarus hingegen schwitzte Blut und Wasser und hoffte inständig, dass die Vögel unbeschädigt davon kommen würden; nicht auszudenken, wenn er seinem Vater würde gestehen müssen, dass die Tiere verletzt worden waren.
Während Claudette seelenruhig von Tier zu Tier ging und deren Zustand begutachtete, trat Lazarus von einem Bein aufs andere und hoffte, dass die Prozedur bald vorbei sein würde.
Nach geraumer Zeit wechselte Claudette in die nächste Voliere und setzte ihre Untersuchungen fort, während Lazarus sich vor Angst fast in die Hosen machte. Erst nach einer halben Stunde war Claudette endlich fertig.
»Wie's aussieht, sind die Tiere in einem guten Zustand«, urteilte sie. »Aber manche Krankheiten kann man nicht sofort erkennen, das geht nur, wenn man das Fressverhalten und die Gruppen … ist aber egal, das sagt dir sowieso nichts. Vor dem Verkauf müsst ihr die Tiere vom Tierarzt untersuchen lassen und die Impfnachweise vorlegen. Die habt ihr doch, oder?«
»Die sind irgendwo in den Akten.«
»Na prima! Und du bist sicher, dass Isabella die Tiere verkaufen will?«
»Sie ist krank!«
»Das habe ich mittlerweile kapiert. Ich möchte trotzdem mit ihr darüber sprechen.«
»Das geht nicht!«
»Ist sie wenigstens telefonisch erreichbar?«
»Nein, unmöglich!«
»Wie soll ich dann wissen, ob deine Mutter die Tiere tatsächlich verkaufen will?«

»Wenn mein Vater das so bestimmt, geht das niemanden etwas an!«
»Ganz so einfach ist es zwar nicht, aber okay, das ist eure Sache! Gibt es Preisvorstellungen?«
»Nein, aber wir wissen, dass die Vögel einiges wert sind.«
»Ach ja? Wisst ihr das? Sag deinem Vater, er soll mir ein Verkaufsangebot machen. Die Telefonnummer hast du! Aber beeilt euch! Ich nehme nur gesunde Tiere und bei Papageien können ernsthafte Erkrankungen manchmal über Nacht kommen, da steckt man nicht drin!«
»Was würden Sie denn bezahlen?«, fragte Lazarus vorsichtig.
»Kommt drauf an für welche!«
»Die Hyazinthen, zum Beispiel. Meine Mutter sagte immer, das seien die Wertvollsten!«
»So! Sagte sie das?«
»Ja, neulich erst.«
»Wann neulich?«
»Äh ... vorige Woche!«
»Ach! Dann kam die Erkrankung also ganz plötzlich? Schlaganfall oder so was?«
»Darüber möchte ich nicht sprechen. Was geht Sie das an? Was sind die Tiere wert?«
»Das ist nicht wie beim Gebrauchtwagenhandel. Man muss einen Liebhaber finden.«
Lazarus wurde jetzt langsam ungehalten. Die Frau versuchte permanent, ihn auszuhorchen, gab aber selbst nichts preis, was er hätte seinem Vater präsentieren können. Es war ein Fehler gewesen, Claudette ins Haus zu lassen, jetzt musste er schauen, dass er sie schleunigst wieder los wurde.
»Gehen Sie jetzt!«, forderte Lazarus laut und versuchte Claudette damit einzuschüchtern. »Sie spionieren hier nur rum und haben an den Tieren gar kein Interesse! Verlassen Sie das Haus, Sie haben genug gesehen. Ich will das jetzt nicht mehr länger!«
»Kein Problem, beruhige dich, ich bin schon weg! Wenn Ihr zu

einem Ergebnis gekommen seid, ruft mich an. Aber wie gesagt: Impfunterlagen, tierärztliche Untersuchung – ohne das geht gar nichts!«
»Ich werde es meinem Vater ausrichten!«
»Die Aktion geht schneller über die Bühne, wenn ich vorher mit eurer Mutter sprechen kann.«
»Gehen Sie jetzt!«, forderte Lazarus nun zunehmend aggressiver und schubste Claudette in Richtung Ausgang.
Er beruhigte sich erst, als die Haustür ins Schloss fiel und er hörte, wie Claudettes Wagen davonfuhr. Von diesem Besuch würde Paul niemals erfahren dürfen!

9

Als Lazarus einen Tag später hörte, wie die Haustür aufgesperrt wurde, zuckte er vor Schreck zusammen und stürzte in den Flur.

»Ach du bist es«, seufzte er erleichtert, als er seinen Vater erblickte.

»Wer sollte es denn sonst sein? Oder hast du jemanden anderes erwartet?«, schnauzte Paul zurück und stellte seinen Koffer ab.

»Äh … nein! Wen soll ich denn erwartet haben?«, stotterte Lazarus.

»Dann frag nicht so blöd und hol mir ein Bier! Mann, das war vielleicht eine Fahrerei! Überall Stau!«

»Kommt sofort!«, beeilte sich Lazarus. »Willst du was essen?«

»Später! Danke! Guter Junge! Denkt an seinen Vater!«

Lazarus eilte an den Kühlschrank und kam mit zwei geöffneten Flaschen zurück.

»Prost Papa, schön, dass du wieder da bist!«, sagte er und setzte sich zu seinem Vater an den Couchtisch.

»Gibt es etwas Neues?«, fragte der. »Alles in Ordnung?«

»Alles Okay! Nichts Besonderes!«, log Lazarus. »Und bei dir?«

»Teures Pflaster, da oben! Und das Wetter war auch nicht so toll! Aber egal, ich habe was ich brauche. Fotos, Prospekte, Adressen! Im Garten alles okay? Ich meine … du weißt, was ich meine!«

»Ja, ja. Ich habe Flatterbänder zur Abschreckung aufgestellt.«

»Prima!«

»Und ich habe aufgeräumt und geputzt!«

»Sehr gut, mein Sohn! Die Vögel?«

»Alle gesund und munter.«

»Hat sich jemand gemeldet?«
»Nein!«
»Gut! Vom Bier was übrig?«
»Klar! Ich habe ganz wenig getrunken.«
»Und was hast du den ganzen Tag so getrieben?«
»Die Vögel, die Wohnung, das ist allerhand Arbeit! Und abends vorm Fernsehen. Du warst nur drei Tage weg!«
»Das stimmt allerdings. Mir kommt's aber vor, als wären es drei Wochen gewesen. Na egal, Hauptsache, ich bin wieder da!«
»Was macht deine Gesundheit?«
»Die Seeluft hat mir gut getan, aber es war eben zu kurz.«
»Vielleicht kannst du bald einen richtigen Urlaub an der Ostsee machen.«
»Sylt liegt in der Nordsee, du Dummkopf! Hast du etwas rausfinden können? Ich meine im Internet oder so?«
»Nichts Genaues!«
»Was soll das heißen? Hast du nun, oder nicht?«
»In den Ordnern habe ich nichts Besonderes entdeckt. Nur Reklame und Rechnungen und so.«
»Und im Internet?«
»Da stehen keine Preise«, log Lazarus. »Aber wir brauchen Impfbücher und Gesundheitsbescheinigungen und so, wenn wir die Tiere verkaufen wollen.«
»Und wo sind die?«
»Keine Ahnung.«
»Dann such sie! Deine Mutter wird sie irgendwo abgeheftet haben! Mann! Ich war in Hamburg in einer Tierhandlung und habe mich erkundigt … «
»Wieso in Hamburg? Ich dachte, du warst in Sylt.«
»Hamburg ist … egal, das kapierst du sowieso nicht! Jedenfalls sind die Vögel je nach Art und Alter tatsächlich einige tausend Euro wert. Da kommt einiges zusammen. Hast du Bilder von den Tieren gemacht?«
»Au, nein, das habe ich vergessen!«

»Habe ich vergessen!«, äffte Paul seinen Sohn nach. »Muss ich denn alles selber machen?«
Paul Hammerschmitt trank sein Bier mit einem Zug aus und erhob sich.
»Ich habe die Kamera griffbereit, komm mit!«, befahl er seinem Sohn.
Lazarus schlurfte lustlos hinter seinem Vater durch die Wohnung bis zu den Volieren und erinnerte sich wehmütig, dass die paar Tage alleine weniger stressig gewesen waren, wenn man von dem Besuch von Claudette einmal absah.
»Was ist das?«, fragte Paul plötzlich unwirsch, als sie im Vorraum der Volieren angekommen waren und hielt Lazarus eine Visitenkarte unter die Nase.
Claudette Roux
Exoten und andere Tiere
las Lazarus; darunter standen klein gedruckt die Adresse, die Internetverbindung und die Telefonnummer.
Lazarus erschrak; verdammt, das Miststück hatte eine Visitenkarte hinterlassen und er hatte es nicht bemerkt. Scheiße! Wie sollte er das seinem Vater erklären?
»Eine Visitenkarte«, stammelte Lazarus treuherzig. »Wie kommt die denn hierher?«
»Genau das möchte ich gerne wissen!«
»Die ist wahrscheinlich aus dem Ordner gefallen.«
»Soso, aus dem Ordner gefallen. Claudette Roux! Kennst du die?«
»Nein!«, log Lazarus einen Tick zu schnell und zu heftig, als dass es glaubhaft klang.
»Lazarus!«, drohte Paul jetzt lauter. »Ich sehe es deiner Nasenspitze an, dass du lügst. Wer ist diese Frau?«
»Ich habe mit ihr telefoniert. Ihre Adresse habe ich in einem Prospekt gefunden. Ich wollte mich nur erkundigen.«
»Nur telefoniert? Dann erklär mir mal, wie ihre Visitenkarte hierher kommt!«

»Papa!«, schrie Lazarus verzweifelt. »Ich habe wirklich nur telefoniert. Unter falschem Namen! Aber dann hat sie plötzlich vor der Tür gestanden und mit dem Tierarzt gedroht!« Lazarus war den Tränen nahe und hämmerte vor Wut mit den Fäusten gegen das Türblatt. »Ich kann doch nichts dafür!«
»Beruhige dich!«, mahnte Paul, der merkte, dass er aus Lazarus in diesem Zustand nicht viel mehr herausbekommen würde. »Wir gehen ins Wohnzimmer und besprechen alles bei einem Bier in aller Ruhe. Du erzählst mir im Detail, was passiert ist, dann sehen wir weiter. Ich mache dir keinen Vorwurf, aber belüg mich nicht!«
Zwei weitere Flaschen Bier liefen durch die Kehlen der Männer, während Lazarus den Besuch von Claudette Roux in allen Einzelheiten schilderte. Sein Vater hörte zu und unterbrach den Sohn nicht ein einziges Mal.
»Das ist eine schlimme Frau, Papa!«, endete Lazarus schließlich. »Die ist mit allen Wassern gewaschen.«
»Sieht ganz so aus!«, bestätigte Paul. »Mach was zu essen, ich überlege derweil, was wir jetzt machen.«
»Mach ich!«, rief Lazarus erleichtert. »Wie wäre es mit Bratkartoffeln, Spiegelei und Salat aus dem Garten?«
»Mach nur, du wirst schon etwas zusammen brutzeln. Lass dir Zeit, ich muss nachdenken!«
Während Lazarus sich in der Küche zu schaffen machte, schaute Paul gebannt auf die Visitenkarte und grübelte vor sich hin.
Einerseits wollte er nicht alles glauben, was Lazarus mit seinem bescheidenen Geist erzählt hatte, andererseits durfte er die Dame nicht unterschätzen. Wenn sie tatsächlich mit dem Tierarzt anrücken würde, wäre das ein unkalkulierbares Risiko, denn es würden vielleicht Fragen gestellt werden, auf die es keine plausiblen Antworten gab und Lazarus würde als erster umfallen.
Die blöde Kuh kannte die Adresse, hatte die Tiere gesehen und wusste wahrscheinlich ganz genau, was die Tiere wert sind.

Wenn sie eins und eins zusammenzählte, käme sie vielleicht sogar der Wahrheit auf die Spur, dann wäre die Katastrophe perfekt.
Die Lage war verzwickt. Paul musste rausfinden, wie die Frau tickt und was sie im Schilde führte. Es gab nur einen Weg: Er musste zu Claudette Roux Kontakt aufnehmen! Paul griff zum Telefon und wählte die Nummer, die auf der Visitenkarte stand. Nach dem dritten Läuten meldete sich Claudette Roux.
»Mein Name ist Paul Hammerschmitt«, stellte sich Paul vor. »Sind Sie die Dame, die meinem Sohn vor kurzem einen Besuch abgestattet hat?«
»Ah! Sie sind der Vater! Ganz Recht! Es ging um den Verkauf Ihrer Papageien.«
»Korrekt, Frau Roux! Sehr schade, dass ich nicht da war, als Sie uns besucht haben. Ich hätte mir gewünscht, dass der Termin mit mir abgestimmt worden wäre.«
»Entschuldigen Sie bitte, ich möchte nicht unerwähnt lassen, dass die erste Kontaktaufnahme von Ihrem Sohne ausging, Herr Hammerschmitt.«
»Ich weiß! Sie werden vielleicht festgestellt haben, dass mein Sohn … ich sag's mal so: Er ist schnell überfordert, wenn es um komplexe Zusammenhänge geht.«
»Wenn Sie das sagen; ich hatte diesen Eindruck allerdings nicht.«
»Umso besser. Ich nehme das einfach so zur Kenntnis, Frau Roux.«
»Wollen Sie die Tiere tatsächlich verkaufen? Ich meine, Ihre Frau hat sehr viel Zeit und Liebe investiert.«
»Das ist keine Frage des Wollens. Wir haben keine Wahl! Ich sage das ganz offen, auf die Gefahr hin, dass sie glauben, wegen dieser Notlage den Preis drücken zu können.«
»Nicht zwingend, aber … «
»Sie anzurufen, war von meinem Sohn sicherlich voreilig, aber es ändert nichts an der Tatsache, dass meine Frau krankheitsbe-

dingt nicht weiter in der Lage ist, ihrem Hobby nachzugehen.«
»Darf ich fragen, was ihr fehlt?«
»Kannten Sie sie persönlich?«, antwortete Paul, ohne auf die Frage einzugehen.
»Kannten? Um Gottes willen!«
»Nein, ich meinte, ob sie ihre Krankheitsgeschichte kennen? Wann haben Sie meine Frau zum letzten Mal gesehen?«
»Ich habe sie persönlich nie getroffen, falls Sie das meinen. Wir hatten lediglich über die einschlägigen Foren Kontakt. Es ist gut möglich, dass ich sie vor einiger Zeit mal bei einer Messe oder so getroffen habe, aber mein Gott, man trifft so viele Leute, da kann man sich nicht an jedes Gesicht erinnern.«
»Wenn Sie Isabella je getroffen hätten, würden Sie sich mit Sicherheit an sie erinnern. Sie hat stets einen bleibenden Eindruck hinterlassen, wenn ich das mal so formulieren darf. Sehr dynamisch und engagiert; leider ist das nun vorbei!«
»Das tut mir sehr leid. Ich hätte gerne mit ihr gesprochen. Ihr Sohn hat offensichtlich wenig Ahnung von dem Metier.«
»Er hegt und pflegt die Vögel nach Anleitung im Rahmen seiner Möglichkeiten.«
»Und Sie selbst, Herr Hammerschmitt?«
»Ich war lange Zeit im Ausland und habe das Hobby meiner Frau weder geteilt, noch mich darum kümmern können. Meine Kenntnisse sind daher nur rudimentär.«
»Na ja, das ist mehr als nur ein Hobby wie Wandern oder Radfahren. Man hat Verantwortung für die Tiere und muss viel Zeit investieren. Besteht denn die Möglichkeit, dass ich mit Ihrer Frau sprechen kann?«
»Tut mir leid! Sie ist in einem Sanatorium und wird für sehr lange Zeit nicht zur Verfügung stehen. Das ist der Grund, weshalb wir uns schweren Herzens und möglichst schnell von den Tieren trennen müssen. Ich möchte Ihnen allerdings meine Verärgerung darüber ausdrücken, dass Sie meinem Sohn gleich mit dem Tierschutz gedroht haben. Das war nicht nötig und

überzogen. Wir sind uns unserer Verantwortung den Tieren gegenüber durchaus bewusst.«
»Entschuldigen Sie, aber da hat Ihr Sohn etwas in den falschen Hals bekommen. Ich wollte ihm nur klarmachen, welche Konsequenzen es haben kann, wenn die Tiere nicht artgerecht gehalten und gepflegt werden.«
»Ich lasse das mal so im Raum stehen, aber unnötig war es trotzdem. Lazarus war völlig fertig, als ich nach Hause kam.«
»Nun, ich fand ihn eher aggressiv, aber sei's drum, vielleicht war er tatsächlich überfordert. Sie sollten sich wirklich recht schnell von den Tieren trennen. Nicht nur wegen des Gesundheitsrisikos, sondern auch, weil Sie gegen das Gesetz verstoßen. Es sind einfach zu viele Tiere und das ist eben nicht artgerecht; ich weiß nicht, ob Sie sich darüber im Klaren sind.«
»Dazu kann ich nichts sagen, ich kenne mich da nicht aus.«
»Das kann ich mir vorstellen, daher der gut gemeinte Rat.«
»Sind Sie denn an den Vögeln interessiert?«
»Das kommt drauf an, aber das möchte ich nicht am Telefon besprechen.«
»Gut, dann schlage ich vor, dass Sie noch mal bei uns vorbeischauen. Lassen Sie uns drüber reden, vielleicht finden wir eine Lösung.«
»Das können wir gerne tun. Wie wäre es mit morgen? Sie sollten sich nicht allzu viel Zeit lassen!«
»Ja das passt. Sagen wir um zehn! Die Adresse kennen Sie ja. Bis dann!«
Ohne eine Antwort abzuwarten, beendete Paul Hammerschmitt das Gespräch und atmete tief durch. Er ging zum Kühlschrank, schnappte sich eine Flasche Bier, öffnete sie und nahm einen großen Schluck aus der Pulle.
Lazarus hatte sich offensichtlich verdrückt, um nicht dem Gespräch mit der Tierhändlerin zuhören zu müssen.
»Lazarus!«, brüllte er in Richtung der Tür zum Keller. »Komm rauf! Wir müssen reden!«

10

Als um zehn Uhr die Türglocke läutete, stand Paul Hammerschmitt bereits im Flur. Vom Fenster aus hatte er seit geraumer Zeit die Straße beobachtet, jede Bewegung registriert und schließlich beobachtet, wie ein Wagen vor seinem Anwesen einparkte. Nach der Beschreibung, die Lazarus geliefert hatte, konnte es sich bei der Frau, die ausstieg, nur um Claudette Roux handeln.
Mit Erleichterung stellte Paul fest, dass sie alleine war, das würde das Gespräch einfacher machen. Lazarus hatte die Anweisung, sich nicht blicken zu lassen, so lange Claudette Roux im Haus war, denn Paul wollte das Risiko nicht eingehen, dass sein Sohn sich durch eine unbedachte Äußerung verplapperte.
Allem Anschein nach war die Frau mit allen Wassern gewaschen und Paul würde auf der Hut sein müssen. Dennoch war Höflichkeit angesagt, denn zugunsten eines guten Verkaufspreises würde Paul über den eignen Schatten springen müssen, obwohl ihm das gehörig gegen den Strich ging.
Er öffnete die Tür, begrüßte Claudette wie eine vertraute Bekannte und bat sie ins Wohnzimmer.
»Darf ich Ihnen einen Kaffee anbieten?«, fragte er mit betont weicher Stimme. »Oder lieber einen Tee?«
»Nein, danke«, lehnte Claudette ebenso höflich ab. »Machen sie sich bloß keine Umstände! Ich trinke selten Kaffee und Tee schon gar nicht.«
»Wasser? Oder vielleicht einen Saft?«, säuselte Paul, obwohl er nicht wusste, ob so etwas überhaupt vorrätig war.
»Lieb gemeint, aber lassen Sie uns gleich über die Tiere sprechen!«

»Wie Sie wollen, Frau Roux. Ich habe alle Impfnachweise und den ganzen Kram rausgesucht. Es war nicht einfach, sich durch den Aktenwust durchzuackern, wenn man sich nicht auskennt. Ich habe die Kontaktdaten des Tierarztes, falls Sie dort nachfragen müssen.«
»Das ist gut, zeigen Sie mal!«
Paul und Lazarus waren tatsächlich fündig geworden; bis spät in die Nacht hatten sie die Aktenordner durchstöbert. Nun lag der Stapel Papiere nach Datum geordnet vor Claudette Roux auf dem Wohnzimmertisch.
Die Expertin nahm sich viel Zeit und ging die Unterlagen Stück für Stück sorgfältig durch. Paul Hammerschmitt wurde währenddessen immer ungeduldiger, konnte sich aber beherrschen und versuchte, sich seine Nervosität nicht anmerken zu lassen. Diese Frau war ihm zuwider, dabei konnte er nicht einmal genau sagen, weshalb. Waren es die roten Haare oder die aufgesetzte Arroganz, die Claudette Roux an den Tag legte? Jedenfalls löste sie bei Paul Aggressionen aus, gegen die er sich nicht wehren und die er nur mühsam verbergen konnte.
Während die Tierhändlerin mit demonstrativer Lässigkeit in aller Ruhe weiterblätterte, schwoll Paul zunehmend der Kragen, bis es schließlich aus ihm herausplatzte.
»Was ist jetzt?«, bellte er. »Genügt das oder brauchen Sie von jedem Tier ein polizeiliches Führungszeugnis?«
»Nein, es sieht auf den ersten Blick ganz gut aus. Einige Impfungen müssten allerdings bald aufgefrischt werden.«
»Kein Problem, dann machen wir das.«
»Sie wissen, was das kostet?«
»Nein, keine Ahnung.«
»Da ist locker ein Tausender weg!«
»Ach du Scheiße! Sorry!«
»Das Geld hätte Ihre Frau auch aufwenden müssen!«
»Man könnte das mit dem Kaufpreis verrechnen!«
»Könnte man, mache ich aber nicht!«

»Wenn nicht Sie, dann eben ein anderer Interessent«, blaffte Paul Hammerschmitt.
»Tja, damit sind wir beim Hauptproblem. Für den Handel mit seltenen Papageien, gibt es bestimmte Spielregeln. Mit geschützten Arten darf gar nicht gehandelt werden, für andere gilt Kennzeichnungspflicht. Bei Tieren ohne Kennzeichnung ist das so ähnlich wie bei Schwarzgeld; sie kriegen es nur schwer wieder in den Umlauf.«
»Wollen Sie mir etwa erzählen, dass meine Frau schwarze Papageien gehalten hat?«, spottete Paul.
»Wenn Sie es so ausdrücken wollen: ja! Einige Tiere sind nicht beringt, andere stehen unter Artenschutz. Offiziell hat ihre Frau diese Exemplare gar nicht; besser gesagt: Sie dürfte sie gar nicht haben! Damit ist ein legaler Handel ausgeschlossen! Die Impfnachweise halte ich übrigens für eine Gefälligkeitsleistung des Tierarztes, aber sie sind zumindest eine Hilfestellung.«
»Wollen Sie mich verarschen?«
»Keineswegs! Ich möchte sie lediglich davor warnen, Ihre Verkaufsabsichten an die große Glocke zu hängen. Der Schuss kann schnell nach hinten losgehen.«
»Was sollte schon groß passieren? Es sind die Tiere meiner Frau und ich hatte keine Ahnung, dass … «
»Isabella würde nie und nimmer auf die Idee kommen, offiziell nach einem Käufer zu suchen.«
»Sondern?«
»Das weiß ich nicht. Fragen Sie sie!«
»Ich habe Ihnen bereits erklärt, dass das nicht mehr funktioniert.«
»Dann ist es jetzt Ihr Problem! Wenn das hier rauskommt, haben Sie die Polizei am Hals und dann dürfen Sie froh sein, wenn Sie aus der Sache mit einer saftigen Geldstrafe rauskommen.«
»Sie wollen doch bloß den Preis drücken!«, behauptete Paul nun harsch.

»Nicht nötig, ich will die Tiere nicht!«
Paul schaute Claudette wütend an und schüttelte den Kopf.
»Dann werde ich eben einen anderen Käufer finden!«
»Das kann ich mir nicht vorstellen, jedenfalls nicht in Deutschland. Im Ausland vielleicht, aber dazu fehlen Ihnen die Kontakte und die Erfahrung im Umgang mit dem Zoll.«
»Soll ich die Vögel rupfen, braten und zum Mittagessen verzehren, oder was?«
»Die würden Ihnen nicht schmecken«, lachte Claudette zynisch, was Paul Hammerschmitt weiter auf die Palme brachte.
»Sie sind eine arrogante Person!«, wetterte Paul.
»Und Sie können die Wahrheit nicht vertragen«, antwortete Claudette emotionslos.
Sie blieb ganz ruhig, weil sie wusste, dass sie von dem alten Mann nichts zu befürchten hatte, solange Lazarus ihm nicht zur Hilfe eilen würde; von dem fehlte allerdings weit und breit jede Spur.
Paul Hammerschmitt trommelte nervös mit den Fingern seiner rechten Hand auf die Tischplatte.
»Und was sollte ich Ihrer Meinung jetzt tun?«, fragte er mit provokantem Unterton.
»Ich würde an Ihrer Stelle jemanden suchen, der das für mich erledigt.«
»Aha! Eben sagte Sie noch, dass das nicht geht, weil es illegal ist.«
»Nein, ich sagte, dass Sie niemanden finden werden, der Ihnen die Vögel zu einem halbwegs vernünftigen Preis abnimmt. Sie finden den Käufer nicht, ich schon!«
»Und das heißt jetzt was?«
»Ich übernehme das für Sie! Gegen Provision!«
»Aha, auf einmal! Gegen Provision! Wie viel?«
»Fünfzig Prozent!«
»Die Hälfte? Ich müsste verrückt sein!«
»Ihre Entscheidung! Nach meiner Rechnung ist das besser als

eine Nullnummer!«

Paul Hammerschmitt spürte, wie ihm die Halsschlagader anschwoll, aber er hielt sich zurück, überlegte lange und sah Claudette Roux mit hasserfülltem Blick an, als wollte er ihre Gedanken lesen oder sein Gegenüber hypnotisieren.

»Wer trägt das Risiko?«, bellte er schließlich. »Ich meine, wenn etwas schiefgeht?«

»Sie natürlich! Schließlich sind Sie nach wie vor der Besitzer.«

»Und dafür soll ich fünfzig Prozent abstecken? Wovon träumen Sie eigentlich nachts?«

»Wie gesagt: Es ist Ihre Entscheidung! Ich habe die Kontakte; Sie nicht!«

Erneut überlegte Paul geraume Zeit, fand aber keine Lösung, was er jetzt machen sollte. Die blöde Tussi hatte zwar Recht, andererseits konnte er nicht einschätzen, ob das alles stimmte, was sie ihm auftischte. Zudem hatte sie kein Sterbenswort über den Wert der Papageien verlauten lassen.

»Was sind die Tiere überhaupt wert?«, fragt er schließlich.

»Einige Tausend Euro werden es schon sein, aber das hängt von der Marktlage ab. Ich muss mich erst erkundigen.«

»Dann tun Sie das!«

»Einen Teufel werde ich tun! Entweder wir kommen ins Geschäft oder wir lassen es. Sie sind nicht in der Position, Bedingungen zu stellen.«

»Und ich lasse mir von Ihnen nicht die Pistole auf die Brust setzen!«

»Okay, dann kann ich Ihnen nicht helfen! Es ist alles gesagt, danke für das Gespräch!«

Claudette erhob sich und machte Anstalten zu gehen, aber Paul Hammerschmitt wollte so leicht nicht aufgeben.

»Warten Sie!«, forderte er, stand ebenfalls auf und fasste Claudette am Arm. »Ich biete Ihnen dreißig Prozent unter der Voraussetzung, dass Sie alle Tiere unterbringen. Alle! Innerhalb von drei Monaten! Ich will hinterher nicht auf dem Schrott

sitzen bleiben, den keiner haben will. Dreißig Prozent für den gesamten Bestand!«
»Herr Hammerschmitt! Fünfzig Prozent sind nicht verhandelbar!«
»Auf keinen Fall! Fünfzig sind zu viel. Das können Sie mit mir nicht machen, Sie habgierige Person! Das ist Erpressung! Sie sind kriminell, ich zeige Sie an, ich … «
Paul ereiferte sich dermaßen, dass er einen Hustenanfall erlitt und nach Luft schnappte. Um nicht umzukippen, musste er sich an der Sessellehne festhalten.
»Denken Sie an Ihre Gesundheit!«, mahnte Claudette. »Außerdem sind Sie nicht mehr der Jüngste! Es ist nicht meine Schuld, dass Sie die schlechteren Karten haben. Bitte, zeigen Sie mich an! Sie werden leer ausgehen und eine Menge Ärger bekommen. Was mich betrifft, mache ich mir keine Sorgen; wessen sollte man mich anklagen?«
Als Paul Hammerschmitt weiter japste und schwankte, bekam Claudette Roux es schließlich mit der Angst zu tun.
»Regen Sie sich nicht auf, um Gottes willen. Soll ich einen Arzt rufen? Wo ist Ihr Sohn?«
»Lassen Sie den bloß aus dem Spiel«, schnaufte Paul. »Der Idiot! Wer hat uns denn die ganze Scheiße eingebrockt? Ich brauche keinen Arzt! Hauen Sie endlich ab!«
»Wieso hat Lazarus Ihnen das eingebrockt?«, wollte Claudette nun genauer wissen.
»Weil, weil …«, stotterte Paul, »wenn er Sie nicht angerufen hätte, müsste ich mich jetzt nicht so aufregen.«
»Sie sollten ihm eher dankbar sein! Wenn ich nicht gekommen wäre, wären Sie ins offene Messer gelaufen!«
»Trotzdem … Sind fünfzig Prozent Ihr letztes Wort?«
»Mein allerletztes! Aber ich komme Ihnen entgegen: Die Kosten für die Impfungen übernehme ich und zusätzlich die Kosten für den Transport.«
»Geben Sie mir eine Hausnummer, was bei dem Verkauf der

Tiere rauskommt! Ich brauche eine Schätzung!«
»Nein, das mache ich nicht! Ich weiß, wie das läuft: Hinterher sind die Kunden entweder enttäuscht oder sie werfen mir vor, ich hätte versucht, den Preis zu drücken. Tut mir leid, ich nenne keine Zahl.«
»Aha, Sie machen solche Geschäfte also öfter!«
»Sie meinen Kommissionsgeschäfte? Klar! Es ist zwar nicht gerade das Tagesgeschäft, aber es kommt vor. Sie sind nicht der einzige Fall, wo Tiere aus einer Notlage heraus verkauft werden müssen.«
»Und da nehmen Sie jedes Mal fünfzig Prozent? Das ist ein tolles Geschäftsmodell!«
Als Claudette nicht antwortet, hakt Paul nach.
»Ich habe Sie was gefragt! Nehmen Sie immer die Hälfte als Provision?«
»Kein Kommentar, das geht Sie nichts an.«
»Also nicht! Wusste ich's doch: Sie wollen unsere Notlage schamlos ausnutzen!«
»Falsch! Sie haben ein Problem und ich kann es lösen. An dieser Stelle sollten wir die Diskussion abbrechen. Ich habe Ihnen ein Angebot gemacht; Sie lehnen es ab, so einfach ist die Sache. Falls Sie es sich anders überlegen, haben Sie meine Nummer.«
Claudette Roux drehte sich abrupt um und verließ die Wohnung. Paul Hammerschmitt schrie ihr die übelsten Verwünschungen nach und hörte auch nicht auf, nachdem die Tür längst geräuschvoll ins Schloss gefallen war.
Die Anstrengung brachte ihn aus dem Atem, dann erlitt er einen Hustenanfall und die Hasstiraden verkümmerten zu einem Röcheln. Nun tauchte Lazarus wieder auf und blieb in der Kellertür stehen, weil er sah, in welchem Zustand sein Vater sich befand und er traute sich nicht zu fragen, wie die Verhandlung gelaufen war. Das Gesicht seines Vaters sprach Bände, seine Halsschlagader trat deutlich hervor, das Krachen der Tür war nicht zu überhören. Erst nach einer Weile versuchte er es vorsichtig.

»Soll ich dir ein Bier holen, Papa?«
»Ja, verdammt!«, Die Antwort hallte wie ein Schuss durch den Flur. »Ich bringe sie alle um, diese Scheißvögel zuerst. Ich hacke ihnen den Kopf ab und drehe sie durch den Fleischwolf. Und dann stopfe ich der blöden Tussi das Gehackte in den Hals bis sie dran erstickt. Ich schwöre es! Sie will die Hälfte. Verstehst du: Fünfzig Prozent! Nein, die bekommt sie nicht. Nicht von mir! Niemals! Lieber mache ich Hackfleisch aus den Mistviehchern.«
Keuchend schleppte sich Paul Hammerschmitt ins Wohnzimmer und ließ sich auf die Couch plumpsen. Lazarus trottete hilflos mit der Bierflasche in der Hand hinterher und reichte ihm schließlich die Pulle.
»Bring mir meine Pillen!«, forderte Paul. »Die liegen auf dem Küchentisch! Los, mach schon!«
Lazarus beeilte sich, aber er erinnerte sich, dass in einer Fernsehsendung mal davor gewarnt worden war, Medikamente und Alkohol gleichzeitig einzunehmen. Außerdem hatten die Eltern erzählt, dass Lazarus' Bruder Richard deshalb unter die Räder gekommen sei; aber der Vater war alt genug, er würde schon wissen, was er macht, zudem es völlig zwecklos wäre, ihn belehren zu wollen.
Das Mittagessen verschlief Paul Hammerschmitt. Nach etlichen Flaschen Bier war er eingeschlafen. Mittags um drei hatte er immer noch keinen Mucks von sich gegeben und Lazarus bekam es langsam mit der Angst zu tun. Vorsichtig rüttelte er an Pauls Schulter und war beruhigt, als der Vater ein leises Röcheln von sich gab. Allerdings glaubte Lazarus, dass die dicken Schweißperlen auf Pauls Stirn kein gutes Zeichen waren, denn in der Wohnung war es nicht allzu warm. Vielleicht wäre es besser, einen Arzt zu rufen, aber der würde Fragen stellen, und weitere ungebetene Gäste wären das letzte, was sein Vater ihm verzeihen würde. Lazarus hoffte darauf, dass alles halb so schlimm war und Paul bald wieder munter sein würde. Eine Stunde lang tigerte Lazarus unschlüssig durch die Wohnung

und versuchte, sich mit Staubwischen und Aufräumen abzulenken, aber es funktionierte nicht. Alle paar Minuten schaute er nach seinem Vater, ob eine Veränderung zu sehen wäre. Gegen halb fünf beschloss Lazarus, einen Arzt anzurufen. Er erinnerte sich, dass die Nummer des Hausarztes in dem schwarzen Heft neben dem Telefon aufgelistet war. Gerade als er seinen ganzen Mut zusammengenommen hatte, ließ ihn das Läuten des Telefons zusammenzucken. Ausgerechnet jetzt! Das Herz schlug ihm bis zum Halse, während sein Vater völlig unbeeindruckt weiter schlief. Mit zittrigen Fingern nahm Lazarus den Hörer und stammelte seinen Namen.

»Hallo Lazarus!«, kam es zurück. »Hier spricht Claudette Roux. Ist dein Vater zu sprechen?«

»Ja … das heißt nein, er … er liegt seit Stunden auf der Couch und rührt sich nicht.« Jetzt brach es aus Lazarus heraus. »Ich weiß nicht, was mit ihm los ist!«

»Ganz ruhig, Lazarus.« Claudettes Stimme war jetzt ganz sanft. »Erzähl, Lazarus! Was ist passiert?«

Wie aus dem Schlund eines Vulkans sprudelte es jetzt aus Lazarus heraus. Obwohl er sich geschworen hatte, nie wieder ein einziges Wort mit Claudette Roux zu wechseln, erzählte er jetzt alles, was seit ihrem Besuch am Morgen geschehen war. Er brauchte dieses Ventil und jemanden, der ihm in seiner Verzweiflung zuhörte. Lazarus Hammerschmitt war mit seinen Nerven am Ende!

»Ich komme sofort«, erklärte Claudette. »Bleib ganz ruhig und leg ihm einen kalten Waschlappen auf die Stirn. In spätestens einer dreiviertel Stunde bin ich da. Unternimm nichts, ich komme so schnell ich kann. Hast du mich verstanden, Lazarus?«

»Ja, Claudette, ich warte auf dich«, stammelte Lazarus. »Bitte beeil dich!«

Plötzlich sehnte sich Lazarus nach ihr; völlig egal, was und wer sie war. Hauptsache, es kümmerte sich jemand um ihn.

11

Kurz nach sechs Uhr hielt Claudette vor dem Haus der Hammerschmitts in Furpach. Lazarus wartete bereits in der Haustür stehend und führte die Besucherin ins Wohnzimmer, wo Paul Hammerschmitt noch immer auf der Couch lag.
»Wie lange liegt er schon so?«, fragte Claudette.
»Seitdem du weggefahren bist.«
»Wie viel hatte er davon?«, hakte Claudette nach und zeigte auf die Bierflasche, die auf dem Tisch stand.
»Ich weiß es nicht genau; mindestens drei oder vier.«
»Was sind das für Tabletten?«
»Papa leidet unter den Nachwirkungen irgendeiner Tropenkrankheit, die hat er sich eingefangen, als er auf Montage war.«
»Welcher?«
»Keine Ahnung. Malaria vielleicht? Ich kenne mich da nicht so aus.«
»Oh, Mann!«, seufzte Claudette und studierte den Beipackzettel.
»Cortison«, sagte sie schließlich. »Hat er Fieber?«
»Keine Ahnung!«
»Du bekommst rein gar nix mit«, raunte sie, nahm Paul das nasse Tuch von der Stirn und fühlte. »Herr Hammerschmitt, hören Sie mich? Was ist los mit Ihnen?«
Paul öffnete die Augen und blinzelte. Dann ging alles sehr schnell.
Wie eine Schlange beim Angriff, schnellte sein rechter Arm nach vorne. Die Hand verkrallte sich in Claudettes Haar und zog ihren Körper nach vorne, so dass sie zwischen Couch und Wohnzimmertisch stürzte. Blitzschnell war Paul auf den Beinen

und kniete auf der eingeklemmten Person, die keine Chance hatte, sich gegen diesen Überfall zu wehren.
Wie ein Wahnsinniger drosch Hammerschmitt seine Fäuste gegen Claudettes Kopf und als er müde wurde, umklammerte er mit beiden Händen den Hals seines Opfers und drückte zu. Claudette strampelte mit den Beinen und versuchte, ihren Peiniger zu treten, aber es gab kein Entrinnen. Paul drückte erbarmungslos weiter zu. Claudette röchelte und war mittlerweile dem Tod näher als dem Leben, als Paul plötzlich nachließ, kopfüber nach vorne kippte und mit seinem gesamten Gewicht auf Claudette zum Liegen kam.
Claudette schnappte nach Luft, griff sich an den Hals und öffnete die Augen. Am Kopfende des Tisches stand Lazarus und hatte den abgebrochenen Hals einer Bierflasche in der Hand. Fassungslos starrten die beiden sich an. Die eine, weil sie nicht glauben konnte, dass sie dem Tod in letzter Sekunde entronnen war, Lazarus völlig verwirrt über das, was er da gerade getan hatte.
»Er hätte dich umgebracht!«, stammelte er. »ich hatte keine Wahl!«
»Alles gut, Lazarus«, japste Claudette und rieb sich den Hals. »Hilf mir, ihn rüber zu ziehen, damit ich hier raus komme!«
Gemeinsam schafften sie es, Pauls Körper anzuheben, so dass Claudette sich befreien konnte. Lazarus zitterte am ganzen Körper und starrte die leblose Gestalt am Boden an.
»Ich musste das tun!«, stammelte er fortwährend. »Ich musste einfach!«
»Ja, ich weiß!«, versuchte Claudette, ihn zu beruhigen.
»Ist er tot?«, fragte Lazarus ängstlich, obwohl er ahnte, dass er die Antwort bereits kannte.
»Weiß ich nicht! Wir müssen den Tisch zur Seite schieben. Steh nicht blöd rum, hilf mir.«
»Bist du verletzt?«
»Nein, ein paar Schrammen, es geht schon. Los jetzt!«

Das Möbelstück mit der schweren Marmorplatte ließ sich nur zentimeterweise verschieben, aber nach etlichen Versuchen war so viel Platz, dass Claudette sich über Pauls Körper beugen konnte, um den Puls an der Halsschlagader zu fühlen.

»Ich spüre nichts. Wir müssen ihn umdrehen.«

»Sollen wir nicht besser einen Arzt rufen?«, flehte Lazarus.

»Willst du in den Knast?«

»Wir könnten behaupten, dass er gestürzt ist!«, schlug Lazarus vor.

»Tolle Idee! Hier ist alles voller Glassplitter«, entgegnete Claudette und zeigte auf Pauls Hinterkopf. Das Haar war voller Blut und Glas, zusätzlich blutete Paul aus dem Ohr, aber mehr war nicht zu sehen.

»Los hilf mir, ihn umzudrehen!«, forderte sie.

Als sie Paul auf den Rücken gedreht hatten, starrten ihnen zwei glanzlose Augen entgegen. Es gab keinen Zweifel: Paul Hammerschmitt war tot, und Lazarus hatte sich zum Vollwaisen gemacht! Er war nun ein Doppelmörder, aber das wusste bis dahin nur er selbst.

»Schöne Scheiße!«, entwich es Claudette, die sich auf den Wohnzimmertisch setzte und den Kopf schüttelte. »Du hast ihn umgebracht.«

»Nein!«

Der hysterische Schrei von Lazarus hallte durch die Wohnung und drang bis in die letzte Ecke.

»Ruhig!«, mahnte Claudette. »Willst du die gesamte Nachbarschaft auf den Plan rufen? Okay, okay, du hast das nicht gewollt! Aber es ist nun mal wie es ist, du hast deinen Vater erschlagen.«

»Ich habe das nur für dich getan, Claudette!«, jammerte Lazarus. »Das weißt du doch!«

»Ist okay, aber trotzdem wanderst du ins Gefängnis, wenn das rauskommt.«

»Dann darf es eben nicht rauskommen!«

»Wie soll denn das gehen, mein Lieber? Deine Mutter ist schwer krank, dein Vater liegt hier auf dem Boden und der einzige, der von der Familie übrig geblieben ist, kriegt alleine nix auf die Reihe. Das kann man nicht vertuschen! Lazarus, wo ist deine Mutter? Ich muss mit ihr sprechen! Unbedingt!«
Lazarus fing an zu heulen und schlug sich immer wieder mit der flachen Hand gegen die Stirn. Das ging minutenlang so, bis Claudette schließlich die Geduld verlor, aufsprang und ihn an den Schultern rüttelte.
»Hör auf damit! Hör endlich auf! Was ist mit deiner Mutter? Da stimmt doch irgendwas nicht!«
Ab diesem Moment war Lazarus' Wille endgültig gebrochen. Er hatte von einer Sekunde zur nächsten die Kontrolle über sich verloren. Völlig unfähig, einen klaren Gedanken zu entwickeln, sprudelte es nun unaufhörlich aus ihm heraus, wie bei einem Wasserfall, der ständig in neuen Kaskaden von der Felswand fällt.
Lazarus gestand alles! Die Ermordung seiner Mutter, sein Leiden unter ihrer Diktatur, die Unfähigkeit seines Vaters, ihm beiseite zu stehen. Er beklagte den Mangel an Liebe und Zuwendung und er sprach von seinem innigsten Wunsch, diesem Haus für immer den Rücken kehren zu können.
Claudette stoppte seinen Redefluss zunächst nicht, hakte aber ein, als Lazarus nach geraumer Zeit ins Stocken geriet.
»Du hast einen Bruder erwähnt. Was ist mit dem?«
Lazarus erzählte, dass sein Bruder Richard seit Jahren verschollen sei, konnte aber keine genauen Zeitangaben machen. Die Eltern hätten kaum ein Wort über ihn verloren, nur manchmal wenn sie gestritten hätten. Dann hätten sie sich gegenseitig die Schuld für Richards Versagen in die Schuhe geschoben.
Claudette bohrte weiter, aber mehr, als dass Richard drogenabhängig gewesen sei und kurz vor seinem Verschwinden die Eltern beklaut hatte, war von Lazarus nicht zu erfahren.
»Wann hast du Richard zum letzten Mal gesehen?«, fragte

Claudette.
»Das ist lange her«, antwortete Lazarus hilflos. Anscheinend hatte er überhaupt kein Zeitgefühl oder er konnte sich tatsächlich nicht erinnern.
»Wie alt bist du, Lazarus?«
»Ich bin fünfunddreißig Jahre alt.«
»Ist Richard jünger oder älter als du?«
»Er ist ein bisschen jünger, glaube ich, aber nur ein paar Jahre.«
»Hat er sich nie mehr gemeldet?«
»Nein! Plötzlich war er weg! Vielleicht ist er tot.«
»Hat das jemand behauptet?«
»Nein, nur so. Könnte doch sein, oder?«
»Hast du sonstige Verwandte?«, wollte Claudette wissen. »Großeltern, Onkel, Tante, Cousine oder so?«
»Oma und Opa sind schon lange tot. Sonst ist da niemand, den ich kenne. Papa hat mal von einem Bruder erzählt, aber der ist schon seit vielen Jahren in Australien oder Amerika oder so.«
»Hatte dein Vater Kontakt zu ihm?«
»Nee, davon weiß ich nichts.«
»Du bist also der letzte Mohikaner?«
»Wie? Das verstehe ich nicht.«
»Okay, egal.«
Lazarus hatte sich mittlerweile beruhigt.
»Hast du eine Idee, was wir jetzt machen sollen?«, fragte er unsicher.
»Sprich nicht immer von uns oder wir, mein Lieber! Hier geht es ausschließlich um dich!«
»Ich weiß, dass ich schuld bin, aber ich stehe das alleine nicht durch. Hilfst du mir? Ich möchte gerne dein Freund sein. So richtig, verstehst du?«
»Das geht nicht so einfach, wie du dir das vorstellst, Lazarus. Ich muss erst nachdenken und du musst schwören, dass du alles tust, was ich dir sage!«
»Ich schwöre!«

»Alles! Ohne Widerrede!«
»Versprochen! Ich schwöre!«
»Vertraust du mir, Lazarus?«
»Ja, ja, natürlich! Ich mache alles, was du willst, Hauptsache du bleibst bei mir!«
»Gut, Lazarus, aber du musst sehr, sehr vorsichtig sein!«
»Ich werde aufpassen, Claudette! Versprochen!«
»Noch etwas: Am Klingelschild steht Hammerschmitt-Burger. War das der Mädchenname deiner Mutter oder war sie schon einmal verheiratet?«
»Wie? Was meinst du damit?«
»Woher kommt der Name Burger?«
»So hieß meine Mutter, bevor sie Papa geheiratet hat.«
»Na also!«, seufzte Claudette Roux und erinnerte sich an Paul Hammerschmitts Ausspruch: Lazarus kommt bei komplexen Zusammenhängen schnell an seine Grenzen. Wie wahr; es mussten nicht einmal komplexe Zusammenhänge sein, einfache genügten bereits.
»Wie sieht es mit den Nachbarn aus?«, bohrte Claudette weiter. »Gibt es da enge Kontakte? Ist ... äh, war dein Vater in Vereinen organisiert, oder in der Politik oder in der Kirche? Welche Kontakte pflegte er?«
»Nee, davon weiß ich nichts. Eigentlich hatte er mit allen Krach; Mama sowieso wegen der Vögel. Uns kann hier keiner leiden. Das ist der Grund, weshalb ich keine Freunde habe. Ich habe jetzt nur dich, Claudette. Bitte hilf mir!«
»Jetzt beruhige dich, Lazarus! Du musst einen klaren Kopf bewahren, alles andere bringt uns in die Bredouille.«
Lazarus lächelte zufrieden.
»Du hast gerade uns gesagt. Wir sind jetzt mehr als ein Team oder so, stimmt's?«
»Wir werden sehen, Lazarus. Hör zu, wir machen das so ... «
Claudette versuchte, ihm einen groben Plan ihres weiteren Vorgehens zu vermitteln, allerdings nur so weit, dass sie sicher

sein konnte, dass Lazarus es einigermaßen begreifen konnte. Viel war das nicht, aber so hatte er wenigstens einen Überblick, warum er dies und das in den nächsten Tagen würde erledigen müssen, und was er zu sagen hatte, falls jemand Fragen stellen würde. Er würde Claudettes Namen niemals nennen dürfen, das versuchte sie ihm einzuschärfen; andernfalls würde er sie niemals mehr wiedersehen und im Gefängnis landen.

»Und das willst du doch beides nicht!«, beendete Claudette ihren Vortrag.

»Nein, nein, nein! Ich werde dich nicht verraten, ich bin doch dein Freund, Claudette. Vielleicht heiraten wir später und haben Kinder, das wäre super!«

»Uih, du gehst aber ran, Lazarus! Mal sehen, was kommt. Du bist ein netter Kerl, aber wir müssen vorsichtig sein. Vorerst darf niemand wissen, dass wir ein Team sind. Hast du das verstanden?«

»Klar, ich verrate nix!«

»Super! So, jetzt müssen wir überlegen, was wir mit deinem Vater machen.«

»Er muss hier weg!«, regte sich Lazarus plötzlich erneut auf.

»Ach nee? Klar muss er hier weg, fragt sich nur: wohin?«

»Wir legen ihn zu Mama in den Garten«, schlug Lazarus emotionslos vor, als ging es darum, einen Sack Kartoffeln zu lagern. Spätestens jetzt begriff Claudette, dass sich Lazarus der ganzen Tragweite seines Handelns gar nicht bewusst war. Nicht zurechnungsfähig würde der Richter in seiner Urteilsbegründung argumentieren, dessen war sie sich sicher. Und genau darin bestand für sie selbst eine Chance. Die würde sie beim Schopfe packen. Lazarus war ohnehin nicht mehr zu retten, und mit dem Tod seiner Eltern hatte sie nichts zu tun.

Das einzige was sie brauchte, war Zeit, um ihren Plan umzusetzen. Das Problem war, dass sie Lazarus einerseits nicht aus den Augen lassen durfte, und andererseits Dinge erledigen musste, bei denen sie Lazarus nicht gebrauchen konnte. Während die-

ser Zeit würde sie ihn beschäftigen müssen. Klar vorgegebene Aufgaben zu erledigen, sollte für Lazarus weniger problematisch sein, sie durfte ihm nur keine Gelegenheit bieten, eigene Aktivitäten zu entwickeln.
»Nein Lazarus, das machen wir nicht. Zweimal an der gleichen Stelle, das ist zu auffällig. Ich habe eine andere Idee.«
Lazarus hörte aufmerksam zu und nickte.

12

Ich kann es auf den Teufel nicht leiden, wenn man versucht, mich zu verarschen!
Dabei ist es völlig egal, ob es sich um großkotzige Wahlversprechen machtgeiler Kommunalpolitiker handelt, die angeblich frischen Brötchen, die man mir aus Restbeständen vom Vortag andrehen will oder um das angeblich idiotensichere Handy, das ich gestern gegen mein altes Modell eingetauscht hatte.
Das hochmoderne Ding entwickelt ein Eigenleben und sträubt sich mit allem, was es hat, zu tun, was ich von ihm verlange. Dabei hat die junge Dame im Shop hoch und heilig versichert, ich müsse nur die Chip-Karte von alt nach neu transferieren und die Sache wäre geritzt.
Denkste! Nix ist geritzt!
Das geht schon damit los, dass mich das Gerät nach meinem Sprachwunsch fragt. Von Albanisch bis Zypriotisch wird alles angeboten. Habe ich das Ding vielleicht in Tirana oder Nikosia gekauft? Erst nach dem dritten Versuch hat die Plastik-Intelligenz kapiert, dass ich meine deutsche Heimatsprache bevorzuge.
Und dann das Datum und die Uhrzeit! Was für ein Aufwand! Nein ich will nicht wissen, wie spät es auf den Seychellen ist und auch nicht in AM, PM oder sonst was. Ganz normale Uhrzeit mit Doppelpunkt in der Mitte! Dass es eine automatische Zeitzone gibt, hat mir keiner gesagt, als ich sie fand, war mir die erste Stunde bereits zwischen den Fingern verflossen und ich der Verzweiflung nah.
»Das würde nicht mal Einstein verstehen«, hatte ich zu Marion gesagt. »Man muss Zeit aufbringen, um die Zeit einzustellen.«

»Einstein war intelligent, der hätte zuerst die Gebrauchsanweisung gelesen«, war die lapidare Antwort.
So geht das schon die ganze Zeit, meine Beschwerden kommen nicht an!
»Meine Kontaktdaten sind weg«, ergänze ich das Desaster.
»Dann wirst du sie wohl nicht auf der Karte gespeichert haben«, kommt es aus der Küche.
»Wo sollen sie denn sonst sein?«
»Im alten Gerät, mein Schatz!«
»Das habe ich zur Entsorgung im Shop gelassen.«
»Tolle Idee! Super! Dein technisches Verständnis gleicht dem eines Neandertalers!«
»Vorsicht! Die haben ihre Weibchen an den Haaren durch die Höhle gezerrt!«
»Träum weiter! Ich lackiere mir die Fingernägel, dann bin ich fertig.«
Konkret heißt das, dass ich mindestens eine Stunde Zeit habe.
»Ähm, ja! Wo gehen wir eigentlich hin?«
»Wir sind bei Doris zum Grillen eingeladen, das habe ich dir mindestens fünfmal erzählt. Antonia und Verena kommen auch.«
»Ach, das sind die beiden Witwen, stimmt's? Bin ich also wieder der einzige Mann.«
»Nein, Gerti aus dem Schwarzwald bringt Helmut mit. Die beiden sind zufälligerweise im Saarland zu Besuch bei Verwandten.«
»Ach die, ja die sind nett! Da kann ich wenigstens mit Helmut ein paar Bier trinken.«
»Vergiss es, du hast Fahrdienst. Das ist eine Party für die Mädels.«
»Und ich bin dein Hilfsheinz, oder wie?«
»Nein, Hilfsjosch, und jetzt hör auf zu meckern!«
Zwei Stunden später sitzen wir auf Doris Terrasse in Haus Furpach und genießen den alkoholfreien Begrüßungscocktail.

Mutter und Tochter der Gastgeberin sind ebenfalls zugegen, drei Generationen, über die Aussehen und Sprachfülle konsequent weitervererbt worden sind. Dass zwei Frauen die Männer gestorben sind und eine keinen gefunden hat, verwundert mich daher nicht wirklich. Die Witwen haben ihre Gatten wahrscheinlich in die Gräber gequatscht, die Jüngste sollte es mal am Speakers Corner im Hyde Park versuchen.
Helmut und ich brauchen keine Worte, um unser gemeinsames Leid zu kommunizieren. Die acht Frauen sind allesamt multitaskingfähig und extrem kommunikativ; sich da verbal einzumischen, käme einer Selbstgeißelung gleich. Wenn wir diesen Abend überleben wollen, müssen Helmut und ich die Münder und Ohren geschlossen halten, solange wir am runden Tisch sitzen.
Als Doris nach einer Stunde verkündet, dass es jetzt Zeit zum Grillen sei, ist die Stunde der Männer gekommen. Es gibt keine bessere Möglichkeit, diesem Gesprächsinferno zu entkommen und sich gleichzeitig heroisch in Szene zu setzen.
»Wir übernehmen das!«, erklären Helmut und ich wie aus einem Munde. »Keine Widerrede!«
Die Frauen widersprechen nicht, unser Abend scheint halbwegs gerettet; Helmut sieht das genauso. Zwei Bier werde ich mir genehmigen, bei meinem Grillkollegen ist das egal, er und seine Frau sind mit dem Taxi gekommen. Wir nehmen unsere Aufgabe ernst und lassen den Grill seine Arbeit machen. Derweil trinken wir Bier, plaudern über Fußball und den SC Freiburg, das Stuttgarter Bahnhofsprojekt und den Dilettantismus in der Politik. Dabei stellen wir fest, dass wir eigentlich zu alt sind, um uns groß aufzuregen, tun es aber trotzdem. Nach seinem dritten Bier ist Helmut der festen Überzeugung, dass die Menschheit unvermeidbar dem Untergang geweiht ist.
»In tausend Jahren gibt's uns nicht mehr«, prophezeit er.
Ich komme wohlwollend auf die Hälfte, bin mir angesichts der jüngsten Ereignisse in der Weltpolitik selbst da nicht mehr si-

cher. Vielleicht ist es nur die Hälfte von der Hälfte.
»Wir können es sowieso nicht ändern«, resigniert Helmut.
»Du redest wie meine Mutter«, antworte ich lachend.
»Ihr scheint euch prächtig zu amüsieren«, platzt Marion dazwischen, als sie plötzlich wie aus dem Nichts neben uns auftaucht. »Josch, kannst du bitte mal zu uns rüberkommen? Doris und Clara haben ein Problem!«
»Wer ist noch mal Clara?«, frage ich.
»Oh Mann! Doris Mutter.«
»Ah, ja! Um was geht's denn?«
»Das sollen sie dir selber sagen.«
Ich überlasse Helmut unfreiwillig das Grillfeld und begebe mich zum Frauentisch.
»Was habt ihr denn für ein Problem, das nur ein Mann lösen kann«, frage ich provozierend in die Runde.
»Stink hier nicht rum«, mault Marion. »Erinnerst du dich an die Sache mit den Papageien.
»Tut mir leid, auf das Stichwort hin springt meine Festplatte nicht an. Nein, tue ich nicht.«
Diese Art der generellen Verneinung habe ich mir angewöhnt; sie ist sehr hilfreich, weil Marion erfahrungsgemäß meist etwas anderes meint, als sich hinter einem vorgegebenen Stichwort verbergen könnte.
»Ich hatte das kürzlich erwähnt«, springt Clara ein. Den Nachnamen habe ich schon wieder vergessen, falls ich ihn je gewusst haben sollte. »Die Nachbarin von da hinten«, dabei zeigt sie mit der Hand in Richtung des Grundstücks. »Die mit den vielen Papageien, die dann plötzlich verschwunden war. Erinnerst du dich?«
»Dunkel!«
»Du wolltest prüfen, ob es zulässig ist, so viele Papageien in einem Wohngebiet zu halten«, ergänzt Marion.
»Nee, wollte ich nicht! Das macht das Ordnungsamt!«
Betroffenes Schweigen! Ich schweige aus Solidarität mit.

»Jedenfalls ist der Ehemann mittlerweile auch nicht mehr präsent«, meint Doris. »Sieht so aus, als sei der ebenfalls verschwunden.«
»Womöglich ist er seiner Frau hinterher«, vermute ich. »Soll vorkommen, dass die Männer ihren Frauen nachrennen. Was hat das Ganze mit den Papageien zu tun?«
»Die Viecher sind immer noch da und machen einen Heidenlärm. Anscheinend kümmert sich keiner um die«, antwortet Clara.
»Das stimmt so nicht, Mama«, interveniert Doris. »Der Lazarus ist im Haus und ... «
»Ja, aber der ist doch unterbelichtet«, ereifert sich ihre Mutter.
»Na ja, solange er schlauer ist als die Papageien, geht's doch, oder?«, stelle ich zur Diskussion.
»Josch, jetzt bleib doch mal ernst!«, maßregelt mich Marion.
»Ich war nie ernster als jetzt! Worauf wollte ihr eigentlich hinaus?«
»Die Rothaarige kommt jetzt immer öfter«, beschwert sich Clara.
»Vielleicht hilft sie dem Unterbelichteten beim Füttern«, schlage ich als Lösungsansatz vor.
»Das könnte natürlich sein, aber der Lazarus ist sonst immer alleine, die Eltern sind plötzlich beide weg ... das ist doch merkwürdig, oder nicht?«
Meinen Nachfragen, was daran merkwürdig sein soll, wenn Eltern mal Urlaub machen und ihren volljährigen Nachwuchs nebst Gespielin eine Zeit lang alleine zu Hause lassen, folgt ein lange andauernder Bericht, der zu einem Zeitpunkt beginnt, als es in Deutschland zwei verschiedene Währungen und ebenso viele Staatsoberhäupter gab. Alles kommt zur Sprache: die zerrütteten Familienverhältnisse, die Papageienplage, das unmögliche Verhalten der Familie Hammerschmitt, das Verschwinden des jüngsten Sohnes, die geistige Eingeschränktheit des Ältesten und so weiter und so fort. Sobald Doris Luft holt,

springt Clara in die Bresche und umgekehrt wird das verbale Staffelholz ebenso nahtlos weitergegeben. Zusammengefasst ist das Urteil vernichtend.

Die Familie Hammerschmitt-Burger ist bei allen Nachbarn verhasst und daran scheint nicht nur das dauerhafte Gekrächze des Federviehs Schuld zu sein. Das Ehepaar gilt als eigenbrötlerisch, grüßt nie und wurde niemals auf einem der zahlreichen Feste in der Gemeinde gesehen. Der Jüngste, Richard Hammerschmitt, hatte schon immer was mit Drogen und ist seit Jahren verschwunden, sein Bruder Lazarus ist geistig zurückgeblieben und wird von seiner Mutter Isabella tyrannisiert. Der alte Hammerschmitt, mit Vornamen Paul, war früher gerüchteweise fast immer unterwegs; im Alter leidet er unter den Folgen einer Tropenkrankheit und gilt als streitlustig, vor allem wenn er getrunken hat, was anscheinend des Öfteren vorkommt. Ehestreitigkeiten, die lauthals ausgetragen werden und die Nachbarn belästigen, sind fast an der Tagesordnung, einmal habe sogar die Polizei kommen müssen, weil der Streit zu eskalieren drohte.

»Und jetzt sind die Alten plötzlich weg und der Junge mit den Papageien alleine; das ist doch nicht normal!«, ereifert sich Clara. »Der Palaver der Vögel wird jeden Tag lauter!«

»Dann geht hin, klingelt an der Tür und fragt, ob alles in Ordnung ist«, schlage ich vor.

»Deshalb fragen sie dich, Josch«, erklärt Marion. »Die Frauen trauen sich nicht; wer weiß, wie der Junge reagiert.«

»Ich?«, frage ich verwundert. »Fragt doch den Ortsvorsteher; diese Leute wollen gerne überall mitmischen.«

»Ach der!«, klagt Clara. »Wie ich den kenne, hat der mehr Schiss als ich.«

»Du brauchst nur unverbindlich zu klingeln«, schlägt Doris vor.

»Was soll denn das sein? Ein unverbindlicher Hausbesuch? Guten Tag, ich bin die Vorwitznase von nebenan und wollte nur mal nachfragen, wieso deine Eltern verschwunden sind?

Wie stellt Ihr Euch das vor?«
»Falls wirklich etwas passiert ist, hat mal wieder keiner was gesehen«, mosert Doris. »In XY fordern sie immer, die Bürger sollen wachsam sein!«
»Genau!«, bestätigt Gerti. »Und außerdem bist du Hauptkommissar. Wenn nicht du, wer dann?«
»Im Ruhestand!«, wehre ich mich. »Ich habe überhaupt keine Befugnisse, dort aufzukreuzen. Ich bin doch kein Spitzel!«
»Wenn bei den Hammerschmitts alles in Ordnung ist, kann überhaupt nichts passieren! Wenn nicht, sind wir unserer Bürgerpflicht nachgekommen, so einfach ist das«, behauptet Clara mit der Lebenserfahrung von 88 Jahren.
»Tu ihr doch den Gefallen, Josch!«, bittet ihre Enkeltochter Ronja, die unbemerkt hinter mich getreten ist und erklärt, dass die kleine Maja nun endlich schläft. »Sonst nerven die wochenlang.«
»Warum gehst du nicht selbst rüber?«, frage ich zurück.
»Weil mir meine Verwandtschaft ohnehin nicht glauben würde, wenn sich das alles als Blödsinn herausstellt. Die sind nämlich meiner Meinung nach, was die Hammerschmitts angeht, alle paranoid. Inklusive dem Rest der Nachbarschaft.«
»Typisch!«, mault Clara. »Die Jugend heutzutage; denen ist alles egal. Früher … «
»Ja, Oma ich weiß: früher war eher und überhaupt!«
Omi schmollt, aber der Rest der Frauenriege gibt keine Ruhe und feixt weiter. Was da alles passiert sein könnte. Und der Dreck und der Lärm. Und wie gefährlich Vögel als Krankheitsüberträger sind. Und der arme Junge.
Schließlich spricht Marion den Satz aller Sätze:
»Der Josch wird da mal hingehen und sich erkundigen. Für einen ehemaligen Hauptkommissar ist das kein Problem. Gell Schatz, das machst du für uns!«
Das war keine Frage, sondern eine Feststellung und damit ist klar, dass ich aus dieser Nummer nicht mehr rauskomme. Ich

würde sie zwar am liebsten auf der Stelle erwürgen, aber vor allen Leuten werde ich sie nicht bloßstellen und das weiß sie genau. Verdammtes Luder! Sie nutzt die Situation schamlos aus.
»Mal sehen!«, erkläre ich unverbindlich.
»Ich setze eine Flasche Schampus und eine edle Zigarre«, verkündet Doris.
»Josch raucht nicht, aber den Schampus nehme ich«, bestätig Marion verbindlicher als ich zuvor. »Lass dich bloß nicht lumpen, das Beste ist gerade gut genug.«
Damit ist wenigstens das Entlohnungsprinzip geklärt.
Ich trete Marion unter dem Tisch ans Schienbein, aber sie zeigt keinerlei Reaktion. Diese Frau ist das härteste, was ich in meiner Karriere erlebt habe. Mit ihrer Kaltschnäuzigkeit hätte sie als Trickdiebin oder Bankräuberin eine erstaunliche Laufbahn hingelegt. Ich muss drei Mal hoch und heilig versprechen, mich der Sache anzunehmen, bevor mich die Damen zurück zu Helmut an den Grill entlassen. Helmut drückt mir eine Flasche Bier in die Hand und prostet mir zu.
»Ich weiß zwar nicht, um was es ging, aber ich habe mitbekommen, dass du eine arme Sau bist. Wenn so viele Weibsleute auf dich einquatschen, hast du keine Chance. Trag's mit Fassung!«
»Helmut, du bist ein wahrer Freund«, entgegne ich und nehme einen tiefen Zug aus der Flasche.
Ich trinke zwei Bier und als ich beim Essen ein drittes ordere, erinnert Marion mich daran, dass ich noch Auto fahren müsse.
»Nein«, wehre ich ab und zeige auf zahlreiche leere Crémant-Flaschen, die den Boden neben dem Tisch bevölkern. »Du fährst. Ich bin für den Hausbesuch bei den Hammerschmitts zuständig, damit hat sich das heute für mich. Keine weiteren Zugeständnisse. Notfalls nehmen wir uns ein Taxi. Oder bist du etwa fahrtüchtig?«
Aus der Tatsache, dass ich keinen Widerspruch höre, schließe ich, dass Marion ein schlechtes Gewissen hat, was ich in keinster Weise bedauere. Das Thema kommt für den Rest des

Abends nicht mehr zur Sprache, auch auf der Rückfahrt nicht, weil der Taxifahrer das nicht unbedingt mitbekommen muss. Vor dem Einschlafen drückt mir Marion einen dicken Kuss auf den Mund.

»Ich kann verstehen, wenn du sauer bist, aber Clara tat mir so leid. Die wird bald 90 und hat Angst; das kann ich nicht ertragen. Verstehst du das?«

»Klar verstehe ich das. Aber wenn es darum geht, übel über die Nachbarschaft herzuziehen, macht die alte Dame einen erstaunlich rüstigen Eindruck auf mich. Wer die Steine werfen will, muss sie auch aufheben, das ist meine Devise. Gibt es denn niemanden in der Siedlung, der sich darum kümmern könnte? Wieso ich? Ich will es dir sagen: Du gehst damit hausieren, dass ich mal Hauptkommissar war, und das passt mir ganz und gar nicht!«

»Okay, das war vielleicht nicht ganz fair von mir, aber vielleicht denkst du mal drüber nach, ob ich nicht ein kleines bisschen stolz auf dich bin. Übrigens: Wir sollten mal drüber nachdenken, ob wir heiraten wollen.«

»Kaum bin ich eingezogen … warum hast du es plötzlich so eilig? Bisher war das nie ein Thema.«

»Irgendwann muss man sich jedem Problem stellen!«

»Ja, ja; du hast immer das letzte Wort.«

»Und du das vorletzte. Mach das Licht aus!«

In dieser Nacht träume ich von Papageien, die in ganzen Sätzen sprechen und einen Heidenlärm veranstalten. Es müssen weibliche Exemplare sein!

Montag, 23. September

13

Am nächsten Morgen offenbart sich mir ein Problem: Ich habe keinen Wagen zur Verfügung!
Mein Wagen steht in Furpach und Marion ist bereits zur Arbeit gefahren, während ich selig geschlafen habe. Mist! Der Schuss ist nach hinten losgegangen!
Ich hätte am Vorabend ohne weiteres fahren können, denn mein Alkoholkonsum hatte sich über die Zeit gesehen in Grenzen gehalten, aber ich hatte Marion unbedingt eins auswischen wollen und sie die Taxe selbst zahlen lassen, aber jetzt habe ich den Salat.
Ich bin verkehrstechnisch von der Außenwelt nahezu abgeschnitten, denn um mein Auto mittels Busfahrt nach Furpach von dort zurückzuholen, würde so viel Zeit vergehen, dass ich zwischendurch eine neue TÜV-Plakette bräuchte. Das ist nun mal bei uns im Lande das Problem mit den öffentlichen Verkehrsmitteln und wird sich alsbald wohl nicht ändern. Ein Fahrrad besitze ich nicht, weil das in dem buckeligen Spiesen sowieso nur in der Garage stehen würde, und noch mal achtzehn Euro für ein Taxi hinzublättern ist mir die Sache nicht wert. Mir bleibt also nichts anderes übrig, als zu warten, bis Marion von der Arbeit zurückkommt.
Beim Frühstück überlege ich, wie ich weiter vorgehen soll. Einerseits ist mein Mobilitätsproblem eine wunderbare Gelegenheit, unter die Papageiengeschichte einen Schlussstrich zu ziehen, nach dem Motto: ich wollte ja, konnte aber nicht. Anderseits würde Marion das nicht gelten lassen, und damit war die Angelegenheit nur um einen Tag verschoben. Blöd war allerdings, dass ich mir heute ein paar Schuhe kaufen wollte, die

es im Einkaufszentrum nur heute zum Sonderpreis gab.
Ich bin bei meiner zweiten Tasse Kaffee angekommen, als es an der Haustür läutet. Wahrscheinlich ist es der Expressdienst, der mal wieder eine von Marions Bestellungen anliefert. Was mag es dieses Mal sein? Schuhe, Handtasche oder eine zusätzliche Bluse, die ihren Platz neben den anderen drei Dutzend würde behaupten müssen. Auf dem Weg zur Haustür überlege ich, wie viele Schuhe sie besitzt, ich schätze, dass drei Dutzend nicht reichen, bei den Handtaschen komme ich auf die Hälfte.
»Ah, das rollende Kaufhaus …«, bemerke ich beim Öffnen der Tür, bemerke aber sofort meinen Irrtum. »Ach du bist es!«
Dagmar, die inoffizielle Bürgermeisterin der Siedlung Am Köppsche.
»Dachte ich mir, dass du da bist; es riecht nach Kaffee bis vor die Tür«, entgegnet sie, küsst mich auf die Wange und stürmt an mir vorbei in die Wohnung. »Ein Käffchen würde ich nehmen!«
Da sitzt sie bereits am Esszimmertisch und reibt sich die Hände. Ich habe keine Chance!
»Kommt sofort«, resigniere ich.
»Josch, ich habe da ein Problem. Du musst mir helfen!«
»Ich? Dir helfen? Der ich doch handwerklich völlig unterbelichtet bin und zudem ein Mann!«
»Stimmt zwar alles, aber ich brauche deine organisatorischen Fähigkeiten.«
»Ich wusste gar nicht, dass ich überhaupt über wie auch immer geartete Fähigkeiten verfüge. Sonst erzählt ihr mir immer was anderes!«
»Immerhin hast du einen wachen Geist, und das ist für einen Mann schon erstaunlich!«
»Wer behauptet das?«
»Ich! Und ich kann das beurteilen, glaub mir!«
»Du willst doch nicht etwa behaupten, dass Markus nicht intelligent ist? Ich bitte dich!«

»Mein Schatz ist sowieso eine Ausnahme, aber jetzt lenk nicht vom Thema ab!«
»Um was geht es denn?«
»Gerts Geburtstag!«
»Welcher Gert? Es gibt zwei!«
»Von schräg gegenüber!«
»Ach so, der!«
»Genau der! Er wird nächsten Monat achtzig!«
»Tolles Alter!
»Sein Nachbar Walter wird im selben Monat fünfundachtzig!«
»Noch toller!«
»Und die Frauen von den beiden haben drei Wochen später Geburtstag, wenn auch nicht rund!«
»Wenn ich das richtig in Erinnerung habe, hat jeder jedes Jahr einmal Geburtstag, bis auf die, die am 29. Februar … «
»Du nervst!«
»Gut, ich höre!«
»Ich habe mir überlegt, dass wir den Herrschaften ein gemeinsames Geburtstagsfest organisieren.«
»Alles was du willst, ist eine Riesensause für die ganze Siedlung, gib's doch zu!«
»Ja und? Was spricht dagegen? Es ist doch besser, wenn die ganze Truppe einmal ordentlich feiert, als wenn jeder einzelne so eine Pseudo-Party für den kleinen Kreis organisieren muss; vor allem bei den älteren Semestern!«
»Ist auch wesentlich billiger!«
»Seit deiner Pensionierung ist bei dir anscheinend der Altersgeiz durchgebrochen.«
»Red keinen Unsinn! Mit der Rente wird das Geld knapper, das werdet ihr irgendwann am eigenen Leib erleben. Wenn ihr so weit seid, werdet ihr womöglich unter der Brücke schlafen müssen.«
»Dummschwätzer! Hilfst du mir nun oder nicht?«
»Kommt drauf an, was ich machen soll.«

»Du könntest beispielsweise Marion heiraten; wir hatten schon lange keine Hochzeit mehr in der Siedlung.«
»Blödsinn! Ich stürze mich doch nicht ins Ungewisse, nur damit ihr eine Sause machen könnt! Komm auf den Punkt! Um was geht es, was soll ich machen?«
»Geld kassieren! Zehn Euro von jedem in der Siedlung pro Nase, nicht pro Haushalt! Das reicht dann gerade für die Getränke; ums Essen müssen sich die Jubilare kümmern.«
»Von allen?«, frage ich nach.
»Klar! Wer sich weigert, wird nicht eingeladen!«
»Von Gert, Walter und deren Frauen auch?«
»Von denen natürlich nicht!«
»Warum sagst du dann von jedem?«
»Haarspalter! Was ist jetzt? Ich habe keine Zeit. Machst du's?«
»Habe ich eine Wahl?«
»Nein!«
»Dann mache ich es freiwillig!«
»Guter Junge! Fang am besten gleich an. Ich muss wissen, wer mitmacht, damit ich planen kann.«
»Nur wenn du mir vorher einen Gefallen tust!«
»Was sind denn das für neumodische Sitten? Das ist unmoralisch!«
»Quatsch! Ein Notfall! Mein Auto steht in Furpach. Kannst du mich hinfahren?«
»Wie? Dein Auto steht in Furpach?«
Dagmar gibt nicht eher Ruhe, bis ich ihr alles haarklein erklärt habe – bis ins letzte Detail, inklusive der Umstände von den Streitigkeiten der Nachbarn, der Papageien und dem angeblichen Verschwinden des Ehepaares. Eine Viertelstunde später sind wir unterwegs.
»Jetzt bin ich gespannt, was uns dort erwartet«, meint Dagmar mit heller Begeisterung, als wir durch die Herrmannstraße brettern und sie den nächsten Gang reinhaut.
»Wenn du so weiter fährst, erwartet uns höchstens das Kran-

kenhaus«, entgegne ich.
»Bist du ein Mädchen, oder was?«
»Dir ist schon klar, dass rechts zum Fahrbahnrand wesentlich mehr Platz ist als zum Mittelstreifen?«
»Ich muss mich am Mittelstreifen orientieren; ich glaube, ich brauch 'ne neue Brille.«
»Eine Neue! Das ist nicht dein Ernst? Du hast gar keine Brille auf!«
»Ja, ich such das Scheiß Ding seit drei Wochen und finde sie nicht! Wie vom Erdboden verschluckt.«
»Seit drei Wochen!«
»Keine Zeit gehabt für eine Neue! Und jetzt nerv mich nicht! Wer will denn nach Furpach, du oder ich?«
»Ich will allerdings nicht auf den dortigen Zentralfriedhof!«
»Mein Gott, was bist du für ein Angsthase! Was glaubst du, was uns bei dem Typ erwartet?«
»Welcher Typ?«
»Dem Papageien-Heinz!«
»Uns? Wieso uns?«
»Du glaubst doch nicht, dass ich dich ablade und sofort wieder abdüse!«
»Doch! Genau das wirst du tun!«
Die unerwartete Vollbremsung haut mich in den Sicherheitsgurt. Hinter uns hupt ein Auto.
»Hey, was ist denn jetzt los!«, rufe ich entsetzt.
»Das ist die Höhe!«, regt sich Dagmar auf. »Ich soll da nicht mit? Was glaubst du, warum ich dich dorthin kutschiere? Um zu verduften, wenn es spannend wird? Nein, mein Lieber, so nicht! Entweder ich bin dabei oder du suchst dir einen anderen Chauffeur!«
»Ist gut, ist gut!«, resigniere ich. »Von mir aus, wenn's nicht anders geht. Aber nur, wenn du tust, was ich sage!«
»Wie soll'n das gehen? Ich hab nie gemacht, was andere gesagt haben!«

»Dann machst du eben heute eine Ausnahme! Das ist der Deal!«
»Ich kann nichts versprechen, aber ich werde es versuchen.«
»Ich werde klingeln und lediglich fragen, wie es den Papageien geht, und ob die zum Verkauf stehen.«
»Wieso das denn? Ich dachte, es geht um das Verschwinden von diesem Ehepaar.«
»Das ist das Einstiegsthema. Ich kann schlecht mit der Tür ins Haus fallen und fragen, wie es den Eltern geht.«
»Warum nicht? Das wäre wenigstens eine Strategie. Ich bin eine der besten Mit-der-Tür-ins-Haus-Fallerin der Welt. Warum um den heißen Brei reden?«
»Wir machen das so, wie ich gesagt habe, basta! Der Rest wird sich ergeben. Und du hältst den Mund!«
»Frauenfeind!«, schmollt Dagmar und gibt Gas.
»Wieso Frauenfeind?«, will ich wissen.
»Wer einer Frau den Mund verbieten will, verhält sich frauenfeindlich. Und ausgerechnet mir! Das hat noch keiner geschafft, das geht gar nicht!«
»Irgendwann passiert alles zum ersten Mal und jetzt hör auf mit dieser leidigen Diskutiererei!«
»Kennst du den Weg überhaupt?«
»Selbstverständlich und jetzt fahr anständig! An der Lakai vorbei und dann oben auf der Kuppe nach links.«
»Am Grünen Baum?«
»Wenn da einer steht, von mir aus.«
Wenige Minuten später fahren wir am Standplatz meines Wagens vorbei.
»Hier steht mein Auto, aber das holen wir später. Die nächste links.«
Wir erreichen unser Ziel und steigen aus.
»Da ist es!«
»Mein Gott, das sieht aber übel aus, schau dir mal das Dach an! Hier möchte ich beim nächsten Sturm nicht wohnen. Und die

Eternit-Platten am Giebel, liebe Güte!«
»Jedem das seine«, schlage ich die Bedenken in den Wind. »Ich gehe vor und du hältst den Mund!«
»Guten Tag werde ich wohl sagen dürfen.«
»Wenn es sein muss, aber nicht mehr!«
»Frauenfeind! Sag ich doch!«
Hammerschmitt-Burger steht neben dem Klingelknopf. Den schrillen Ton der Klingel hört man bis nach draußen. Nach einer Weile tut sich hinter der Haustür etwas, dann öffnet sie sich und ein junger Bursche erscheint. Ich sehe ihm auf den ersten Blick an, dass er nicht zu den Privilegierten seiner Gattung gehört.
Seine Arbeitsmontur ist wahrscheinlich schon seit Generationen im Familienbesitz und ziemlich zerschlissen. Das rote Holzfällerhemd muss unmittelbar nach Erfindung des Webstuhls gefertigt worden sein und die derben Schuhe wurden vom Erstkäufer wahrscheinlich mit Reichsmark bezahlt. Alles was der junge Mann trägt, scheint dreimal so alt zu sein wie er selbst; ich schätze ihn auf Anfang bis Mitte dreißig.
»Ja?«, fragt er und schaut dabei genauso hilflos wie dämlich aus der Wäsche.
Der Kerl ist lang und hager und trägt das ungepflegte Haar halblang, zudem ist er unrasiert und hinterlässt insgesamt einen ungepflegten Eindruck.
»Sind Sie Herr Hammerschmitt?«, frage ich, weil mir plötzlich nichts Besseres einfällt.
»Oder der Herr Burger?«, ergänzt Dagmar, worauf ich ihr mit dem Absatz auf die Zehen trete.
»Ja«, sagt der Mann, ohne auf die Zuordnung einzugehen. »Was wollen Sie?«
»Im zweiten Satz liegt ein aggressiver Unterton und ich vermute, dass dieser Mann nicht so harmlos ist, wie er auf den ersten Blick erscheint.
»Es geht um … «, setze ich an, aber dann ist es schon passiert.

»Wir möchten mit den Besitzern der Papageien sprechen«, sprudelt Dagmar hemmungslos hervor. »Man hat uns zugetragen, dass sie einige wunderbare Exemplare haben. Wir kommen vom Magazin Mensch und Vögel und möchten eine Reportage machen. Kennen Sie unser Journal?«

»Äh, nein«, antwortet der junge Mann perplex.

»Schade«, haucht Dagmar.

Ich hätte wissen müssen, dass ich dieser Frau nicht über den Weg trauen darf. Ihr das Wort zu verbieten, war nichts anderes als ein fulminanter Selbstbetrug.

»Entschuldigung«, versuche ich es erneut. »Sie sind Herr … «

»Lazarus Hammerschmitt!«

»Sehr erfreut. Mein Name ist Schaum und das ist meine Kollegin … «

»Rathman-Schneider, Arabella Rathman-Schneider; aber die meisten nennen mich Bella. Dürfen wir reinkommen und die Tiere fotografieren?«

»Nein!«, entgegnet Lazarus vehement und macht sich in der Tür breit. »Das geht jetzt nicht!«

»Wir wollen Ihnen keine Umstände machen«, setzt Dagmar nach. »Ein paar Fotos fürs Magazin und schwupps, sind wir schon wieder weg.«

»Nein, nein!«, wehrt sich der junge Mann und macht sich noch breiter. »Das ist unmöglich!«

»Man hat uns erzählt, dass eine Frau die Halterin der Tiere ist«, versuche ich es diplomatisch. »Ist die denn da? Wir würden gerne ein Interview mit ihr machen.«

»Nein, die ist nicht da, es ist niemand zu Hause.«

»Okay, können Sie mir vielleicht sagen, wann ich jemanden antreffen kann, um … «

»Bei uns ist nämlich morgen Abend Redaktionsschluss«, fällt mir Dagmar ins Wort. »Wir hätten den Artikel gerne in der nächsten Ausgabe.«

»Ja, ich meine nein; da kann ich jetzt nichts dazu sagen, da

müsste ich zuerst mit Claudette sprechen.«
»Claudette? Ist das die Züchterin?«
»Nein.«
»Ist die Halterin Ihre Mutter?«, will Dagmar wissen.
»Ja.«
»Und wo ist die?«
»Sie ist krank.«
»Hoffentlich nichts Ernstes«, zeige ich mich besorgt.
»Sie ist sehr krank.«
»Oh, das tut uns leid. Ist Ihr Vater denn erreichbar?«
»Nein, der ist auch krank.«
»Manchmal kommt es richtig dick«, heuchelt Dagmar.
»Es geht das Gerücht, dass die Tiere verkauft werden sollen«, bohre ich nach.
»Wir könnten für Sie in unserem Magazin inserieren«, schlägt Dagmar frech vor und setzt einen drauf. »Kostenlos natürlich, aber dazu bräuchten wir natürlich Fotos von den Tieren, wer kauft schon gerne den Papagei im Sack? Wir drucken übrigens in Hochglanz, das macht kein anderes Blatt!«
Wie schafft die Frau es bloß, aus dem Stegreif solch unverschämte Lügen aus dem Ärmel zu zaubern?
»Ja, das ist gut, aber jetzt geht das nicht«, wehrt Lazarus ab.
»Es ist in Ihrem eigenen Interesse«, beschwichtige ich, bevor Dagmars Fantasie komplett mit ihr durchgeht. »Diese Claudette: Vielleicht könnten Sie die anrufen, um einen Termin zu vereinbaren. Oder Sie geben uns die Kontaktdaten, dann rufen wir selbst bei ihr an.«
»Nein, nein, nein, auf keinen Fall! Das würde ihr nicht recht sein. Ich telefoniere selbst mit ihr.«
»Dann tun Sie das, wir warten so lange«, erklärt Dagmar hartnäckig.
»Nein, liebe Kollegin«, widerspreche ich und wähle diese Anredeform, weil mir ihr fantasievoller Aliasname entfallen ist. Wir kommen einfach morgenfrüh noch mal vorbei. Sagen wir

um zehn!«
»Aber …«, versucht Dagmar eine Widerrede.
»Nichts aber! Wir müssen in die Redaktionssitzung, schon vergessen?«
Dagmar merkt, dass ich es ernst meine und keinen Widerspruch dulde, und gibt klein bei.
»Ach ja, gut, dann bis morgen um zehn!«
»Das … das geht nicht, Claudette ist im Urlaub«, stottert Lazarus.
»Wie schade! Mir scheint, Sie haben gar kein Interesse!« heuchelt Dagmar die Beleidigte. »Wie schade! Andere laufen uns die Türen ein, um in unser Magazin zu kommen.«
»Das stimmt! Man könnte fast den Eindruck bekommen, dass mit den Tieren irgendwas nicht in Ordnung ist.«
»Nein, nein, es ist alles okay«, wehrt sich Lazarus übermäßig laut und aggressiv. Es ist deutlich zu spüren, dass er unter erheblichem Stress steht.
»Kommen Sie zurecht?«, fragt Dagmar. »Ich meine, so ganz alleine? Sind denn Ihre Eltern im Krankenhaus? Sind sie wenigstens auf dem Weg der Besserung? Oder wird das eine längere Geschichte?«
»Gehen Sie!«, faucht Lazarus ungehalten, schreit es ein zweites Mal heraus, dreht sich um, verschwindet ins Haus und wirft die Tür krachend hinter sich zu.
»Hoppla«, entfährt es Dagmar. »Da haben wir anscheinend in ein Wespennest gestoßen.
»Sieht ganz so aus. Komm, wir gehen!«
Im Wagen macht mir Dagmar bittere Vorwürfe.
»Du hast viel zu früh aufgegeben, Josch! Ich hätte den Kerl schon dazu gebracht, dass er diese Claudette anschleppt.«
»Und dann? Bei einer Diskussion um diese Viecher wäre sofort aufgefallen, dass wir von Tuten und Blasen keine Ahnung haben. Außerdem hast du überhaupt keine Kamera dabei! Von wegen Fotos!«

»Ich hätte mich schon rausgeredet, Hauptsache, wir kommen in die Wohnung.«
»So was nennt man Hausfriedensbruch!«
»Jetzt geht wieder der Bulle mit dir durch.«
»Einmal Bulle, immer Bulle! Fahr mich bitte zu meinem Auto, unsere Mission ist beendet.«
»Ich hätte aber gerne gewusst, wie es in dem Haus aussieht.«
»Ich auch! Fahr los, bevor uns die Nachbarschaft ins Visier nimmt. Das Gebrüll von dem Kerl war schließlich nicht zu überhören!«
»Gut, aber die Sache ist damit nicht zu Ende, das dürfte doch wohl klar sein. Da ist was faul im Staate Dänemark! Wir müssen reden«, meint Dagmar theatralisch.
»Du sagst wir und meinst dich! Aber von mir aus: Komm nachher rüber, dann reden wir drüber. Aber nicht lange, ich muss schließlich das Geld für die Geburtstagsparty eintreiben, falls du dich an deinen Auftrag erinnerst.«
»Ich erinnere mich sehr wohl, aber das ist nicht vorrangig. Zuerst müssen wir drüber reden, was wir mit diesem Halbirren anfangen. Ist doch klar, dass da etwas passieren muss.«
»Gibt's bei dir etwas zu Mittag?«, frage ich vorsichtig.
»Quatsch, ich koche abends, wenn meine Männer von der Arbeit kommen. Das wäre übrigens eine Option für dich, wenn du verheiratet wärest, dann würde Marion möglicherweise für dich kochen.«
»Das glaubst du doch selbst nicht! Außerdem ist das kein Argument …«
»Dann mach einen Kochkurs oder lies ein Kochbuch. Ich kann dir eins ausleihen.«
»So lange kann ich nicht warten. Dann mache ich mir den Rest vom Gulasch warm. Mit leerem Magen kann ich nicht denken.«
»Geht mir ähnlich, ich hoffe, dein Aufgewärmtes reicht für zwei. Ruf an, wenn du fertig bist, ich komme dann rüber.«

Dagmar setzt mich bei meinem Wagen ab. Zeitgleich fahren wir los, aber nach der dritten Kurve ist sie bereits verschwunden.

Wenn Marion erfährt, dass ich für unsere Nachbarin gekocht habe, wird das schwerwiegende Folgen haben. Zukünftig werde ich mich nicht mehr rausreden können, dass mir für die Küche das Talent fehlt, selbst wenn es nur um Aufgewärmtes geht. Ich fürchte, das wird ein Grundsatzthema.

Hätte ich doch heute Morgen bloß ein Taxi genommen! Ach ja! Die Schuhe zum Sonderpreis sind mir auch durch die Lappen gegangen. Zum Schnäppchenjäger tauge ich eben nicht.

14

Aufgewärmtes Gulasch! Lecker!
Wenn Marion ihr Geheimrezept zubereitet, bitte ich sie immer, großzügig zu kochen, damit wir einige Portionen einfrieren können. Das Original ist bereits eine Wucht, aber für das Aufgewärmte gehe ich bis ans andere Ende der Welt! Ein Kanten Weißbrot dazu, Besseres gibt es nicht!
Dagmar sieht das völlig anders.
»Das kann nicht dein Ernst sein«, mosert sie, als sie in den Kochtopf schaut. »Von dem bisschen wird kein Mensch satt, schon gar nicht zwei Personen. Markus würde alleine die doppelte Portion verdrücken.«
»Gut möglich, mir reicht's aber.«
»Da gehören Salzkartoffeln dazu! Oder Nudeln! Oder Klöße!«
»Was hast du gegen Weißbrot? Die Soße … «
»Da gehören Nudeln dazu!«
»Ich habe jetzt aber keine Lust auf Nudeln!«
»Aber ich!«
»Dann mach dir welche! Die Töpfe sind im unteren Fach und die Nudeln in der oberen Schublade; falls welche da sind!«
Das Problem erledigt sich von selbst, da weder Nudeln noch Kartoffeln im Haus sind.
»Als Hausmann bist du genauso eine Niete wie als Handwerker«, urteilt Dagmar, womit sie nicht Unrecht hat, aber das juckt mich wenig.
Mit ihrer Einschätzung, dass die Portion für zwei Personen nicht reicht, liegt sie allerdings richtig.
»Voller Bauch studiert genauso ungern wie ein leerer, von daher ist die Menge ausgesprochen konstruktiv«, beschließe ich.

»Wir wollen schließlich überlegen und nicht verdauen!«
»Du hättest Politiker werden sollen oder Papst! Die drehen sich immer alles so, dass es passt. Trotzdem brauche ich zur Verdauung einen Schnaps!«
»Kriegst du, aber nur einen!«, gebe ich klein bei und kredenze einen Bliesener Quetsch, den uns kürzlich Bekannte mitgebracht hatten.
»Du wirst zugeben müssen, dass bei den Hammerschmitts etwas faul ist!«, eröffnet Dagmar die Diskussion.
»Soweit würde ich nicht gehen. Noch nicht! Es ist merkwürdig, ja, aber das muss nichts heißen. Lazarus Hammerschmitt ist keine Geistesgröße, okay, aber das alleine hat nichts zu sagen. Anscheinend kommt er alleine zurecht, und dass er rumläuft wie ein … jedenfalls geht uns das nichts an.«
»Du meinst, er kann hausen, wie er will, solange er niemanden belästigt. Von mir aus, aber wovon lebt der Kerl? Ich bezweifele, dass er in der Lage ist, Bankgeschäfte eigenständig zu führen. Ist der überhaupt geschäftsfähig?«
»So schlimm sehe ich das nicht, und darüber haben wir nicht zu befinden. So lange er für sich selbst und andere keine Gefahr darstellt, ist das für uns kein Ansatzpunkt.«
»Und was wäre deiner Meinung nach ein Ansatzpunkt?«
»Dass er uns nicht ins Haus gelassen hat, zeigt, dass er clever ist. In jeder Fernsehsendung wird davor gewarnt, Fremde ins Haus zu lassen. Aber dass er sich weigert, irgendwelche Aufenthaltsorte oder Kontakte seiner kranken Eltern preiszugeben, macht mich misstrauisch. Und dass … «
»Genau!«, unterbricht Dagmar. »Und wieso hat er sich mit Händen und Füßen dagegen gewehrt, dass wir die Papageien fotografieren? Wenn er die Tiere tatsächlich verkaufen wollte, wäre ein kostenloses Inserat die Chance für ihn. Und überhaupt: Welcher Besitzer wollte nicht seine Tiere in einem Hochglanzprospekt sehen? Sein Verhalten ist in der Tat merkwürdig.«

»Das ist das eine, aber da war etwas, was mich sehr überrascht hat ... «

Wieder unterbricht mich Dagmar.

»Du meinst diese ominöse Claudette? Die angebliche Bekannte! Wer ist das und welche ... «

»Nein, die meine ich nicht!«

»Was denn?«

»Wahrscheinlich hast du es nicht bemerkt, aber an seinem rechten Hemdsärmel war ein großer dunkler Fleck. Ich glaube, dass es ein Blutfleck ist.«

»Was?«, schreit Dagmar hysterisch. »Blut? Oh Gott! Nein, das ist mir nicht aufgefallen. Auf dem Holzfällerhemd? Das rückt den Kerl in ein ganz anderes Licht. Bist du sicher?«

»Dass es Blut ist, ja. Aber beruhige dich, es muss nicht zwingend menschliches Blut sein. Von ihm ist es wahrscheinlich nicht, oder hast du bei ihm eine Wunde entdeckt?«

»Nein. Vielleicht unter den Klamotten.«

»Möglich; oder es ist von ... «

»Ja klar! Der hat die Papageien geschlachtet! Das ist es! Deshalb wollte er uns nicht reinlassen. Wir müssen ihn anzeigen!«

»Schön langsam mit den jungen Pferden!«

»Aber das ist Tierquälerei!«

»Kann man Papageien eigentlich essen?«, frage ich mehr an mich selbst gerichtet.

»Du stellst Fragen! Keine Ahnung! Ich kann mich jedenfalls nicht erinnern, in einem meiner Kochbücher je ein Rezept über Papageienragout oder Arabrüstchen entdeckt zu haben. Dass wüsst ich! Sag mal selbst, wer kommt denn auf so was?«

»War laut gedacht! Könnte doch sein, dass ein gebrutzelter Ara eine Delikatesse ist.«

»Hab ich nie was von gehört!«

»Was nicht heißen muss, dass es so etwas nicht gibt.«

»Ich weiß, wer das wissen könnte«, fällt Dagmar plötzlich ein und greift zu ihrem Handy. »Sonja! Essenstechnisch weiß die nämlich alles. Moment, das haben wir gleich.«

Das Ganze war meinerseits eigentlich mehr als Scherz gemeint, aber bitteschön, wenn es der Wahrheitsfindung dient, kann die Recherche nicht schaden.

»Hallo Liebes«, haucht Dagmar in ihr Telefon. »Sag mal: Gibt's ein Gericht mit Papageienfleisch?«

Stilles kurzes Warten.

»Ja, genau! Papageien! Nein, das ist kein Witz! Papageienbeinchen, Brüstchen, au vin, was weiß ich? Gibt's so was?«

Stilles Warten, kürzer.

»Nein, mein Engel, ich bin nicht betrunken! Ich sitze hier bei Josch; wir beratschlagen über ... erzähl ich dir ein anderes Mal, das dauert jetzt zu lange. Jetzt mach schon: Ja oder Nein?«

Wieder stilles Warten, dieses Mal länger.

»Aha! Auch nicht als Delikatesse! Na gut, Schatz. Danke. Den Rest erzähle ich dir bei Gelegenheit und tschüss!«

Das Ergebnis ist klar: Die Viecher stehen auf keinem Speiseplan. Gut möglich, dass sich einheimische Stämme am Amazonas oder in Papua-Neuguinea von dem Federvieh ernähren, aber es ist unwahrscheinlich, dass die zu Lazarus Kundenstamm gehören.

»Was sind die Vögel eigentlich lebend wert?«, will Dagmar wissen. »Ich habe mal gelesen, die sind gar nicht so billig.«

»Kommt wahrscheinlich auf die Art an«, vermute ich.

»Und auf das Geschlecht!«, ergänzt Dagmar.

»Auch das. Sprechende Papageien, also die Weibchen, sind nicht jedermanns Sache. Wenn es jemand eher ruhig haben will, wird er für ein stummes Männchen mehr Geld ausgeben, als für eine plappernde Papageiendame.«

»Du bist blöd! Wer sagt denn, dass nur die Weibchen sprechen können?«

»Meine Lebenserfahrung!«

»Warst du mal mit einem Papagei verheiratet oder was?«

»Nein, aber dein Mann ist es!«

»Wag dich, Markus diesen macho-Spruch ins Ohr zu setzen! Ich warne dich! Apropos Mord! Wir müssen rausfinden, ob die alten Hammerschmitts leben, oder wo sie sind.«
»Tolle Idee! Wie willst du das rausfinden?«
»Ich? Du bist der Hauptkommissar! Ich weiß: a.D., aber du hast selbst gesagt: einmal Bulle, immer Bulle!«
»Man kann nicht so einfach hinter fremden Leuten her spionieren! Lazarus hat gesagt, dass sie krank sind, also lass die armen Hammerschmitts in Frieden!«
»Und wenn er lügt?«
»Dann lügt er eben, das ist nicht strafbar.«
»An diese Claudette müssen wir ran«, zündet Dagmar die nächste Idee.
»Was willst du von der? Fragen, wie Papageien schmecken?«
»Immerhin scheint sie etwas von Papageien zu verstehen, sonst würde Lazarus sie nicht um Rat fragen.«
»Ich gehe davon aus, dass sie die rothaarige Frau ist, die in letzter Zeit öfter dort in der Siedlung gesehen worden ist.«
»Demnach wäre sie nicht in Urlaub, wie Lazarus behauptet hat.«
»Kann man so nicht sagen, weil wir nicht wissen, wann sie zum letzten Mal gesehen worden ist.«
»Man müsste sich auf die Lauer legen«, schlägt Dagmar vor.
»Wir sind hier nicht in einem amerikanischen Action-Thriller. Nein; wenn überhaupt kommen wir nur über die Papageien an weitere Informationen ran.«
»Über die Papageien? Willst du die interviewen oder was?«
»Nee, der Tierschutz! Anfrage oder Anzeige!«
»Okay, dann ruf an!«
»Einen Teufel werde ich tun! Ich habe von Anfang an gesagt, dass die Anzeige der machen muss, der sich belästigt fühlt; und das sind nun mal die Nachbarn. Wenn von denen keiner einen Arsch in der Büx hat …«
»Das hätten die schon längst machen können!«

»Eben! Anscheinend sind sie sich dazu zu fein oder sie trauen sich nicht.«
»Was machen wir jetzt?«
»Nichts! Ich telefoniere mit den Nachbarn.«
»Dann war das also eine Metzgerfahrt?«
»Nicht ganz. Immerhin steht mein Wagen wieder vor der Tür.«
»Magere Ausbeute«, knurrt Dagmar enttäuscht.
»Wir wissen zudem, dass die Rothaarige Claudette heißt. Vielleicht bekommen wir den Nachnamen raus.«
»Wie denn?«
»Wenn wir die Autonummer hätten, könnte ich eine Halteranfrage starten.«
»Über deine alten Kontakte?«
»Genau!«
»Dann sollen sich die Nachbarn ein bisschen Mühe geben!«
»So ist es! Und jetzt brauche ich ein Mittagsschläfchen.«
Dagmar ist nicht begeistert, als ich sie aus dem Haus komplimentiere.
»Den Tisch habe ich bereitwillig mit dir geteilt, aber die Couch bleibt meine Domäne!«
»Gott sei Dank, du Frauenfeind! Undenkbar, dass ich mit dir das Kopfkissen teile!«
Zehn Minuten später bin ich eingeschlummert.

Dienstag, 24. September

15

Um 14 Uhr endet mein Nickerchen abrupt, weil meine Blase auf Erleichterung pocht. Eine halbe Stunde später meldet sich Marion und teilt mit, dass sie vor 20 Uhr nicht zu Hause sein wird, weil sie vor einem städtischen Gremium einen Sachstandsbericht abgeben muss. Ich fühle mit ihr, weil ich mir vorstellen kann, wie ernüchternd es sein muss, vor einem Kreis von Kommunalpolitikern in viele desinteressierte Gesichter zu schauen, während die Hälfte nicht versteht, um was es überhaupt geht.

»Wenn du willst, darfst du mich anschließend gerne zum Essen ausführen«, schlägt sie uneigennützig vor.

»Ich bin so frech und nehme dein Angebot an«, antworte ich.

»Du kannst dir überlegen, wohin wir gehen.«

»Entscheide du, ich lasse mich überraschen. Bis heute Abend!«

Hm! Bis dahin ist eine Menge Zeit, mir wird bestimmt etwas einfallen. Apropos! Ich habe eine zündende Idee und rufe Marion sofort zurück.

»Du, ich brauche die Telefonnummer von deiner Schulfreundin!«

»Von welcher?«

»Von der Papageiennachbarin in Furpach!«

»Ach Doris! Moment! Festnetz oder Handy?«

»Ist mir egal, gib mir beide!«

»Was willst du denn von Doris?«, fragt Marion misstrauisch.

»Ich habe ein paar Fragen wegen der Nachbarn und deren Vögel.«

»Ach, schön, du ermittelst also! Prima mein Schatz!«

Bevor ich das richtig stellen kann, hat Marion bereits aufgelegt.

Fünf Minuten später habe ich Doris am Apparat.
»Hallo Doris, Josch hier! Ich habe eine Frage: Die Rothaarige, die sich des Öfteren bei diesem Lazarus Dingsbums … «
»Hammerschmitt!«
»Genau der! Die kommt doch bestimmt mit dem Auto. Habt Ihr zufälligerweise … «
»Klar kommt die mit dem Auto! Ein blauer Kombi mit Saarlouiser Autonummer.«
»Hast du das komplette Kennzeichen?«
»Kann sein, dass meine Mutter das notiert hat, aber die ist gerade zur Chorprobe.«
»Chorprobe, ach so, na ja … «
»Brauchst du das Kennzeichen dringend?«
»Je eher, desto besser!«
»Die Rothaarige steht gerade mit Lazarus im Garten; demnach muss ihr Auto vor der Tür stehen. Ich renne schnell rüber.«
»Du musst nicht … «
Aufgelegt!
Anscheinend liegt die Familie den ganzen Tag am Fenster und beobachtet, was sich in der Nachbarschaft tut. Die Stasi ist also keine ostdeutsche Erfindung.
Claudette ist also da! Das ging aber schnell! Lazarus muss sie unmittelbar nach unserem Besuch informiert haben und flugs steht die Dame bereits auf der Matte. Da hat wohl jemand dringende Hilfe nötig! Na ja, verstehen kann ich das. Ich kann mir gut vorstellen, dass Lazarus sich schwer tut, am Telefon etwas zu erklären.
Je länger ich darüber nachdenke, umso unwohler wird mir bei dem Gedanken, was ich da gerade anstelle. Da ist ein zurückgebliebener junger Mann, den das Schicksal nicht gerade auf die Sonnenseite gestellt hat, dessen Eltern erkrankt sind und ich spioniere hinter ihm her, als sei er der schlimmste Verbrecher der Welt. Eigentlich sollte ich mich schämen. Weshalb mache ich das überhaupt? Weil ein paar hysterische Weiber hinter

jedem Busch einen Feind sehen und nix anderes zu tun haben, als über die Nachbarn zu tratschen. Lass es, Josch! Das ist weder fair noch anständig; außerdem blamierst du dich bis auf die Knochen!

Das Telefon! Doris! Sie gibt das Kfz-Kennzeichen durch und wartet mit einer zusätzlichen Information auf.

»Als ich vor dem Haus stand, konnte ich hören, wie hinten im Garten geschrien wurde. Sie hat ihn einen verdammten Idioten geschimpft, der sie alle ins Gefängnis bringen werde.«

»Aha! Alle? War das der Wortlaut?«

»Ich glaube schon.«

»Konntest du mehr hören?«

»Der Junge hat zwar zurück gebrüllt, aber ich konnte es nicht verstehen. Zu blöd!«

»Macht nix; ohne Zusammenhang kann man damit ohnehin nichts anfangen. Ich bin sowieso der Meinung, dass ihr den Tierschutz einschalten solltet. Es ist der einfachste und beste Weg, das mit der Papageienhaltung zu klären. Ihr fühlt euch belästigt, also müsst ihr euch beschweren. Ich kann da wenig dazu beitragen.«

»Oskar sagt, dass das nichts bringt, weil die auf dem Ordnungsamt ohnehin nicht tätig werden.«

»Wer ist Oskar?«

»Der Leiter vom Kirchenchor.«

»Ja dann; wenn Oskar das sagt, wird's wohl stimmen.«

»Und Heinrich sagt, dass man Leute nicht anzeigen soll, das sei unchristlich.«

»Ist das der Organist?«

»Nein, der Pfarrer!«

Was für ein Verfall der Sitten! Wer hätte es früher gewagt, den Pastor mit Vornamen anzureden?

»Pfarrer haben bekanntlich immer Recht«, resigniere ich. »Trotzdem müsst ihr den Tierschutz einschalten. Meldet euch, falls es eine neue Entwicklung gibt.«

»Ich werde mit meiner Mutter drüber reden, aber ich kann nicht versprechen, dass sie sich darauf einlässt.«
»Sag ihr einen schönen Gruß und richte aus, dass es ebenso unchristlich ist, nur über andere Leute zu tratschen. Irgendwann muss man Farbe bekennen.«
»Wenn ich ihr das sage, wird sie nie wieder ein Wort mit dir reden; und mit mir die nächsten vier Wochen auch nicht.«
»Manche Dinge muss man einfach aushalten. Sorry, ich habe nichts gegen deine Mutter, aber ich kann dieses wasch mich, aber mach mir den Pelz nicht nass nun mal nicht ausstehen.«
»Verstehe ich. Mal sehen, vielleicht bekommst du über die Autonummer Brauchbares heraus.«
»An der Grundsatzfrage ändert das allerdings nichts. Bis dann, tschüss.«
So, nun wissen die wenigstens, was ich von ihrem Gehabe halte. Ist doch wahr! Mann, es gibt merkwürdige Menschen auf dieser Welt.
Als ich mich nach einer Weile wieder abgeregt habe, versuche ich die Sache nüchtern zu betrachten.
Dieser Lazarus ist zweifelsfrei ein merkwürdiger Vogel und die ganze Familiensituation der Hammerschmitts ist ziemlich verworren; und dann der Ausspruch dieser Claudette, von wegen alle ins Gefängnis bringen und so. Das klingt nicht gut! Da ist viel Aggression im Spiel!
Da ich die Autonummer habe, kann ich mich über die Halterin erkundigen, kostet nur einen Anruf. Außerdem ist das eine gute Gelegenheit, Kontakt zu den ehemaligen Kollegen aufzunehmen und mich nach deren Wohlbefinden zu erkundigen.
Halterabfragen sind Routineangelegenheiten, damit will ich Staatsanwältin Sommer nicht belästigen und Hauptkommissarin Katja Reinert hat bestimmt Besseres zu tun.
Am besten rufe ich Ken an, meinen ehemaligen Kollegen, der es mittlerweile zum Hauptkommissar geschafft haben sollte; vorausgesetzt der Innenminister steht zu seinem Versprechen

und gibt die entsprechenden Stellen frei.
Zu meiner Überraschung meldet sich Marius Sorg, ebenfalls Oberkommissar, aber auch nicht mehr weit vom Hauptkommissar entfernt.
»Hallo Marius, hier ist Josch! Wie geht's?«
»Ach nee, der Hauptkommissar im Ruhestand meldet sich mal wieder! Schön, dass du dich an deine ehemaligen Sklaven erinnerst.«
»Jetzt mach mal halblang! Hört sich an, als hätte ich euch in Ketten gelegt.«
»Weit davon entfernt war's nicht! Und du? Bist du endlich verheiratet mit deiner Marion?«
»Sonst interessiert dich wohl nichts!«
»Das war damals schon dein Hauptproblem.«
»Spinner! Wie geht's der Truppe?«
»Du hast bei Ken angerufen, der ist auf Lehrgang. Steht zum Hauptkommissar an.«
»Super Und du?«
»Wenn er zurück ist, gehe ich.«
»Glückwunsch! Hast du einen aktuellen Fall?«
»Josch, irgendwas ist immer. Eine Leiche aus der Saar, war aber wahrscheinlich eine Leichtsinnsaktion eines Besoffenen. Stand gestern in der Zeitung.«
»Hab's gelesen; die Doofen sterben nicht aus. Sonst nix auf dem Tisch?«
»Nichts Besonderes. Im Gegensatz zum Wirtschaftsdezernat ist bei uns ziemlich ruhig in letzter Zeit. Gott sei Dank!«
»Wie geht es Inge?«
Inge Manderscheid war zu meiner Zeit die gute Seele des Dezernats. Laut Stellenplan war sie als Schreibkraft eingesetzt, aber in Wirklichkeit war sie weitaus mehr als das. Sie sorgte für gute Laune, war sich für nichts zu schade, hatte für jeden ein gutes Wort und hielt stets tapfer die Stellung, wenn alle anderen im Außendienst waren. Außerdem sorgte sie dafür, dass der

Kühlschrank gut bestückt war.
»Inge schwebt im siebten Himmel!«
»Huch, wie das?«
»Bei ihr hat es gefunkt! Ein Kommissar Anwärter aus der Sitte.«
»Das sei ihr gegönnt; hoffentlich etwas Dauerhaftes!«
»Das hoffen wir alle.«
»Was macht unsere Staatsanwältin?«
»Alles beim Alten! Hat ihren Laden im Griff, lässt sich nicht in die Suppe spucken und geht keinem Streit aus dem Weg. Ist nicht immer einfach mit ihr, vor allem, wenn sie wieder mal eine erfolglose Diät macht, aber sie hält uns den Rücken frei. Andere wären froh über diese Form der Kooperation. Katja kommt ganz gut mit ihr klar, aber manchmal fliegen die Fetzen, wie das halt ist, wenn zwei Alphatiere aufeinanderprallen. Dann heißt es, Kopf einziehen und raus aus der Schusslinie. Ansonsten ist alles gut.«
»Vermisst ihr mich überhaupt?«
»Nö!«
»Kein bisschen?«
»Seitdem du weg bist, ist die Kaffeemaschine nicht mehr so oft kaputt!«
»Danke, das wollte ich hören!«
»Mensch Josch! Was soll ich sagen? Es geht weiter; hat doch keinen Sinn, den alten Zeiten nachzutrauern. Es war eine tolle Zeit, ohne Frage, aber … «
»Mach dir nicht ins Hemd, ich verstehe das.«
»Wir können uns auf ein Feierabendbier treffen.«
»Machen wir, aber im Augenblick könntest du mir einen Gefallen tun.«
»Und der wäre? Sag bitte nicht, du bist als Privatdetektiv unterwegs!«
»Nein, es geht nur um eine Halterabfrage.«
»Und wozu brauchst du die?«

»Zu kompliziert. Es geht um Papageien, eine ziemlich schräge Geschichte.«
»Wenn ich mir deine letzten Jahre anschaue, waren alle deine Geschichten schräg.«
»Witzbold! Sei nicht so frech zu deinem ehemaligen Chef! Ich gebe dir jetzt das Kennzeichen durch. Ruf mich unter dieser Nummer zurück, wenn du was hast.«
»Du kannst warten. Mit unserem neuen System geht das schneller, als du das kennst.«
»Okay, dann hau in die Tasten!«
Weniger als zwei Minuten später gibt Marius das Ergebnis durch.
»Claudette Roux, gemeldet in Wallerfangen-Leidingen, Neutrale Straße 35 a, Peugeot 2008; Erstzulassung Juli 2014.«
»Super, danke! Leidingen? Wo liegt das denn?«
»Sagte ich doch: Wallerfangen! Sag nicht, dass dir das kein Begriff ist.«
»Doch, irgendwo bei Saarlouis, aber Leidingen habe ich nie gehört.«
»Typisch! Der Ort ist deshalb bekannt, weil er mitten auf der Grenze liegt. Ein Teil liegt in Frankreich, der andere gehört zu uns.«
»Ehrlich? So was gibt's? Hab ich nie von gehört.«
»Heimatkunde sechs! Fahr hin und schau's dir an! Du kannst dich ja bei Claudette Roux zum Kaffeetrinken anmelden. Was willst du überhaupt von der?«
»Das verrate ich dir nicht! In den nächsten Tagen komme ich bei euch vorbei. Richte allen einen schönen Gruß aus! Und danke nochmals. Mach's gut, bis dann!«
Claudette Roux aus Leidingen! Das ist also das rothaarige Geschöpf, das bei den Hammerschmitts ein und aus geht. Vielleicht kann mir das Internet weitere Informationen über diese Person liefern. Nach einer Viertelstunde weiß ich, dass Frau Roux zwei Tierhandlungen betreibt, eine in Leidingen, eine in

Kirkel-Limbach. Super! Da Limbach gerade um die Ecke liegt, muss ich nicht extra nach Wallerfangen düsen. Im Internet stehen zwar keine Geschäftszeiten, aber bis 18 Uhr hat normalerweise jeder Laden geöffnet. Ich habe eh nix zu tun, deshalb entschließe ich mich, dort gleich mal vorbeizuschauen. Bahnhofstraße 64. Neugierde ist eine enorme Triebfeder. Eine halbe Stunde später bin ich vor Ort.

Unter der angegebenen Adresse finde ich eine Bruchbude vor; ein Leerstand, dessen Fensterscheiben zersprungen sind. Dieses Haus hat offensichtlich seit Jahren niemand betreten. Bei genauer Betrachtung entdecke ich im oberen Stockwerk Brandspuren an den Fensterlaibungen. Die Öffnungen sind mit Brettern vernagelt.

Wieso steht diese Adresse im Internet? Eine Frechheit! Die Fahrt hierher war völlig für die Katz, nun muss ich doch nach Leidingen, so ein Mist!

Was heißt: ich muss? Ich will! Jetzt bin ich erst recht neugierig. Anrufen ist nicht dasselbe, zumal mich der Ort selbst interessiert.

Hm. Vielleicht hat Madame Roux hier in der Nachbarschaft etwas anderes gefunden. Könnte doch sein! Umhören kostet nix, aber die Straße wirkt wie ausgestorben. Da ist niemand, den ich fragen könnte. Vielleicht weiter vorne im Ort? An der Hauptstraße entdecke ich ein renoviertes schmuckes Gebäude, vor dem sich eine Menschenmenge tummelt. Limbacher Mühle steht in großen Lettern am Giebel des Hauses geschrieben.

Hier werde ich nachfragen. Von der Altersstruktur her müssten die Herrschaften Claudette Roux eigentlich kennen, vorausgesetzt, sie stammen aus dem Ort und gehören nicht einer Reisegruppe von sonst wo an.

Ich steige aus und überquere zielstrebig die Straße auf der Suche nach einem Opfer. Zwei Dutzend vornehmlich weibliche Augenpaare sehen mir hoffnungsvoll entgegen. Sie scheinen geradezu darauf zu warten, nach Claudette Roux befragt zu werden. Ich fühle mich wie ein hungriger Löwe, der einer fluchtresistenten Gazellen Herde gegenübersteht. Welches Opfer wähle ich aus? Bevor ich mich entscheiden kann, werde ich vom Jäger zur Beute.

»Sind Sie der neue Leiter vom Batikkurs?«, tönt es mir vielstimmig entgegen.

»Äh, nein, ich …«

»Wir warten seit einer Viertelstunde, aber er scheint den Weg nicht zu finden«, erklärt eine ältere Dame.

»Ich bin schon seit Anfang an dabei.«

»Tut mir leid, aber … «

»Der kommt nämlich extra aus Lebach. Hoffentlich hatte er keinen Autounfall«, weiß eine Mitschülerin zu berichten.

»Ach wo, der wird bestimmt gleich … «

»Heutzutage ist Autofahren echt gefährlich! Neulich hat mir einer die Vorfahrt genommen, da hätte es fast gebumst.«

»Da haben Sie völlig Recht, man kann nicht genug … «

»Wir sind nämlich alle sehr gespannt auf die neuen Techniken«, wechselt die Fortgeschrittene zum Kursthema zurück. »Haben Sie sich auch angemeldet? Sie waren noch nie hier. Das wüsste ich, denn ich bin schon von Anfang an dabei.«

»Wie schön«, bemerke ich forsch und bin fest entschlossen, mich jetzt nicht weiter unterbrechen zu lassen. »Das ist nämlich so, dass ich zu Frau … «

»Die ist dort hinten!«

»Frau Roux?«

»Nein, Frau Leidinger!«

»Zu der will ich aber nicht!«

»Sie ist aber die Organisationsleiterin; bei der müssen sie sich anmelden!«

»Gute Frau, ich will nicht zu Eurem sicherlich überaus interessanten Batikkurs, sondern fragen, ob jemand weiß, wo die Tierhandlung von Frau Roux in der Bahnhofstraße abgeblieben ist.«

»Evi! Komm bitte mal her, da will jemand was wissen! Evi wohnt nämlich in der Bahnhofstraße.«

Eine Frau, die mehr nach Eva aussieht, als nach der Verniedlichungsform, schlägt eine Schneise durch die Menschenmenge und pflanzt sich vor uns auf. Ich weiß nicht, wie viele X vor dem L stehen müssen, um ihre Kleidergröße zu beschreiben, sicher ist jedoch, dass die Hose, die sie bis zu den Füßen ziert, mir allenfalls als Shorts dienen könnten.

Bevor ich meine Frage an Evilein formulieren kann, kommt mir die Batik-Tante zuvor.

»Sag mal Evi, dieses Zoogeschäft bei euch, oder was das war, wie lange gibt es das schon nicht mehr? Lange, oder?«

»Jesses Gott! Das ist Ewigkeiten her. Lass mich überlegen! Dem Kevin haben wir damals dort einen Wellensittich zur Kommunion gekauft, der macht jetzt den Führerschein!«

Mir ist klar, dass sie damit nicht den Wellensittich meint, aber bevor ich nachfragen kann, kommt mir die andere Frau wieder in die Quere.

»Ach Gott, dann ist das bestimmt zehn Jahre her!«

»Nicht ganz, denn gebrannt hat es erst zwei Jahre später. Wenn Sie mich fragen, hat die die Bude damals selbst angesteckt, aber mich hat keiner gefragt.«

»Ach! Brandstiftung? Wurde in diese Richtung ermittelt?«

»Keine Ahnung, aber es gab Gerüchte.«

»Und Frau Roux? Wo ist die abgeblieben? Hat die hier in Limbach was Neues gefunden?«

»Nein, zum Glück nicht! Wir waren froh, dass wir diese fürchterliche Person und ihren Dreck los waren. Die war so rechthaberisch und am Schluss hatte sie mit allen Leuten Krach. Kein Wunder, das da keiner mehr hinging.«

»Immerhin waren Sie Kunde!«

»Da ging's noch! Verbiestert wurde sie erst, als ihr Vater gestorben war und sie alles alleine an der Backe hatte.«

»Und das Haus?«

»Gehörte ihrem Vater und gammelt jetzt vor sich hin. Sie hat wohl keine Geld zum Renovieren.«

»Keine Versicherung?«

»Das Geld wird sie wohl sonst wo verpulvert haben.«

»Sie wissen, dass sie jetzt ein Geschäft in Leidingen hat?«, frage ich vorsichtig.

»Ehrlich? Was für ein Zufall! Unsere Organisationsleiterin heißt nämlich Leidinger!«

Oh Gott!

»Ja, das ist lustig!«, knurre ich. »letzte Frage: Kennen Sie einen Lazarus Hammerschmitt?«

»Lazarus? Ist das nicht der, der von den Toten auferstanden ist?«

»Nee, der hier nicht! Kennen Sie andere Bekannte von Frau Roux? War sie verheiratet, hatte sie Kinder?«

»Guter Mann, ich finde, Sie fragen ziemlich viel! Wer sind Sie überhaupt?«

Klein Evi wird jetzt aufmüpfig und findet sofort Mitstreiterinnen in der Runde.

»Ganz recht! Neulich in XY hatten sie einen Fall, da … «

»Kein Grund zur Sorge, die Damen«, versuche ich zu beschwichtigen. »Ich bin Handelsvertreter für Tierfutter und habe die Kundenkartei meines Vorgängers übernommen. Anscheinend hat der die Akten lange nicht gepflegt und jetzt sitze ich auf dem Trockenen.«

Über meine Unverfrorenheit bin ich selbst überrascht, Dagmar war mir ein guter Lehrmeister. Allerdings hätten die Damen merken müssen, dass meine Fragen irgendwie nicht zu meiner Ausrede passen. Weshalb frage ich nach Kindern und Angehörigen?

»Ach Gottchen, Sie Ärmster!«, entgegnet Evi. »In Ihrem Alter einen neuen Kundenstamm übernehmen, ist sicherlich nicht einfach. Andere sind da schon in Rente! Bei welcher Ausbeuterfirma arbeiten Sie denn?«

Zack, das sitzt! Wie alt muss ich aussehen, dass ich derartiges Mitleid ernte?
»Es ist eine Übergangslösung«, stammele ich und sehe ein, dass es besser ist, den Rückzug anzutreten. »Ich merke, Sie wissen nicht mehr als ich. Vielen Dank für die Mühe!«
»Wollen Sie nicht einen Blick in unseren Batik-Kurs werfen?«
»Nein, danke, ich mache mich lieber auf den Weg.«
»Entschuldigen Sie bitte!«, tönt hinter mir eine Stimme. »Ich stand im Stau auf der A 8; ein fürchterlicher Unfall!«
Der neue Batik-Dozent hat endlich den Weg zu seinem Kurs gefunden. Sofort ist das Interesse an meiner Person erloschen. Der Neue steht im Fokus und wird umlagert; dann drängt ihn die Meute ins Gebäude.
Meine Recherchen sind für heute beendet, morgen werde ich mich Claudette Roux und diesem Grenzort widmen.
Auf der Heimfahrt kommt mir die Idee, dass ich Marion in ein Restaurant am Spiesener Nasswald einladen könnte, vorausgesetzt, sie kommt nicht all zu spät nach Hause.

16

»Was bist du nur für ein hirnverbrannter Idiot!«, schrie Claudette und schlug sich mit der flachen Hand vor die Stirn. »Und ich bin noch blöder, weil ich mich mit dir einlasse. Du bringst uns alle ins Gefängnis!«
»Sei leiser!«, mahnte Lazarus. »Mir sagst du immer, ich soll nicht so laut sein.«
»Du hast Recht, ich muss mich zügeln! Trotzdem: Wie kannst du dich bloß auf so ein Gespräch mit fremden Leuten einlassen? Weißt du überhaupt, ob das wirklich Journalisten waren? Nein, weißt du nicht! Oder hast du dir die Ausweise zeigen lassen?«
»Nein, die sahen völlig normal aus.«
»Ach ja? Völlig normal? Wie sehen denn deiner Meinung nach Leute aus, die nicht völlig normal sind, he? Haben die vier Beine oder wachsen denen Hörner, oder was? Mann, du bist vielleicht naiv!«
»Aber ich habe doch gar nichts verraten!«, wehrte sich Lazarus verzweifelt.
»Du hast meinen Namen genannt!«
»Aber nur den Vornamen! Und nur einmal!«
»Na prima! Wenigstens hast du denen meine Telefonnummer nicht gegeben!«
»Das würde ich niemals tun, Claudette! Jetzt sei doch nicht böse auf mich!«
»Wie soll ich nicht sauer sein, wenn du dich nicht an das hältst, was ich dir sage! Jetzt muss ich meinen Plan umstellen. Wir haben keine Zeit mehr, denn die kommen wieder, da möchte ich drauf wetten! Wir müssen die Tiere so schnell wie möglich

von hier wegschaffen. Ich habe einen Platz gefunden, aber den muss ich erst herrichten; das dauert mindestens zwei bis drei Tage!«

»Hast du Papa … ich meine … «

»Vergiss das Ganze! Streich es aus deinem Gedächtnis! Du weißt nichts und ich werde dir nichts sagen, damit du dich nicht aus Versehen verplapperst. Mit deiner Mutter machen wir es ähnlich, aber erst ganz zum Schluss. Zuerst müssen die Tiere weg. Wir brauchen Transportkäfige; hast du welche?«

»Nur für die kleinen Exemplare; da habe ich fünf Stück.«

»Die habe ich bereits gesehen, aber das reicht bei Weitem nicht. Fünf Pärchen nehme ich gleich mit zu mir ins Zwischenlager. Morgenfrüh komme ich zurück, bis dahin versuche ich, größere Käfige für die anderen Tiere zu besorgen. Einige habe ich noch, aber die müssen erst repariert werden; das übernimmst du! In der Zwischenzeit kümmere ich mich um das neue Quartier. Falls die beiden Reporter wieder auftauchen, machst du nicht auf und rein lässt du sie schon gar nicht. Auf keinen Fall! Unter keinen Umständen, hörst du? Wenn die erst mal drin sind, kriegst du das Pack nicht mehr los! Sag ihnen durch die Tür, dass die Tiere verkauft sind. Notfalls drohst du mit der Polizei!«

»Mit der Polizei? Claudette, ich kann doch nicht die Polizei rufen!«

»Natürlich nicht, du Einfaltspinsel! Nur drohen; Frechheit siegt. Und dieses Mal tust du, was ich dir gesagt habe! Kapiert?«

»Ganz sicher! Aber Claudette, kann ich nicht mit dir … «

»Nein! Ausgeschlossen! Wir können das Haus und die Papageien nicht alleine lassen. Lazarus, du musst dich nur ein paar Tage zusammenreißen! In einer Woche sind wir fertig und von hier verschwunden. Alles wird gut!«

»Machen wir dann Urlaub in Amerika?«, fragte Lazarus voll erwartungsvoller Euphorie.

»Wir werden sehen, was … von mir aus in Amerika«, antwortete Claudette resigniert, weil sie merkte, dass gegen die Naivität von Lazarus kein Kraut gewachsen war. »Aber denk immer dran: Wenn du Mist baust, landest du nicht in Amerika, sondern für immer im Knast.«
»Ich werde dich nicht enttäuschen, Claudette! Das verspreche ich.«
»Gut, das will ich hoffen. Und jetzt hilf mir, die ersten Pärchen in die Käfige zu verfrachten!«

17

Ich hatte am Vorabend kein Wort über den hinter mir liegenden Tag verloren, denn zu einer längeren Unterhaltung mit Marion war es nicht gekommen. Sie war erst gegen zehn nach Hause gekommen und von den endlosen Debatten im Stadtrat derart entnervt, dass sie keinen Hunger verspürte und gleich ins Bett wollte. Die Einladung zum Essen hatte sich damit erledigt und ich begnügte mich mit einem Käsebrot und einer Scheibe Salami.

In dieser Nacht blieben meine Träume frei von Papageien und anderem Getier. Stattdessen lief ich mit bunten Hemden durch die Gegend und wurde andauernd mit Jürgen von der Lippe verwechselt; anscheinend waren das die Nachwirkungen meines Besuches bei der Batik-Truppe.

Dennoch wurde ich vor dem Weckruf wach und servierte Marion ein für einen Werktag ungewöhnlich reichhaltiges Frühstück, weswegen sie mir am frühen Morgen bereits ihre unendliche Liebe gestand.

Diese Harmonie zum Tagesbeginn bestärkte meine Unternehmungslust und ich schaute sofort nach der Reiseroute ins deutsch-französische Leidingen, seitdem sind die Aussichten nicht mehr so rosig wie am Anfang des Tages.

Dieses Kaff liegt in der Mitte Europas und am Arsch der Welt! Das ist das Ergebnis meiner Recherche nach dem kürzesten Weg. Um dorthin zu kommen, werde ich durch Ortschaften fahren müssen, deren Namen ich noch nie gehört habe. Felsberg, Ittersdorf, Schreckling. Letztere liegt in Frankreich! Ein Auslandseinsatz! Meine Güte! Das mache ich sonst nur im Urlaub! Hoffentlich verstehen die mich dort. Mein Französisch beschränkt sich auf Bonjour, bon appetit, oui und non! Na ja, in Grenznähe wird es wohl funktionieren, ich will keine Ansprache halten und Claudette Roux muss deutsch sprechen, sonst könnte sie sich mit Lazarus nicht unterhalten; außerdem trägt ihr Fahrzeug ein deutsches Nummernschild!

Laut Routenplaner ist es zudem egal, ob ich über die Saarbrücker Strecke oder die A 8 fahre; die Entfernung ist die gleiche, etwa 53 Kilometer. Ich entscheide mich für die südliche Route, da kenne ich mich wenigstens bis zur Landeshauptstadt einigermaßen aus.

Abfahrt Saarlouis-Mitte müsste ich raus, aber bereits vor Völklingen gibt der Verkehrsfunk eine Stauwarnung durch. Unfall mit mehreren LKW, Vollsperrung, fünf Kilometer Rückstau! Von zwei Möglichkeiten habe ich mit todsicherem Instinkt genau die Falsche ausgewählt. Super, Josch!

Bei der Abfahrt Völklingen gibt es ein Hinweisschild nach Frankreich. Das ist gut, jetzt kann es nicht mehr weit bis Leidingen sein. Mein Navi sagt gar nichts mehr außer bitte wenden! Wo soll ich hier wenden, bei dem Verkehr ein Unding! Das Gerät nervt, ich schalte es aus.

Und überhaupt, was soll das? Frankreich ist Frankreich! Mein Handy heißt mich im französischen Funknetz willkommen. Bonjour zurück!

Nach 15 Kilometern überfahre ich bei Carling die Staatsgrenze. Kreisverkehr. Toutes directions. Eine richtige würde mir schon reichen! Es gibt aber drei Ausfahrten aus dem Kreisel.

Saint Avold ist meiner Einschätzung nach falsch ich glaube das liegt eher südlich. Metz liegt kurz vor Paris, da will ich auch nicht hin. Ich nehme Creutzwald; Ausschlussverfahren!

In Creutzwald geht's rechts ab nach Überherrn. Was soll ich in Deutschland, da komme ich gerade her. Die Alternative heißt Merten. Das klingt zwar nicht gerade Französisch, aber immerhin gibt es dort eine Rue de la République. Die gabelt sich am Ortsausgang. Wenn sich jemand auf der Straße zeigen würde,

könnte ich fragen, aber hier ist keine Menschenseele.
Ich beschließe, dass rechts Norden ist und biege ab. Die Fahrt führt mich durch einen lichten Wald, durch den die Sonnenstrahlen wie Scheinwerfer auf den Boden zielen. Mystisch und beschaulich; vor allem beruhigend. Ich genieße die Fahrt; ein Rentner, frei von Terminzwängen!
Villing. Aha, hier gibt es eine Rue de la Frontière. Heißt das nicht Grenzstraße? Na also, so schlecht ist mein Französisch gar nicht! Ich will ihr folgen, aber sie ist gesperrt. Baustelle! Bleibt nur geradeaus. Die Straße wird immer enger, bald ist es ein Feldweg. Kein Mensch weit und breit. Eine Kuh steht auf der Weide und schaut mir blöd nach. Sie weiß so gut wie ich, dass das der falsche Weg ist. Herrliche Gegend! Aber was nützt mich das jetzt?
Ich schaue mich bereits nach einer Wendemöglichkeit um, als vor mir eine Siedlung auftaucht. Voelfing-les-Bouzonville. Mein Gott, was für ein Name! Na ja, Hofeld-Mauschbach ist auch nicht besser, aber das kenne ich wenigstens.
Ha! Da geht's nach Schreckling! Ich fasse es nicht! Laut Tacho bin ich zwar einen Umweg von 20 Kilometern gefahren, aber was soll's, ich bin gleich da; hoffentlich.
Zehn Minuten später erreiche ich tatsächlich Leidingen; geschafft! Rechts der Straße weht die deutsche Flagge, links die Tricolore. Angekommen in Europa!
Ich parke vor einer alten Bruchstein-Mauer, deren Tor geschlossen ist; uralt und ehrwürdig. Das Schild ist neu: Destillerie David-Johannes. Eine Schnapsbrennerei, vermute ich. Warum die französische Bezeichnung auf deutscher Seite? Vielleicht damit das Wort Schwarzbrennerei umgangen werden kann. Ich habe mal wieder quere Gedanken.
Nach kurzer Orientierung entdecke ich die Neutrale Straße. Auf der anderen Seite heißt sie laut Straßenschild Rue de la Frontière. Hm, das bedeutet zwar nicht dasselbe, aber egal! Ich schlendere die schmale Gasse entlang und schaue mich um.

Es ist ein merkwürdiges Gefühl über die unsichtbare Grenze zweier Staaten hin und her zu pendeln, deren Soldaten sich vor weniger als hundert Jahren in zwei Kriegen tausendfach massakriert haben. Hier wurde gelitten und gestorben, Großväter und Urgroßväter in Fetzen geschossen, und jetzt liegt alles so idyllisch vor mir, als sei das alles nie geschehen.
Auf der französischen Seite ist nicht mehr los als auf deutschem Terrain. Bei so viel kollektiver Ruhe in deutsch-französischer Eintracht werden Adenauer und de Gaulle auf Wolke sieben jubilieren und ein Fläschchen Bordeaux genießen; und einen Rheinländer Riesling zwecks Ausgewogenheit hinterher.
Die Länge der Straße ist überschaubar. Die Autos links tragen französische Nummernschilder, auf der rechten Seite steht das »D« im europäischen Sternenkranz. Kurios; wenn ich es nicht mit eigenen Augen sehen würde, könnte ich das nicht glauben.
Ich spaziere die Straße entlang, ohne einer Menschenseele zu begegnen. Wie Disneyland nach Ladenschluss. Eine Katze huscht von Frankreich nach Deutschland. Hoffentlich hat sie einen europäischen Impfpass.
Hausnummer 35 A; die Adresse von Claudette Roux! Was mache ich eigentlich, wenn jetzt eine rothaarige Frau aus dem Haus kommt?
»Ach Frau Roux, gut, dass ich Sie treffe! Wie geht's denn so? Was machen ihr Kumpel Lazarus und seine Papageien?«
Etwas Blöderes fällt mir gerade nicht ein. Nein, falls es zu einer Begegnung kommen sollte, werde ich sie zunächst in unverfängliches Gespräch verwickeln und mich an sie ran tasten. Ich bin zwar außer Übung, aber meine Erfahrung aus unzähligen Vernehmungen ist nach wie vor von Vorteil.
Soweit ist es allerdings noch nicht; das Anwesen scheint verlassen, kein Wagen in der Einfahrt oder vor der Tür. Auch in der Nachbarschaft ist kein Auto mit dem passenden Kennzeichen zu sehen. Da scheint im Augenblick niemand zu Hause zu sein. Vogelstimmen, Tiergeräusche? Ich lausche – Fehlanzeige. Das

Haus ist nicht sehr groß. Zwei Etagen zur Frontseite, nach hinten eventuell eine Einliegerwohnung. Altbau, schätzungsweise aus den Sechzigern. Zwanzig Meter hinter der Hausfront steht das Ortsausgangsschild; wieder rechts und links die Flagge der jeweiligen Nation.

Soll ich vielleicht an der Haustür läuten? Wäre nicht verkehrt, wenn ich schon mal den weiten Weg gemacht habe. Was gebe ich als Grund für meinen Besuch an? Hm! Bevor ich mich entscheiden kann, spricht mich jemand von hinten an.

»Bonjour Monsieur, kann ich Ihnen 'elfen?«

Es hätte der französischen Anredeform nicht bedurft, um mich wissen zu lassen, dass der Mensch hinter mir Franzose ist. Der Akzent ist nicht zu überhören. Er entspricht diesem sympathisch melodischen Sprachklang, an dem man den grenznah geborenen Franzosen erkennt, jene Gattung von Grenzgängern, in deren Stammbaum die Staatszugehörigkeit der Generationen öfter gewechselt hat als sonst wo in Europa; aktuell zwangsverpflichtet nach Paris, aber im Grunde genommen auch dort nicht wirklich zu Hause.

Als ich mich umdrehe, blicke ich in ein freundlich lächelndes Gesicht.

»Ah, guten Tag!«, entgegne ich, bemüht, einen entspannten Eindruck zu hinterlassen.

Der Herr, der mir gegenübersteht, hat ein sonniges Gemüt, das sieht man sofort an seinen strahlenden Augen und dem herzlich warmen Blick. Er ist einen Kopf kleiner als ich, dürfte jedoch im gleichen Alter sein. Brillenträger, Kurzhaarfrisur, blau-kariertes Hemd, die Ärmel hochgekrempelt.

»Ich hatte die Hoffnung, Madame Roux anzutreffen«, fahre ich fort.

»Sie dürfen ruhich Frau Roux sageen; schließlich wohnt sie auf der deitschen Seite«, lächelt mein Gegenüber. »Abeer Schpaß beiseide! 'heude morgen 'abe isch sie geseenn! Sie isd viele unteerwegs.«

»Ja, da kann man nichts machen, dann habe ich eben Pech gehabt.«
»Ach, wissen Sie Monsieur, manchemall kann eine Pech auch eine Glügg sein!«
»Das klingt sehr philosophisch oder wollen Sie damit andeuten, dass es besser ist, Frau Roux nicht über den Weg zu laufen?«
»Oh, es steht mir nichte zu, dies zu beurteileen. Das ist eine Frage der Betrachtungsweisee.«
»Sie reden wie ein Politiker.«
»Ich bin der maire de Leiding, der Bürgermeister. Barthélémy Lemal ist meine nom.«
»Dann lag ich mit meiner Einschätzung gar nicht so falsch.«
Monsieur Lemal lacht und schüttelt den Kopf.
»Non, Monsieur! Politik wird in Pari et in Berlin gemacht, oder in Bruxelles. Wir 'ier machen etwas für die Loite!«
»Sind Sie der Bürgermeister für beide Seiten der Straße oder nur für die im französischen Teil?«
»Ah, non; das ist compliziert und einfach zugleich. 'aben Sie Zeit? Ich lade Sie ein für einen Café oder eine Bière, ganz wie Sie wollen.«
Als ich mich von der Einladung überrascht zeige und frage, ob er des Öfteren wildfremde Menschen einlädt, lächelt er schelmisch.
»Ach wissen Sie, so viele Loite sind es nicht, die sich 'ier'er verirren. Kommen Sie!«
Monsieur Lemal führt mich in die Destillerie, vor der ich meinen Wagen geparkt habe. Hinter den alten Mauern verbirgt sich ein Innenhof, umschlossen von uraltem Gemäuer, das in Teilen liebevoll restauriert ist, dem man den fortschreitenden Verfall aber immer noch ansieht.
»Vor zehn Jahren 'aben wir mit der Sanierung begonnen. 'ier kann man Geschichte atmen … «
Ein Mann kommt aus dem Gebäude und gesellt sich zu uns.
»Darf ich vorstellen, das ist Wolfgang Schmitt, der Ortsvorste'er vom deutschen Teil«, erklärt Lemal. »Wir 'aben einen

Gast, Wolfgang.«
»Angenehm, Schaum«, stelle ich mich meinerseits vor. »Haben Sie alkoholfreies Bier?«, antworte ich auf Lemals Frage nach meinem Getränkewunsch.
»Selbstverständlich«, erklärt der Ortsvorsteher und erscheint Augenblicke später mit drei Flaschen. Wir setzen uns an einen alten Tisch mit ebenso alten wie unkomfortablen Stühlen.
In der gemütlichen Runde übernehme ich gerne die Rolle des Zuhörers, denn was die beiden erzählen, ist überaus interessant. Von den etwa 220 Einwohnern leben 90 Prozent im deutschen Teil, der Rest im französischen Leiding. Ich erfahre von den bürokratischen Verrücktheiten, die die Zweistaatlichkeit des Ortes mit sich bringt. Es gibt zwar nur kleine Probleme, so lange die Bürger alles selbst organisieren, aber sobald sich die staatliche Obrigkeit einmischt, treten schier unüberwindbare Schwierigkeiten auf. Gemeinsame Feste sind völlig normal, aber der Traum einer gemeinsamen Schule für alle Kinder des Ortes platzt mit regelmäßiger Boshaftigkeit wegen der Sturheit der Zentrale in Paris. Die Zusammenführung der Strom- und Wassernetze war seinerzeit auf den Widerstand der jeweiligen Netzbetreiber gestoßen, so dass sich Einwohner mit pfiffigen Ideen und Selbsthilfe arrangieren mussten, und die Organisation einer gemeinsamen Feuerwehr war nur durch eigenes Engagement und gute Kameradschaft möglich geworden. Ich lausche und bin immer wieder fassungslos.
»Man kann den Eindruck gewinnen, dass der europäische Gedanke um die Berge der Bürokratie einen riesigen Bogen macht. Was die Politik den Bürgern vorgaukelt, ist wohl von der Realität weit entfernt«, urteile ich.
»Das ist leider richtig«, bestätigt der Ortsvorsteher. »In Brüssel interessiert das allerdings niemanden. Die beschäftigen sich lieber mit sich selbst!«
»Bei uns in Paris auch nicht«, ergänzt Lemal. »Bevor Sie fahren, Monsieur, müssen Sie ein Gläschen von unserem Mirabel-

lenbrand probieren! So etwas Leckeres bekommen Sie nur bei uns!«

»Sorry, aber ich muss mit dem Auto ... «

»Keine Widerrede, nur kosten«, lächelt Schmitt. »Barthélémy und ich sind sonst persönlich beleidigt.«

Während der Franzose ins Gebäude verschwindet, erzählt mir sein deutscher Amtskollege allerlei über die Geschichte des Ortes und die Destillerie. Würde Schmitt ahnen, wie löchrig mein Gedächtnis ist, hätte er sich auf das Nötigste beschränkt, denn die ganzen Jahreszahlen und Geschichtsdaten haben in meinem Speicher nur eine Halbwertszeit von wenigen Sekunden. Bei mir bleibt nur hängen, dass die Grenze seit dem Wiener Kongress mitten durch den Ort führt, wobei ich mich nicht erinnern kann, wann und weshalb der getagt hat. Allerdings muss das ein feucht-fröhliches Fest gewesen sein, denn vom Geschichtsunterricht ist mir als Schlagwort »Der Kongress tanzt« in nebulöser Erinnerung. Mein Geschichtslehrer, Gott hab ihn selig, wäre bestimmt stolz auf mich.

Der Mirabellenschnaps, den Lemal angeschleppt hat, schmeckt ganz gut. Ich nippe zwar nur, aber er ist mild und von ausgeprägtem Aroma. Da die wirklichen Kenner, die das beurteilen können, zu Hause bei uns in der Siedlung wohnen, beschließe ich, ein Fläschchen von dem feinen Zeug mitzunehmen. Als ich den Preis erfahre, bin ich sicher, dass es sich um ein außergewöhnliches Gesöff handeln muss.

Während der Unterhaltung habe ich jegliches Zeitgefühl verloren, und auf Claudette Roux sind wir bisher nicht zu sprechen gekommen.

»Schade, dass ich Frau Roux nicht angetroffen habe«, versuche ich einen Anlauf.

»Der Monsieur wollte zu Claudette«, erklärt Lemal.

»Ach ja?« Schmitt hält sich bedeckt, was mich nur neugieriger macht.

»Hat sie noch ihre Tierhandlung?«, bohre ich weiter.

»Falls sie die hat, wäre es besser, sie hätte sie nicht mehr«, seufzt Schmitt, macht aber keine Anstalten sich weiter zu äußern.
»Wieso?«
»Das ist eine Geschichte, die sie Ihnen selbst erzählen soll. Ist nicht gut gelaufen. Die Sache ist für uns vorbei. Wir tratschen nicht, das stärkt und einigt uns. Wer versucht uns zu spalten, dem erklären wir, was wir davon halten und damit ist es erledigt.«
»Hat sie das versucht?«
»Das soll genügen! Kennen Sie Claudette näher?«
»Nein. Ihre Adresse wurde mir von einem Bekannten übermittelt; der züchtet ... «
»Sagen Sie Ihrem Bekannten, er soll die Adresse wegwerfen«, erklärt Schmitt und macht mit einer Handbewegung klar, dass das Thema damit für ihn beendet ist.
»Es ist besser«, ergänzt Lemal, und macht die gleiche Geste.
Ich bedanke mich herzlich bei den beiden für die Gastfreundschaft und das nette Gespräch. Bevor ich mich verabschiede, habe ich eine letzte Frage:
»Wie komme ich zurück in Richtung Neunkirchen, oder muss ich wieder durch halb Frankreich gurken?«
Sie erklären es mir ausführlich und tatsächlich bin ich 45 Minuten später in der Siedlung in Spiesen.
Vor Marions Haus sitzen drei Frauen auf der blauen Bank: die Hausherrin, Sonja und Dagmar. Bei einem Gläschen Rosé lassen sie es sich gut gehen und erörtern wild gestikulierend irgendwelche Themen, von denen ich froh bin, dass ich sie nicht kenne. Gut möglich, dass auch ich zum Themenkreis gehöre, aber das wäre nichts Außergewöhnliches. Ich bin ständig Bestandteil ihrer Diskussionen, sei es wegen meiner Vergesslichkeit, der Mode oder der Tatsache, dass ich zu häuslicher Arbeit kaum zu gebrauchen bin.
»Wo hast du dich denn den ganzen Tag rumgetrieben?«, fragt

Marion ohne erkennbaren Vorwurf in der Stimme. »Der Nachbar sagt, dass du den ganzen Tag unterwegs bist.«
»So so, sagt er! Stehe ich unter Beobachtung oder wie?«
»Es ist immer gut, wenn wir wissen, wo die Männer stecken«, behauptet Dagmar.
»Stimmt«, bestätigt Sonja. »Und sei es nur, um ihnen gezielt aus dem Weg gehen zu können.«
»Oder hast du etwas zu verbergen?«, ergänzt Marion.
»Ich war bei meiner Maitresse in Frankreich und habe das hier bekommen, weil ich so gut war!«, erkläre ich und stelle den Schnaps auf den Tisch.
»Aha!« Sonja betrachtet die Flasche. »Deswegen hat Sie eine Alte Pflaume geschenkt. Ich würde das eher als Armutszeugnis betrachten.«
»Du warst in Frankreich?«, entrüstet sich Marion. »Du hättest Crémant mitbringen sollen, wir haben keine einzige Flasche mehr.«
»Ja, stell dir vor!«, ergänzt Dagmar. »Wir müssen Rosé trinken!«
»Oh, ihr armen Geschöpfe. Mein Mitleid kennt keine Grenzen!«
»Hol mal Schnapsgläser!«, fordert Dagmar.
»Wie, ihr trinkt nicht aus der Flasche?«, frage ich. »Ich erzähle, dass ich bei meiner Maitresse war, und ihr interessiert euch nur für die Sauferei!«
»Schatz, entspann dich!«, seufzt Marion. »Die Stories glaubt dir schon lange niemand mehr.«
»Früher warst du eifersüchtig!«
»Heute bin ich Realistin!«
»Welche Körbchengröße hat sie denn?«, will Sonja wissen. »Setz dich und erzähl!«
Ich erzähle in knappen Sätzen, was mir in Leidingen widerfahren ist. Dass ich mich gnadenlos verfahren habe, lasse ich weg.
»Dass du das überhaupt gefunden hast, grenzt an ein Wunder«, staunt Marion.

»Ha, ich kenne mich eben aus! Außerdem ist mein Französisch vom Feinsten, damit komme ich überall durch!«!

»Was ist jetzt mit Claudette Roux?«, drängt Dagmar. »Erzähl schon! Ich habe ein Recht auf Information, schließlich gehöre ich zum Ermittlungsteam!«

»Du hast sie wohl nicht alle! Ich gehöre ja selbst nicht dazu! Du hast mich nach Furpach gefahren, das ist alles. Eine reine Privatangelegenheit.«

»Von wegen! Komm mir bloß nicht so! Du ermittelst heimlich und keiner soll es wissen. Du willst mich wohl für dumm verkaufen! Also, was ist nun?«

Es folgt ein umfangreiches Frage- und Antwort-Spiel, weil die beiden anderen Frauen nun wissen wollen, was es mit dieser Frau auf sich hat und wo die Hintergründe meines Besuches in Leidingen liegen. Während ich eine Frage beantworte, werden drei neue gestellt. Schließlich weigere ich mich, weiterhin den Antwortonkel zu spielen.

»Übrigens: Für uns ist Post gekommen!«, behauptet Marion plötzlich.

»Für uns oder für mich?«

»Da steht zwar dein Name drauf, aber die Einladung gilt für uns beide. Zum Polizeiball in zwei Wochen! Wundere dich nicht, der Umschlag war nicht verschlossen!«

»Gehe ich nicht hin!«, antworte ich. »Was soll ich dort, ich gehöre nicht mehr dazu!«

»Und ob und zwar mit mir! Da wird endlich mal wieder ordentlich getanzt!«

»Kann der das überhaupt?«, fragt Sonja.

»Ausbaufähig, aber da sind auch andere Tänzer.«

»Wenn er tanzt, wie er kocht und schraubt, kannst du es vergessen!«, behauptet Dagmar.

Es dauert nicht lange, da haben sich die Damen zum Themenkreis Tanz und Mode festgequatscht. Mir bleibt nichts anderes übrig, als beim Italiener eine Familienpizza zu ordern.

Mittwoch, 25. September (vormittags)

18

Die Frauen hatten am Vorabend lange diskutiert, wobei es hauptsächlich um die Streitfrage ging, in welchem Outfit Marion und ich auf dem Polizeiball in der Neunkircher Gebläsehalle erscheinen sollten.
Dass wir daran teilnehmen werden, hatte außer mir niemand infrage gestellt, und damit war die Sache anscheinend abschließend entschieden. Meine Argumente, dass ich aus der Truppe längst ausgeschieden bin und außerdem keine Lust zum Tanzen habe, wurden schlichtweg ignoriert.
Mein Mitbringsel hatte der Runde allerdings gut gemundet, so dass ich bei meinem Rückzug um halb zehn die Flasche sicherheitshalber mitnehme, um Schlimmeres zu verhindern.
Erstaunlicherweise war Claudette Roux nicht mehr zur Sprache gekommen, was mir sehr entgegenkam, weil ich überhaupt keine Lust mehr verspürte, mich auf weitere Diskussionen und Spekulationen einzulassen.
Die Andeutungen von Ortsvorsteher Schmitt und Bürgermeister Lemal hatten mir beim Einschlafen jedoch keine Ruhe gelassen und beschäftigen mich auch heute Morgen beim Frühstück. Das Fazit ist relativ simpel: Die Dame hat irgendwie Dreck am Stecken! Fragt sich nur wie dick der Dreck und wie lange der Stecken ist.
Die Kollegen im Präsidium werden das rausfinden, dessen bin ich mir sicher, aber ich muss vorsichtig taktieren, sonst glauben die, ich wollte ihnen auf eigene Faust ins Handwerk pfuschen.
So wie damals in Wiebelskirchen, als ich unterwegs war, um das plötzliche Verschwinden einer jungen Frau zu hinterfragen. Am Ende waren eine Rettungsaktion in letzter Sekunde,

ein Mord und Einblicke in das organisierte Verbrechen dabei herausgekommen, aber das konnte niemand vorhersehen. Hier geht es zum Glück nur um ein paar nervtötende Papageien – hoffe ich vorerst jedenfalls!

Als ich gegen zehn Uhr im Polizeipräsidium auftauche, bin ich von den zahlreichen Staus während der Anfahrt völlig entnervt und lechze nach einem Kaffee, weswegen ich mich zuerst bei Inge Manderscheid melde, die immer noch die gute Seele und die Mutter des Dezernats ist. Inge fällt mir um den Hals und stellt sofort mehr Fragen, als ich für den Rest des Tages würde beantworten können.

»Stopp, Inge«, unterbreche ich sie sanft. »Wie soll ich denn antworten, wenn du mir keine Gelegenheit dazu gibst? Ja, ich bin gesund; ja, es geht uns gut; ja, ich habe zugelegt und nein, wir haben nicht geheiratet. Ja, ich wohne schon in Spiesen, aber ich habe noch die Wohnung in Bexbach; sicherheitshalber. Nein, ich langweile mich nicht, und ja, ich vermisse euch – aber nur manchmal.«

Damit ist Inges Neugier zwar nicht befriedigt, aber immerhin hat sie jetzt die Gelegenheit, mir endlich einen Kaffee zu machen.

»Inge, ich habe eine Einladung zu diesem Polizeiball nächste Woche. Was läuft denn dieses Jahr ab? Wieder diese öden salbungsvollen Reden und langatmigen Ehrungen? Da habe ich nun wirklich keinen Bock drauf!«

»Wieso nächste Woche? Am Freitag! Übermorgen! Angeblich haben die sich für dieses Mal was ganz Besonderes einfallen lassen. Die Big Band spielt, es gibt eine Tombola und zwischendurch gibt's Showeinlagen. Außerdem haben sie den Caterer gewechselt; das war dringend nötig! Wenn ich an den Fraß vom letzten Mal denke, wird mir jetzt noch schlecht! Ihr müsst unbedingt kommen!«

»Wie übermorgen? Marion hat etwas von nächster Woche gefaselt!«

»Nee, nee. Diese Woche! Hast du mal wieder nicht richtig zugehört! Kommt ihr?«
»Das ist noch nicht raus«, antworte ich wider besseren Wissens.
»Du weißt, dass ich mir aus solchen Veranstaltungen nichts mache und Tanzen ist sowieso nicht mein Ding!«
»Ach! Vor zwei Jahren hast du dich allerdings prima amüsiert!«
»Echt? Kann ich mich gar nicht dran erinnern.«
»Doch! Du warst gut dabei!«
»Das war nur gespielt!«
»Von dem Tango, den du mit der Staatsanwältin zu später Stunde aufs Parkett gelegt hast, sprechen die Kollegen heute noch.«
»Oh Gott, wie peinlich!«
»Wieso peinlich? Du hast eine super Figur abgegeben und der Samba mit Marion war einsame Spitze.«
»Hm, wusste gar nicht, dass ich so einen bleibenden Eindruck hinterlassen habe.«
»Dieses Jahr musst du mir einen Tanz schenken!«
»Och Inge, ich … «
»Ich bestehe darauf!«
»Versprochen, na gut! Falls wir kommen! Was gibt es bei dir Neues?«
Dass die Buschtrommel mich bereits von ihrer neuen Liebe informiert hat, verschweige ich bewusst.
»Ach, Josch, ich habe endlich den Partner meines Lebens gefunden. Es ist ziemlich frisch, aber ich glaube, wir gehören zusammen.«
»Wie schön für dich! Gratuliere! Wer ist denn der Glückliche! Eins sage ich dir: Wenn er dich enttäuscht, bekommt er es mit mir zu tun!«
»Ein neuer Kollege von der Sitte, er heißt Tim. Wir wollen demnächst zusammen in Urlaub.«
»Wo soll es denn hingehen?«
»Nach Sizilien! Ich bin schon ganz aufgeregt.«
»Wegen Tim oder Sizilien?«

»Beides!«
»Sizilien ist toll; Tim kann ich nicht beurteilen. Na, dann halt ihn mal gut fest, deinen Sittenstrolch.«
»Du bist unmöglich …«
»Sieh an, sieh an, der Rentenmann!«
Diese Stimme hinter mir ist mir allzu vertraut: Staatsanwältin Daniela Sommer! Ich drehe mich um und nehme sie sanft in die Arme; ganz um sie rum käme ich ohnehin nicht, dafür sind meine Arme zu kurz.
»Hallo Daniela, schön dich zu sehen. Gut siehst du aus, ganz wie das blühende Leben!«
»Schmeichler und Lügenbold! Wenn du so schleimst, dann … was führt dich hierher?«
»Die Sehnsucht nach euch und die Frage, wer von euch zum Polizeiball geht«, versuche ich eine Ausrede.
»Papperlapapp! Das glaubst du doch selbst nicht! Schade, dass ich in zwei Minuten einen Termin habe. Inge falls jemand fragt, ich bin vor Mittag nicht zurück. Josch, tut mir leid, ich muss zum Gericht! Wir sehen uns auf dem Polizeiball!«
So schnell wie sie gekommen ist, verschwindet die Staatsanwältin wieder.
Kaum ist sie draußen, kommt der nächste Besucher hereingeschneit und rennt mich beinahe über den Haufen. Es ist Hauptkommissarin Katja Reinert, ebenfalls sichtlich in Eile.
»Hi, Josch, schön, dich zu sehen. Alles gut? Schade, dass ich im Augenblick leider überhaupt keine Zeit habe; ich muss zum Schießtraining! Du kennst das ja: Wenn man nicht pünktlich ist, sind die stinksauer. Wieso meldest du nicht an, dass du kommst? Sehen wir uns beim Polizeiball? Inge, wenn jemand fragt …«
»Bist du beim Schießen, ich hab's kapiert«, unterbricht Inge und schon ist Katja Reinert wieder verschwunden.
»Mann, ist das eine Hektik hier«, seufze ich. »Da bekommt man Flecken ins Gesicht!«

»Das ist heute die Ausnahme, Josch. Sonst geht es ruhiger zu, als zu deinen Zeiten. Normalerweise ist die Truppe ziemlich entspannt. Aber es gibt eben Tage … da kannst du nix machen! Noch einen Kaffee?«

»Nein danke, Inge; lass mal gut sein. Ist Marius im Hause?«

»Weiß ich nicht. Er hat sich zwar bei mir nicht abgemeldet, aber was heißt das schon.«

»Ich gehe rüber zu ihm, bis später.«

»Spätestens beim Polizeiball; und vergiss meinen Tanz nicht!«

Als ob ich diesen verflixten Tanzmarathon aus meinem Gedächtnis streichen könnte!

Marius Sorg ist tatsächlich in seinem Büro; er telefoniert. Als er mich entdeckt, winkt er mich herein und deutet auf den Besucherstuhl. Ich setze mich und werde unfreiwillig Zeuge, wie sich Marius mit der Personalabteilung streitet; ein Hobby von ihm.

»Tatjana, wie oft soll ich dir erklären, dass die Stiefel nicht mehr wasserdicht waren? Mir ist völlig wurscht, dass die erst ein Jahr alt waren. Ich hatte ständig nasse Füße! Ein Materialfehler, oder was weiß ich. Kauft doch endlich mal was … ja, nur der Linke! Dann besorg mir einen neuen Linken und gib mir den alten Rechten zurück, das ist mir doch egal! Hauptsache, ich habe zwei wasserdichte Stiefel und trockene Füße! Ja, einen rechten und einen linken, stell dir vor! Größe 43. Nein, ich werde nicht schon wieder ein Formular ausfüllen! Schaff die Stiefel bei, oder ich flippe aus! Danke, ich habe dich auch lieb!«

»Es hat sich anscheinend nichts geändert!«, stelle ich fest, nachdem Marius den Telefonhörer aufgeknallt hat.

»Geändert? Es wird immer schlimmer! Die haben doch den Arsch auf! Wegen der paar Kröten machen die einen Aufstand … unglaublich!«

»Ruhig bleiben, Marius! Die änderst du nicht mehr! Das ist mir vierzig Jahre lang nicht gelungen!«

»Wow!«, schnauft Marius und begrüßt mich endlich herzlich. »Kommst du zum Polizeiball?«

»Weiß ich nicht; ich werde aber von allen Seiten dazu genötigt. Warum? Was hat das mit deinen Stiefeln zu tun?«
»Ich habe mir überlegt, dass ich aus Protest barfuß erscheine, falls die das nicht hinkriegen. Wenn dann einer fragt, sage ich durchs Mikro, dass die bei der Beschaffung nicht in der Lage waren, mir ein paar anständige Schuhe zu besorgen.«
»Mach das! Mein Applaus ist dir gewiss!«
»Ist doch wahr! Die gehen mir derart auf den Geist!«
»Hast du das mit der Wasserleiche aus der Saar aufgeklärt?«
»Ein Fremdverschulden ist laut Autopsie nicht erkennbar; Tod durch Ertrinken, hohe Blutalkoholkonzentration, wahrscheinlich ein Fall von gnadenlosem Leichtsinn und Volltrunkenheit, man kennt das mittlerweile zur Genüge!«
»Claudette Roux, das ist die Fahrzeughalterin, die du mir gestern durchgegeben hast … «
»Gestern? – Vorgestern!«
»Dann eben vorgestern! Kannst du bitte nachschauen, ob über die etwas im System gespeichert ist?«
»Josch, wenn du so fragst, ist was im Busch. Ermittelst du etwa wieder auf eigene Rechnung?«
»Rechnung? Du spinnst wohl! Ich nehme kein Geld!«
»Du weißt genau, was ich meine! Hinter was bist du jetzt wieder her? Hör auf damit! Du bist im Ruhestand! Genieß die Zeit und … «
»Halt mir bloß keine Moralpredigt, du Jungspund!«
»Hinter was bist du her?«, bleibt Marius hartnäckig.
»Papageien!«
»Wie, Papageien?«
»Das erkläre ich dir, wenn sich bei Claudette Roux etwas ergibt.«
»Das ist eine vornehme Art von Erpressung!«
»Nein, das ist Geben und Nehmen!«
»Haarspalter!«
»Jetzt mach schon! Schau nach, ob der Blechotto über die Dame was ausspuckt!«

»Im Falle eines Falles hast du die Informationen nicht von mir!«
»Doch! Ich schreib's sogar in die Zeitung! Für wie bescheuert hältst du mich eigentlich?«
Das neue System sei bundesweit vernetzt, erklärt Marius und fachsimpelt weiter, während er in affenartiger Schnelligkeit die Tastatur malträtiert. Theoretisch wäre einiges mehr machbar, wenn da nicht der Datenschutz …
Ich höre gar nicht erst zu, weil ich sowieso kaum etwas verstehe und schon beim alten System Mühe hatte, die Finessen der sich ständig ändernden Module zu kapieren. Hinzu kommt meine katastrophale Feinmotorik, die es mir nicht erlaubt, schneller als in Zeitlupe die Tasten zu bedienen, noch dazu mit niedriger Trefferquote. Marius hingegen gehört bereits zu der Generation, der das Bedienen der Tastatur leichter fällt als das Aufsagen des Alphabets. Die nächste Generation wird wahrscheinlich nur an ein Zeichen denken müssen, den Rest macht der Computer dann von alleine.
Ich stelle mir gerade vor, was in naher Zukunft dabei herauskommt, wenn ein Sachbearbeiter beim Protokollieren an den Sexualakt der vergangenen Nacht denkt, als Marius mich aus meinen obszönen Gedanken reißt.
»Claudette Roux! Hier habe ich sie. Nicht gerade ein unbeschriebenes Blatt, liegt aber bereits einige Jahre zurück.«
»Ja und? Weiter!«
»Im Jahr 2008 hatte sie Probleme mit der Steuer; zwei Jahre später wurde wegen illegalen Anbaus von Hanfpflanzen gegen sie ermittelt … mein Gott, wer hat das denn geschrieben, dieses Deutsch kann kein Mensch verstehen … hier ist ein Verstoß gegen das Tierschutzgesetz aufgeführt; um welchen Artikel … nein, das heißt wohl Artenschutzgesetz. Illegaler Import irgendwelcher Viecher, was genau steht nicht in den Akten.«
»Interessant! Wo war das?«
»Steht hier nicht!«

»Das sollte doch vollständig digitalisiert sein, das muss da irgendwo stehen!«
»Tut es aber nicht! Weiß der Geier, wen die da dran gesetzt haben! Personalnotstand! Kennst du ja! Die hinken Jahre hinterher!«
»Okay, dann eben nicht! Noch was? Mitangeklagte oder so?«
»Philipp Roux. Anscheinend ihr Mann. Der war mit von der Partie.«
»Könnte auch Sohn, Vater oder Bruder sein.«
»Wenn, dann Bruder; das andere passt vom Alter her nicht!«
»Wie alt ist die Dame?«
»Moment! Geboren am 17.11.1980.«
»Wo?«
»Steht hier nicht!«
»Ist eine Wohnadresse von damals angegeben?«, frage ich genervt.
»Augenblick! Laut Eintragung betrieb sie eine Tierhandlung in Kirkel.«
»Stimmt! Genauer gesagt: in Limbach!«
»Warum fragst du, wenn du alles bereits weißt?«
»Bislang war es lediglich eine Vermutung. Das Haus, in dem die Tierhandlung war, gehörte wohl ihrem Vater, das habe ich von den ehemaligen Nachbarn erfahren. Kurz nachdem der Vater gestorben war und Claudette das Haus geerbt hatte, gab es dort ein Feuer. Böse Zungen unterstellen Brandstiftung. Gibt es darüber einen Eintrag?«
Marius starrt konzentriert auf den Bildschirm.
»Nein! Nicht in dieser Akte.«
»Das Haus ist eine Ruine; es steht bis heute leer.«
»So was gibt's häufig!«
»Mag sein. Was steht außerdem in der Akte?«
»Während der Ermittlungen bezüglich der illegalen Pflanzung war sie bereits in Leidingen gemeldet.«
»Wie ging die Sache aus?«

»Steht hier nicht. Ist wahrscheinlich im Sand verlaufen, wenn du mich fragst.«

»Dann müsste der Eintrag gelöscht sein!«, widerspreche ich.

»Müsste! Ist er aber nicht! Die Akte scheint unvollständig zu sein, wie so oft. Du weißt doch wie das geht: neuer Fall, zu wenig Personal, Akte zu, Affe tot!«

»Ich weiß, es ist immer das gleiche Dilemma.«

»War's das?«, fragt Marius, der anscheinend keine Lust mehr hat, in den alten Fällen rumzustochern.

»Keine Strafeintragungen?«

»Nein, aber das ist normal.«

»Dieser Philipp Roux, gibt es über den irgendwelche Informationen?«

»Nein! Monsieur Roux ist Franzose, über den haben wir nichts.«

»Über Interpol müsste … «

»Josch, das ist zehn Jahre her! So lange gibt es den übergreifenden Datenaustausch nicht!«

»Entschuldige, das hatte ich nicht auf dem Schirm.«

»Gleich Mittag, gehst du mit zu Tisch? Ich lade dich ein.«

»Lieb von dir, danke, aber mit meinem Ausscheiden habe ich dem Kantinenfraß endgültig den Rücken gekehrt.«

»Wie du willst. Ihr kommt doch zum Polizeiball, oder? Wir würden uns alle freuen.«

»Momentan scheint sich in diesem Hause alles um diesen Ball zu drehen«, seufze ich. »Von früher kenne ich das gar nicht. Ätzend lange Reden, warmes Bier und trockene Brezeln.«

»Noch früher gab es nicht mal einen Polizeiball, ich weiß! Trotzdem hattest du dich vor zwei Jahren prächtig amüsiert.«

»Wer sagt das?«

»Alle!«

»Inge hat's mir schon aufs Brot geschmiert.«

»Wie jetzt, kommt ihr?«

»Wahrscheinlich werde ich mich nicht davor drücken können.

Möchtest du auch mit mir tanzen?«
»Nein danke, kein Bedarf, aber ich schätze, die Weiber werden Schlange stehen.«
»Genau das ist mein Problem!«
Wir plaudern einige Minuten über die anstehenden Beförderungen, dann treibt der Hunger Marius zum Mittagessen. Bei der Verabschiedung muss ich versprechen, dass ich als Gegenleistung für die erhaltenen Informationen beim Ball eine Flasche Wein spendiere.

Mittwoch, 25. September (nachmittags)

19

Um halb eins bin ich wieder zu Hause und nehme mir vor, das gewohnte Mittagsschläfchen im Garten auf der Liege unter dem Kirschbaum zu genießen, doch dann entdecke ich den Zettel unter der Haustür.

Terrasse! Guten Appetit!

Dagmar

Was ist das jetzt wieder für eine Überraschung?

Auf dem Terrassentisch steht eine Schüssel mit Leberknödeln und Sauerkraut! Wow!

Mikrowelle.

Wenn du die Schüssel zurückbringst, denk an das Geld aus der Sammlung! Bis später! Bin ab 18 Uhr zu Hause!

Gut und Böse sind in der Praxis nicht voneinander zu trennen! Leberknödel gehören zu meinen Leibgerichten, das ist das Gute an der Sache, aber im Magen liegt mir eher diese unliebsame Sammelaktion, zu der ich mich habe verdonnern lassen. Ich habe sie total vergessen! Dagmars Wink mit dem Scheunentor ist eindeutig: heute Abend soll ich abliefern; nicht nur das Geschirr! Jetzt stecke ich in einem fürchterlichen Dilemma. Wenn ich mir die leckeren Leberknödel reinziehe, kann ich für die nächsten Stunden das Geldeinsammeln vergessen. Kein Mensch kann mit vollem Magen auf Spendenjagd gehen, das verbietet schon der Anstand! Jetzt gleich vor dem Essen los zu düsen, macht erst recht keinen Sinn, weil ich die Nachbarn, sofern sie überhaupt zu Hause sind, beim Mittagessen oder in der Mittagsruhe störe, und das mindert die Geberlaune.

Ich werde das Problem anders lösen müssen! In dem ich in Vorlage trete und mir die Kohle später zurückhole. Die Leute laufen mir nicht davon; die Leberknödel zwar auch nicht, aber das hat eine völlig andere Dimension. Abzuklappern sind etwa 15 Haushalte mit zusammen ungefähr 25 Personen. Gehen wir mal davon aus, dass jeder fünf Euro gibt … passt, oder … so viel habe ich an Bargeld im Geldbeutel. Super, so machen wir das! Leberknödel, ich komme!

Seit der Erfindung des Rades ist die Mikrowelle das Beste, was der menschliche Geist hervorgebracht hat. Vor allem hinsichtlich hungriger Rentner mit bescheidenen Kochkünsten. Ich setze voraus, dass Marion sich tagsüber selbst versorgt und verdrücke die ganze Portion. Da auf dem Zettel kein einschränkender Hinweis stand, bin ich bei Rückfragen oder Beschwerden aus dem Schneider.

Das Phänomen der Fressstarre gilt nicht nur für aktiv Werktätige. Wenn das gesamte Blut zur Verdauung benötigt wird, bleibt fürs Gehirn auch bei einem Rentner nicht mehr viel übrig; es reicht gerade aus, um die Vitalfunktionen am Laufen zu halten. Die Hollywoodschaukel unter dem Kirschbaum weiß das, und nimmt mich gütigst auf.

Der Garten Eden liegt in Spiesen, genauer gesagt auf dem Köppsche. Wer etwas anderes behauptet, kennt sich nicht aus! Ich döse vor mich hin und lasse meinen Gedanken freien Lauf. Was will ein vollgefressener Rentner mehr vom Leben verlangen als Ruhe und Beschaulichkeit? Nichts! Ein traumloser Schlaf hüllt mich ein.

»Das kann man haben!«, weckt mich eine Stimme. »Ein Leben wie Gott in Frankreich!«

»Wer stört?«, murmele ich schlaftrunken und blinzele in die Sonnenstrahlen, die durch das Astwerk scheinen.

»Marion hat am Telefon gesagt, dass du zuhause bist. Störe ich?«

»Nee, jetzt nicht mehr!«, fluche ich und versuche zu erkennen, wer es wagt, mir meinen wertvollen Schönheitsschlaf zu rauben. Als ich mich aufsetze, sehe ich, dass Marions ehemalige Klas-

senkameradin Doris vor mir steht. Oh Gott, die Nachbarin aus der Umgebung von Lazarus Hammerschmitt hat bestimmt wieder irgendwelche Horrormärchen im Gepäck!
»Was gibt es denn so Wichtiges, dass du extra und persönlich vorbei kommst?«, frage ich und bin bemüht, mir meinen Unmut deutlich anmerken zu lassen.
»Ach, ich hatte ohnehin in der Nähe zu tun, da dachte ich: Fahr mal vorbei und erzähl ihm die Neuigkeiten persönlich.«
»Und?«
»Die bauen die Vogelkäfige ab.«
»Wer? Was?«
»Lazarus und die rote Zora demontieren die Volieren! Stell dir vor!«
»Prima! Dann seid ihr den Dreck und den Krach endlich los!«
»Das schon, aber das ist doch nicht normal!«
»Was ist heutzutage normal, Doris?«
»Zuerst verschwinden die Alten von einem Tag auf den anderen und jetzt das. Endlich sind wir soweit, die anzuzeigen und jetzt räumen die das Viehzeug freiwillig weg!«
»Tja, wer zu spät kommt … erspar mir diesen Spruch! Ist doch egal, Hauptsache, ihr habt eure Ruhe!«
»Trotzdem! Irgendwas ist da faul!«
»Euch kann man es nicht recht machen! Erst mosert ihr, weil die Viecher da sind, jetzt weil sie verschwinden. Du musst zugeben, dass das nicht ganz normal ist!«
»Wir sind froh, dass die blöden Vögel endlich weg sind, aber …«
»… aber jetzt habt ihr nix mehr, worüber ihr euch aufregen könnt, das ist der Punkt!«, ereifere ich mich. »Es wird sich doch sicherlich ein anderes Opfer finden. Ein Nachbar dessen Hund ständig auf den Gehweg kackt oder ein paar Junge, die laute Partys feiern. Die Welt ist voller Störenfriede, da wird sich doch jemand finden, der bei euch in der Gegend wohnt!«
»Ich finde das zynisch und arrogant!«, entgegnet Doris schnip-

pisch. »Wer das nicht jahrelang erdulden musste, kann da nicht mitreden. Außerdem machen wir uns Sorgen um die Alten!«

»Ach? Erst war es Gesindel, jetzt macht ihr euch Sorgen! Fürsorgliche Neugier ist heutzutage selten geworden«, seufze ich.

»Hast du über die Autonummer etwas rausgefunden?«, fragt Doris kühl.

Aha! Daher weht der Wind!

»Nein«, lüge ich, weil ich die Chance wittere, mich endgültig aus dieser Sache zu verabschieden. »Der Wagen ist auf einen Mann zugelassen, also nicht auf die rote Zora, wie du sie nennst.«

»Man wird doch nachforschen können, wem der seinen Wagen ausgeliehen hat oder in welcher Beziehung er zu dieser Frau steht.«

»Überleg mal, Doris! Glaubst du ernsthaft, dass ich das halbe LKA in Marsch setzen kann, um nach einer Person zu forschen, wofür es nicht den geringsten Anlass gibt?«

»Ja, aber …«

»Wir leben in einem Rechtsstaat, da kann das LKA oder wer auch immer nicht einfach hinter den Leuten her spionieren. Das wolltest du nicht, wenn es deine Person betrifft. Die Stasi-Zeiten sind vorbei!«

Doris macht ein betroffenes Gesicht.

»Okay, ich hab's kapiert. Wie geht es jetzt weiter?«

»Gar nicht! Die Viecher sind weg, basta!«

»Und die Alten?«

»Fahr zu Lazarus und frag ihn! Ich bin raus aus der Nummer.«

Was Doris vor sich hin grummelt, kann ich nicht verstehen. Sie ist sauer ohne Ende und richtet im Weggehen einen Gruß an Marion aus. Wenig später höre ich, wie die Gartentür scheppernd ins Schloss fällt.

Ich denke, dass Doris sich bei Marion über mich beschweren wird, aber das ist mir völlig schnurz. Lieber ein schreckliches Ende als ein Schrecken ohne Ende.

Und nun? Zum schlafen werde ich jetzt wohl nicht mehr kommen, deshalb beschließe ich, doch den Sammelonkel für die Geburtstagsfeier zu spielen.

***

Eine Stunde hatte ich eingeplant, es werden schließlich zweieinhalb. Bei jedem Hausbesuch muss ich mir das neuste vom Freundes- und Bekanntenkreis anhören. Zu dem kommt der aktuelle Dorfklatsch und Zustandsberichte aus den Vereinen. Borussia Spiesen hat einen neuen Platzwart, die Arbeiterwohlfahrt einen neuen Kassierer, der Obst- und Gartenbauverein fährt demnächst an die Mosel. In der Grundschule gibt's Kopfläuse, Wolfgangs Bandscheibe hält überraschenderweise, jetzt tut das Knie weh. Erik und Claudia haben eine neue Katze, Suresh ein eigenes Fahrzeug, der junge Ringling spart drauf, Johns Swimmingpool hat ein Leck, Titzes fahren nächstes Jahr wieder in die Bretagne. Lotti bleibt lieber zu Hause; muss sie, weil ihr Sohn Markus mit Nadine nach Italien fährt, da muss jemand auf den Hund aufpassen. Dass wir einen neuen Bürgermeister haben, weiß ich, aber die verwandtschaftlichen Verhältnisse des neuen Verwaltungschefs werden mir erst jetzt offenbart.

Es ist später Nachmittag als ich Schüssel und Geld bei Dagmar abgebe; der Betrag kann sich sehen lassen, meine Kalkulation war um einiges zu niedrig.

»Ist das alles?«, höre ich von Dagmar anstelle eines Dankeswortes.

»Wieso alles? Wie viele Millionen hast du denn erwartet?«

»Was ist mit der Grußkarte, die du besorgen solltest, damit alle darauf unterschreiben?«

»Davon war keine Rede!«

»Doch! Natürlich! Und selbst wenn, kann man doch davon ausgehen, dass man eine Grußkarte braucht. Sag mal selbst,

oder? Männer!«
»Und jetzt?«
»Besorgst du eine Karte und machst die Tour noch mal!«
»Nein!«
»Doch!«
»Ich weigere mich!«
»Das ist im Drehbuch nicht vorgesehen!«
»Was?«
»Dass Männer sich gegen etwas weigern, was die Frauen von ihnen verlangen!«
»Gilt nicht, weil wir nicht verheiratet sind.«
»Hör auf mit deinen philosophischen Haarspaltereien! Geh!«
»Und wenn nicht?«
»Setze ich das Gerücht in die Welt, dass du und Marion nächsten Monat heiraten?«
»Okay, ich gehe!«
»Feigling!«
»Helden sterben früher!«
»Den Zeitpunkt hast du verpasst! Geh!«
Argumentativ habe ich zwar keine Chance, aber ich beschließe trotzdem, diesen Rundgang nicht noch einmal zu machen. Zumindest nicht heute! Klatsch und Tratsch habe ich genug gehört, das tue ich mir nicht mehr an!
Marion ist bereits da, als ich nach Hause komme.
»Lass uns den Feierabend genießen«, schlägt sie vor. »Ich habe für den Rest der Woche frei. Überstunden! Zum Kochen habe ich keine Lust. Lass uns Essen gehen, ich habe eins gut, falls du dich erinnerst.«
»Okay! Wohin?«
»Eine Kollegin hat erzählt, dass man in St. Wendel am Dom gut essen kann.«
»So weit fahren?«
»Ich fahre, du zahlst! Ist das fair?«
»Von mir aus; wie wäre es mit umgekehrt?«

»Keine Chance; ich ziehe mich schnell um.«
Eineinhalb Stunden später sitzen wir bei Kerzenschein zu Tisch.
»Deine Kollegin hat nicht zu viel versprochen«, kommentiere ich das hervorragende Geschnetzelte. »Wieso hast du dir frei genommen? Liegt etwas Besonderes an?«
»Ja, mein Schatz! Wir gehen morgen Kleider einkaufen; für den Polizeiball!«
»Da fällt mir ein, dass du mich schamlos belogen hast! Der Polizeiball ist morgen, nicht nächste Woche, wie du behauptet hast.«
»Quatsch! Du hast mir mal wieder nicht zugehört!«
Es ist immer dasselbe Spiel und nie kann ich beweisen, dass ich Recht habe.
»Demnächst zeichne ich alle Gespräche auf. Du hast eindeutig gesagt nächste Woche.«
»Wenn ich das vorige Woche gesagt habe, stimmt's ja auch!«
»Ich geb's auf! Du willst also unbedingt dorthin gehen?«
»Klar! Und du auch, oder?«
»Warum willst du dir Kleider kaufen? Du hast mindestens drei Schränke voll, da wird sich sicherlich etwas Passendes finden.«
»Wer redet denn von mir? Du brauchst neue Klamotten!«
»Ich? Wieso das denn?«
»Das einzige Vernünftige, was in deinem Schrank hängt, hattest du beim letzten Ball vor zwei Jahren bereits an.«
»Na und? Daran erinnert sich kein Mensch mehr.«
»Doch! Ich! Und die anderen Frauen auch.«
»Aber die Männer nicht.«
»Stimmt wahrscheinlich, aber es ist völlig egal, ob die sich erinnern. Jedenfalls gehst du mir in den alten Klamotten da nicht hin.«
»Das kostet wieder ein Vermögen!«, seufze ich.
»Hör auf zu Jammern! Du tust, als ob du am Hungertuch nagst.«
»Wer sagt, dass dem nicht so ist?«

»Dein Kontoauszug! Habe ich letztens zufälligerweise gesehen.«

»Ach! Zufälligerweise?«

»Sorry, aber ich kann nichts dafür, wenn du den auf dem Esszimmertisch rumliegen lässt. Mach Online-Banking wie jeder vernünftige Mensch, dann hast du dieses Problem nicht.«

Da hat sie natürlich Recht. In diesen Dingen bin ich wenig flexibel und anscheinend ein wenig unvorsichtig.

»Was soll ich denn anschaffen? Etwa einen Anzug? Für dieses eine Mal? Ich trage sonst nie einen Anzug!«

»Du brauchst quasi außer einem neuen Kopf alles! Eine schicke Kombination, Hemden, Krawatte, Schuhe … «

»Vergiss die Unterwäsche nicht!«, ergänze ich.

»Wenn wir zu Hause sind, werde ich überprüfen, ob Stoff und Inhalt in Ordnung sind.«

»Ist das eine Drohung oder ein Versprechen?«

»Weder noch! Die Nachspeise!«

Am späten Abend sollte sich herausstellen, dass wir mehr Kalorien verbrauchten, als eine Crème Brulée liefern kann.

Donnerstag/Freitag, 26./27. September

20

Ich habe von einem gewinnorientierten Unternehmen nie erwartet, dass es auf den Geldbeutel seiner Kundschaft Rücksicht nimmt, aber ich muss erkennen, dass die Maschen, um dem Klientel das Geld aus dem Sack zu ziehen, immer dreister werden.

Drei für zwei oder Fünf kaufen, drei bezahlen sind anscheinend gängige Argumente, um die Einkaufstaschen zu füllen – nein zu überfüllen!

Daneben gibt es Sonderrabatte, deren Berechnung des Endpreises ein Diplom in Mathematik voraussetzt, bisweilen auch einen Doktortitel, wenn es darum geht, die Nachlässe mit den zu erreichenden Mindestsummen in Einklang zu bringen oder der Sonderrabatt in Form eines Nachlasses auf die nächste Winterkollektion gewährt wird.

Marion beurteilt derartige Angebote ohne Taschenrechner lapidar mit dem Hinweis, dass es sich zweifelsfrei um ein Schnäppchen handelt. Diese spontane Urteilskraft ist schon deswegen bewundernswert, weil sie ohne Inaugenscheinnahme des Preisschildes erfolgt, und demzufolge sowohl mathematische als auch seherische Genialität voraussetzt. Da kann ich nicht mithalten!

Merkwürdigerweise funktioniert diese Gabe nur dann, wenn ich der zahlende Kunde bin. Geht es um ihren eigenen Geldbeutel, wird gefeilscht und gerechnet, bis der Abakus glüht.

Mein generelles Problem ist die von Logik geprägte Skepsis, mit der ich solchen Einkaufmarathons gegenübertrete. Ich will zum Beispiel partout nicht einsehen, weshalb ich zwei Hosen kaufen soll, wo ich doch nur eine benötige; zumal ich lediglich

einen Gürtel habe!
Drei neue Hemden erscheinen mir verschwenderisch, wo doch zwei davon automatisch im Schrank hängen und im Laufe der Zeit genauso wie die anderen zehn in Vergessenheit geraten werden. Dass es Unterhosen nur im halben Dutzend gibt, mag angesichts der Wechselhäufigkeit erklärbar sein, aber im Paket sind sie alle von der gleichen Sorte, was bedeutet, dass alle nicht passen, wenn eine nicht passt. Wo liegt da der Vorteil? Bei den Socken im Zehnerpack ist es das gleiche Problem.
Meine diesbezüglichen Argumente werden geflissentlich überhört! Früher ist es mir wenigstens ab und zu gelungen, die Verkäuferin mit meinem Charme auf meine Seite zu ziehen, aber heutzutage ist Fachpersonal rar und zudem sind die Herrschaften am Umsatz beteiligt, da kann auch eine Charmeoffensive nicht dagegen ankämpfen. Ich stehe demzufolge alleine auf weiter Flur und muss den bitteren Wind des Konsumwahns ertragen.
Bei zwei Hosen und drei Hemden kann man in Verbindung mit der Jacke und dem halblangen Mantel laut Kombinatorik eine Unzahl von Varianten zusammenstellen, erst recht, wenn man die drei Krawatten mit einbezieht; von den blauen Wildlederschuhen und den braunen Tretern aus glattem Rindsleder mit zwei Paar Schnürsenkeln unterschiedlichster Farbe ganz zu schweigen. Zwei Gürtel vervollständigen die Variantenvielfalt.
»Wenn du die zwei Dutzend Unterhosen und Socken berücksichtigst, kann ich mindestens zweitausend Jahre alt werden, ohne jemals das gleiche zweimal anzuziehen«, erkläre ich feierlich. »Jetzt muss ich nur alt genug werden, damit sich der Einkauf lohnt.«
»Red keinen Blödsinn, wer außer mir schaut schon auf deine Unterwäsche?«
»Alle die wissen wollen, was sich drunter versteckt; so wie du gestern!«
»Versteckt ist der richtige Ausdruck, lass uns zu den Schals ge-

hen! Kaschmir würde dir gut stehen; in einem dunklen Blau!«

»Es ist Sommer!«, interveniere ich.

»Der bleibt aber nicht ewig! Außerdem könntest du so etwas auch zur Hochzeit anziehen.«

»Hochzeit? Wer heiratet denn?«

»Erstaunlich schlechte Kombinationsgabe für einen ehemaligen Hauptkommissar. Wirklich ganz schlecht!«

Der Einkauf dauert geschlagene vier Stunden und kostet mich ein Vermögen. Alleine die Schuhe schlagen mit 350 Euro zu Buche, 149 Euro für drei Hemden, dabei merke ich erfolglos an, dass bei Division des Preises durch die Anzahl keine gerade Zahl rauskommt, und dass es bei den zwei Hosen für 119,99 Euro kein erklärbares Ergebnis gibt. An der Kasse wird mir schlecht und ich flehe, dass meine Kreditkarte defekt ist, aber dieser Wunsch bleibt unerfüllt. Der zu zahlende Betrag liegt nur wenig unter dem vierstelligen Bereich. Skonti sind in den Nachlässen schon drin, aber zusätzlich wird eine Bonuskarte fürs Parkhaus gewährt. Hurra!

»Mein Schatz«, jubelt Marion zufrieden, »du hast so viel Geld gespart, dafür darfst du mich jetzt zu einem Glas Champagner einladen!«

Mein Problem mit der Logik setzt sich fort!

»Gerne, mein Liebes«, stimme ich resigniert zu und wünsche mir, im nächsten Leben als Frau auf die Welt zu kommen.

Mein nächstes Leben soll von logischem Denken nicht belastet sein!

***

Was am Freitagmorgen nach den anstrengenden Einkäufen des Vortages und spätem Frühstück harmonisch und ruhig begonnen hat, steigert sich im Laufe des Nachmittags in hektische Betriebsamkeit.

Anstatt dem gewohnten Mittagsschlaf zu frönen, muss ich mit

Marion die Grundschritte der gängigsten Tänze üben. Im Partykeller hat Marion Platz geschaffen und für die entsprechende Musik gesorgt. Überraschenderweise klappt es ganz gut, was Marion nicht daran hindert zu behaupten, ich sei steif in der Hüfte.

»Ich finde, dass ich mich gelenkig bewege und geschmeidig dahin gleite«, widerspreche ich vehement.

»Sich selbst objektiv zu beurteilen, ist den Wenigsten gegeben«, meint Marion, wobei sie subjektiv wahrscheinlich sogar Recht hat; aber nicht in meinem Falle!

Nach einer Stunde intensiven Übens ist meine Herzallerliebste der Meinung, dass es Zeit sei, sich für den Ball fertig zu machen.

»Es sind fünf Stunden bis zum Anpfiff!«, bemerke ich.

»Ja und? Ich brauche meine Zeit und du willst auch ins Bad!«

»Es wäre in der Tat von Vorteil, wenn ich zeitig an die Reihe käme, wenn nicht wird es wie üblich knapp«, entgegne ich, ahnend, dass mir nur Bruchteile der verfügbaren Zeit übrig bleiben werden.

»Such dir schon Mal raus, was du anziehen möchtest. Mach aber um Gottes Willen die Preisschilder ab!«

»Von mir aus kann jeder sehen, was das Zeug gekostet hat.«

»Das blaue Hemd, die schwarze Hose und die Wildlederschuhe! Dazu die blaue Krawatte! Passt super auf den Blazer. Und die schwarzen Socken! Hörst du? Nicht dass du wieder die roten anziehst. Das sieht fürchterlich aus.«

»Genau das wollte ich anziehen! Beim Rest lass ich die Preisschilder dran, damit wir nächste Woche zurückgeben können, was überflüssig ist.«

»Untersteh dich!«

»Hast du Wünsche zur Unterwäsche?«

»Was Anständiges, damit die Sanitäter und der Notarzt keinen Schock bekommen.«

»Welche Sanitäter? Welcher Notarzt?«

»Na wenn sie dich von der Tanzfläche ziehen, weil du so erschöpft bist, wenn ich mit dir fertig bin!«
Frechheit! Ich lasse sie reden und schaue derweil nach, was der Nachrichten Ticker an Neuigkeiten zu bieten hat.
Außer den üblichen Verrücktheiten gibt's nichts Nennenswertes, aber auf der Titelseite des Regionalteils kündigt die Zeitung den Polizeiball an. Anscheinend ist das dieses Jahr eine öffentliche Veranstaltung. Mir soll es recht sein, dann kommt wenigstens ein bisschen frischer Wind in den altbackenen Behördenmief. Die Big-Band der Polizei spielt; Gott sei Dank haben wenigstens die die neueste Polizeireform überlebt. Ich kann gar nicht mehr sagen, wie oft die Polizei in den letzten Jahren umorganisiert worden ist; zum Positiven hat sich allerdings nichts geändert. Dem organisierten Verbrechen steht jetzt die umorganisierte Polizei gegenüber, viel mehr ist nicht passiert.
Nach zwei Stunden wage ich den zaghaften Versuch, mich nach Marions Fortschritten beim Styling zu erkundigen.
»Ich bin gleich fertig!«, kommt als Antwort aus dem Bad.
Die gleiche Information erhalte ich eine Stunde später erneut. Jetzt sind es allerdings nur zwei Stunden bis zum Beginn der Veranstaltung und eine Stunde, bevor wir losfahren sollten. Wie immer wird es zum Schluss zeitlich ziemlich eng und ich muss mich beeilen, während Marion bereits in voller Montur im Flur steht und mosert, dass ich mal wieder nicht zu Potte komme.

21

Siegfried Klemm zog an der Leine seines Vierbeiners, aber der hatte offensichtlich anderes im Sinn, als den Befehlen seines Herrchens Folge zu leisten.

»Nun komm endlich«, schnaubte Siegfried ungehalten. »Ich habe keine Lust, die halbe Nacht hier draußen zu verbringen!«

Aber Wolfi wollte nicht hören! Mal wieder nicht! Wolfi war Wolfi! Und wie es sich für einen alten Mischlingsrüden gehört, hatte er eben seinen eigenen Kopf. Einen ganz eigenen!

Siegfried hatte manchmal den Eindruck, dass sein Hund Gedanken lesen konnte und immer genau das Gegenteil von dem machte, was sein Herrchen eigentlich von ihm erwartete.

»Wolfi, ich will den Spätfilm sehen, jetzt mach endlich dein Geschäft, du Ganove! Es ist immer dasselbe mit dir! Du weißt ganz genau, dass ich nach Hause will!«

Bisweilen würde Siegfried seinem vierbeinigen Kameraden am liebsten kräftig in den Hintern treten, aber dann schaute der ihn mit seinen herzbrechenden Hundeaugen an und schon war es vorbei mit Herrchens Groll. Siegfried wusste, dass Wolfi sich dessen völlig bewusst war, wie bei einer Hollywood-Diva, die mit den Wimpern klimperte, aber es nütze nichts, Wolfi spielte diese Rolle perfekt, niemand konnte diesem Blick widerstehen.

»Wolfi, Wolfi, du machst mal wieder den Kasper aus mir! Aber auf jetzt! Mach endlich! Aah, muss das denn ausgerechnet in diesem Gebüsch sein? Wolfi, du bekloppter Hund, du!«

Wolfi zerrte, stemmte sich ins Geschirr und gab nicht klein bei. Die Vorderbeine standen in der Luft, die Zunge hing aus seinem Maul und die Hinterläufe gruben sich in die Erde. Sieg-

fried blieb nichts anderes übrig, als nachzugeben.
»Was hast du denn heute Abend bloß«, schimpfte Siegfried. »Warum knurrst du denn? Hast du etwa eine Maus im Visier?«
Falls es ein Tier war, vor dem Wolfi keinen Schiss hatte, dann konnte es nicht größer sein als er selbst. Vor allem anderen zog Wolfi unweigerlich sofort den Schwanz ein und schaltete auf Rückwärtsgang. Jetzt aber kläffte er den Busch an und wedelte wild mit seinem Stummelschwanz.
»Was hat der gute Hund denn entdeckt?«, fragte Siegfried so, als könne er von Wolfi eine Antwort erwarten, aber der zog stattdessen weiterhin wild an der Leine, so dass Siegfried gar nicht anders konnte, als seinem Hund zum Buschwerk am Fuße des Turmes zu folgen.
Weil das schwache Mondlicht abseits des Weges nicht ausreichte, um etwas zu erkennen, schaltete Siegfried die Taschenlampe ein, die er bei jedem nächtlichen Spaziergang mit sich führte. Zunächst konnte Siegfried im Lichtstrahl nichts erkennen, aber dann sah er es: Da ragten zwei Schuhe aus dem Grün hervor und augenscheinlich steckten da zwei Beine drin. Siegfried ging näher ran und sah jetzt, dass offensichtlich ein menschlicher Körper kopfüber im Buschwerk hing, die Gliedmaßen seltsam verdreht und die Augen schreckensstarr weit geöffnet; aber ohne jeden Glanz. So viel war klar: Da war nichts mehr zu machen. Und vor allem sah das nicht nach einem friedvollen oder natürlichen Tod aus! Nein! Das hier war etwas anderes!
»Komm, Wolfi! Schnell! Wir müssen die Polizei rufen! Los, mach, wir müssen uns beeilen!«
Aber Wolfi hatte immer seinen eigenen Willen. Zunächst beschnupperte er den leblosen Körper, verlor dann aber schnell das Interesse. Doch statt seinem Herrchen zu gehorchen, trabte er erst mal an den Mülleimer am Wegesrand und hob das rechte Hinterbein.

22

Wir schaffen es auf den letzten Drücker; gerade rechtzeitig vor dem letzten Gong betreten wir die Gebläsehalle. Die ehemaligen Kollegen haben freundlicherweise zwei Plätze freigehalten, so dass das gesamte Dezernat beisammen sitzt, die Alten wie die Neuen. Kriminalrat a.D. Rudi Closter, unser früherer Boss ist da, Inge mit ihrem neuen Schatz, dessen Name ich schon wieder vergessen habe, Marius Sorg mit seiner Frau Pia, und Katja Reinert, die aktuelle Chefin des K3, die ohne Begleitung erschienen ist.

Als ich nachfrage, wo Ken Arndt und unsere allseits geschätzte Staatsanwältin abgeblieben seien, erfahre ich, dass Kenn es verständlicherweise vorgezogen hat, während der Lehrgangswochen wenigstens das Wochenende zu Hause zu verbringen, und dass die Staatsanwältin an einem anderen Tisch platziert sei, der der Hausspitze vorbehalten ist.

»Wie ich die kenne, wird sie sich dort demnächst abseilen und zu uns rüberkommen«, meint Katja Reinert. »Der wird's dort bald zu steif und langweilig. Spätestens wenn's zum Tanz geht, taucht die hier auf, da wette ich drum!«

»Apropos steif«, lässt Marius verlauten. »Josch hat zugesagt, den Wein zu spendieren!«

»Moment! Ich habe mich bereit erklärt eine Flasche zu stiften! Als Pensionär ist mehr nicht drin!«

»Hallo!«, interveniert Marion unverzüglich. »Du machst Witze! Eine Flasche für acht Personen?«

»Nach den Anschaffungen für mein neues Outfit muss ich selbst dafür einen Kleinkredit aufnehmen.«

Neues Outfit ist das Stichwort für die Frauen. Sie besetzen

eigene Themen, während sich die Männer über die Neuigkeiten aus dem Präsidium und die Auswirkungen des Ruhestandes austauschen.
»Wer schiebt heute eigentlich Bereitschaft?«, frage ich, weil niemand unserer Runde fehlt, der diesen Dienst hätte übernehmen können.
»Niemand!«, erklärt Katja. »Das ist jetzt neu geregelt. Bereitschaft stellen ausschließlich K4 und die Tatortgruppe. Für K3 gibt es keine Bereitschaft mehr; Anordnung von ganz oben, angeblich wegen der Überstunden.«
»Das hätte ich mir fünf Jahre früher gewünscht!«, seufze ich. »Wenn ich da dran denke! K4, meinst du damit Hubertus Sonne und Nora Klein?«
»Genau!«
»Dann geht Hubertus wenigstens niemand auf den Wecker mit seinem Gelaber.«
»Ach ja, so verkehrt ist der Hubertus gar nicht«, urteilt Katja. »Seine Macke jeden und alles in der dritten Person anzusprechen, ist zwar bisweilen nervtötend, aber als Spurenermittler könnte ich mir keinen besseren vorstellen.«
Erstaunlich! Vor einem Jahr hätte Katja den Kerl am liebsten auf den Mond geschossen. Hubertus muss einen gewaltigen Eindruck bei ihr hinterlassen haben; es freut mich dies zu hören, denn Hubertus ist wirklich gut! Ohne ihn hätten wir manchen Fall nicht gelöst.
Der Polizeipräsident macht die Runde von Tisch zu Tisch und begrüßt seine Mitarbeiter. Augenscheinlich sitzen die Zivilisten alle auf den Rängen hinter uns. Dann geht das Licht aus und der Conférencier betritt die Bühne. Erst beim zweiten Hinschauen wird mir klar, dass es der Innenminister ist.
»Oh Gott!«, murmele ich. »jetzt geht das ewige Gelaber wieder los! Von wegen neue Performance!«
»Abwarten«, beruhigt mich Marion. »Bleib cool, Josch!«
Es wird tatsächlich nicht so schlimm, wie ich befürchtet hatte.

Kurze Begrüßung, Dank an die Organisatoren, Vorstellung der Akteure und des Programms, ein paar heilige Worte der Motivation, fertig! Selbst ein Minister scheint lernfähig zu sein, wer hätte das erwartet?
Bühnenprogramm: Ein Zauberer! Super Vorstellung.
Mitteilung, dass die Tombola entfällt. Ohne Begründung! Meine Enttäuschung hält sich in Grenzen, weil ich sowieso nur Nieten gezogen hätte. Marion sieht das nicht so locker, kein Wunder, sie zieht meist einen der Hauptpreise. Glückskind!
Ein Mann von der Polizeigewerkschaft richtet ein paar Grußworte an die Gäste. Als erstes werden die Zivilisten unruhig, nach wenigen Minuten ist das allgemeine Gemurmel so groß, dass man den Burschen selbst über das Mikro kaum versteht. Er bekommt es aber nicht mit und labert weiter. Kein Mensch hört ihm mehr zu. Als er endlich aufhört, gibt es keinen Applaus, weil niemand mitbekommen hat, dass er fertig ist. Plötzlich ist die Bühne voller Tänzer; eher Akrobaten. Super Truppe; ich bekomme Kreuzschmerzen vom Zuschauen.
Dann geht der Vorhang auf. Die Big-Band! Das Publikum tobt! Der aktive Teil des Abends beginnt.
Mein erster Tanz gehört Marion; der zweite und dritte auch. Das Üben hat sich gelohnt. Inge wartet bereits ungeduldig darauf, dass sie an die Reihe kommt, scheint von meiner Tagesform allerdings enttäuscht zu sein. Kein Wunder, wir sind kein eingespieltes Tanzpaar.
Dann taucht Daniela Sommer auf und lässt sich auf einen freien Stuhl an unserem Tisch plumpsen.
»Boah, endlich! Dieses Juristengequatsche ist dermaßen ätzend! Nur Wassertrinker am Tisch, da wird man überhaupt nicht warm! Ist für mich vielleicht ein Glas Wein übrig? Guten Abend Marion, konntest du den alten Griesgram also doch überreden, mitzukommen? Schön euch zu sehen!«
»Griesgram!«, beschwere ich mich. »Wie sich das anhört! Ich bin die Frohnatur in Person! Außerdem habe ich geradezu da-

nach gelechzt hier das Tanzbein schwingen zu können.«
Nach der dritten Flasche haben Katja und Daniela das Sponsoring übernommen, Geizkragen Rudi hält sich wie gewohnt zurück.
Nach der vierten Flasche Wein wird die Stimmung immer besser. Ich steige allerdings früh auf Mineralwasser um, weil ich fürchte, ansonsten beim Tanzen aus dem Rahmen zu fallen. Die Band ist spitze, die Tanzfläche übervoll und die Stimmung fantastisch. Die Staatsanwältin wehrt alle Aufforderungen zum Tanz ab, weil sie große Probleme mit ihrem rechten Knie hat.
Gegen Mitternacht beobachte ich, wie Katja zum Handy greift und telefonierend aus dem Saal geht. Einige Minuten später kehrt sie zurück, sieht jetzt aber nicht mehr so entspannt aus wie zuvor.
»Probleme?«, frage ich.
»Leichenfund. Hubertus und sein Team sind vor Ort. Wir werden uns morgen einschalten.«
»Was ist passiert?«, lasse ich nicht locker.
»Kann ich nicht sagen, ist jetzt aber egal. Lasst euch den Abend nicht verderben, es ist nicht euer Problem! Ich mache mich auf die Socken; es ist spät genug! Ab morgen wird wahrscheinlich wieder eine Menge Arbeit auf uns warten, aber wem erzähl ich das. Marius kommst du mal bitte ganz kurz! Wir … «
So viel zum Thema Bereitschaft. Selbst beim Polizeiball hat man als Kriminalbeamter keine Ruhe. Schade für Katja, sie tut mir leid.
Auch Marion und ich legen eine Nachtschicht ein; es ist zwei Uhr morgens, als wir den Ball verlassen.

Samstag, 28. September

23

Der Kuckuck schreit zehn Mal aus der Uhr, als ich den Frühstückstisch decke und Marion die Treppe herunter geschlurft kommt. Wenig später surrt der Eierkocher und die Kaffeemaschine röchelt ein letztes Mal.

»Das war schön gestern«, meint Marion und gibt mir einen Kuss. »Wir sollten viel öfter tanzen!«

»Unseretwegen werden die aber nicht alle vier Wochen einen Polizeiball veranstalten.«

»Ha, ha. Du weißt genau, was ich meine.«

»Sag mir bitte mal, wo wir in der Umgebung ein Tanzlokal finden sollen?«

»Wir haben es bisher gar nicht erst versucht; irgendwo wird es schon was geben. Angesichts eines Hochzeitswalzers müssten wir sowieso noch etwas üben.«

»Hast du dich gut unterhalten?«, frage ich proforma, um von dem Thema loszukommen.

»Ja sehr! Inge ist so eine lustige Nudel, und ihr Freund scheint ganz nett zu sein.«

»Der ist bei der Sitte!«

»Was willst du mir damit jetzt sagen, Josch?«

»Dass er einiges zu sehen bekommt über die Woche.«

»Warum denkt ihr Männer immer so versaut … «

»Moment! Das hast du völlig falsch verstanden! Ich meinte, dass die von der Sitte im Job jede Menge Elend und Gewalt zu sehen bekommen. Kaputte Typen, Drogen, Zwangsprostitution, halbe Kinder noch; da musst du als Beamter ziemlich stabil sein, um da heil durchzukommen. Psychisch, meine ich.«

»Aus Zucker scheint mir Inges Freund nicht zu sein; verdammt,

ich habe seinen Namen vergessen.«
»Du hast etwas vergessen? Ich bin entsetzt! Und du gibst es zu! Das ist sensationell!«
»Ha, Tim heißt er! Zu früh gefreut! Nur ein kurzer Aussetzer.«
»Und ich hatte schon geglaubt, bei dir eine Alterserscheinung entdeckt zu haben.«
Der Kuckuck meldet sich einmal. Halb elf. Im Radio kommen Kurznachrichten. Da ich mit meinem Frühstücksei beschäftigt bin, höre ich kaum zu, aber eine Meldung weckt dann doch meine Aufmerksamkeit.
… wurde in der Nacht eine Leiche gefunden, über deren Identität sich die zuständigen Behörden allerdings ausschweigen. Über die näheren Todesumstände wurde nichts bekannt, allerdings bittet die Polizei um Hinweise aus der Bevölkerung. Zeugen, die am gestrigen Abend zwischen 20 Uhr und Mitternacht rund um die Kirkeler Burg Besonderheiten oder Auffälligkeiten wahrgenommen haben, mögen sich bitte …
Aha! Wahrscheinlich war das der Grund für Katja Reinerts plötzlichen Aufbruch vom Polizeiball gewesen.
Mich verwundert diese Meldung. Wenn derart schnell nach dem Auffinden einer Leiche ein Aufruf an die Bevölkerung gerichtet wird, bedeutet das, dass die Ermittler vollkommen im Dunkeln tappen und das wiederum lässt vermuten, dass die Identität des Opfers überhaupt nicht feststeht, geschweige denn weitere Hintergründe; daher das Schweigen der Behörden: Sie wissen nichts!
Für die Ermittler ist das die Hölle. Es ist absolut frustrierend, wenn man ausschließlich auf Hinweise aus der Bevölkerung angewiesen ist. Ich habe das oft genug erlebt: Du zermarterst dir das Hirn, kommst nicht voran und musst gleichzeitig von den vielen Anrufern und Pseudo-Zeugen die Spreu vom Weizen trennen, herausfiltern, was verlässlich sein könnte und erkennen, wo bei einem Spinner oder Wichtigtuer wieder einmal die Fantasie davongaloppiert ist. Du landest in gedanklichen

Sackgassen, mühst dich wieder heraus, irrst in die nächste und musst zuschauen, wie dir die Zeit unter den Fingern zerfließt, ohne dass du einen entscheidenden Schritt weiterkommst.

In solchen Phasen zeigt sich, wer ein guter Ermittler ist und wer nur auf den schnellen Erfolg getrimmt ist. Irgendwann wird eine Spur deutlicher als alle anderen, das musst du abwarten, erkennen und dann zielstrebig den richtigen Weg nach vorne gehen. Das kann dauern und bis dahin gilt es, einen kühlen Kopf zu bewahren. Dass Katja Reinert diese Ausdauer hat, bezweifele ich nicht und auch der Rest des Teams hat diese Abgeklärtheit, Staatsanwältin Sommer sowieso. Dennoch leide ich mit den Kollegen und wäre jetzt allzu gerne bei ihnen im Team.

»Täusche ich mich, Schatz, oder bist du in Gedanken gerade in deinem innig geliebten Präsidium?«, fragt Marion mit einem Lächeln auf den Lippen.

»Ja, stimmt! Entschuldige bitte! Die unbekannte Leiche! Ich habe gerade daran denken müssen, was jetzt wohl im Kommissariat los ist.«

»Das soll allerdings nicht mehr dein Problem sein, Josch!«

»Korrekt, aber es beschäftigt mich trotzdem! Katja ist gestern Abend schnell verschwunden, nachdem sie einen Anruf erhalten hatte. Sie hat mir zwar nichts erzählt, aber ich nehme an, dass es um diesen Leichenfund ging.«

»Tja, das ist halt ihr Job! Du hast das selbst oft genug erlebt. Sei froh, dass es vorbei ist!«

»Bin ich ja, aber die Erinnerungen bleiben eben.«

»Nun wird mir bloß nicht sentimental auf die alten Tage!«

»Hör mal, das klingt ja, als sei ich kurz vor dem Abnippeln!«

»Das wollen wir doch nicht hoffen! Was hast du heute auf dem Zettel?«

»Ich? Äh! Was ist heute für ein Tag?«

»Samstag! Aber nur, weil gestern Freitag war!«

»Ich fahr mit dem Wagen durch die Waschstraße.«

»Keine gute Idee; am Wochenende ist da die Hölle los.«

»Macht nix, ich habe Zeit!«
»Super! Dann könntest du mein Auto innen saugen, wenn es dir nichts ausmacht!«
»Klar, mache ich. Und was hast du vor?«
»Ich habe Kurs an der VHS«, erklärt Marion mit deutlicher Entrüstung, weshalb ich das nicht weiß.
»Welcher Kurs?«
»Kreative Bildbearbeitung!«
»Weshalb? Das kannst du doch super!«
»Ich bin die Dozentin!«
»Ehrlich? Seit wann?«
»Heute das erste Mal! Hatte ich dir vor Wochen erzählt; so hörst du mir zu!«
»Muss ich überhört haben.«
»Manchmal denke ich, du hast die Ohren nur, damit die Sonnenbrille nicht runterfällt.«
»Haha! Wann ist der Kurs?«
»Um zwei! Ich muss um Viertel nach eins los.«
»Bis dahin bin ich mit deinem Wagen aber nicht fertig«, keimt in mir die Hoffnung, dass dieser Kelch an mir vorübergeht.
»Schon klar, deshalb fahre ich mit deinem Wagen, dann hast du alle Zeit dieser Welt.«
Ich muss neidlos anerkennen, dass Marion für jedes Problem zeitnah eine Lösung parat hat.
»So, mein Schatz«, fährt sie fort, »ich muss mich fertigmachen; was möchtest du heute Abend essen. Auf dem Rückweg gehe ich einkaufen.«
»Darf ich mir was wünschen?«
»Wenn es nicht zu ausgefallen ist!«
»Ich hätte Lust auf deine legendären Spaghetti.«
»Okay! Die Getränke musst allerdings du besorgen und vergiss das Leergut nicht. Ach ja, das Altglas steht im Vorratskeller neben der Kiste mit dem Altpapier. Die Container stehen ohnehin am Getränkemarkt, da geht es gleich in einem Rutsch.«

»Das ist aber mal praktisch«, seufze ich.
»Dieser Standardspruch ist Dagmar vorbehalten!«
»Gut, dann ist es eben von Vorteil.«
»Machst du das, mein Schatz?«
»Mangels Alternative – gerne.«
»Übrigens: Die Getränke musst du mit deinem Auto besorgen! In meinem Kofferraum sind die Klamotten für die Altkleidersammlung drin.«
»Dann muss ich das zuerst machen und mich beeilen, damit ich rechtzeitig zurück bin!«
»Tu das! Meinen Segen hast du!«
»Ich hasse Stress am Samstag!«
»Nicht nur dann! Ich gehe ins Bad.«
Die Aufgaben sind verteilt, mein Zeitplan ist vorgegeben; was bin ich doch für ein Glückspilz!
Zwei Kisten Leergut sind nicht das Problem, das Altglas von einem halben Jahr und die halbe Tonne Altpapier schon eher. Ich benötige alleine eine halbe Stunde, bis ich alles aus dem Keller geschleppt und im Kofferraum verstaut habe. Die Entsorgung braucht ebenfalls ihre Zeit und im Getränke Markt ist der Teufel los.
Bei der Kundschaft handelt es sich fast ausschließlich um Männer und ich bin sicher, dass sie ähnliche Diskussionen hinter sich haben wie ich. An der Kasse schaue ich in gestresste Gesichter, die Zeitnot signalisieren. Es geht schleppend vorwärts und ich habe jede Menge Zeit, meiner Fantasie freien Lauf zu lassen, aber während ich mir vorstelle, wie bei den jungen Vätern zu Hause bereits eine schreiende Meute wartet, die zum Sportplatz kutschiert werden will, fährt mir mein Hintermann mit seinem Einkaufswagen in die Hacken.
»Aua! Mensch, passen sie doch auf!«, beschwere ich mich, aber als in das Gesicht des Übeltäters schaue, wird mir klar, dass sich dieser Mensch keiner Schuld bewusst ist.
Endlich bin ich an der Reihe.

Marion wartet bereits auf meine Rückkehr; ich habe kaum Zeit, den Kofferraum zu entladen.
»Meine Autoschlüssel liegen auf der Kommode«, ruft sie mir durch die geöffnete Fensterscheibe beim Wegfahren zu. »Und danke fürs Sauber machen!«
Bevor ich antworten kann, fährt sie los und hat nicht einmal gesagt, wann sie wieder zu Hause sein wird. Im Grunde genommen bräuchte ich jetzt eine kleine Ruhepause, aber wenn ich mich jetzt hinlege, fällt mir die Arbeit hinterher umso schwerer. Besser, ich bringe es hinter mich und entspanne mich später.
Der Innenraum hat es wirklich nötig. Überall liegen Papierschnipsel und Verpackungen von Süßigkeiten rum. Während ich sauge, lasse ich mich von der Musik aus dem Autoradio berieseln, obwohl durch den Krach nicht viel zu hören ist. Der Redakteur von SR 3 scheint in Jennifer Rush verknallt zu sein; deren alte Hits sind unverhältnismäßig oft vertreten, das ist auffällig. Na ja, mir soll es egal sein. Aha, die 14 Uhr Nachrichten!
Neuigkeiten aus der Region. Landespolitik. Streik der Busfahrer. Irgendwo wird ein Bahnhof wiedereröffnet. Im Landeshaushalt fehlt Geld. In meinem auch, aber das meldet niemand. Die Leiche aus Kirkel ist immer noch nicht identifiziert. Die gleiche Meldung wie am Morgen. Zeugen werden gesucht. Zeugen zu was? Mir ist das ein bisschen dünn! Bereich Kirkeler Burg und Uhrzeit, das ist alles. Entweder hat die Pressestelle des LKA den Rundfunk schludrig informiert oder die Kollegen wissen weniger als ich vermutet habe – also gar nix, außer, dass es eine Leiche gibt!
Dass es auf diese vage Durchsage hin brauchbare Hinweise geben wird, wage ich zu bezweifeln. Auf einen Zufallstreffer zu warten, ist nie eine erfolgversprechende Ermittlungsstrategie.
Kirkeler Burg! Ein merkwürdiger Ort, um aus dem Leben zu scheiden; es sei denn man ist Raubritter von Beruf. Seltsam! Ob Katja Reinert im Büro ist? Anzunehmen, wenn es derart

brennt, dass man solch eine Durchsage durch den Funk jagen muss. Falls es Rückmeldungen gibt, müsste das Kommissariat eigentlich besetzt sein. In ähnlichen Fällen war ich seinerzeit tagelang im Dauereinsatz, egal ob Wochenende war oder Feiertag. Manchmal habe ich sogar im Präsidium übernachtet; auf der Liege im Sanitätsraum – wenn ich da dran denke!
Marions Auto ist so weit gesäubert, dass man es nicht mehr als fahrende Müllhalde bezeichnen muss. Das reicht fürs Erste! Nicht übertreiben, sonst muss ich das in Zukunft immer machen. Ich beschließe, kurz bei Katja Reinert anzurufen, bevor ich mich aufs Ohr lege; es ist keine Neugier oder aufgeweckter Jagdinstinkt, nein, es interessiert mich eben nur, was es mit dieser Leiche auf sich hat. Nur mal eben so.
Noch bevor ich zum Telefon greifen kann, tönt mir eine Stimme ins Ohr.
»Ha! Gut, dass ich dich antreffe! Wo steckt eigentlich Marion? Und wie war der Polizeiball? Was ist jetzt eigentlich mit der Papageiengeschichte und diesem komischen Typ in Furpach? Seit Montag habe ich nix mehr gehört … «
»Auch dir einen schönen guten Tage, Dagmar«, seufze ich entnervt. »Das sind ein paar Fragen zu viel für einen Samstag! Außerdem hast du mir am Mittwoch bereits die gleiche Frage gestellt und in den letzten drei Tagen hat sich nichts Neues ergeben.«
»Du kannst mir nicht erzählen, dass du mit deinen Kollegen auf dem Ball nicht drüber geredet hast.«
»Ob du es glaubst oder nicht: Nein! Die sind froh, wenn es mal nicht um die Arbeit geht!«
»Blödsinn! Beamte sind immer im Dienst!«
»Nicht wenn sie tanzen! Ich weiß nix! Marion ist im VHS Kurs und ja, der Ball war schön! Wir haben uns prächtig amüsiert und getanzt!«
»Die armen Frauen«, schmollt Dagmar und stapft grußlos davon.

Als sie weg ist, kann ich endlich im Präsidium anrufen. Bei Katja geht niemand ran. Hm! Ich werde es mal bei Marius Sorg versuchen.

»Hauptkommissarin Reinert, Apparat Sorg!«

»Josch hier, hallo Katja! Ich hatte es auf deinem Telefon versucht, aber da ging niemand ran. Jetzt weiß ich, warum. Wie geht's?«

»Wir sitzen hier zusammen und beratschlagen. Marius ist gerade auf Toilette. Was gibt's?«

»Um das zu erfahren, rufe ich an!«

»Josch das ist gerade kein günstiger Moment. Wir sind im Augenblick ziemlich im Stress. Also bitte: mach's kurz!«

»Nun sei nicht so abweisend! Ich habe den Aufruf im Radio gehört. Anscheinend tretet ihr auf der Stelle.«

»Gelinde gesagt. Und das wird nicht besser, indem wir uns mit Nebensächlichkeiten befassen, es sei denn, du hast Informationen, die uns weiterbringen.«

»Was ist los mit dir? Warum bist du so schroff?«

»Josch, ich bin alles in allem seit Freitagmorgen auf den Beinen, ich bitte um Verständnis«, erklärt Katja nun freundlicher.

»Habe ich! Was ist passiert? Eine kurze Info sollte drin sein.«

Männliche Leiche. Identität unbekannt. Hing in einem Buschwerk. Am Fuße des Bergfriedes. Von einem nächtlichen Spaziergänger mit Hund beim Gassi-Gehen entdeckt. Todeszeitpunkt: zwischen 21 Uhr 30 und 23 Uhr. Obduktion läuft. Fremdverschulden nicht auszuschließen. Suizid auch nicht. Nach erster Spurenlage von der vorgelagerten Plattform gestürzt.

»Nicht vom Turm?«, frage ich, weil das mein erster Gedanke gewesen war.

»Nein! Die Turmfenster sind vergittert und unbeschädigt, da kann er nicht runtergefallen sein. Außerdem wäre die Leiche an einer anderen Stelle aufgeschlagen und in einem anderen Zustand.«

»Wie alt?«
»Anfang bis Mitte dreißig. Vielleicht Ende dreißig.«
»Suizid nicht ausgeschlossen, sagtest du?«
»Na ja, auszuschließen ist es nicht, weil es oben keinerlei Kampfspuren gibt, also auf den ersten Blick. Außerdem deutet der Allgemeinzustand des Opfers auf eine gewisse soziale Verwahrlosung hin, wenn du weißt, was ich meine … «
»Verstehe! Eine arme Existenz, die den letzten Ausweg gesucht hat.«
»So könnte man annehmen, aber andererseits würde sich ein Selbstmörder bei rationalem Entscheid eine andere Stelle aussuchen; eine mit besseren Erfolgsaussichten, ich weiß, das klingt makaber, aber ich habe da meine Zweifel.«
»Immerhin hat es funktioniert.«
»Was tatsächlich todesursächlich war, wird erst die Obduktion ergeben, bis dahin bleibt alles offen.«
»Warum veröffentlicht ihr keine Foto oder Phantombild, um die Identität zu klären?«
»Erst wenn Suizid ausgeschlossen werden kann oder wir von Fremdverschulden ausgehen müssen.«
»Verstehe!«
»Noch was, Josch? Bitte! Ich muss weitermachen!«
»Schon gut, aber versprich mir, dass du dir eine Pause gönnst! Wenn du aus den Latschen kippst, ist keinem gedient.«
»Ich weiß! Marius und ich werden uns das aufteilen und dann mach ich eine kurze Auszeit und leg mich für eine Stunde hin.«
»Nimm die Liege im Sanitätsraum, die ist eigentlich ganz bequem.«
»Wir haben eine neue Couch im Aufenthaltsraum.«
»Diesen Komfort hatte ich früher nicht.«
»Ich weiß, ihr hattet früher gar nichts, ihr armen Teufel. So, ich mach jetzt Schluss, Josch. Bis dann! Und danke für die Fürsorge!«
»Viel Erfolg und Gruß an den Rest der Truppe.«

Hm! Zum Schluss war Katja einigermaßen verträglich. Ich kann ihr nicht verdenken, dass sie anfangs ruppig war. Ein Berg voller Arbeit und Probleme, bei reduzierter Besetzung am Wochenende, wenig Schlaf und den Ermittlungsdruck im Genick, da liegen die Nerven blank.
So brutal es klingen mag, aber insgeheim wünsche ich den Kollegen, dass sich das Ganze als Verzweiflungstat eines Selbstmörders herausstellt. Rational betrachtet, wäre das für alle Beteiligten die beste Lösung, denn dem Opfer ist ohnehin nicht mehr zu helfen. Wenn es ein Unfall wäre, würde nach einem Schuldigen gesucht und dann würde man zum Schluss wahrscheinlich einen armen Tropf vom Bauamt verantwortlich machen, der vergessen hat, ausreichend große Warnschilder anbringen zu lassen. Wenn es Fremdverschulden war, gibt es letztendlich zwei Opfer, denn ein Täter ist immer auch Opfer; entweder von sich selbst, seinem Umfeld oder der Gesellschaft.
Auf der Couch lässt mich der Gedanke nicht los, wie verzweifelt jemand sein muss, um sich selbst zu richten, aber wer steckt schon im Kopf eines Menschen, der alle Hoffnung verloren hat.
Ich komme nicht zur Ruhe und beschließe, im Garten nach dem rechten zu schauen; irgendwas zu tun, gibt's immer.

24

»Josch hat gerade angerufen«, berichtete Hauptkommissarin Katja Reinert, als Oberkommissar Sorg von der Toilette zurückkam. »Ich habe das Gefühl, dass er sich zu Hause langweilt.«

»Oh Gott, wenn er um diese Zeit an einem Samstag anruft, hat er wahrscheinlich wirklich nichts zu tun. Im Laufe der Woche war er hier und hat mich wegen einer Papageiengeschichte genervt.«

»Papageiengeschichte? Verschon mich, ich will gar nicht wissen, was er dieses Mal im Gepäck hat. Im Augenblick haben wir andere Sorgen.«

»Was wollte er denn?«

»Wissen, was es mit unserer Kirkeler Leiche auf sich hat. Er hat den Aufruf im Radio gehört.«

»Na ja, da wäre ich als Ex-Kommissar wahrscheinlich auch neugierig.«

»Mag sein, aber im Augenblick können wir Josch hier nicht gebrauchen. Wir müssen Klarheit bekommen, was an der Burg passiert ist und wer das Opfer ist. Alles andere ist nebensächlich!«

»Von der Gerichtsmedizin ist vor Montag kein Ergebnis zu erwarten«, seufzte Marius Sorg. »Die fahren am Wochenende genauso auf Sparflamme wie wir.«

»Abwarten! Die Staatsanwältin hat mir zugesichert, dass sie ihre Kontakte nutzen und Druck machen will, sofern das möglich ist. Vielleicht bekommen wir demnächst wenigstens ein Zwischenergebnis.«

»Wir teilen uns die Arbeit auf«, schlug Marius vor. » Mach du erst mal Pause und ruh dich aus! Ich höre in der Zwischenzeit nach, wie weit Hubertus mit der Spurenanalyse ist.«

»Gute Idee! Ich brauch wirklich eine Mütze Schlaf, sonst kippe ich aus den Latschen.«

»Falls ich nicht klarkomme, werde ich Josch anrufen«, lachte Marius.

»Untersteh dich! Rentner rekrutieren; soweit kommt's noch! Ich lege mich für eine Stunde auf die Couch«, verkündete Katja Reinert und verließ das Büro.

Marius saß eine Weile über den Akten und machte sich Notizen, bevor er bei Hubertus Sonne im K4 anrief.

»Hallo Hubertus, Marius hier; hast du Ergebnisse für uns?«

»Er ist bemüht, aber hexen kann er nicht«, antwortete Sonne und Marius hatte wie immer Mühe, sich auf Sonnes Sprachgewohnheiten einzustellen.

Dass Sonne stets auch von sich selbst in der dritten Person sprach, und das zu jeder Gelegenheit, war mehr als gewöhnungsbedürftig. Sonne tat das nicht in böser Absicht, es war eine Macke von ihm, die Marius vor einigen Jahren ergründen wollte.

Der Polizeipsychologe hatte in einem vertraulichen Gespräch erklärt, dass dieses Phänomen als Illismus bezeichnet wird und keineswegs auf eine psychische Störung zurückzuführen ist. Menschen, die so reden, beschäftigen sich stark mit sich selbst, sind in der Regel sehr sachorientiert und meistens sehr intelligent. Ihr Sprachverhalten dient dem eigenen Stressabbau und ist nichts anderes als eine Macke, damit müsse man sich eben abfinden. Die Erklärungen waren allesamt einleuchtend. Hubertus Sonne ist ein hervorragender Ermittler, der sich von nichts und niemand aus der Ruhe bringen lässt.

»Ich weiß, Hubertus; das erwartet niemand von dir, aber wir benötigen dringendst irgendwelche Hinweise. Wir tappen völlig im Dunkeln, selbst die kleinste Information kann uns weiterbringen.«

»Er will also sagen, dass er ohne Orientierung durch die Nacht läuft und nun soll Hubertus ihm die Erleuchtung bringen!«
»Treffend formuliert, Hubertus!«, seufzte Marius. »Hast du etwas für uns?«
»Hubertus möchte es folgendermaßen formulieren: der zu Tode Gekommene verfügte nicht über die gleichen Fähigkeiten wie das Geschöpf, mit dem er zuletzt in Kontakt getreten war.«
»Oh Gott! Was soll ich denn damit anfangen? Geht's nicht einfacher?«
»Doch! Er konnte nicht fliegen!«
»Wie Ikarus, das Ergebnis ist allgemein bekannt! Was bitteschön willst du mir damit sagen, Hubertus Sonne?«
»Dass er an seinen Kleidern Federn und Vogel Kot gefunden hat.«
»Okay! Und weiter?«
»Es sind Federn des roten Ara.«
»Aha!«
»Eine eher seltene Spezies unter den Papageien; zumindest hierzulande. Beheimatet in Südamerika, ernährt sich von...«
»Schon gut! Das heißt, der Mann hatte einen Papagei als Haustier, arbeitete in einer Tierhandlung oder in einem Zoo oder so was in der Richtung.«
»Diese Schlussfolgerung liegt nahe. Am Geländer der obenliegenden Plattform haftet ebenfalls Kot, der aus dem gleichen Verdauungstrakt stammen dürfte; die Anhaftungen sind dort flächig.«
»Er ist demnach über das Geländer gestiegen oder hat sich drüber gebeugt und ist dann abgeschmiert.«
»Er würde das anders sehen, wenn er gefragt würde.«
»Wer?«
»Hubertus.«
»Wie würde Hubertus es denn formulieren, wenn ich ihn fragte?«, zischte Marius ungeduldig ins Telefon und zwang sich, nicht völlig auszurasten.

»Er hat sich drüber gerollt oder wurde drüber gezogen. Die Kotspuren verteilen sich über eine Länge von … Moment …«, im Hintergrund war das Rascheln von Papier zu hören. »… vierundsiebzig Zentimetern. Das entspricht in etwa der Längsachsenausdehnung des Körpers zwischen Hals und Schritt des Opfers, weswegen Hubertus davon ausgeht, dass der Oberkörper in seiner gesamten Länge über das Geländer bewegt worden ist. Dies wiederum erscheint merkwürdig, weil das Geländer selbst nicht hoch genug ist, vor allem hinsichtlich der Beinlänge des Opfers, als dass es sich quer hätte drüber rollen müssen. Mit einer Bewegung, die im Volksmund als Scherenschlag, mancherorts Grätsche, bezeichnet wird, wäre eine Überquerung der Rückhaltevorrichtung mühelos zu bewerkstelligen gewesen.«

»Hältst du es für möglich, dass er nicht freiwillig drüber gestiegen ist?«

»Er meint gar nichts, er stellt nur die Fakten zusammen. Was daraus zu schließen ist, muss er selbst festlegen.«

Er, er, er! Mein Gott!

»Ja, ich weiß! Wir sind am Zuge! Hast du etwas für uns?«

»Ja! Oben gibt es Fußspuren hauptsächlich von zwei Personen. Eine davon ist er, das Opfer. Die andere Person ist vermutlich eine Frau; Schuhgröße 38 mit Absatz. Es gibt keinen Abdruck, der darauf hindeutet, dass er sich abgestoßen hat, um über das Geländer zu hüpfen, denn die Spuren sind flach, ohne Druckkonturen.«

»Damit erhärtet sich der Verdacht, dass der Mann nicht freiwillig über das Geländer gestiegen ist.«

»Wenn er aus dem Stand rüber geklettert wäre, wäre der Abdruck flach.«

»Hat er aber nicht, hast du gesagt.«

»Hat er.«

»Was?«

»Gesagt!«

Marius ballte die Faust. Ein Gespräch mit Hubertus war jedes Mal aufs Neue eine Nerven aufreibende Herausforderung, selbst wenn man auf seine Macke vorbereitet war.
»Gut, Hubertus! Ich hab's kapiert!«
»Er hat etwas für ihn.«
»Was hast du denn für mich? Erklär es mir bitte so, dass ich es verstehe!«
»Das tut er doch immer! Er weiß gar nicht, warum er sich so aufregt!«
»Schon gut! Also?«
»So wie er im Gebüsch hing, muss er kopfüber runter gefallen sein, denn für eine Drehung um die Querachse während des Sturzes ist die Absturzhöhe zu gering.«
»Okay, aber das will nichts heißen. Wenn er ausgerutscht ist oder so, kann er durchaus kopfüber… allerdings kommt mir die Selbstmordtheorie immer unwahrscheinlicher vor; außerdem gäbe es dafür geeignetere Plätze.«
»Am Geländer befinden sich Farbspuren und Partikel seiner Schuhe«, erklärte Hubertus Sonne seelenruhig.
»Und was schließt du daraus?«
»Das zu beurteilen, ist zwar nicht seine Sache, aber er tut es trotzdem: Er blieb mit den Schuhen am Geländer hängen oder hat es zumindest gestreift.«
»Vielleicht hat er draufgestanden und sich dann abgestoßen.«
»Unlogisch! Dann wären Partikel von der Sohle auf dem Handlauf und nicht die vom Oberleder.«
»Stimmt! Was hast du noch?«
»Was glaubt er denn, was er in den paar Stunden alles liefern kann? Vor einem halben Tag war der Typ noch munter an der Burg unterwegs!«
»Sorry, du hast völlig Recht. Entschuldige, ich wollte nicht drängen.«
»Tut er aber! Es sei jedoch erwähnt, dass es wahrscheinlich nicht mehr viel zu holen gibt, die Spurenlage ist dürftig.«

»Danke, Hubertus! Mal abwarten, ob uns die Gerichtsmedizin neue Erkenntnisse bringt.«
»Das wird er wohl!«
»Was?«
»Abwarten müssen!«
»Jo, bis dann!«
Buh! Marius seufzte laut. Ein Gespräch mit Hubertus ist mit Sicherheit genauso anstrengend wie ein Ehestreit. Er konnte das sehr gut beurteilen, denn der Zwist mit Jasmin am frühen Morgen war heftig gewesen. Jasmin hatte sich beschwert, weil die Familie am Wochenende mal wieder zu kurz kommen würde; schon wieder ein versautes Wochenende!
»Vielleicht solltest du deinen Job heiraten«, hatte sie getobt, als er ihr offerierte, dass er ins Präsidium gerufen worden sei.
Marius hatte versucht, es ihr so rational wie möglich zu erklären und versprochen, so schnell wie möglich wieder nach Hause zu kommen, aber Jasmin hatte genug von diesen wertlosen Beteuerungen, die nie eingehalten werden konnten. Sie war unversöhnlich gewesen und im Grunde genommen konnte Marius ihr das nicht einmal übel nehmen. Nicht jede Ehe hielt das von außen bestimmte Berufsleben eines Ermittlers aus und Marius konnte nur beten, dass er und Jasmin diese Krise gemeinsam durchstehen würden. Vorerst blieb die Hoffnung, dass die Gerichtsmedizin Ergebnisse zu Tage bringen würde, die den Fall rasch aufklären konnten, dann wäre vielleicht wenigstens der Sonntag zu retten.
Im Augenblick waren die Aussichten eher trüb. Hubertus hatte bisher nichts liefern können, was sie wesentlich weiter brachte. Zwar wurden ein Unfall oder ein Suizid immer unwahrscheinlicher, aber auszuschließen waren beide Alternativen nicht; vor allem blieb die Identität des Toten weiterhin ungeklärt!
Vogelkot. Federn vom roten Ara. Damit konnte man zunächst nichts anfangen. Ein Papagei! Papageien? Merkwürdiger Zufall! Josch hatte mit dieser Spezies ebenfalls seine Probleme.

Und ausgerechnet Josch hatte sich auch nach der Leiche von der Burg erkundigt. Ob das tatsächlich ein Zufall war?

Andererseits: Wie viele Papageien mochte es alleine im Saarland wohl geben? Hunderte! Oder gar Tausende? Hier auf einen Zusammenhang zu spekulieren, wäre abstrus. Marius grübelte weiter und hoffte inständig auf einen Anruf, der mit Hinweisen aufwarten konnte, aber das Telefon blieb still. Stattdessen öffnete sich kurz nach halb vier die Tür seines Büros und Staatsanwältin Sommer spähte in den Raum.

»Ah, also doch jemand im Hause! Ich fürchtete schon, dass ihr alle ausgeflogen seid. Eigentlich wollte ich zu Katja, aber ihr Büro ist verwaist.«

»Die hat sich für eine Stunde aufs Ohr gelegt; sie war ziemlich kaputt!«

»Natürlich, natürlich! So ein Polizeiball bleibt einem ganz schön in den Knochen hängen, vor allem, wenn man danach zu einem Fall gerufen wird … «

»Na ja, ob es ein Fall für uns ist, muss sich erst herausstellen.«

»Ist es!«, behauptete die Staatsanwältin. »Ich weiß es!«

»Woher?«, fragte Marius verblüfft und war blitzschnell auf den Beinen.

»Von der Gerichtsmedizin! Ein Vorbericht! Wir sollten Katja hinzuziehen, sonst muss ich alles zweimal erzählen. Rufst du sie bitte?«

»Wecke niemals eine schlafende Frau!«, intervenierte Marius. »Schon gar nicht als Mann!«

»Da ist was dran! Wo?«

»Auf der Couch im Besprechungsraum.«

»Okay, ich übernehme das. Mach du bitte einen starken Kaffee und besorg was Süßes. Und Beeilung, wenn ich bitten darf!«

»Wo soll ich jetzt was Süßes herbekommen?«, fragte Marius ratlos.

»Bei Inge Manderscheid im Schrank! Rechte Schublade unten!«

»Ich kann doch nicht einfach an Inges Schrank gehen!«
»Die Alternative ist eine kollabierende Staatsanwältin! Ein Notfall! Jetzt mach schon! Ich fülle nächste Woche wieder auf!«
Wenige Minuten später saßen sie zu dritt in Inges Büro und warteten ungeduldig, dass die Kaffeemaschine ihren Job zu Ende brachte. Marius war fündig geworden: Waffelröllchen Zartbitter.
Katja schien nicht von dieser Welt und sah ziemlich zerzaust aus; wie eben jemand, der gerade aus dem Tiefschlaf gerissen worden war. Nach dem ersten Schluck Kaffee erwachten ihre Geister.
»Schieß endlich los!«, drängte Marius die Staatsanwältin. »Ich schlag mir nicht den Samstag um die Ohren, um mit euch Kaffee zu trinken. Zu Hause könnte ich es gemütlicher haben.«
»Genau!«, bestätigte Katja. »Was gibt es?«
»Das Zauberwort heißt Pentobarbital«, verkündete Daniela Sommer bedeutungsschwer.
»Kenne ich«, bemerkte Katja Reinert. »Ein Schlafmittel. Kam im Zusammenhang mit dem Thema Sterbehilfe ins Gerede.«
»So ist es!«, bestätigte die Staatsanwältin. »Und genau dieses Zeug wurde im Körper unseres Opfers gefunden und in zwar absolut tödlicher Konzentration. Laut Gerichtsmedizin ist der Tod etwa eine halbe Stunde nach der Einnahme erfolgt. Was sagt ihr dazu?«
»Damit kommt die Selbstmordtheorie wieder kräftig ins Spiel«, urteilte Marius.
»Das sehe ich nicht unbedingt«, widersprach Katja. »Meines Wissens tritt der Tod nach Einnahme dieses Medikamentes durch Ersticken ein; das war gerade der kritische Ansatz bei der Diskussion, ob dieses Zeug bei den Hinrichtungen in den USA zur Anwendung kommen darf. Das ist bekannt, wenn man sich damit auseinandersetzen will und deshalb glaube ich, dass ein Selbstmordkandidat einen anderen Weg suchen würde.«

»Stimmt!«, bestätigte Daniela Sommer. »Deshalb wurde das Zeug in den USA verboten.«
»Wer weiß schon, ob das ein Mensch in einer Ausnahmesituation bedenkt?«, intervenierte Marius.
»Jedenfalls hat er es mit einer gehörigen Menge Alkohol zu sich genommen«, fuhr die Staatsanwältin fort. »Die Gerichtsmedizin geht von einem Wert von mehr als 1,5 Promille zum Zeitpunkt der Medikamentierung aus. Pentobarbital ist in Wasser kaum, aber in Alkohol sehr gut löslich, das wird wohl der Grund für den Drogenmix sein. Welches Medikament er genau genommen hat, steht noch nicht fest, die Kollegen arbeiten dran.«
»Man benötigt dafür mit Sicherheit ein Rezept; verschreibungspflichtig sind diese Präparate alle«, erklärte Katja. »Marius, versuch bitte so viele Apotheken zu erreichen wie möglich, fang bei den Notdiensten rund um Limbach an; der Mann muss Ortskenntnisse gehabt haben, davon gehen wir jetzt einfach mal aus.«
»Das könnt ihr euch sparen«, stoppte Daniela Sommer. »Die Gerichtsmedizin sagt, dass diese Art von Medikamenten im offiziellen Handel nicht mehr zu bekommen .«
»Dann hat er es aus dem Ausland oder über den Internet-Schwarzmarkt. Durchforste bitte das Internet, eine andere Möglichkeit sehe ich im Augenblick nicht.«
»Okay, ich mach mich gleich auf die Suche«, erklärte Marius. »Du hast erwähnt, dass man an dem Zeug erstickt. Unsere Leiche trägt allerdings keine Spuren eines Todeskampfes.«
»Stimmt, guter Einwand«, gab Katja zu. »Vielleicht kommt das durch die Kombination mit dem Alkohol?«
»Die Obduktion ist nicht abgeschlossen«, erklärte die Staatsanwältin. »Wie gesagt: ein Vorbericht! Was letztendlich todesursächlich war, ob das Medikament, der Sturz, oder was anderes, werden die Kollegen erst mitteilen, wenn die Untersuchungen abgeschlossen sind.«

Daniela Sommer nahm ein weiteres Waffelröllchen aus der Schachtel, die mittlerweile fast leer war.
»Die sind lecker, gell?«, grinste Marius.
»Und wie! Das kann von euch allerdings niemand beurteilen, weil ich sie gleich alle alleine aufgefuttert habe. Dass ich zu viel nasche, weiß ich, schließlich sieht man es mir an. Also lass deine spitzen Bemerkungen!«
»Ich nehme mir das Vorletzte!«, beschloss Katja und schnappte in Windeseile zu.
»Wenn es unbedingt sein muss«, zischte Daniela Sommer.
»Wir machen uns sofort an die Arbeit«, erklärte Katja. »Ich kümmere mich um die Herkunft des Pentobarbital und Marius leitet die Informationen an K4 weiter; vielleicht ergeben sich daraus neue Aspekte.«
»Lass uns bitte tauschen, Katja«, bat Marius fast flehend. »Ich habe heute schon einmal mit Hubertus telefoniert, ein zweites Mal halten das meine Nerven nicht aus.«
»Von mir aus! Du das Medikament, ich Hubertus!«
»Super!«, juchzte die Staatsanwältin. »Dann kann ich jetzt verschwinden. Vorerst kann ich euch nicht helfen und außerdem sind die Plätzchen alle. Was soll ich hier also noch? Wenn was sein sollte, habt ihr meine Nummer.«
Nachdem die Staatsanwältin abgerauscht war, machte sich Katja Reinert auf den Weg in ihr Büro.
»Wenn sich bis 18 Uhr niemand meldet und wir kein Ergebnis haben, kannst du für heute Schluss machen, Marius«, sagte sie beim Rausgehen. »Kümmere dich um Jasmin, es ist nicht gut für euch, wenn sie dauernd alleine zu Hause sitzt. Wenn du auf Lehrgang gehst, ist sie wieder für ein paar Wochen Strohwitwe. Notfalls muss der KDD einspringen.«
»Bei meiner Frau?«, fragte Marius schmunzelnd.
»Dort kann er dich nun wirklich nicht ersetzen«, antwortete Katja und lächelte.
»Super, das ist nett von dir«, bedankte sich Marius, aber da war

Katja bereits aus der Tür.
18 Uhr! Gut zwei Stunden noch! Danach wäre Zeit für ein Versöhnungsessen und die Spätvorstellung im Kino, aber wahrscheinlich würde Jasmin auf stur schalten und die Unversöhnliche spielen. Vielleicht auch nicht, Jasmin war in dieser Hinsicht unberechenbar. Einen Versuch wäre es wert, er würde sich überraschen lassen, falls es so weit käme. Sie jetzt schon anzufüttern, wäre unklug. Wenn es dann hinterher doch nicht klappen würde, wären Frust und Enttäuschung umso größer und die Katastrophe endgültig perfekt.
So einen Fall wie diesen hatten sie lange nicht, wenn überhaupt. Keinen einzigen Hinweis auf die Identität des Opfers! Keine Fingerabdrücke in der Datei, keine Gesichtserkennung, nichts. Persönliche Sachen, Papiere, nicht mal einen Autoschlüssel! Wie war der Kerl dorthin gekommen? Mit dem Bus oder dem Taxi? Dann hätte sich ein Fahrer gemeldet, die sind in solchen Fällen immer sehr kooperativ.
Zahnabgleich, gentechnische Untersuchungen – die Ergebnisse würden Tage auf sich warten lassen. Normalerweise stand spätestens vier bis fünf Stunden nach Auffinden einer Leiche fest, um wen es sich handelte. Mit der Identität des Opfers standen zwar Motiv, Tatumstände und Täter nicht fest, aber man hatte dann wenigstens einen Ermittlungsansatz. Hier gab es nicht einmal eine Startlinie, geschweige denn eine Spur.
Marius hackte auf der Tastatur seines Computers herum und durchforstete das Internet auf der Suche nach Handelswegen für das Präparat. Das Ergebnis war dürftig, allerdings stieß er auf eine neue Information. In anderer Zusammensetzung wurde das Zeug zum Einschläfern in Tierarztpraxen verwendet.
Tierarzt. Vogelkot. Roter Ara. Die Abfolge dieser Schlagwörter machte Marius stutzig und plötzlich schoss ihm eine Idee durch den Kopf. Völlig hirnrissig, aber einen Versuch war es wert.
Oberkommissar Marius Sorg griff zum Telefon.

25

Um 16 Uhr 30 steige ich aus der Badewanne.
Während ich mich abtrockne, höre ich aus dem Radio die Halbzeitstände der Fußballbundesliga und bekomme erstmals mit, dass der 1. FC Köln wieder erstklassig ist. Ich wusste gar nicht, dass die mal abgestiegen waren. Wie konnte das passieren, wo doch Jonas Hector aus Auersmacher dort spielt?
Marion ist immer noch nicht zurück. Wie lange dauert eigentlich so ein Kursus? Zwei Stunden, schätze ich. Danach wollte sie zum Einkaufen; noch mal eine Stunde, falls das Kaufhaus keine Kleidungsstücke, Schuhe oder Handtaschen führt. Falls doch, die doppelte Zeit. Ich brauche wahrscheinlich vor 18 Uhr nicht mit ihrer Rückkehr zu rechnen.
Wenn's dumm läuft, werde ich die neuen Blusen, Schuhe, Hosen, und was weiß ich, ausgerechnet dann begutachten müssen, wenn im Fernsehen die Sportschau beginnt. Immerhin werden mich Marions Spaghetti dafür entschädigen.
Das Telefon! Mein Handy!
Nur mit einer Unterhose bekleidet sause ich die Treppe hinunter. Hoffentlich hat Marion keinen Unfall oder eine Autopanne! Bitte nicht! Wo ist das Gerät? Ah, dort auf der Fensterbank! Verstummt! Zu spät! Entgangener Anruf – die Nummer kenne ich. Marius Sorgs Anschluss im Präsidium. Was will der denn um diese Zeit? Ah, vielleicht was Neues von der Leiche! Ich rufe zurück.
»Entschuldige, Marius, ich war im Bad«, beginne ich gleich. »Was gibt's denn?«
»Sag mal: Bist du noch in Sachen Papageien unterwegs?«, fragt Marius ebenfalls ohne Begrüßung.

»Ja! Warum?«
»Geht es dabei um den roten Ara?«
»Du fragst Sachen! Weiß ich nicht, bisher war nur von Papageien die Rede, das habe ich dir alles erklärt!«
»Nein, hast du nicht! Du hast von Papageien gefaselt, den Halter eines Fahrzeugs nachgefragt und wissen wollen, wer diese Madame Roux ist. Aus allem anderen hast du ein großes Geheimnis gemacht.«
»Ehrlich?«, frage ich scheinheilig.
»Spielt da zufälligerweise eine Tierarztpraxis eine Rolle? Wurden die Tiere eingeschläfert?«
»Nicht dass ich wüsste!«
»Erzähl ein bisschen was! Geht's um illegalen Tierhandel, oder was?«
»Warum fragst du?«
»Beantworte meine Frage!«
»Wir machen einen Deal! Du erzählst, ich erzähle«, schlage ich vor.
»Gut, du zuerst!«
Ich erzähle ausführlich, welche Geschichte mir aufgetischt wurde, teile Marius allerdings nebenbei mit, dass ich mich aus der Angelegenheit zurückgezogen habe, weil sie für mich abgeschlossen ist.
»Die Viecher sind weg, damit ist der Nachbarschaftsstreit aus meiner Sicht gegenstandslos. Deckel zu, wenn du weißt, was ich meine«, schließe ich.
»Wie alt ist dieser ›Lazarus‹«, fragt Marius.
»Hm. Ich schätze Mitte Dreißig!«
»Haarfarbe? Statur? Erscheinungsbild? Besonderheiten?«
»Braun, groß, schlank, ungepflegt, geistig unterentwickelt.«
»Hm!«
»Was ist?«
»Das passt in etwa zu unserer Leiche von der Burg.«
»Aha!«

»Diese Madame Roux! Du sagtest, dass die eine Tierhandlung in Kirkel hatte.«
»In Limbach, ja; aber das ist lange her. Das Haus ist eine Ruine. Warum fragst du?«
»Du weißt, warum ich frage, Josch!«
»Ich kann es mir denken, aber du musst zugeben, dass das ein ziemlich schräger Zufall wäre.«
»Wäre es! Ich zitiere eine ehemaligen Kollegen, einen gewissen Hauptkommissar Schaum; der meinte, dass es Zufälle nicht gibt.«
»Da hat dein alter Kumpel wohl Recht«, lache ich ins Telefon. »Du solltest von ihm lernen.«
»Es wäre absolut verrückt, wenn dein Spezi Lazarus unsere Leiche wäre.«
»Mein Spezi? Du bist nicht ganz klar im Kopf! Aber verrückt wäre das schon! Ihr habt sicher ein Foto von der Leiche; wenn ich das sehen würde, könnte ich dir sagen, ob er es ist oder nicht.«
»Komm rüber und schau es dir an!«
»Schicks mir per mail!«
»Würde ich gerne tun, aber ich weiß nicht, in welcher Datei das abgelegt wurde. In den Ermittlungsakten ist es nicht abgespeichert, jedenfalls nicht in meinem Zugriffsbereich.«
»K4 oder der KDD muss die Fotos doch irgendwo abgelegt haben«, widerspreche ich.
»Klar, aber bis ich das rausgefunden habe, bist du hier und kannst dir das Foto anschauen. Außerdem kann ich dich dann gleich persönlich über den neuesten Stand unserer Ermittlungen unterrichten.«
»Erpresser!«
»Ich hatte einen guten Lehrmeister!«
»Okay, ich komme! Ist es dir nicht zu spät?«
»Habe ich eine Wahl? Wenn wir bis morgen warten und unsere Leiche ist tatsächlich dieser Lazarus, verlieren wir eine

Menge Zeit und ich bekomme womöglich Probleme. Wenn er es nicht sein sollte, mache ich um sechs Uhr Feierabend und versuche, den angefressenen Familienfrieden zu retten.«
»Ich weiß nicht, was ich dir mehr wünschen soll, jedenfalls bin ich in einer halben Stunde bei dir. Bis dann!«
In Windeseile schlüpfe ich in meine Kleider und schreibe Marion einen Zettel, dass ich spätestens um 19 Uhr wieder zurück sein werde.

***

»Hier bin ich, mein Lieber«, grüße ich, als ich in das Büro von Marius stürme. »Beim Pförtner musste ich meinen Ausweis vorlegen, das ist mir in diesem Haus noch nie passiert.«
»Das geht völlig in Ordnung, denn der Kollege ist neu. Wir haben Bescheid gesagt, dass du kommst.«
Die Stimme, die mir antwortet, gehört nicht Marius Sorg. Halb verborgen hinter der geöffneten Tür sitzt Katja Reinert und grinst mich an. »Hallo, Josch!«
»Ach! Du bist auch da?«, entgegne ich überrascht und begrüße sie mit einem Küsschen.
»Na hör mal! Schließlich bin ich die Chefin von dem Laden. Marius hat mich informiert, dass du im Anmarsch bist.«
»Alleine traut er mir wohl nicht?«, brumme ich.
»Es gibt zwei Möglichkeiten«, antwortet Marius. »Entweder du identifizierst ihn, dann ist hier gleich die Hölle los und wir können das Wochenende vergessen. Oder er ist es nicht, dann machen wir gleich zusammen Feierabend. Egal wie, liegt die Entscheidung bei Katja, folglich habe ich sie informiert.«
»Ist gut! Zeig mir endlich das Foto von der Leiche!«
Marius öffnet den Deckel der Aktenmappe und reicht mir drei Fotos über den Schreibtisch. Die Aufnahmen zeigen die Leiche aus unterschiedlichen Blickwinkeln; das Gesicht ist deutlich zu sehen. Ich benötige weniger als fünf Sekunden, um sicher zu sein.

»Er ist es! Zweifelsfrei! Dieser Mann ist Lazarus Hammerschmitt! Ich erkenne ihn nicht nur am Gesicht, er trägt auch die gleiche Kleidung wie bei unserem Besuch bei ihm.«
»Hundert Prozent?«
»Zweihundert Prozent!«
»Okay, Josch«, antwortete Katja Reinert. »Das wirst du jetzt alles zu Protokoll geben. Marius, du orderst eine Streife zu Hammerschmitts Wohnung, du weißt, was zu tun ist. Verständige Staatsanwältin Sommer, sie soll sofort herkommen; wir benötigen einen Durchsuchungsbeschluss für die Wohnung, falls wir anders nicht rein kommen. Nachbarschaftsbefragung, das ganze Programm. Datenabgleich und so weiter. Ich kümmere mich um Josch.«
»Das ist nett gemeint«, erwidere ich. »Aber ich lebe in einer festen Beziehung!«
»Hättest du gerne, vergiss es! Komm mit, alter Mann und gib zu Protokoll, was du zu sagen hast!«
»Wie wäre es vorher mit einer Tasse Kaffee?«, frage ich vorsichtig nach.
»Zum Kaffeekochen ist jetzt keine Zeit; hol dir einen aus dem Automaten, wenn es unbedingt sein muss.«
»Danke, verzichte.«
Eine Stunde lang gebe ich alles zu Protokoll, auch die Namen der Nachbarn und deren mir gegenüber geäußerten Beobachtungen. Ausführlich erzähle ich auch, welchen Eindruck Lazarus bei Dagmar und mir hinterlassen hat, als wir mit ihm in Furpach gesprochen hatten. Die Schilderungen von meinem Ausflug nach Leidingen kommentiert Katja mit Kopfschütteln.
»Du hast also auf eigene Faust ermittelt, mein Lieber. Du kannst es einfach nicht lassen!«
»Was hätte ich denn deiner Meinung nach machen sollen, Frau Hauptkommissarin? Interpol einschalten? Von euch hätte mir keiner zugehört.«
»Klingt ziemlich abgefahren, findest du nicht?«

»Hinterher ist man immer schlauer.«
»Eben!«
»Was machen wir jetzt?«
»Du fährst nach Hause. Wir kümmern uns um das Haus der Hammerschmitts und versuchen Claudette Roux ausfindig zu machen.«
»Vergesst die Eltern von Lazarus nicht! Die sind wahrscheinlich völlig ahnungslos. Und den verschollenen Bruder … «
»Danke für die Belehrung! Wir sind keine Anfänger, Josch! Überlass uns das und entspann dich!«
»Dachte ja nur!«
»Ich auch!«
»Fährst du zu Hammerschmitts Wohnung?«
»Mal sehen, wie wir uns das aufteilen, aber ich denke schon.«
»Ich komme mit!«
»Tust du nicht! Wenn du dort auftauchen solltest, lasse ich dich wegen Behinderung polizeilicher Ermittlungen festnehmen.«
»Das traust du dich nicht, Katja!«
»Versuch's!«
»Okay, du traust dich!«
»Korrekt! Und jetzt düs ab und lass uns unsere Arbeit machen! Danke für die Information und die Mühe, ich werde dich in meinem Bericht lobend erwähnen.«
»Geschenkt!«
»Eventuell lade ich dich am Montag zur persönlichen Identifizierung in die Gerichtsmedizin ein, aber nur für den Fall, dass sich sonst niemand bereit erklärt.«
»Wieso nur für den Notfall?«
»Weil du im Prinzip nur den Mann identifizieren kannst, der sich dir gegenüber als Lazarus Hammerschmitt vorgestellt hat. Mehr nicht, oder hast du dir seinen Personalausweis zeigen lassen?«
»Nein, natürlich nicht.«
»Eben! Wenn wir in der Wohnung seinen Ausweis finden, hat

sich das natürlich erledigt. Deshalb nur für den Notfall. Oder hast du vor, zu verreisen?«

»Höchstens nach Leidingen!«, feixe ich.

»Das wirst du hoffentlich sein lassen! Bleib in deinem beschaulichen Spiesen und lauf mir nicht über den Weg! Und grüß Marion ganz lieb von mir.«

»Tue ich gerne, falls ich zu Wort komme.«

»Du armer unterdrückter Mann; mein Mitleid hat Grenzen.«

»Versprich mir, dass du mich auf dem Laufenden hältst! Das wäre fair, denn ohne mich würdet ihr im Dunkeln tappen.«

»Korrekt, aber das war schließlich deine Pflicht und jetzt mach, dass du rauskommst!«

Gehorsam mache ich mich auf den Weg. Im Prinzip hat sie Recht: Bei den jetzt anlaufenden Ermittlungen würde ich nur im Wege stehen, damit muss ich mich abfinden.

Ich schaffe es gerade noch, vor sieben Uhr nach Hause zu kommen. Marion empfängt mich in der Küche mit misstrauischen Blicken.

»Wo hast du dich wieder rumgetrieben?«, fragt sie.

»Bei meiner knackigen rothaarigen Ex-Kollegin«, erwidere ich und versuche damit, Marions liebenswerte Eifersucht zu schüren.

»Auf diese untauglichen Versuche falle ich nicht mehr rein, mein Schatz. »Sei froh, dass dich die jungen Hühner in Ruhe lassen, das erspart allen Beteiligten eine derbe Enttäuschung.«

»Was soll denn das nun wieder heißen?«, entrüste ich mich.

»Dass du in deiner Leistungs- und unserer Altersklasse bleiben solltest, falls du mal auf Abwegen wandeln möchtest.«

»Will ich nicht, das weißt du! Hör zu, ich muss dir was erzählen!«

Ich berichte ausführlich von den Geschehnissen des Tages und den Entwicklungen im Falle Lazarus Hammerschmitt. Marion hört aufmerksam zu und ist entsetzt, als ich vom Tod des jungen Mannes berichte.

»Mein Gott, wie schrecklich«, entfährt es ihr. »Damit konnte nun wirklich niemand rechnen. Bei Doris in Furpach herrscht jetzt bestimmt helle Aufregung. Da muss ich sofort anrufen!«

»Bitte erst nach dem Essen!«, beschwöre ich sie. »Bis ihr mit dem Telefonieren fertig seid, wären die Spaghetti schimmelig.«

Mein Vorschlag findet überraschenderweise Gehör. Die Spaghetti sind wie gewohnt traumhaft gut. Nach der dritten Portion strecke ich die Waffen – ich kann nicht mehr! Das Abendprogramm im Fernsehen bekomme ich nur schemenhaft mit. Während ich auf der Couch verdaue, telefoniert Marion mit ihrer Freundin in Furpach.

Sonntag, 29. September

26

Mein Vorschlag beim Frühstück, einen Ausflug mit anschließender Einkehr in einem Restaurant zu unternehmen, stößt bei Marion auf keine Gegenliebe.

»Schatz, das ist lieb gemeint, aber ich war die ganze Woche unterwegs und im Stress, da möchte ich wenigstens am Sonntag zu Hause bleiben und den Balkon, den Garten und die Liege genießen. Heute unternehme ich nix! Nada, niente, nichego! Heute Abend können wir grillen, das Kühlfach ist voll und gestern habe ich wunderschönen Feldsalat gekauft; außerdem sind Kartoffeln da, notfalls Nudeln, oder willst du lieber Reis? Zum Nachtisch die Melone mit Vanilleeis, besser kann's uns in einem Restaurant auch nicht gehen. Ich gehe heute nicht aus dem Haus!«

Wer Marion kennt, weiß, dass dieses Statement nicht diskutabel ist, und wem die Rolle des Grillmeisters zukommt, ist damit geklärt. Das ist nicht weiter tragisch, allerdings kann ich nun meinen zufälligen Abstecher an die Kirkeler Burg vergessen! Sei's drum, hätte wahrscheinlich ohnehin nichts gebracht, aber der letzte Aufenthaltsort von Lazarus Hammerschmitt hätte mich nun doch interessiert.

»Was hat Doris eigentlich erzählt?«, frage ich ganz nebenbei.

»Ach, die halbe Siedlung ist im Aufruhr. Stell dir vor, die wussten gar nicht, dass dieser Lazarus tot ist. Es war zwar die Polizei vor Ort, aber keiner hat den Nachbarn erzählt, was eigentlich passiert ist.«

»Ich nehme an, dass du das gegenüber Doris nachgeholt hast, und jetzt wissen es alle.«

»Na logisch, man kann doch die Leute nicht im Unklaren lassen. War das falsch? Hätte ich das nicht tun dürfen?«

»Als ob du dir von mir den Mund verbieten lassen würdest! Ich hätte es wissen müssen. Und weiter? Was hat Doris noch erzählt?«

»Dass die Polizei das Anwesen weiträumig abgesperrt hat und von Haus zu Haus läuft, um die Leute zu befragen.«

»Und was hat Doris der Polizei erzählt?«

»Bei ihr waren sie noch nicht, als wir Schluss gemacht haben; war schon spät. Die kommen bestimmt erst heute zu ihr, und das auf einen Sonntag.«

»Da werden die Kollegen sicher warten müssen, bis das Hochamt vorbei ist.«

»Wieso das? Verstehe ich nicht!«

»Die einen sind im Kirchenchor und die anderen bestimmt gute Kirchgänger. Bei Scheinheiligen ist das meistens so. oder nicht?«

»Jetzt, wo du es sagst! Aber Doris nicht!«

»Sie wird dich bestimmt anrufen, wenn die Polizei bei ihr war.«

»Das will ich hoffen! Man muss schließlich auf dem Laufenden bleiben.«

»Ist das der Grund, weshalb du zu Hause bleiben willst?«

»Nein! Ich habe keine Lust auf eine Tatortbesichtigung an der Kirkeler Burg.«

Ertappt! Bereits im Ansatz! Die Frau kann anscheinend Gedanken lesen. Oder sie hat mich mittlerweile derart im Griff, dass ich es schon gar nicht mehr mitbekomme.

»Okay, ich richte die Liegen im Garten und auf dem Balkon, dann kannst du es dir aussuchen. Soll ich das Grillgut schon aus dem Gefrierfach nehmen?«

»Das hat Zeit. Die Kartoffeln legen wir in Folie mit auf den Grill.«

»Sonst noch was?«

»Wir haben gerade gefrühstückt und du denkst schon wieder ans Essen.«

»Ich wollte dir nur zur Hand gehen. Den Salat machst du, nachher schmeckt er dir wieder nicht.«
»Ist gut, entspann dich! Ich zieh mich um und nehme die Liege im Garten.«
Wir machen es uns gemütlich, ich platziere mich auf der Hollywood-Schaukel unter dem Kirschbaum. Für ein Schläfchen ist es zu früh, deshalb versuche ich mich an einem Bildband über die Geschichte eines Spiesener Bürgers, der im amerikanischen Unabhängigkeitskrieg gekämpft hat. Eigentlich habe ich mit Historie wenig am Hut, aber mich interessiert, wieso der Bursche seinerzeit so weit gefahren ist, um sich zu prügeln, wo es doch hier vor der Haustür genügend einfachere Gelegenheiten gegeben hätte, seinem Kontrahenten den Schädel einzuschlagen.
Obwohl das Buch recht anschaulich und spannend ist, nicke ich zwischendurch immer mal wieder ein, was vor allem daran liegt, dass ich den schweren Wälzer nicht länger als einige Minuten hochhalten kann, danach drehe ich mich zur Seite und das Geschehen nimmt seinen unaufhaltsamen Lauf: mir fallen die Augen zu, und wenn ich wach werde, beginnt das Spiel von vorne. Ich lese mit Interesse, aber selbst nach der Schlacht von Bunker Hill weiß ich immer noch nicht, wer, warum gegen wen ins Feld zieht. Das liegt nicht an dem Buch, aber ich kann mir die Namen der Generäle einfach nicht merken und wenn eine Gedächtnisschwäche für Jahreszahlen hinzukommt, wird es bei einem Historienroman schwierig.
Anstatt die weiße Flagge zu hissen, beschließe ich, meine Lust auf eine Tasse Kaffee und was Süßes zu stillen. Das Problem besteht darin, dass kein Kuchen da ist. Wahrscheinlich im Gefrierfach, aber ich will ihn nicht lutschen. Bei der Gelegenheit entnehme ich das Grillgut, damit wenigstens das rechtzeitig genießbar ist. Es ist 14 Uhr 30, da sollten die Cafés geöffnet haben, aber es ist ein Kampf zwischen Bequemlichkeit und Gier nach einem Stück Kuchen. Ich müsste mich umziehen. Ist es

das wert? Nachher hat das Café Betriebsferien, dann war alles für die Katz. Gebäck! Im Esszimmerschrank werde ich fündig. Spekulatius? Im Sommer? Weiß der Teufel, wie alt das Zeug ist! Nussschokolade! Passt!

Ich richte den Kaffee, gehe zur Toilette und begebe mich schließlich mit Korb und Tablett zu meinem Schätzchen in den Garten, um es zu überraschen. Als ich aus der Kellertür trete, trifft mich fast der Schlag.

Am Tisch unter dem Kirschbaum sitzen Staatsanwältin Daniela Sommer und Marion, im Gespräch vertieft. Sie bemerken mich erst, als ich unmittelbar neben ihnen stehe und das Tablett abstelle.

»Sehr gut Idee!«, meint Marion lapidar.

»Da ist er ja!«, ruft Daniela überrascht und haucht mir einen vorsichtigen Kuss auf die Wange, als ich mich zu ihr hinunter beuge.

»Was führt dich denn hierher, zudem an einem Sonntag?«, frage ich.

Ich bemerke, dass die Staatsanwältin angespannt ist. Da ist nicht von ihrer üblichen Lockerheit, kein männerfeindlicher Begrüßungsspruch; gute Laune ist anders. Stattdessen hinterlässt sie einen zerknirschten Eindruck, der Kampfbereitschaft signalisiert. Ich kenne Daniela lange genug, um zu ahnen, dass Vorsicht geboten ist; der kleinste Funke kann dieses Pulverfass zur Explosion bringen.

»Ich bin dienstlich hier und komme gerade vom Haus der Hammerschmitts in Furpach«, erklärt sie förmlich. »Wer hat den Leuten dort gesteckt, dass Lazarus tot ist?«

»Ich!«, erklärt Marion kleinlaut.

»Sie kann nichts dafür«, übernehme ich die Verantwortung. »Ich habe ihr nicht explizit gesagt, dass sie das nicht weitererzählen soll. Insofern hatte sie keinen Anlass, es für sich zu behalten. Ich selbst weiß es von Marius, weil ich gestern … «

»Ich weiß, aber das ist für mich trotzdem nicht akzeptabel.

Josch, du hast uns sehr geholfen, aber ihr hättet das nicht weitertragen dürfen!«

»Tut mir leid!«, entschuldigt sich Marion. »Ist das wirklich so schlimm?«

»Die Leute sind vorinformiert, dass ist für unsere Befragungen denkbar schlecht. Josch hätte das wissen müssen!«

»Bekommt er deswegen Schwierigkeiten?«, fragt Marion besorgt.

»Weiß ich nicht, wir werden sehen. Im Übrigen ist die Mutter deiner Freundin Doris eine unmögliche Person. Du siehst, ich kenne die Zusammenhänge und Kontakte. Die Mutter redet ohne Unterlass und schmückt alles aus. Anscheinend setzt sie infame Gerüchte in die Welt und macht alle Zeugen aus der Siedlung durcheinander. Das macht es uns nicht einfacher.«

»Tut mir leid, ich habe nicht ahnen könne, dass das solche Auswirkungen hat«, versucht Marion, sich zur rechtfertigen.

»Das glaube ich dir, aber es ist trotzdem Scheiße!«, entgegnet Daniela. »Nun müssen wir eben damit leben und das Beste draus machen.«

»Habt ihr neue Erkenntnisse?«, wage ich einen Vorstoß.

»Sicher ist, dass es sich bei dem Toten tatsächlich um Lazarus Hammerschmitt handelt. Unabhängig voneinander haben ihn einige Nachbarn auf den Fotos eindeutig identifiziert, davon zwei, die gar nicht wussten, dass er tot ist. Bis zu denen war die Nachricht nicht vorgedrungen.«

»Wart ihr im Haus?«

»Ich habe die Betretungsbefugnis heute Morgen vollziehen lassen und war bei der Türöffnung selbst dabei; deshalb war ich dort!«

»Und?«

»Du kennst § 31! Betretung zur Gefahrenabwehr! Es waren aber weder hilflose noch gegen ihren Willen festgehaltene Personen angetroffen worden, und damit ist dieses Rechtsmittel erst mal ausgeschöpft. Für einen Durchsuchungsbeschluss brauche ich in diesem Falle das Okay vom Oberstaatsanwalt; die Rechtslage ist kompliziert, weil keine eindeutigen Hinweise auf eine Straftat vorliegen und der Eigentümer unauffindbar ist. Wir müssen das morgenfrüh diskutieren, dann sehen wir weiter.«

»Du warst drin! Wie sieht es in der Wohnung aus?«

»Könntet ihr das dieses Mal bitte für euch behalten?«

»Selbstverständlich!«

»Ein ziemliches Durcheinander. Offensichtlich wurden die Vögel in aller Eile weggeschafft. Überall leere Bierflaschen. Mehr als diesen ersten Eindruck gibt es allerdings nicht.«

»Ist Lazarus bereits obduziert?«

»Die Gerichtsmedizin ist am Werk. Ich habe nur einen telefonischen Vorbericht, der reicht aber für einen Durchsuchungsbeschluss nicht aus. Auch deswegen muss ich warten bis morgen.«

»Was sagt die Gerichtsmedizin?«, bohre ich weiter.

»Kein Kommentar, Josch; tut mir leid.«

»Das ist nicht fair, Daniela! Ich habe euch Lazarus Hammerschmitt auf dem Silbertablett geliefert und nun … «

»Hör auf zu jammern, Josch! Keine Chance! Nicht bei dem derzeitigen Ermittlungsstand!«

»Warum bist du dann überhaupt hergekommen? Um uns die Messe zu lesen? Danke für die Info!«

»Erstens lag es auf meinem Weg und zweitens: ja, um dir nahezulegen, dass du dich ab sofort aus den Ermittlungen raushalten solltest, falls du nicht riskieren willst, mit mir aneinander zu geraten. Josch, ich meine das ernst, bei allem Verständnis und Dankbarkeit für deine Dienste.«

»Moment mal!«, brause ich auf. »Ich bin mir keiner Schuld bewusst! Von mir aus könnt ihr in dem Fall rumwurschteln wie ihr wollt. Ich habe euch die Identität der Leiche geliefert. Dafür muss ich mir nicht in den Arsch treten lassen!«

»Bis hier hin ist alles okay«, braust jetzt Daniela auf. »Aber ab sofort lässt du die Finger von der Sache! Ich hoffe, wir haben uns verstanden!«

»Ich hatte nichts anderes vor!«

»Dann ist es ja gut!«

»Hört auf, euch anzukotzen!«, greift Marion ein. »Beruhigt euch mal wieder! Das darf nicht wahr sein! Josch, wirf den Grill an, Daniela bleibt zum Essen! Der Kaffee ist eh kalt.«

»Nein, ich muss … «, aber Daniela hat keine Chance.

»Keine Widerrede! Wir essen jetzt zusammen und damit ist das Kriegsbeil begraben. Ich spreche jetzt ein Machtwort, Gegenrede unerwünscht!«

Selbst Daniela Sommer ist über Marions Wutausbruch sichtlich überrascht. Der Staatsanwältin den Mund zu verbieten, hat sich wahrscheinlich bisher niemand getraut, doch Marions Rechnung geht auf und Daniela macht es sich tatsächlich auf ihrem Gartenstuhl bequem.

»Okay!«, seufzt sie. »Rauchen wir die Friedenspfeife und trinken Feuerwasser!«

Aus dem Feuerwasser wird ein Gläschen Weißwein für Marion und Apfelschorle für die Staatsanwältin und mich. Daniela nimmt sich tatsächlich die Zeit, zum Essen zu bleiben, behält ihr Telefon jedoch unentwegt im Auge. Ich merke ihr die Anspannung nach wie vor an. Während ich das Essen auf dem Grill vorbereite, verschwinden die Frauen in die Küche, um den Salat und die Kartoffeln zuzubereiten. Während des Essens reden wir über alte Zeiten und den Polizeiball, erst als sie sich verabschiedet hat und ich sie an ihren Wagen begleite, gesteht sie mir unter vier Augen.

»Es war Mord! Der Sturz war nicht todesursächlich. Lazarus Hammerschmitt wurde vergiftet. Die Gerichtsmedizin hält Suizid für wenig wahrscheinlich, K4 schließt ihn nach Spurenlage sogar nahezu aus. Pentobarbital in Kombination mit Alkohol. Vogelkot, Papageienfedern, Fußspuren einer zweiten Person, wahrscheinlich von einer Frau, in unmittelbarer Nähe, dazu

Haare einer weiblichen Person, Hubertus würde uns wahrscheinlich sogar sagen können, mit welchem Produkt die Haare gefärbt worden sind.«

»Claudette Roux!«, entfährt es mir.

»Den Namen hat Marius auch genannt, wir werden sehen! Unser Hauptproblem ist, dass wir weder von ihr noch von den Eltern von Lazarus die Aufenthaltsorte kennen, das ist vor allem hinsichtlich der Eltern ein Problem. Sie heißen Paul und Isabella Hammerschmitt; ihre Passbilder haben wir, aber wir können nicht offiziell nach ihnen fahnden – noch nicht! Wir müssen abwarten, ob der Durchsuchungsbeschluss greift und dann hoffen, dass wir in der Wohnung etwas über den Verbleib der Hammerschmitts erfahren. Und … «, dabei stupst mir Daniela mit dem Zeigefinger vor die Brust, » … bis auf weiteres und darüber hinaus hältst du dich raus! Josch, ich habe dir das alles aus alter Freundschaft erzählt, aber bitte: Halt dich raus! Mach mich nicht böse, du weißt, wie das enden kann! Wenn es Neuigkeiten gibt, informiere ich dich; ich persönlich! Versprochen! Und falls wir deine Hilfe benötigen sollten, lasse ich es dich wissen! Sei friedlich!«

»Aber … «, will ich intervenieren und darauf hinweisen, dass ich eventuell bei einer Kontaktaufnahme nach Leidingen hilfreich sein könnte.

»Nix: aber! Tschüss, mein Lieber!«

Bevor ich antworten kann, fällt die Autotür krachend ins Schloss und die Staatsanwältin verlässt mit quietschenden Reifen die Siedlung. Frechheit! Man müsste sie anzeigen!

Montag, 30. September

27

Zwei Kollegen vom K4 übernahmen das vorsichtige Öffnen der Haustür. Der KDD war am Vortag bereits in der Wohnung gewesen und hatte mitgeteilt, dass das Schloss einfach und zerstörungsfrei zu knacken sei, man werde keinen externen Schlüsseldienst benötigen.

Bei der oberflächlichen Erstbegehung durch den KDD war Staatsanwältin Sommer dabei gewesen, aber nun betraten die Mitarbeiter der Spurenermittlung in ihren Schutzanzügen alleine das Haus der Hammerschmitts, während alle anderen vorerst draußen warten mussten.

Das galt auch für Hauptkommissarin Katja Reinert, die auf dem Gehweg stand und mit ihrem Kollegen Oberkommissar Marius Sorg telefonierte; der hatte allerdings nichts Neues zu berichten, was die Aufenthaltsorte des Ehepaars Hammerschmitt und von Claudette Roux anging.

Katja Reinert war deswegen nicht beunruhigt. Die Rechtslage gab einen Fahndungsaufruf nicht her, aber wenn die Öffentlichkeit eingeschaltet werden würde, käme man den drei Gesuchten mit Sicherheit bald auf die Spur. Noch aber waren sie nicht so weit, erst musste das Ergebnis der Wohnungsdurchsuchung abgewartet werden.

Im Moment war Katja nicht mehr als eine der vielen Schaulustigen aus der Umgebung, die sich hinter den Absperrungen versammelt hatten. Es hatte sich schnell herumgesprochen, dass Lazarus Hammerschmitt ums Leben gekommen war, und das Auftauchen der Polizei hatte die Neugierigen nun massenweise aus den Häusern gelockt.

Die Presse war ebenfalls angerückt und versuchte, Einzelheiten

zu erfahren, aber so spitzfindig die Fragen gestellt wurden, die Antworten waren immer die gleichen:
»Sobald Einzelheiten bekannt sind, werden wir die Öffentlichkeit informieren. Wir ermitteln in alle Richtungen.«
Dass das der Presse nicht genügte, war verständlich, aber mehr gab es nicht zu berichten, weil die Ermittler selbst nach Zusammenhängen und Personen suchten.
Katja Reinert wartete geduldig, es hätte keinen Zweck, nervös zu werden. Ungeduld ist immer ein schlechter Ermittler, das hat die Hauptkommissarin in fast 20 Berufsjahren oft bitter erfahren müssen. Auch wenn Presse, Vorgesetzte und Politik auf einen schnellen Erfolg drängten, durfte das kein Grund sein, sich aus dem Konzept bringen zu lassen, vorschnelle Schlüsse zu ziehen oder gar in Hektik zu verfallen.
Das Team um Hubertus Sonne würde dort in der Wohnung etwas finden; irgendetwas finden die immer! Wenn gar nichts zu holen wäre, würden andere Ermittlungsschritte und Taktiken diskutiert werden müssen, aber sich darüber jetzt schon Gedanken zu machen, wäre unnütze Energieverschwendung.
Im Augenblick gingen Katja Reinert ganz andere Gedanken durch den Kopf. Sie konnte sich des Eindrucks nicht erwehren, dass der Tod von Lazarus Hammerschmitt irgendwie nur die Spitze eines Eisbergs darstellte. Jahrelange Ermittlungsarbeit hatte Katjas Gespür für besondere Situationen geschärft und dies war ohne Zweifel eine außergewöhnliche Situation, eine Gleichung mit vielen Unbekannten und noch mehr Fragen.
Dass Frau Hammerschmitt, wie von einigen Zeugen bestätigt, von heute auf morgen verschwunden war, wäre für sich alleine relativ einfach durch plötzliche Krankheit, Krankenhauseinlieferung, Heilkur oder den spontanen Besuch bei Verwandten zu erklären, aber es kamen einige Dinge hinzu, die insgesamt merkwürdig erschienen. Kaum war die Frau weg, verschwand, wie Zeugen beobachtet hatten, auch ihr Mann; allerdings kam der nach wenigen Tagen wieder zurück. Von da an tauchte

plötzlich diese den Anliegern unbekannte Frau auf, bei der es sich mit hoher Wahrscheinlichkeit um diese Claudette Roux handelte. Kaum zurück, verschwand der alte Hammerschmitt dann auf Nimmerwiedersehen und ab da kam die Roux immer öfter; damit einhergehend verschwanden nun sogar die Papageien in einer Nacht- und Nebelaktion. Und dann starb Lazarus!

In Katjas Vorstellung war das der bisherige Höhepunkt einer Ereigniskette, deren einzelne Glieder sie zwar sah, aber sie konnte bisher nicht erkennen, was die Einzelteile letztendlich zusammenhielt. Aus diesem Defizit resultierte die nicht zu beantwortende Frage nach dem Motiv und dem Warum. War sein Tod die Ursache für weitere Ereignisse oder die Auswirkung dessen, was davor geschehen war. Musste er sterben, damit es weitergehen konnte, weil er jemandem im Weg war, oder war sein Tod die Folge eines Streites oder weil er zu viel wusste.

Katja erinnerte sich an Joschs Behauptung: Lazarus ist geistig zurückgeblieben. Eine These, die gegen einen Suizid sprach, gleich gar mit einem komplizierten Mix aus Gift und Alkohol, denn das setzte geplantes Handeln voraus. Demzufolge wäre Lazarus ein Opfer, womit sich die Frage stellt, wem sein Tod nutzt. Cui bono – wem nutzt es? Die Frage aller Fragen, die sich alle Ermittler zunächst stellen müssen, wenn sie am Anfang einer Verbrechensaufklärung stehen.

Josch hatte erzählt, dass Frau Roux in Leidingen nicht gut gelitten war, stellt sich die Frage: warum? Ob sie die Tierhandlung in Limbach tatsächlich selbst abgefackelt hat, wurde nie geklärt, aber ein Gerücht kommt meistens nicht von ungefähr; zumindest sagt es etwas darüber aus, wie der Bekanntenkreis oder die Nachbarschaft über eine diesbezügliche Person denkt: man traute es ihr zu!

Vielleicht wusste Lazarus mehr und hatte sie erpresst, aber bei seinem Geisteszuschnitt war das eher unwahrscheinlich; und

viel zu lange her, da hätte vorher etwas passieren müssen.
Die Papageien! Jahrelang waren sie anscheinend die große Leidenschaft der Hammerschmitts oder von Teilen der Familie und nun waren sie offensichtlich in einer Nacht-und-Nebel-Aktion verschwunden. Warum und warum so plötzlich?
Falls das aus Rücksicht auf die Nachbarschaft geschehen war, deutete das womöglich auf die baldige Rückkehr der Hammerschmitts hin. Oder hatte der alte Hammerschmitt nur darauf gewartet, bis seine Frau aus dem Haus war? Gut möglich, denn laut Aussage der Nachbarschaft hatte es des Öfteren lautstarke Auseinandersetzungen zwischen den beiden gegeben. Die Frage war allerdings, auf welcher Seite Lazarus gestanden hatte. Außerdem würde das bedeuten, dass Frau Hammerschmitt nicht mehr zurückkommen würde oder zumindest in einem krankheitsbedingt veränderten Zustand. Die Logik sprach dafür, dass Lazarus sich auf die Seite seines Vaters geschlagen hatte – gegen die Papageien. Claudette Roux hatte Erfahrung mit Tieren. Sie kauft die Tiere oder hilft dabei, sie loszuwerden. Wie auch immer, das würde jedenfalls Sinn machen …
»Katja, kommst du bitte!«, riss sie eine Kollegin vom K4 aus ihren Überlegungen. »Hubertus ist jetzt soweit.«
»Ich komme!«, antwortete Katja und stieg in den Tatortschutzanzug, den die Kollegin bereithielt. Wenig später ließ sie sich zu Hubertus Sonne führen, der im Wohnzimmer auf dem Boden kniete.
Der Boden, die Couch, die Sessel, der Tisch, alles war übersät von Spurennummern in ihren Halterungsfüßen. Aufgeklappte Arbeitskoffer standen herum, in denen Pinsel, Fläschchen und Tüten verpackt waren. Scheinwerfer erhellten für die Fotoaufnahmen den Raum, die Spurensicherer waren in ihrem Element, besonders Hubertus Sonne; der war gerade dabei, etwas in einen Plastikbeutel einzutüten und zu etikettieren.
»Hallo Hubertus, das sieht nach Arbeit aus.«
»Ah, da ist sie ja!«

Hubertus erhob sich und deutete auf den Boden zwischen Couch und Tisch.
»Blut! Und da auch!« Er zeigte auf den Tisch und die Couch.
Katja ersparte sich die Frage, ob es sich um menschliches Blut handelte, denn wenn Hubertus es derart bedeutungsvoll erwähnte, war die Antwort klar.
»Das ist nicht die einzige Stelle; im Keller sind auch Spuren«, fuhr Hubertus fort.
»Viel?«, fragte Katja nach.
»Was meint sie mit viel? Für eine Maus ist ein tropfen eine Katastrophe und für einen Elefanten ein Witz.«
»Ausreichend um auf eine schwere oder gar tödliche Verletzung hinzuweisen?«
»So wie sie die Frage stellt, kann er sie nicht beantworten. Sie muss wissen, dass …«
»Schon gut, Hubertus, du weißt es also nicht, kein Problem. Kannst du etwas über das Alter der Spuren sagen?«
»Ja.«
»Und? Lass dir nicht alles einzeln aus der Nase ziehen!«
»Wieso Nase? Ich …«
»Jetzt sag schon oder der Blutfleck wird größer«, drohte Katja Reinert.
»Älter als drei Tage, jünger als einen Monat.«
»Damit könnte er auch von Lazarus Hammerschmitt stammen. Theoretisch! Allerdings wurden an der Leiche keine größeren Verletzungen festgestellt.«
»Sie muss eben warten, bis er mit der Laboranalyse fertig ist.«
»Was glaubst du, wann du liefern kannst?«
»Am späten Nachmittag; frühestens!«
»Super! Habt ihr hier noch lange zu tun?«
»Ein paar Stunden. Hier wurde eifrig geputzt, allerdings nur oberflächlich. Es hat nicht gereicht, um alle Spuren zu beseitigen. Vor allem nicht im Keller. Die Blutspritzer an der Wand sind Hubertus nicht entgangen. Dort ist er noch nicht fertig.

Die Fußspuren im Garten muss er ebenfalls sichern. Dort bleibt sie bitte weg!«
»Du bist eben eine Spürnase, Hubertus. Vergleich die Fußspuren bitte mit denen von der Burg!«
»Logisch! Hält sie mich für einen Anfänger?«
»Nein, das tut sie ... äh, tue ich natürlich nicht! Sorry! Hier stehen überall Bierflaschen rum, vielleicht ergeben die Speichelproben etwas«, formulierte Katja vorsichtig ihr Anliegen, um Hubertus nicht weiter zu verärgern.
»Er wird es versuchen, aber die Wahrscheinlichkeit, da was zu finden, scheint ihm gering.«
»Darf ich mich jetzt frei in der Wohnung bewegen? Oder gibt es Tabu-Zonen?«
»Der Garten und Teile vom Keller. Die Kollegin sagt ihr, wo. Und bitte vorsichtig!«
Während Hubertus weiterhin im Wohnzimmer beschäftigt war, inspizierte Katja den Rest der Wohnung im Erdgeschoss. Die Küche erschien auf den ersten Blick halbwegs aufgeräumt, aber bei näherer Betrachtung waren überall Krümel und Flecken zu entdecken. Im Kühlschrank standen Wurst- und Suppenkonserven, sowie Gläser mit Marmelade und eine angebrochene Packung Butter. Im Seitenfach der Tür lagerten drei Flaschen Bier und ein Tetra-Pak mit Milch.
Auf der Abtropffläche der Spüle standen zwei Tassen und zwei Teller. Zwei! Auf dem Küchentisch lagen alte Zeitungen und ein Stapel Prospekte. Katja ging den Stapel durch und entdeckte einige Broschüren von Hotels auf der Insel Sylt, daneben eine Info-Mappe des dortigen Fremdenverkehrsamtes, ein Hochglanzprospekt eine Reha-Klinik und eine Landkarte der Insel.
Sylt! War das der Aufenthaltsort der Hammerschmitts? Immerhin eine vage Spur. Katja Reinert rief sofort bei Oberkommissar Marius Sorg an.
»Hör zu, Marius! Ich habe nichts Konkretes, aber in der Woh-

nung der Hammerschmitts liegen Unterlagen über die Insel Sylt rum. Ruf bitte beim Fremdenverkehrsbüro an und frag nach, ob die dort gemeldet oder bekannt sind. Ich gebe dir gleich ein paar Adressen von Hotels und so weiter durch, die klapperst du ebenfalls ab. Vielleicht ist das eine erste Spur und würde erklären, warum wir die in unserer Gegend nicht aufspüren können. Ruf zurück, wenn du ein Ergebnis hast!«

Mehr musste sie Marius nicht erklären, auf ihn war Verlass und er wusste, was zu tun war. In mühsamer Kleinarbeit würde er jetzt versuchen, Licht ins Dunkel zu bringen.

Marius würde die Polizeidienststelle auf der Insel kontaktieren und versuchen, über den kleinen Dienstweg etwas zu erfahren. Das offizielle Amtshilfeverfahren würde erst beantragt werden müssen, womit ein schneller Erfolg nahezu ausgeschlossen war. Marius wusste, wie der Hase läuft, er würde das schon irgendwie hinbiegen.

Sylt! Das war wenigstens ein Ansatzpunkt! Besser als nichts, mehr als bisher. Katja Reinert sah sich weiter um, fand in der Küche allerdings nichts mehr, was auf ihr Interesse stieß.

»Hubertus!«, rief sie ins Wohnzimmer. »Was ist mit dem Telefon? Kann man nachvollziehen, ob in jüngster Zeit ein Anruf aus Sylt eingegangen ist?«

»Bei diesem Gerät kann sie nicht einmal nachvollziehen, ob damit jemals telefoniert worden ist. Marke uralt!«

»Okay, dann müssen wir das über den Netzbetreiber herausfinden.«

Der nächste Anruf bei Marius Sorg; eine zusätzliche Aufgabe für den Oberkommissar, der der Verzweiflung nahe war.

»Habt ihr einen Computer gefunden?«, war die nächste Frage an Hubertus Sonne.

»Nein, aber es gibt einen Anschluss«, schallte es aus dem Wohnzimmer. »Das zugehörige Gerät ist allerdings verschwunden.«

»Drucker?«

»Fehlanzeige!«
»Handy?«
»Ebenso!«
Mittlerweile war Katja in einem Zimmer angekommen, in dem ein Einzelbett stand; daneben ein Schreibtisch und ein Beistelltisch mit einem Fernseher. An der gegenüberliegenden Seite stand ein altmodischer Kleiderschrank. Das war anscheinend das Zimmer von Lazarus gewesen; ein Blick in den Kleiderschrank bestätigte diese Annahme.
Neben dem Schreibtisch war über der Fußleiste eine Doppelsteckdose zu sehen, etwas entfernt davon hing die Box für den Internetanschluss.
»Ganz so minderbemittelt wie Josch sagt, kann er also nicht sein«, murmelte Katja vor sich hin.
An der Ecke des Schreibtisches lagerte ein Stapel von Magazinen, ausschließlich Fachzeitschriften für Vogelfreunde, speziell für Liebhaber von Papageien oder ähnliche Arten. Katja setzte sich auf den Schreibtischstuhl und nahm sich die Zeit, um in den Zeitschriften zu blättern. Da wurden Vögel beschrieben, deren Namen sie nie gehört hatte: Spix-Ara, Palm-Kakadu, Hyazinth-Aras, Regenter-Papagei, Lear-Ara ... ein Sammelsurium von Bezeichnungen wie aus einer anderen Welt. Anscheinend waren das allesamt sehr seltene Arten und vom Aussterben bedroht. Einige Namen waren mit einem Marker gekennzeichnet. Katja fotografierte den Schreibtisch mit dem Stapel von Zeitschriften von allen Seiten und nahm das Magazin mit den seltenen Arten an sich.
Wie viele Tiere und von welcher Art hatten die Hammerschmitts eigentlich gehalten? Traute man den Angaben der Nachbarn, waren es viele. Die einen sprachen von über zwanzig, andere schätzen das Doppelte; die Wahrheit lag wahrscheinlich irgendwo in der Mitte.
Falls die Tiere selten oder in der freien Natur vom Aussterben bedroht waren, stellte sich die Frage, ob deren Haltung über-

haupt legal war. Und falls ja, waren sie sicherlich einiges wert. Da könnte man auf merkwürdige Gedanken kommen, überlegte die Hauptkommissarin. Wenn man sich diese Bruchbude anschaute, würde das Geld dringend für Renovierungen benötigt. Vielleicht ein neuer Denkansatz? Falls den Männern ein schöneres Zuhause wichtiger gewesen war, kam ihnen die Abwesenheit von Isabella Hammerschmitt wahrscheinlich gerade recht. Claudette Roux kannte sich im Handel mit Tieren aus und fungierte vielleicht als Maklerin. Papageien verhökern gegen Provision. Warum nicht? Falls das legal war, aber verständlich allemal! Aber warum hatte Lazarus dran glauben müssen?

Die Papageien waren also vielleicht der Schlüssel! Wie viel waren die wert, ist die Haltung legal; all das wäre zu klären, aber wer hatte davon Ahnung und wie kam sie an diese Informationen ran? Marius zusätzlich mit diesem Thema zu beschäftigen, wäre unklug, der hatte mit Sylt und dem Telefonanbieter genug zu tun. Ausgerechnet jetzt standen Ken Arndt und die neue Kollegin nicht zur Verfügung, das war zum Kotzen! Wie sollten sie mit dieser mickrigen Personalausstattung einen derart komplizierten Fall lösen?

»Keine Panik!«, redete sich die Hauptkommissarin ein. »In Hamburg hast du das jahrelang hingekriegt und du wirst das Problem auch jetzt lösen! Wer kennt sich mit Papageien aus?«

Tierhandlungen, Züchter und Tierärzte natürlich, aber deren Adressen würde sie zuerst mühevoll zusammensuchen müssen. Da war eine andere Idee vielleicht schneller umzusetzen. Der Neunkircher Zoo! Wenn nicht, wo dann? Zumindest würde man ihr dort verlässliche Kontakte zugänglich machen können. Außerdem lag der um die Ecke. Name und Telefonnummer waren über das Handy schnell herausgefunden, wenige Minuten später hatte Katja Zoodirektor Dr. Norbert Fritsch am Apparat und vereinbarte mit ihm ein Treffen zum Mittagessen im Zoo-Restaurant.

Kurz vor dreizehn Uhr betrat Katja das Gebäude und wurde

bereits im Foyer vom Zoodirektor empfangen. Fritsch war ein Mann, dem man alles andere als den Titel Direktor zugeordnet hätte; Raubtierbändiger oder Elefantentrainer schon eher, er wäre auch als Trapper in Alaska durchgegangen.
»Freut mich, Sie kennenzulernen, Herr Dr. Fritsch«, begrüßte ihn die Hauptkommissarin freundlich und reiche dem Zoodirektor die Hand, in der Befürchtung, dass dessen riesige Pranke gleich schmerzhafte Eindrücke hinterlassen würde, aber überraschenderweise war der Händedruck weich und zartfühlend.
»Ganz auf meiner Seite«, antwortete Dr. Fritsch höflich. »Aber lassen Sie um Himmels Willen den Doktor weg, dafür verzichte ich im Gegenzug auf die Hauptkommissarin; wenn's recht ist. Kommen Sie bitte, es ist ein Tisch reserviert und ich bin gespannt, wie ich Ihnen helfen kann.«
Fritsch strahlte eine unglaubliche Ruhe und Gelassenheit aus. Interessiert hörte er zu, wie Katja Reinert ihr angekündigtes Anliegen ausführlich schilderte und empfahl den Elsässer Flammkuchen, als der Ober nach den Bestellwünschen fragte. Erst als er den Tisch verlassen hatte, legte der Zoodirektor los.
Er erzählte von Papageien, deren Artenunterteilung, den einzelnen Merkmalen; von Papageien, Sittichen, Aras und Amazonen, als gäbe es nichts anderes auf der Welt, was von Interesse sein könnte. Fritsch Wissen schien unerschöpflich und seine Leidenschaft für Tiere grenzenlos zu sein.
»Mein Gott, was sie alles wissen«, seufzte Katja, als der Zoodirektor kurz innehielt, um einen Schluck Wasser zu trinken. »Sie schließen also nicht aus, dass es sich um sehr wertvolle Tiere handeln könnte, deren Haltung problematisch und der Handel mit ihnen verboten ist?«
»Na ja, der Ara Macao, zum Beispiel, der hellrote, nicht der von Ihnen erwähnte rote, der im Übrigen dunkelroter Ara genannt wird …«
Erneut schüttete der Fachmann sein Wissen über Katja Reinert aus, ohne dass er allerdings zum Kern der Frage kam.

»Es ist also völlig unterschiedlich, ob die Haltung legal ist oder nicht, genau wie sich der Wert eines Tieres nicht eindeutig taxieren lässt!«, versuchte Katja ein Resümee.
»So ist es! Aber falls es sich um eines der Exemplare handelt, die in Ihrem Prospekt da markiert sind, ist jedes einzelne Tier ein kleines Vermögen wert. Es gilt allerdings zu beachten, dass ...«, wieder erging sich Fritsch in einem Vortrag über Haltungsfehler, daraus resultierenden Krankheiten, Paarverhalten, Zuchtmerkmale und weitere Details.
»Zum Mitschreiben!«, unterbrach Katja an geeigneter Stelle. »Was heißt wertvoll? Nennen Sie mal 'ne Hausnummer! Bitte!«
»Auf dem Schwarzmarkt werden teilweise Unsummen gezahlt. Niedrige bis mittlere fünfstellige Beträge, je nach Seltenheit und Zustand des Tieres; bei ganz speziellen Exemplaren sogar deutlich mehr.«
»Wow! Das heißt, dass bei 20 bis 30 Tieren locker mal eine halbe Million im Spiel sein könnte. Gibt es dafür wirklich einen Markt? Für krankheitsanfällige Papageien so viel Geld auf den Tisch zu legen, das kann ich kaum glauben.«
»Leider! Und nicht nur bei uns!«
»Wahnsinn! Den Export stelle ich mir allerdings schwierig vor.«
»Auf legalem Weg ist er das auch, aber es gibt mafiöse Strukturen, die sich darauf weltweit spezialisiert haben. Von denen kriegen Sie nahezu alles, selbst ein weißes Nashorn mit fünf Beinen«, lachte der Zoodirektor. »Das zu unterbinden ist schwierig, so lange auf dieser Welt reiche Spinner rumlaufen, die es für das Größte halten, wenn sie möglichst teure Tiere als Eigentum für sich beanspruchen können. Total bescheuert, aber es ist ungeheuer viel Geld im Spiel.«
»Die Hammerschmitts sind Ihnen nie über den Weg gelaufen? So von Tierfreund zu Tierfreund?«
»Nein, schon gar nicht als Tierfreunde. Ich lehne diese Art von

Tierhaltung resolut ab!«
»Und der Name Claudette Roux sagt Ihnen nichts?«
»Nein, nie gehört.«
»Eine Tierhandlung in Leidingen?«
»Fehlanzeige!«
»Tja, dann war's das fürs Erste! Danke, dass Sie sich die Zeit genommen haben, Herr Fritsch. Es war sehr aufschlussreich!«
»Keine Ursache! Sie sind selbstverständlich mein Gast.«
»Auf keinen Fall. Aus öffentlichen Geldern des Zoos, ich bitte Sie; nein!«
»Nehmen Sie es als persönliche Einladung; es ist mir ein Vergnügen.«
Sie verabschiedete sich und bevor sie zu ihrem Wagen ging, telefonierte Katja Reinert mit dem Präsidium.
»In einer halben Stunde bin ich im Büro. Wir müssen reden, Marius. Und versuch bitte, die Staatsanwältin zu erreichen, ich hätte sie gerne dabei. Möglicherweise habe wir einen Ermittlungsansatz.«

28

Katja Reinert traf gegen 14 Uhr 30 im Präsidium ein und stürmte sofort ins Büro von Oberkommissar Marius Sorg.

»Die Staatsanwältin müsste gleich kommen«, erklärte Marius. »Inge hat den Besprechungsraum vorbereitet, vom K4 kommt Nora Klein vorbei, weil Hubertus mit den Auswertungen beschäftigt ist. Katja, mir wird es langsam zu bunt! Diese ewige Unterbesetzung macht mich kirre; ich komme nicht mal zu einer ordentlichen Aktenführung. Irgendwann geht etwas verloren und dann bin am Ende ich schuld; das geht so nicht weiter, ich lehne jede Verantwortung ab.«

»Ich weiß, dass es eine Katastrophe ist, und ich habe keine Ahnung, wohin das führen soll, wenn es mal richtig brenzlig wird; vorerst kann ich nur danke sagen und dir den Rücken freihalten. Du weißt, dass ich das tue! Sag mal, wann kommt eigentlich die Neue endlich von diesem Lehrgang zurück?«

»Übermorgen! Ken kommt nächsten Montag, aber dann bin ich für zwei Wochen weg. Wir können nicht mal 'ne Übergabe machen; das ist alles ein Scheiß hier! Wieso kriegen die das da oben einfach nicht auf die Reihe?«

»Du hast in allen Punkten Recht, aber es hilft alles nix; irgendwie müssen wir durch diesen Engpass durch, egal wie! Was hast du in Sylt erreicht?«

»Auf Sylt!«

»Klugscheißer!«

»Das einzige, was ich erreicht habe, ist, dass dort niemand etwas von einem Herrn oder einer Frau Hammerschmitt zu berichten weiß. Vor zwei Wochen war zwar laut Tourismusbüro jemand mit diesem Namen für drei Tage in einem Hotel in

Westerland eingebucht, aber der schrieb sich mit 'dt', und kann nebenbei vom Alter her nicht passen.«
»Schreibt! Gehen wir mal davon aus, dass er den Aufenthalt überlebt hat, dann heißt er immer noch so!«
»Klugscheißerin!«, lachte Marius. »Unentschieden. Wenigstens hast du deinen Humor nicht verloren. Gemeldet ist also niemand, aber die haben zugegeben, dass einige Privatpersonen an der Steuer vorbei vermieten, das Problem kennen wir. Offiziell war in den letzten zwei Monaten jedenfalls kein Hammerschmitt mit Doppel-T gemeldet; weiter zurück habe ich nicht geforscht, das macht keinen Sinn. Nicht in den Hotels, nicht in den Pensionen und in den Kurkliniken war's ebenfalls Fehlanzeige.«
»Damit dürfte das mit dem Telefonanbieter hinfällig sein«, seufzte Katja.
»Die Antwort steht aus, die Hoffnung stirbt bekanntlich zum Schluss.«
»Scheiße! Sorry! Wo steckt dieses Pack bloß?«
»Vielleicht sind sie ausgewandert. Womöglich nach Übersee!«
»Nein! Dann bekämen wir sie über die Bundespolizei, aber die sind nicht für immer weg! Die Wohnung sieht nicht danach aus und Lazarus hat seinerzeit gegenüber Josch behauptet, dass seine Mutter schwer krank sei. Außerdem hätten die dann die Vögel nicht einfach so zurück gelassen. In der Wohnung sind an zwei Stellen Blutspuren nachgewiesen worden; die wollte jemand verschwinden lassen, hat es aber nicht geschafft … «
»Katja, bevor du weiter erzählst, sollten wir rübergehen. Die anderen sind wahrscheinlich schon da und warten; außerdem musst du nicht alles zweimal erzählen.«
»Genau! Gehen wir!«
Die Teilnehmer trafen nahezu zeitgleich im Besprechungszimmer ein. Inge Manderscheid hatte Kaffee und kalte Getränke vorbereitet und wollte gerade den Raum verlassen, als Katja sie zurückhielt.

»Bleib bitte, Inge! Ich befördere dich hiermit vorübergehend und inoffiziell zur kriminalistischen Hilfskraft; Staatsanwältin Sommer wird dich vereidigen.«
Als Daniela Sommer und Inge ziemlich blöd aus der Wäsche schauten, legte Katja Reinert nach.
»War ein Scherz! Spaß beiseite, ich möchte dass du weißt, um was es geht, damit du die richtigen Verbindungen herstellen kannst, wenn du hier alleine bist und Telefondienst schiebst. Ich brauche jede Kraft, die ich kriegen kann, daher wäre es mir lieb, wenn du über deine Arbeitszeitvereinbarung hinaus arbeiten könntest; trotz Teilzeit. Es ist nur für ein paar Tage, bis die Truppe wieder halbwegs vollzählig ist. Ich sorge selbstverständlich dafür, dass dir die Mehrarbeit vergütet wird. Geht das für dich in Ordnung, Inge?«
Inge Manderscheid strahlte über das ganze Gesicht und schnappte sich sofort einen Stuhl. Seit langem wartete sie schon auf die Gelegenheit, endlich mal wieder ein vollwertiges Mitglied des Teams zu werden, so wie früher, als Josch noch da war.
»Geht klar, kein Problem!«, antwortete sie freudig.
»Super, danke!«
»Leg los!«, forderte Frau Sommer ungeduldig. »Was sind das für Neuigkeiten, weswegen du uns so plötzlich zusammengerufen hast?«
Katja Reinert berichtete ausführlich. Von den Erkenntnissen aus dem Haus der Hammerschmitts, den Blutspuren, der vergeblichen Fahndung von Marius nach den Hammerschmitts, dem Gespräch mit dem Zoodirektor und ihrem Verdacht, dass illegaler Tierhandel bei den Geschehnissen eine Rolle spielen oder gar der Anlass dafür sein könnte.
»In ähnlicher Angelegenheit hatte Claudette Roux vor etwa zehn Jahren schon einmal Probleme mit der Justiz«, warf Marius Sorg ein.
»Waas?«, ereiferte sich die Hauptkommissarin. »Warum erfah-

re ich jetzt erst davon?«
»Weil das bisher nicht relevant war und wir schließlich jetzt zum ersten Mal die Gelegenheit haben, in Ruhe über alles zu reden. Was soll der Scheiß? Kann ich was für diese ganze Hektik?«
»Ganz ruhig, Kollege!«, beschwichtigte die Staatsanwältin. »Kein Grund hier auszurasten! Niemand macht dir einen Vorwurf. Was war das damals für eine Sache?«
Marius berichtete von der Recherche, die er auf Joschs Bitte hin durchgeführt hatte und dem, was er aus der Aktenlage entnommen hatte.
»Verdammt!«, entfuhr es der Staatsanwältin. »Es sieht ganz so aus, als ob der alte Fuchs Josch mal wieder die Finger im richtigen Loch hatte. Wenn ich das mal so burschikos formulieren darf. Ich fasse es nicht!«
»Die Roux hatte damals einen Mitstreiter«, fuhr Marius fort. »Philipp Roux. Ob Ehemann oder Bruder geht aus den Akten nicht hervor. Ein Franzose, über den es außer dem Namen nach erster Sichtung keine weiteren Informationen gibt. Anscheinend gab es damals einen grenzüberschreitenden Informationsaustausch nicht oder noch nicht.«
»Als ob sich daran Maßgebliches geändert hätte«, seufzte die Staatsanwältin.
»Dieser Philip Roux war also in illegale Geschäfte involviert?«, hinterfragte Katja Reinert.
»Ganz offensichtlich, aber die hinterlegte Akte ist unvollständig. Man müsste in den Handakten nachschauen, ob dort mehr vermerkt ist.«
»Okay, dann machen wir das! Inge, du hast einen neuen Job! Lass dir von Marius das Aktenzeichen geben und dann gehst du in die Registratur. Ich schreib dir eine Vollmacht, sonst lassen die dich abblitzen; wenn sie damit nicht klarkommen, sollen sie mich anrufen. Wir brauchen diese Akte! Und wenn du sie hast, stöberst du nach dem Namen Philipp Roux! Rückmeldung,

wenn du fündig geworden bist!«
Inge Manderscheid war fasziniert und glücklich; so tief drin in den Ermittlungen eines Falles war sie noch nie. Nora Kleins Telefon klingelte, was ihr einen strafenden Blick der Staatsanwältin einbrachte.
»Entschuldigung das ist Hubertus«, erklärte Nora. »Anscheinend hat er Neuigkeiten.«
In den nächsten Minuten waren lediglich Noras eintönige Bemerkungen zu hören.
»Aha!« … »Okay!« … »Verstanden!« … »Alles klar!«
Als sie das Gespräch schließlich beendet hatte, hingen alle wie gebannt an ihren Lippen.
»Die Blutspuren im Haus stammen nicht von Lazarus Hammerschmitt«, sagte sie endlich. »Sie sind zwei verschiedenen Personen zuzuordnen. Wem bleibt allerdings offen.«
»Den Eltern!«, entfuhr es Marius.
»Die gentechnischen Untersuchungen stehen aus«, fuhr Nora Klein fort. »Eine der Fußspuren im Garten können Lazarus zugeordnet werden, eine andere ist identisch mit der zweiten Spur von der Burg.«
»Claudette Roux«, murmelte Marius und korrigierte sich gleich. »Alles nur Spekulation.«
»Anscheinend verdichtet sich der Kreis der handelnden Personen auf zwei Gruppen! Hammerschmitt und Roux. Eltern, Claudette und dieser Philipp, letztgenannter im weitesten Sinne.«
»Das Problem ist, dass keine der vier Personen greifbar ist«, seufzte Katja Reinert. »Wie geht's jetzt weiter, Kollegen? Hat jemand einen Vorschlag?«
»Hast du einen Plan?«, fragte die Staatsanwältin zurück. »Du bist die Chefin von dem Laden.«
»Hab ich! Kommt aber darauf an, wie weit du mitspielst.«
»Komm jetzt bloß nicht auf die Idee, Josch zu reaktivieren!«, lachte Daniela Sommer.

»Das fehlte noch! Dann wäre ich hier bis auf weiteres die Chefin gewesen!«

»Sag, auf was du hinaus willst!«

»Frontalangriff an zwei Stellen!«, erwiderte Katja Reinert und hob bedeutungsvoll die Augenbrauen.

»Das heißt?«

»Wir stellen das gesamte Anwesen der Hammerschmitts total auf den Kopf. Jede Ecke, jeder Winkel, da muss etwas zu holen sein! Alle Akten, versteckte Nischen, vielleicht ein Tresor, was weiß ich. Die paar Spurenermittlungen in wenigen Stunden reichen mir nicht.«

»Okay, das trage ich mit! Zweite Front?«

»Leidingen! Das Haus von Claudette Roux!«

»Puh!«, stöhnte die Staatsanwältin. »Das kann ich nicht machen. Wir haben nicht einmal einen Anfangsverdacht. Nenn mir einen plausiblen Grund, warum du dort rein willst.«

»Die Spurenlage! Claudette Roux war am Tatort!«

»Eine Frau war wahrscheinlich am Tatort! Eine unbekannte Person! Mehr haben wir nicht!«

»Die gleiche Person war im Haus der Hammerschmitts.«

»Im Garten! Kein Beweis für Claudette Roux!«

»Außer ihr wurde dort keine Frau gesehen.«

»Doch! Isabella Hammerschmitt; zweifellos eine Frau!«

»Moment, Moment!«, widersprach die Hauptkommissarin. »Wenn ich dir den Beweis liefere, dass der Abdruck im Garten nicht zu Isabella Hammerschmitt gehört, würdest du dann einwilligen?«

»Ich könnte drüber nachdenken, aber wie willst du das beweisen?«

»Über die Stiefel im Keller der Hammerschmitts! Ich habe in Erinnerung, dass dort zwei Paar Stiefel standen. Grüne und gelbe. Wenn keiner davon zu der Spur passt, schließe ich Isabella Hammerschmitt aus.«

»Diese Information sollte Hubertus liefern können«, schlug

Nora Klein vor. »Die Stiefel habe ich gesehen, ich weiß aber nicht, ob Hubertus sie verglichen hat.«
»Klär das bitte sofort ab«, entfuhr es Katja Reinert. »Es ist wichtig!«
Wenig später stand fest, dass keiner der Stiefel zu den Abdrücken passte.
»Okay, du bekommst deinen Beschluss«, gab die Staatsanwältin klein bei. »Ihr könnt morgen dort reingehen, aber jetzt erklär mir bitte, wie du mit deiner Personalausstattung einen zwei Fronten Einsatz hinkriegen willst.«
»Das funktioniert nur, wenn K3 und K4 sich das aufteilen«, erklärte Katja. »Wie viele Leute habt ihr zur Verfügung?«
»Aktuell nur mich und Oliver; der Rest ist mit den Auswertungen beschäftigt. Das heißt, ich sollte eigentlich Hubertus zuarbeiten, aber okay, der kriegt das alleine hin!«
»Du solltest dich bei Hubertus rückversichern, bevor du hier Zusagen machst«, schlug die Staatsanwältin vor. »Immerhin ist er dein Vorgesetzter.«
»Ach, der ist froh, wenn er sich in seine Arbeit vertiefen kann; mit Organisation hat der sowieso nix am Hut, die Einteilung mache in der Regel ich.«
»Okay, dann lassen wir Hubertus im Innendienst«, beschloss Katja. »Nora fährt mit Oliver nach Furpach zu den Hammerschmitts. Krempelt alles um, ich will sicher sein, dass wir nichts übersehen haben.«
»Von mir aus«, bestätigte die Staatsanwältin. »Obwohl ich mir nicht vorstellen kann, dass Hubertus etwas entgangen ist.«
»Das ist wohl richtig, aber viel Zeit hatten die dort bisher nicht investiert. Sicher ist sicher! Außerdem haben wir das Haus bisher nicht unter dem Aspekt eines potenziellen Tatortes untersucht. Nach dem Ergebnis der Blutspuren ist das jetzt eine neue Situation. Mal ehrlich: Dass es von den Hammerschmitts nicht die geringste Spur gibt, ist doch seltsam, oder? Niemand verschwindet einfach so!«

»Wer bedient die zweite Front in Leidingen?«, fragte Marius.
»Das übernehmen wir beide«, antwortete Katja.
»Alleine schaffen wir das nicht«, behauptete Marius.
»Deswegen muss uns die Polizeiinspektion Bous personell unterstützen!«
»Das klingt nach Ärger! Die haben selbst kaum Personal!«
»Dann muss sich eben die Chefetage einschalten, dann geht das schon!«, meinte die Staatsanwältin. »Das kriegen wir irgendwie hin.«
»Hast du die Adresse von diesem Bürgermeister in den Akten?«, wandte sich Katja an Marius.
»Wieso sollte ich?«
»Ich dachte, er war bei ihm!«
»Das schon, aber die Adresse habe ich nicht. Soll ich ihn anrufen?«
»Untersteh dich!«
»Meines Wissens gibt es zwei von der Sorte.«
»Wie das?«
»Einer für den französischen Teil und einen Deutschen.«
»Google das bitte! Leute, ich organisiere das jetzt, morgen früh um 8 Uhr ist Abmarsch!«
Am selben Nachmittag teilte Hubertus Sonne mit, dass die Blutspuren einem Mann und einer Frau zuzuordnen waren und keiner der Stiefel zu den Abdrücken im Garten passte.
Katja Reinert schluckte und hatte plötzlich das Gefühl, dass Lazarus Hammerschmitt bereits Vollwaise gewesen sein könnte, als ihn selbst der Tod ereilt hatte. Es fragte sich bloß, ob er seine Eltern auf dem Gewissen hatte oder eine andere Person im Spiel gewesen war.

Dienstag, 1. Oktober

29

Nora Klein war es zwar nicht gewohnt, die Vor-Ort-Ermittlungen eigenverantwortlich zu leiten, aber sie sah darin vor allem eine Chance, sich zu beweisen. Fachlich konnte sie ihrem Chef Hubertus Sonne zwar nicht das Wasser reichen, da machte sie sich nichts vor, aber Hubertus würde nicht für ewig ihr Vorgesetzter sein. Er selbst hatte ihr gegenüber erst kürzlich geäußert, dass er so schnell wie möglich in den Ruhestand gehen wolle, sobald die Konditionen endgültig abgeklärt wären und hatte ein Zeitfenster von ein bis zwei Jahren genannt. Die Stelle von Hubertus würde nicht neu ausgeschrieben sondern intern besetzt werden, denn dieser Einsparwahnsinn wollte kein Ende finden, so viel stand fest, auch wenn die Politik vor laufender Kamera immer wieder das Gegenteil behauptete. Immerhin wäre das für Nora die Gelegenheit, zur Dezernatsleiterin aufzusteigen, denn niemand hatte mehr Dienstjahre auf dem Buckel als sie.

Sie hatte ihren Einsatz mit Hubertus vorbesprochen, seine Fotos gesichtet und gemeinsam mit ihm festgelegt, dass sie sich auf den Keller und den Garten konzentrieren solle. Oliver sollte sich den nicht ausgebauten Speicher vornehmen und die Reste der demontierten Volièren inspizieren.

Nachdem die beiden Beamten ihre Tatortschutzanzüge übergestreift hatten, machten sie sich ans Werk. Unten im Keller hörte Nora, wie Oliver fluchte, als er über die Klappleiter den Speicherraum durch die Luke betrat.

»Ach du Scheiße, ist das hier ein Dreck! Da brauchst du zwei Container für Sondermüll! Hier oben war anscheinend seit Jahren kein Mensch mehr!«

»Schau dich trotzdem um, so gut es geht!«, rief Nora zurück.
»Da brauche ich erst mal jede Menge Licht!«
Während Oliver mit seiner Aufgabe beschäftigt war, durchkämmte Nora vorsichtig die Kellerräume. Hier war Ordnung ein Fremdwort. Sie entdeckte die markierte Stelle mit den Blutspuren, durchsuchte die Waschküche, fand dort aber nichts Außergewöhnliches oder etwas, was auf die verschwundenen Personen hindeutete.
Im Vorratskeller stand jede Menge Gerümpel herum. Altglas, Futtertöpfe, Farbdosen, Beize, Tüten mit Vogelfutter, alles Zeugs, das ausnahmslos auf den Müll gehörte, von Essensvorräten keine Spur. In der Ecke stand ein Sack Zement, der schon ausgehärtet war, daneben zwei angebrochene Säcke mit einem weißen Pulver – Kalziumhydroxid, Löschkalk. Im Gegensatz zu allen anderen Gegenständen waren die Säcke nicht von einer Staubschicht bedeckt. Nora fotografierte jedes einzelne Teil und sprach auf Band, was sie sah. Ob und wofür man dieses Zeugs bei der Papageien Zucht benötigte, wusste Nora zwar nicht, aber das würde sich im Nachhinein herausfinden lassen.
In der anderen Ecke stand das übliche Gartenwerkzeug: Rasenmäher, Hacke, Spaten, Schaufel. Auch hier fehlte die Staubschicht und Reste von getrocknetem Gras und Erde deuteten darauf hin, dass die Geräte erst vor kurzem im Gebrauch gewesen waren. Auf dem Boden lagen ein Hammer, ein Knäuel einer Kordelschnur, zwei Holzpflöcke, Flatterband, in der Nische stand eine Schubkarre. Anscheinend hatten die Hammerschmitts bis zuletzt gewerkelt, aber wer macht das schon, wenn er sang- und klanglos verschwinden will? Blieben nur Lazarus oder eine Person X.
Nachdem diese Teile sorgfältig dokumentiert waren, ging Nora weiter in den Raum, der einst die Volièren beherbergt hatte. Eine Schiebetür führte zum ehemaligen Außengehege, aber Nora vermutete, dass hier nicht viel zu holen sein würde. Vogelkot, Trümmer, Reste eines Holzverschlages, Stücke eines

Drahtverhaus. Hier war hektisch und ohne Konzept demontiert worden.
Nora ging zurück in den Keller und weiter zum Durchgang in den Garten. An der Wand hingen eine Gartenschere, ein Gartenschlauch und ein großer schmutziger Stofffetzen. Vorne eine betonierte Freifläche, von der mittig ein schmaler Gartenpfad abging, der den Garten in zwei etwa gleich große Flächen aufteilte. Pfosten entlang des Weges; eine Wäscheleine. Rund um das Areal ein Maschendrahtzaun, teilweise verbeult und größtenteils von Hecken zugewuchert. Auf der rechten Fläche eine Wiese mit einem Apfelbaum. Links ein Kirschbaum zwischen Blumen- und Gemüsebeeten. Alles in allem eine große Gartenfläche von schätzungsweise eintausend Quadratmetern. Neben den Bohnen und Tomaten war nahe am Haus ein Beet frisch angelegt. Flatterbänder und Alustreifen an Holzpflöcken sollten die Vögel abschrecken. Auf den ersten Blick sah alles ganz normal aus, aber Nora beschlich das Gefühl, dass sie irgendetwas übersah. Sie wusste nicht, was es war, aber irgendetwas sah einfach zu normal aus. Sie erinnerte sich, was die alten Hasen ihr im Laufe der Jahre immer wieder eingebläut hatten. Du siehst nicht nur mit den Augen! Das Bild ist nur ein Teil der Wahrheit. Analysiere das Bild und suche die Geschichte, die es dir erzählen will.
»Was erzählt mir dieses Bild?«, sprach Nora zu sich selbst und setzte sich auf die kleine Mauer am Rand des Beetes. Sie atmete tief durch, verinnerlichte sich das Bild und schloss die Augen. Ein Garten unter vielen. Obstbäume, Sträucher, Beete. Gepflegter Rasen, Wäscheleine, Gartenpfad. Ein Ort der Ruhe …
Gepflegt!
Das Haus, der Speicher, der Keller – wieso war der Garten besser in Schuss als alles andere? Nora öffnete die Augen und erhob sich.
Der Rasen war vor nicht allzu langer Zeit gemäht worden, das Beet erst vor wenigen Tagen frisch eingesät. Die Volièren

waren hektisch abgebaut worden, die Papageien von heute auf morgen verschwunden. Frau Hammerschmitt war offensichtlich unversehens schwer erkrankt. Das passte alles irgendwie nicht zusammen.

Warum gab es keinen Hinweis auf diese plötzliche Erkrankung? Eine Notrufnummer am Telefon oder die des Hausarztes. So was legt man sich im Ernstfall parat. Medikamente? Davon hatte Hubertus nichts erzählt.

Nora griff zum Telefon und rief ihren Chef an.

»Hubertus, habt ihr gestern irgendwelche Medikamente bei den Hammerschmitts sichergestellt?«, fragte sie.

»Nein, hat er nicht! Warum?«

»Wenn die Frau krank war, muss sie Medikamente genommen haben.«

»Irreführende Annahme! Bei einer Notfalleinlieferung ohne Vorerkrankung trifft das nicht zu!«

»Okay, das ist plausibel, aber dann wäre Frau Hammerschmitt in eine Klinik der näheren Umgebung eingeliefert worden. Ist sie aber nicht!«

»Stimmt! Gut kombiniert!«

»Im Garten ist ein neues Beet angelegt, der Rasen ist erst vor kurzem gemäht worden, die Gartenanlage ist Tipp-Top in Schuss. Wenn deine Frau oder deine Mutter schwer erkrankt wäre, hättest du dann nichts Besseres zu tun, als dich um den Garten zu kümmern? Zusätzlich zu dem Stress mit den Papageienviechern! Merkwürdig, oder?«

»In der Tat! Das hat die Frau Hauptkommissarin anscheinend übersehen.«

»Was soll ich jetzt deiner Meinung nach machen? Sie anrufen?«

»Keine schlechte Idee.«

»Oder willst du das machen?«

»Nee, warum sollte Hubertus das tun?«

»Okay, dann rufe ich sie an. Ende!«

Nora Klein atmete tief durch und ärgerte sich. Hubertus hätte ihr das ruhig abnehmen können. Was sollte sie Katja Reinert erzählen? Dass sie ein ungutes Gefühl hatte? Sie davon überzeugen, dass sie etwas übersehen hatte? Nora würde Gefahr laufen, dass man sie auslachte, bei Hubertus wäre das was anderes, den nahm jeder ernst. Blöde Situation. Nora ging ins Haus und bat Oliver, zu ihr in den Garten zu kommen.

»Und? Bist du fündig geworden?«, fragte sie ihn.

»Nein! Nichts Außer Dreck und Gerümpel. Den Speicher können wir vergessen!«

»Oliver, ich brauche deinen Rat. Fällt dir hier etwas auf?«

»Spiel nicht den Quizmaster, um was geht es?«

Nora erklärte ihrem Kollegen, was ihr durch den Kopf ging und welche Eindrücke sie von der Situation hatte. Am Ende ihrer Ausführungen schaute sie ihn erwartungsvoll an.

»Hm! Das ist nicht von der Hand zu weisen. Warum haben die sich in ihrer schwierigen Lage so hingebungsvoll mit dem Garten beschäftigt, anstatt sich um Ordnung im Haus zu kümmern? Keine Ahnung! Was ist dort eingesät? Ziemlich viele Flatterstreifen für so ein kleines Beet.«

»Weiß ich nicht. Mit Garten und Gemüse habe ich es nicht so.«

»Lass uns nachschauen, ich tippe auf Salat.«

»Wieso ausgerechnet Salat?«

»Weil mir gerade nichts Besseres einfällt«, lachte Oliver.

»Okay, du Spezialist, dann lass uns nachschauen, ob du einen Treffer gelandet hast.«

Oliver ging voran und grub am neuen Beet mit bloßen Händen in der Erde. Im lockeren Boden kam er ohne Werkzeuge an mehreren Stellen einige Zentimeter tief ins Erdreich hinein, ohne auf Samenkörner oder Setzlinge zu stoßen.

»Hier ist nix angepflanzt«, urteilte er. »Ich habe zwar keine Ahnung von der Gärtnerei, aber … «

»Vielleicht musst du tiefer buddeln«, unterbrach Nora.

»Bin ich beim Bau oder bei der Kripo? Aber gut, dir zuliebe!«
»Soll ich den Spaten holen?«
»Nee, lass mal, das geht auch so.«
Oliver grub mit beiden Händen weiter und hielt nach einer Weile inne.
»Da ist ein weißes Zeugs untergegraben«, stellte er fest. »Was soll'n das sein?«
Er nahm von der Erde und roch daran.
»Riecht nach nix. Zement oder Gips ist es nicht und kein Mehl, eher Puderzucker. Nee, sollte ein Scherz sein.«
»Im Keller steht Löschkalk.«
»Könnte passen. Aber wozu soll das gut sein? Als Dünger? Oder, wart mal … oh Scheiße! Hol den Spaten!«
Wenige Minuten später hatten Nora und Oliver die Gewissheit, dass hier weder eingesät noch angepflanzt worden war.
»Ruf du Hubertus an!«, sagte Nora. »Ich informiere Hauptkommissarin Reinert!«
Nach dreißig Minuten trafen am Anwesen der Hammerschmitts weitere Polizisten und die Staatsanwaltschaft ein. Kurze Zeit später waren zahlreiche Schaulustige und die Presse vor Ort.
Es dauerte nicht lange, bis feststand, dass die Suche nach Isabella Hammerschmitt ein Ende gefunden hatte.

30

Katja Reinert hatte nicht damit gerechnet, dass die Anfahrt nach Leidingen so lange dauern würde. Im Gegensatz zu ihrem ehemaligen Kollegen Josch, war sie zwar einigermaßen ortskundig, aber bei den zahlreichen Baustellen und Umleitungen hatte selbst sie irgendwann den Überblick verloren und dem Navi fiel nichts Besseres mehr ein als die Aufforderung bitte wenden.

Daher war es bereits fast halb zehn, als Katja und Marius vor der Destillerie anhielten und ausstiegen. Die beiden Kollegen von der Polizeiinspektion Bous warteten bereits am vereinbarten Treffpunkt und begrüßten ihre Kollegen vom LKA.

»Hier ist es tot wie in einer Geisterstadt«, meinte der Ältere. »Seitdem wir hier sind, hat sich niemand auf der Straße blicken lassen.«

»Tja, so ist das auf dem Land«, erwiderte Marius. »Die Erwachsenen sind zur Arbeit, die Kinder in der Schule und die Großeltern sind im Haushalt oder im Garten beschäftigt.«

»Und der Rest sitzt beim Hausarzt in Saarlouis«, lachte der jüngere Beamte.

»Wart Ihr schon in der Nähe des Anwesens?«, fragte Katja Reinert.

»Nein, wir haben Order, hier zu warten, bis ihr kommt«, erklärte der Polizist. »Es ist dort vorne rechts am Ende der Straße.«

»Neutrale Straße 35 A«, ergänzte sein Kollege.

»Korrekt!«

»Ich habe hier ein Luftbild«, erklärte Marius und zeigte auf das Papier. »Einer von euch geht bitte über die Ihner Straße bis zur Biegung und postiert sich in dieser Einfahrt. Falls jemand aus dem Haus nach hinten abhauen will, schneidet er ihm oder ihr den Weg ab. Wer macht das?«

»Du!«, bestimmte der Ältere und zeigte auf den Kollegen.

»Alleine ist das aber riskant«, beschwerte der sich.

»Mach dir nicht gleich in die Hose!«, maßregelte ihn sein Partner. »Wir sind ja bei dir! Stell den Wagen in die Einfahrt und tu das, was sie dir in der Ausbildung beigebracht haben!«

»Ich gehe zu Fuß vor und sondiere in der Neutralen Straße die Lage«, erklärte Marius. »Ihr wartet hier vorne im Wagen, wenn ich euch ein Zeichen gebe, kommt ihr nach!«

»Okay!«, bestätigte Kaja Reinert. »Noch Fragen?«

Keine Reaktion.

»Dann los!«

Der junge Polizist stieg in den Wagen und fuhr los, Marius ging in Richtung der Neutralen Straße, Katja und der Bouser Kollege setzten sich in Katjas Dienstwagen und parkten an der Straßenquerung.

Marius schlenderte die Straße entlang und schaute sich unauffällig um. Beobachter hätten ihn leicht für einen Touristen halten können, fehlten nur der Rucksack und der Fotoapparat. Es dauerte eine Weile, bis er das Ende der Straße erreicht hatte, bis dahin hatte sich kein Mensch blicken lassen. Vor Haus Nummer 35 A blieb Marius stehen und beobachtete die Umgebung. In dieser Position blieb er etwa eine Minute, dann fuhr er sich durchs Haar um machte dabei das eindeutige Zeichen an die wartenden Kollegen.

Katja Reinert startete den Motor und legte den Gang ein; mit verhaltenem Tempo fuhren die beiden Beamten zum Anwesen von Claudette Roux, hielten an und schlossen nach dem Aussteigen lautlos die Autotüren. Während Marius sich seitlich über die Grünfläche zur Rückseite des Hauses begab, gingen die beiden anderen zur Haustür. Hier gab es nur eine Klingel ohne Namensschild. Als Katja den Knopf drückte, hielt der Kollege die Hand an der Dienstwaffe, jederzeit bereit, der

Hauptkommissarin zu Hilfe zu kommen, falls die Situation dies erfordern sollte.

Katja klingelte erneut; wieder keine Reaktion aus dem Inneren des Hauses. Beim nächsten Versuch läutete sie Sturm, aber das Ergebnis blieb das gleiche.

»So wird das nichts«, erklärte sie. »Wir müssen wohl ohne Einladung reingehen!«

Marius kam um die Ecke.

»Es sieht nicht so aus, als ob jemand zu Hause wäre«, erklärte er. »Kein Lebenszeichen! Hinten ist eine Kellertür mit einfachem Schloss, da kommen wir besser rein als hier vorne.«

»Verdammt, du solltest auf deinem Posten bleiben!«, antwortete Katja verärgert. »Also gut, gehen wir hinten rein. Du bleibst hier, Kollege. Keine Hektik. Marius hol den Koffer aus dem Wagen!«

Der Polizeibeamte blieb an der Haustür, während Marius und Katja zur rückwärtigen Front des Hauses gingen. Der Garten bestand aus einer abschüssigen Grasfläche, die lange nicht gemäht worden war. Eine kleine überdachte Veranda diente offensichtlich als Abstellfläche für allerlei Gerümpel, darunter Rollen von Maschendrahtzaun, ausgediente Vogelkäfige und Massen von Holzverschnitt.

»Eine Müllhalde ist nichts dagegen«, kommentierte Marius das Chaos.

»Schaffst du die Tür?«, fragte Katja.

»Kein Problem«, antwortete Marius und öffnete den Koffer.

»Wenn du damit dein Geld verdienen müsstest, würde ich mir echt Sorgen machen«, stellte Katja fest, als Marius nach einigen ergebnislosen Versuchen das Werkzeug wechselte.

»So oft mache ich das nicht«, schnarrte der zurück. »Kannst mich gerne auf Weiterbildung schicken.«

»Mach du erst einmal deinen Hauptkommissar! Hast du's bald?«

Marius hatte! Eine Minute später öffnete sich die Tür und die

beiden Kommissare zogen ihre Dienstwaffen.
Alles weitere war Routine, dutzendfach geübt und simuliert. Gegenseitiges Sichern, Umsetzen, vorsichtiges Vorarbeiten von Raum zu Raum, vor allem bedacht auf die Eigensicherung, das Sichten der Spuren und Gegenstände würde später erfolgen, wenn klar sein würde, dass die Luft rein war.
Im Untergeschoss war niemand! Jetzt die Treppe hoch; vorsichtig und wachsam. Die Tür zum oberen Stockwerk stand offen. Marius ging vor, Katja sicherte. Wenig später standen beide in der Diele. Katja ging rückwärts bis zur Haustür und drückte die Klinke. Nicht abgesperrt. Der Kollege betrat nun ebenfalls das Haus, zu dritt war es einfacher, die Türen zu den Wohnräumen zu sichern. Sie öffneten sie fast gleichzeitig und riefen durch die Türöffnungen.
»Polizei! Ist jemand zu Hause? Zeigen Sie sich mit erhobenen Händen!«
Normalerweise liegt diese Art des Eindringens in eine Wohnung im Aufgabenbereich eines SEK, aber Staatsanwältin Sommer hatte mangels verfügbarer Einsatzkräfte zugestimmt, dass das K3 dieses Mal eigenständig handeln durfte, mit der Auflage, äußerste Vorsicht walten zu lassen. Katja hatte darauf hingewiesen, dass solche Einsätze auf ihrer früheren Dienststelle in Hamburg zum Alltag gehört hatten und damit die letzten Bedenken der Staatsanwältin beseitigt.
Die Beamten riefen ihre Aufforderungen erneut in die Wohnung, und als dieses Mal keine Reaktion kam, betraten sie vorsichtig, die Waffen im Anschlag, die Räume, die über offene Durchgänge miteinander verbunden waren. Schnell war klar, dass die Wohnung sauber war.
»Bad, sauber«, rief Marius und nach und nach gaben auch die anderen Entwarnung.
»Der Vogel ist ausgeflogen«, kommentierte der Beamte aus Bous.
»Sieht ganz so aus«, antwortete Katja. »Allerdings wohl nicht

ganz stressfrei!«
Im Wohnzimmer lagen zwei umgestürzte Stühle, der Tisch war verschoben und die Hälfte der Gardinen war heruntergerissen. Auf dem Boden lag eine zerbrochene Gipsfigur, daneben waren die Bruchstücke einer Keramikvase zu sehen.
»Entweder hatte jemand einen Tobsuchtsanfall oder es gab handfesten Zoff.«
»Wenn das hier Blut ist«, sagte Katja und deutete auf einen Fleck vor dem Schrank, »dann war es mehr als das.«
Der Fleck war nicht größer als ein Bierdeckel, aber was in dem dicken Teppich weiter versickert war, konnte auf den ersten Blick nicht festgestellt werden.
»Nun kann Hubertus seinen Innendienst vergessen!«, urteilte Marius und griff zum Telefon.
»Nicht nur wegen des Flecks«, bestätigte Katja. »Hast du die Käfige und all das Zeugs im Keller gesehen? Es würde mich nicht wundern, wenn es da einige Übereinstimmungen mit den Spuren aus dem Haus der Hammerschmitts gäbe.
»Ich rufe meinen Kollegen«, beschloss der Polizeibeamte. »Der muss nicht umsonst da unten rumstehen.«
»Vor Kurzem hat hier jemand gekocht«, rief Marius aus der Küche. »Die Essensreste sind nicht vollständig eingekrustet.«
»Schau nach dem Telefon«, ordnete Katja an. »Vielleicht gibt der AB etwas her.«
»Hier gibt es kein Telefon«, antwortete Marius nach einer Weile. »Sie scheint keinen Festnetzanschluss zu haben.«
Die beiden Kommissare durchsuchten die gesamte Wohnung, ohne einen Hinweis zu finden, wo die Wohnungsinhaberin sich aufhalten könnte. Die Kleiderschränke hingen voll, der Kühlschrank war gut gefüllt, auf einem Schrank lagen zwei leere Koffer, nichts deutete auf eine länger geplante und organisierte Abreise hin.
»Da muss die Spurensicherung ran. Auf den ersten Blick scheint für uns hier nichts zu holen zu sein«, meinte Katja.

»Bis auf den Blutfleck«, intervenierte Marius.
»Falls es einer ist!«
»Darauf würde ich wetten!«
»Wahrscheinlich gewinnst du. Ich sage der Staatsanwältin und Hubertus Bescheid.«
Erst jetzt bemerkte Katja, dass sie in das französische Netz eingeloggt war. Sie wollte gerade die Anruftaste drücken, als das Telefon klingelte.
»Reinert«, meldete sie sich.
»Hier ist Nora Klein! Wir haben im Garten der Hammerschmitts eine Leiche ausgegraben. Ich möchte fast wetten, dass es sich um Isabella Hammerschmitt handelt, aber noch ist das nicht bestätigt. Die Staatsanwaltschaft ist informiert, ich will dir hiermit nur Bescheid sagen.«
»Scheiße!«, entfuhr es Katja. »Sorry! Danke, Nora! Wir haben in Leidingen bei Claudette Roux in der Wohnung vermutlich Blutspuren gefunden; kannst du jemanden von euch herschicken?«
»Das hat noch gefehlt! Wen denn? Sag mir, wie ich das machen soll! Ich kann kein Personal aus dem Hut zaubern!«
»Verstehe! Dann machen wir das anders. Wir tauschen die Einsatzorte. Sobald die Staatsanwältin bei euch eingetroffen ist, kommt ihr mit K4 hierher. Ich komme dann rüber nach Furpach.« Katja gab ihr die Adresse und die Anfahrtsroute durch. »Die Kollegen aus Bous warten hier auf euch. Uns interessiert vorrangig dieser Fleck, die Kollegen werden euch einweisen. Das ganze Programm bitte!«
»Ich hoffe, ihr habt nicht schon alles zertrampelt.«
»Keine Sorge. Ich komme rüber und übernehme die weiteren Ermittlungen. Ist Hubertus auf dem Weg zu euch?«
»Er müsste jeden Augenblick eintreffen.«
»Ist Staatsanwältin Sommer bei euch?«
»Ja, gerade angekommen.«
»Gib sie mir bitte ans Telefon, es ist wichtig!«

Es dauerte eine Weile, bis die Staatsanwältin sich meldete.
»Sommer!«
»Hallo Daniela. Ich habe gerade von dem Fund der Leiche erfahren und mache mich umgehend auf den Weg zu euch. Marius bleibt hier und ermittelt weiter. Kurzinfo: Claudette Roux hat hier in Leidingen keinen Festnetzanschluss; da wir davon ausgehen können, dass sie mit Lazarus telefonischen Kontakt aufgenommen hatte, könnte sie eventuell über ihr Mobiltelefon bei ihm angerufen haben. Wenn wir ihre Nummer haben, können wir sie vielleicht über kurz oder lang per Ortung ausfindig machen, oder wüssten zumindest, bei welchem Provider wir nachforschen müssen. Nehmt euch den Telefonanschluss der Hammerschmitts zur Brust! Analysiert alle Anrufe und Nummern! Mit ein bisschen Glück kommen wir Claudette Roux auf die Spur, und das wäre wirklich äußerst wichtig! Hier in Leidingen scheint der Vogel ausgeflogen zu sein, aber im Haus gibt es Blutspuren. Das ist zwar nicht gesichert, aber ich bin fest überzeugt.«
»Kein Problem, ich kümmere mich drum. Hat das mit der Unterstützung aus Bous funktioniert?«
»Ja, hat es!«
»Super! Ich weiß allerdings nicht, ob ich da bin, wenn du hier ankommst. Ich habe Gerichtstermine.«
»Okay, wir halten Kontakt. Bis dann! Ende!«
»Was ist los?«, fragte Marius neugierig, als Katja das Gespräch beendet hatte.
»Nichts Besonderes«, seufzte Katja. »Bis auf die Tatsache, dass im Garten der Hammerschmitts eine weibliche Leiche verbandelt wurde.«
»Ach du Scheiße! Nee, oder?«
»Nora ist der Auffassung, dass es sich um Isabella Hammerschmitt handelt. Abwarten! Nora kennt vermutlich ihr Passfoto nicht, von daher ist es nicht sicher.«
»Wer soll das denn sonst sein?«, fragte Marius flapsig.

»Claudette Roux, zum Beispiel.«
»Zwei Tote! Langsam wird es happig! Das haben wir nicht mehr im Griff, Katja!«
»Doch! Wir tauschen! Ich fahre nach Furpach, du bleibst hier! Die Bouser Kollegen unterstützen dich. Nora kommt hierher und übernimmt die Spurensicherung. Ich kümmere mich um die Tote und die Ermittlungen.«
»Gut! Ich werde versuchen, Kontakte zu den Nachbarn aufzunehmen. Wir müssen wissen, wann die Roux zum letzten Mal hier war und mit wem sie Kontakt hatte.«
»Mach das! Falls die Roux hier wider Erwarten auftauchen sollte, nimmst du sie vorläufig fest! Ich nehme das auf meine Kappe, notfalls ohne Beschluss!«
»Das hätte ich auch ohne deine Anweisung getan.«
Katja Reinert verabschiedete sich von den Kollegen und machte sich auf den Weg. Als sie davonfuhr, bemerkte sie nicht, dass sie vom Ende der Straße aus durch einen Feldstecher beobachtet wurde.

31

Oberkommissar Marius Sorg telefonierte mit dem Kriminaldauerdienst, in der Hoffnung, dass der zusätzliches Personal zur Verfügung stellen würde, aber dieses Ansinnen zerschlug sich schnell; alle Kräfte waren im Einsatz, weil in Saarbrücken im Bereich des organisierten Verbrechens einiges los war und zudem mehrere illegale Flüchtlinge auf einigen Autobahnraststätten aufgegriffen worden waren – kurzum: derzeit war die Hölle los.

»Kollegen, wir sind auf uns alleine gestellt«, sagte Marius zu den Bouser Beamten. »Wir sichern und warten, bis die Spurenermittlung eintrifft. Während ihr hier die Stellung haltet, schaue ich mich im Ort um und versuche, Informationen zu sammeln.«

Die Männer nickten und baten Marius, etwas zum Essen und Trinken zu besorgen, falls es dazu im Dorf eine Gelegenheit gäbe.

Marius ging die Straße hinunter, schaute sich um und klingelte bei den Nachbarn, aber weder auf der französischen noch auf der deutschen Seite wurde eine Tür geöffnet. Entweder war tatsächlich niemand zu Hause oder die Anwohner wollten partout nicht mit ihm reden.

In einem Haus lag ein alter Mann am Fenster. Als Marius ihn ansprach, reagierte er nicht, deshalb ging Marius näher ran und versuchte es erneut. Der Alte zeigte keinerlei Reaktion. Nach der dritten erfolglosen Ansprache wurde Marius klar, dass der Greis in seiner eignen Welt lebte, und anscheinend überhaupt nicht mitbekam, was um ihn herum geschah. Marius grüßte freundlich zum Abschied und ging weiter.

»Kann ich ihnen weiter ’elfen?«
Die freundliche Stimme kam aus einer Einfahrt auf der französischen Seite.
»Landeskriminalamt Saarbrücken, mein Name ist Marius Sorg. Ich bin auf der Suche nach Claudette Roux!«
»Oh, Claudette! Non, je ne sais, wo sie ist. Sind Sie eine Kollege von Schoachim?«
»Von wem, bitte?«
»Schoachim! Er ist da gewesen vor ein Woch und ’at gefragt nach Claudette.«
»Ah, Sie meinen Josch! Joachim Schaum! Nein, der ist im Ruhestand; er arbeitet nicht mehr für das LKA. Wie kommen Sie darauf, dass wir uns kennen?«
»Alors! Wenn inner’alb einer Woch zwei Person sich erkündigen nach Claudette, sollten sie sich kennen. Sie lebt normalement … zurückgezogen.«
»Aha! Wann haben Sie Frau Roux zum letzten Mal gesehen, Herr … «
»Lemal. Barthélémy Lemal.«
»Ah ja! Sie sind hier der Ortsvorsteher!«
»So ungefähr! Ist das eine polizeiliche Ermittlung, Monsieur Sorg?«
»Kann man so sagen.«
»Dann ist das ein Problem meines deutschen Kollegen, Wolfgang Schmitt. Ich möchte mich nicht in seine Belange einmischen.«
»Das kann ich gut verstehen, aber von welcher Seite ich die Informationen bekomme, ist mir im Prinzip egal. Wir sind in Europa!«
»Ein Moment«, entgegnete Lemal. »Gehen wir auf die deutsche Seite, sonst können Sie am Ende meine Aussage womöglich gar nicht verwerten.«
»Wollen Sie mich auf den Arm nehmen?«
»Keineswegs, Monsieur. Glauben Sie mir, die Bürokratie hat

hier manchmal ihre eigenen Gesetze.«

»Da haben Sie allerdings Recht«, antwortete Marius und ging zur Straßenmitte, wohin Lemal im folgt. »Sind wir jetzt auf der richtigen Seite?«

»Claudette war letzten Donnerstag 'ier!«, erklärte Lemal. »Ich 'abe ihren Wagen gesehen. Mais, sie war nicht alleine, das 'at mich verwundert.«

»Wer war bei ihr?«

»Philippe!«

»Ihr Bruder?«, hakte Marius überrascht nach.

»Non! C'est … man sagt, sie sagt, dass sei ihr Cousin!«

»Der Cousin! Auch gut! Haben Sie mit den beiden gesprochen?«

»Non, non; die spricht mit niemand!«

Lemal erzählt, dass die beiden durch den Ort gefahren, vor dem Haus ausgestiegen und hineingegangen seien, ohne zu grüßen oder gar mit jemandem zu sprechen. Das Auto habe bis zum nächsten Tag dort gestanden und sei irgendwann verschwunden gewesen, ohne dass jemand mitbekommen habe, wann sie wieder abgereist seien.

»Wieso waren Sie überrascht, dass Philippe dabei war?«, fragte Marius. »Da Sie ihn wiedererkannt haben, muss er schon öfter hier gewesen sein.«

»Oh, er war schon lange nicht mehr in Leiding. Es wundert mich, dass er überhaupt wieder aufgetaucht ist.«

»Wieso?«

Lemal deutete an, dass Claudette und Philippe im Ort keine unbeschriebenen Blätter sind. Dass sie früher einmal mit dem Gesetz in Konflikt geraten seien, was alleine allerdings nicht zu den Problemen mit den Nachbarn geführt habe. Weitere Details gab Lemal nicht preis, auch nicht, als Marius mehrfach nachhakte.

»Das ge'ört nicht 'ier'er und es ist vorbei. Wir reden nicht mehr davon und damit ist alles gesagt.«

»Gibt es weitere Zeugen?«
»Wofür?«
»Dass die beiden hier waren.«
»Einige 'aben sie gesehen, niemand hat mit ihnen gesprochen, keiner 'at gesehen, wie sie gefahren sind.«
»Sind Sie da sicher?«
»Ja, das 'ätte sonst die Runde gemacht. Wir sind ein kleines Dorf, das dürfen Sie nicht vergessen.«
»Gab es in letzter Zeit weitere Besuche? Was arbeitet Claudette Roux? Kennen Sie Freunde, Bekannte, verwandte?«
»Nein! Und was sie jetzt tut, weiß ich nicht.«
»Es heißt, dass sie mit Tieren handelt.«
»Früher, ja. Sie kommt und geht. Zu unregelmäßigen Zeiten.«
»Ich hätte gerne die Nachbarn befragt, aber es ist niemand zu Hause. Können Sie mir deren Namen nennen, es gibt keine Schilder an den Türen.«
»Non, das mache ich nicht. Geben Sie mir ihre Karte, ich sage dann Bescheid, dass sie Sie anrufen sollen.«
»Okay. Wir werden eine Weile hierbleiben.«
»Bon, wenn Sie mich suchen, ich bin vorne in der Destillerie.«
»Erst mal danke für die Auskunft, Herr Lemal. Eventuell komme ich später auf Sie zurück.«
Marius Sorg nahm sein Telefon aus der Jackentasche und rief Hauptkommissarin Reinert an.
»Ich bin's, Marius. Bist du schon bei den Hammerschmitts?«
»Nein, ich stehe vor Neunkirchen im Stau. Was gibt's?«
»Claudette Roux war letzten Donnerstag und wahrscheinlich am Freitag hier. Zusammen mit Philippe Roux, der allerdings weder Bruder noch Ehemann, sondern ihr Cousin sein soll. Es gab keine Kontakte und plötzlich waren sie wieder weg.«
»Immerhin ein Lebenszeichen von der Dame.«
»Wenn Philippe Roux der Cousin ist, kann Claudette nie verheiratet gewesen sein, sonst hätten sie nicht den gleichen Namen«, ergänzte Marius.

»Und Claudettes Vater muss einen Bruder haben, sonst funktioniert das mit der Namensgleichheit nicht«, erwiderte Katja Reinert.

»Hilft uns das im Augenblick?«

»Nein, nicht wirklich, aber das wird sich ändern, wenn wir uns intensiv mit der Familie Roux beschäftigen.«

»Das mit dem Onkel und dem Bruder muss ich mir erst noch mal durch den Kopf gehen lassen; klingt kompliziert.«

»Skizziere es auf, dann kommst du dahinter.«

»Wer kümmert sich um den Roux-Clan?«

»Frag mich was Leichteres! Wie wäre es mit dir?«

»Was soll ich noch alles machen?«

»Nenn mir eine Alternative!«

Schweigen.

»Roux klingt Französisch oder Belgisch«, fuhr Katja fort. »Versuch vor Ort etwas über ihre Herkunft herauszubekommen. Vielleicht kann Inge Manderscheid dann tiefer in die Materie einsteigen.«

»Ich tue, was ich kann. Hat Inge sich wegen der Ermittlungsakte schon gemeldet?«

»Nein, noch nicht, ich rufe sie später an. Wenn alles gut geht, sehen wir uns heute Nachmittag zwischen vier und fünf zur Lagebesprechung im Präsidium. Schau zu, dass du das schaffst!«

»Ich habe nicht vor, hier Wurzeln zu schlagen. Bis dann!«

Marius Sorg schüttelte den Kopf. Die Arbeit nahm kein Ende; auf eine Antwort kamen zwei neue Fragen. Kein Personal, zum Kotzen! Wie oft hatte er sich in letzter Zeit die Frage gestellt, warum er diesen Scheiß-Beruf gewählt hatte. Die Antwort hatte Josch seinerzeit treffend formuliert.

»Wenn du dich das fragst, ist es bereits zu spät. Du hast nun mal diesen Job und dann lässt er dich einfach nicht mehr los. Du hoffst, dass du dich irgendwann dran gewöhnen wirst, aber dieser Zeitpunkt kommt nie, und daher machst du weiter. So-

lange du so denkst, bist du ein guter Ermittler; die Schlechten steigen gleich am Anfang aus.«
Josch!
Marius hatte versprochen, ihn auf dem Laufenden zu halten und er würde seinem ehemaligen Chef diesen Gefallen tun. Vielleicht könnte der sich im Gegenzug nützlich machen und den Familienstamm der Roux' näher beleuchten.

32

Hätte ich im Entferntesten geahnt, was für eine Sauerei beim Reinigen eines Outdoor-Gasgrills entsteht, hätte ich die Finger mit Sicherheit davon gelassen.
Das Übel nahm seinen Lauf, weil ich glaubte, mit einem Schwamm und ein wenig Seifenlauge die Angelegenheit über die Bühne bringen zu können, aber das war eine blauäugige Fehleinschätzung der Situation gewesen.
Zwei Packungen Stahlwolle und drei Eimer Wasser haben mich der Lösung des Problems zwar näher gebracht, dabei jedoch auf der Veranda eine schleimige Schicht hinterlassen, die ausgelegten Zeitungen durchtränkt und somit zum Bestandteil der Sauerei gemacht. Statt auf dem Grill klebt die fettige Masse jetzt auf den Fliesen und macht jeden Schritt zum halsbrecherischen Wagnis. Weiß der Teufel, was mich da geritten hat, ich muss fernab jeder Logik gewesen sein, mich auf dieses Unterfangen einzulassen. Die Löcher der Gasaustrittsleisten habe ich zwar in filigraner Kleinarbeit mit einer Stecknadel gereinigt, aber jetzt liegt der Grill in Einzelteilen vor mir und verrät mir nicht, wie sich das Puzzle wieder zu einer Einheit zusammensetzen lässt.
Die Gebrauchsanleitung ist nirgendwo auffindbar und wurde wahrscheinlich unmittelbar nach dem Jungferngrillen entsorgt. Die Abdeckplatten müssen über die Düsen, weil die Konstruktion sonst keinen Sinn macht, aber die Aussparungen sagen mir, dass es eigentlich umgekehrt sein müsste. Welche Logik stimmt jetzt?
Blöd ist vor allem, dass der Grill schief steht, weil mir bei der Demontage eine der Schrauben abhandengekommen ist;

höchstwahrscheinlich liegt die jetzt irgendwo im Gras und hofft, dass ich das Luder vor dem Ende der Grillsaison nicht mehr finden werden. Meine Geduld ist fast am Ende!
Im Keller finde ich eine Ersatzschraube, die ist zwar zu lang, aber wenigstens ist das Rad einigermaßen fixiert, wenngleich es wackelt – Hauptsache, der Grill steht einigermaßen gerade.
Nächstes Problem: Wenn die Flammen in Richtung Grillrost zeigen sollen, müssten die Schienen des Flammenauswurfes mit den Austrittsdüsen eigentlich nach oben zeigen. Tun sie aber nicht! Falsch rum montiert. Joachim, du musst die Nerven behalten! Wenn du das nicht hinbekommst, machst du dich zum Gespött der ganzen Siedlung, also konzentrier dich!
Das gelingt nicht, weil mir die Teile immer wieder durch die fettigen Finger gleiten. Noch mal! Der nächste Versuch ist beinahe von Erfolg gekrönt, als mein Telefon klingelt; sag einer, wie ich mich da konzentrieren soll? Wahrscheinlich ist es Marion, die wissen will, ob ich klarkomme oder ob sie sie Ersatzteile oder einen Monteur organisieren soll.
»Kein Problem«, erkläre ich, ohne auf das Display zu schauen. »Wenn ich gleich fertig bin, läuft der Grill, besser als je zuvor!«
»Das freut mich für dich«, entgegnet die andere Seite und ich merke gleich, dass das Marion nicht sein kann. »Wer spricht? Wer stört?«, frage ich genervt.
»Marius! Ich komme wohl ungelegen?«
»Ach du! Ich habe deine Stimme nicht gleich erkannt. Nein, du störst nicht, ich stehe nur gerade in einem Wust von Dreck und versuche, diesen Scheiß Grill wieder zusammen zu bauen.«
»Oje! Bei deinem Mangel an Geduld und technischem Verständnis ist das eine Herausforderung. Bei deiner eher für den Stahlbau ausgeprägten Feinmotorik ist das wirklich tragisch!«
»Rufst du mich an, um mich zu verarschen oder was ist los? Mein lieber Marius, wenn du mir beim nächsten Mal über den Weg läufst, zieh ich dir die Hammelbeine lang!«
»Beruhige dich, sonst bekommst du den Grill nie zusammen!«

»Was willst du? Gibt's Neuigkeiten?«
»Ja, die gibt es, aber versprich mir, dass du dichthältst!«
»Logisch! Nun mach schon!«
»Im Garten der Hammerschmitts wurde eine Frauenleiche gefunden, möglicherweise Isabella Hammerschmitt; es könnte sich auch um Claudette Roux handeln.«
»Alter, Haarfarbe ... da kann man eigentlich nicht unsicher sein. Außerdem ist die Hammerschmitt vor der Roux verschwunden ...«
»In ein, zwei Stunden wissen wir mehr.«
»Danke für die Info!«
»Das ist nicht alles!«
»Ich höre!«
»Erinnerst du dich an diesen Philippe Roux?«
»Klar! Was ist mit dem?«
»Er ist der Cousin von Claudette.«
»Aha! Und weiter?«
»Er war kurz nach deinem Besuch mit Claudette hier.«
»Im Präsidium?«
»Quatsch! In Leidingen!«
»Du bist also in Leidingen?«
»Genau!«
»Warum hast du mir nicht Bescheid gesagt, ich wäre mitgefahren und hätte dir den Weg gezeigt. Stattdessen hänge ich an diesem blöden Grill rum.«
»Du hättest mir den Weg gezeigt? Über Timbuktu und die Jungferninseln? Nee, das ging auch so, aber ich könnte trotzdem deine Unterstützung gebrauchen.«
»Klar! Ich kann sofort kommen, der Grill läuft mir nicht weg!«
»Nein, bleib, wo du bist! Wir haben nichts über die Herkunft von Claudette und Philippe Roux in den Akten. Dieser Lemal, du weißt der vom französischen Teil in Leidingen hält sich ziemlich bedeckt ...«
»Du hast mit ihm gesprochen?«

»Ja, gerade eben! Der Mann ist nicht gerade eine Plaudertasche; vielleicht ist er dir gegenüber offener. Wir müssen mehr über die Familie Roux wissen. Wenn wir einen Ansatzpunkt haben, kann Inge Manderscheid einsteigen und in die Tiefe gehen. Falls Lemal nichts weiß, kennt er vielleicht jemanden, der uns weiterhelfen kann. Auf der französischen Seite kommen wir offiziell vorerst sowieso nicht weiter.«
»Ich kann es versuchen, aber was sagt dir, dass er mir gegenüber aufgeschlossener ist? Mir hat er nicht sonderlich viel erzählt; lebendig wird der nur, wenn es um die Geschichte seines Örtchens geht.«
»Mein Bauchgefühl sagt mir, dass er mit dir ganz gut kann, jedenfalls ist es einen Versuch wert. Die Hoffnung stirbt zum Schluss.«
»Dein Standardspruch! Okay, ich kümmere mich drum.«
»Super! Und Josch: Das ist eine Sache zwischen dir und mir! Wenn jemand rauskriegt, dass ich dich um Hilfe gebeten habe, reißen die mir den Arsch auf! Meldung bitte nur an mich!«
»Auch nicht an Inge?«
»Auch nicht an Inge!«
»Mein Gott! Ich arbeite undercover fürs LKA wegen eines Familiennamens; wie tief sind wir gesunken!«
»Du kannst nein sagen, dann vergessen wir dieses Gespräch.«
»Vergiss es!«
»Schade, damit habe ich jetzt nicht gerechnet.«
»Mann, doch nicht dieses Gespräch! Selbstverständlich werde ich aktiv! Und jetzt halt mich nicht länger auf!«
»Warte aber bitte nicht, bis du den Grill wieder zusammen hast, sonst ist die Sippe bis dahin ausgestorben!«
»Ich hab dich auch lieb! Ich melde mich! Ausschließlich bei dir!«
Einerseits ist dieser Hilferuf ein Armutszeugnis für das LKA; der Personalnotstand muss katastrophal sein. Anderseits ist das für mich die einmalige Gelegenheit, die unliebsame Arbeit an

diesem bescheuerten Grill zu beenden. Mit gut Glück wird sich in der Nachbarschaft eine mitleidige Seele finden, die das Ding wieder zusammenflickt. Den Dreck auf den Fliesen muss ich allerdings beseitigen, sonst steigt mir die Dame des Hauses aufs Dach. Das kann ich nicht riskieren, aber zuvor muss ich Kontakt zu Barthélémy Lemal aufnehmen.

Erst mal die fettigen Finger schrubben; auf die Idee hätte ich früher kommen sollen, das Handy trägt bereits einen schmierigen Film. Es dauert eine Weile, bis ich Lemals Nummer herausgefiltert habe, aber dann habe ich ihn gleich am Apparat.

»Bonjour Monsieur Lemal, hier spricht Joachim Schaum, ich hoffe, Sie erinnern sich. Wir hatte vorige Woche das Vergnügen.«

»Schoachim, natürlich erinnere ich mich. Ihre Kollege ist ’ier. Er sucht Madame Roux!«

»Genau! Haben Sie einen Moment Zeit für mich?«

Er hat! Gott sei Dank!

Lemal hält sich mir gegenüber zunächst ziemlich bedeckt, was die persönliche Einschätzung von Claudette und Philippe Roux angeht, aber er gibt bereitwillig Auskunft über den Zeitpunkt und die Umstände des ersten Auftauchens der beiden in Leidingen.

Claudette war vor einigen Jahren zunächst alleine im Ort auf der Bildfläche erschienen, als durch einen Sterbefall das Anwesen in der Neutralen Straße zum Verkauf angeboten worden war. Die geldgierigen, im Ort unbekannten Erben hatten keinen Makler eingeschaltet, weil sie Geld sparen wollten, so weit so gut. Claudette hatte Interesse gezeigt, die Hälfte der Kaufsumme sofort bezahlt und war gleich darauf eingezogen. Mit der zweiten Hälfte hatte sie sich offenbar viel Zeit gelassen, was dazu geführt hatte, dass die Erben, Anwälte und andere Personen permanent vor dem Anwesen auftauchten und Krach schlugen, was den Anliegern des beschaulichen Dorfes gehörig auf den Wecker ging. Die Leidinger mochten alles, nur keine

Unruhe in ihrem Ort.
Doch damit nicht genug! Kurze Zeit später stand Philippe Roux auf der Matte. Dass der offensichtlich ein Drogenproblem aber keinen Job hatte, erzählt mir Lemal zwar nicht explizit, aber es fällt mir nicht schwer, das zwischen den Sätzen herauszuhören. Das jedoch war nicht alles!
Irgendwann hatte Roux im Drogenrausch eine junge Frau belästigt, weshalb die ihn anzeigen wollte. Außer ein paar unflätigen Worten war nichts passiert, weshalb die Polizei die Sache nicht weiter verfolgte, aber stattdessen hatte Claudette ihren Cousin offensichtlich aus dem Haus gejagt und seitdem ward er nicht mehr gesehen, bis eben vor ein paar Tagen.
»Tja«, schloss Lemal. »Jetzt wissen Sie, warum der 'ier nicht gerne gese'en ist.«
»Verstehe! Aber warum diese Aversion gegen Claudette? Ich meine, sie hat den Störenfried aus dem Haus gejagt und das war eigentlich in eurem Sinne.«
Lemal überlegt, was er preisgeben soll; Sekunden lang kommt keine Antwort.
»Wissen Sie, manche Menschen können sich in eine Gemeinschaft eben nicht einfügen.«
Ich frage nach und versuche, mehr aus ihm herauszuholen, aber Lemal bleibt weiterhin verschlossen.
»Wie war das, als die Polizei wegen des illegalen Tierhandels auftauchte?«, frage ich schließlich. »War das der Tropfen, der das Fass zum Überlaufen brachte?«
»Non, non! Nicht die Sache an sich! Aber wir 'aben uns beina'e 'inreißen lassen!«
Als ich weiter bohre, erklärt Lemal, dass es zwischen Deutschen und Franzosen damals zu Spannungen gekommen sei. Die Deutschen hatten argumentiert, dass Claudette wohl französischer Abstimmung sei und die Franzosen hatten darauf hingewiesen, dass sie auf der deutschen Seite wohne. Daran sei ein Streit entbrannt, der beinahe das Dorf entzweit habe.

»Und was stimmt jetzt?«, frage ich. »Welcher Nationalität gehört sie an?«

»Eine Deitsche mit französischen Wurzeln. Das Dorf hat sich seiner Vergangen'eit erinnert und die Krise überwunden.«

»Mein Gott, ihr seid Europa im Kleinen!«, interveniere ich. »Das muss einfach funktionieren!«

»Das stimmt zwar, aber so einfach ist es nicht! Wir sind uns nicht nur auf dem Papier einig, davon ist Europe weit entfernt.«

»Mag sein, dass Sie Recht haben! Ich habe viel Respekt vor eurer Gemeinschaft, aber im Augenblick bringt mich das alles nicht viel weiter. Ich muss unbedingt wissen, wo Philippe Roux oder weitere Verwandte von Claudette oder am besten sie selbst zu finden sind. Gibt es Eltern, Großeltern, Geschwister? Wo ist sie geboren? Und so weiter! Ohne das komme ich mit meinen Ermittlungen nicht vom Fleck!«

»Ihre Ermittlungen? Ihr Kollege 'at gesagt, Sie sind im Ru'estand!«

»Stimmt auch! Ich unterstütze ihn nur vorübergehend, weil die … na ja, egal.«

»Oh, non, das ist es nicht!«

»Auch das stimmt! Aber das sollte uns nicht daran hindern, auf einen Nenner zu kommen!«

»Das Problem ist, dass ich Ihnen keine Informationen geben kann, weil ich keine 'abe, Schoachim!«

»Können Sie sich nicht mal unverbindlich auf der Präfektur erkundigen?«

»Mon dieu, was 'aben Sie für eine Vorstellung von der Bürokratie française? Das ist schlimmer als bei Euch! Pas de chance!«

»Über die Kirche?«

»Die ist gemacht für die Ewischkeit und so ver'ält sie sich auch.«

»Was soll ich tun? Es gibt bereits zwei … «

Upps, jetzt hätte ich mich beinahe verraten!
»… triftige Gründe, sie zu vernehmen; oder ihren Cousin!«
»Was ist mit Europol?«
»Dauert zu lange!«
»Wenn Claudette französische Elternteile ’at, könnte ich mit deren Namen und dem Geburtsort eventuell über die Präfektür etwas versuchen. Mais, sans Garantie!«
»Habe ich nicht! Noch nicht! Das LKA ist am Recherchieren!«
»Ich verstehe Ihr Problem nicht! Über das Meldeamt bekommen Sie ihre Geburtsdaten und dann ’aben Sie, was Sie brauchen.«
»Das stimmt, aber es fehlt uns im Moment an Personal.«
»Le chat mort sa bite«, seufzt Lemal deutlich hörbar. »Der Katze beißt sich in die Schwanz!«
»Genau so!«
»Ich werde sehen, was ich für Sie tun kann! Rufen Sie mich an, falls Sie etwas wissen!«
»Womöglich treffen wir uns dann in der Destillerie auf einen Schnaps«, lache ich. »Diesmal zahle ich!«
»Was meinen Sie, wo ich gerade sitze?«, lacht Lemal zurück und verabschiedet sich.
Ich bin überzeugt, dass Lemal mir helfen wird, aber er braucht Grundinformationen! Die ich nicht habe, und das ist unser Problem! Die Kollegen vom LKA haben mir berichtet, dass sie die Handakte von damals besorgen wollen; vielleicht sind sie mittlerweile soweit. Und die Auskunft beim Einwohnermeldeamt steht aus. Könnte das nicht dieser deutsche Ortsvorsteher beschleunigen?
Kein Personal! Deswegen hat Marius mich kontaktiert, aber ohne diese Recherchen komme ich nicht weiter, und Barthélémy Lemal hat mit seiner Katze völlig Recht!
Herrgott noch mal, wie viele Schwänze hat dieses blöde Vieh eigentlich? Ich werde mir etwas einfallen lassen müssen!

33

»Wer auch immer das sein mag, diese Madame Roux ist es jedenfalls nicht«, sagte Staatsanwältin Sommer zu Katja Reinert, die von Polizeibeamten zum Fundort der Leiche begleitet worden war. »Zu alt, wenn man den Aussagen der Nachbarn Glauben schenken kann.«

»Wie lange liegt sie schon hier?«, fragte die Hauptkommissarin.

»Nach erster Einschätzung höchstens vier Wochen. Der Plastiksack, in den man sie gepackt hat, lässt eine verlässliche Datierung allerdings erst nach eingehenden Untersuchung zu.«

»Wann wurde Isabella Hammerschmitt noch mal zum letzten Mal gesehen?«

»Vor vier oder fünf Wochen, da sind sich die Zeugen nicht einig.«

»Hm, würde passen! Todesursächlich?«

»Am Hinterkopf hat sie eine klaffende Wunde. Möglicherweise von einem Schlag mit einem dumpfen Gegenstand, könnte auch von einem Sturz herrühren. Genaueres wird die Obduktion ergeben.«

»Man muss kein Hellseher sein, um den Hergang zu rekonstruieren«, meine Katja Reinert. »Würde mich wundern, wenn die Blutspuren im Keller von einer anderen Person stammen. Sie wurde dort getötet, wie auch immer, hierher geschleift und verbuddelt. Fragt sich, von wem die männliche Blutspur im Wohnzimmer stammt. Lazarus können wir ausschließen; bleiben nach meiner Vermutung der Ehemann oder Philippe Roux. Letzterer war im Übrigen vor ein paar Tagen mit seiner Cousine Claudette Roux in Leidingen unterwegs.«

Katja Reinert informierte die Staatsanwältin von den Neuigkeiten, die Marius Sorg durchgegeben hatte und schilderte, was sie in Claudettes Wohnung vorgefunden hatten.
»Aus meiner Sicht gehört Philippe Roux zum näheren Täterkreis«, schloss sie ihren Vortrag. »Zusammen mit seiner Cousine. Irgendwie war Lazarus beteiligt, sonst hätte er nicht behauptet, dass seine Mutter krank ist.«
»Ich teile deine Vermutung zwar, aber es könnte auch der große unbekannte Dritte sein.«
»Sicher! Es ist nur eine Theorie. Für den Ehemann spricht, dass er untergetaucht ist. Wenn das Blut im Wohnzimmer allerdings von ihm ist, stoßen wir demnächst vielleicht auf eine weitere Leiche.«
»Hier ist er jedenfalls nicht. Die Hunde haben keine weitere Leiche lokalisiert, und wenn er irgendwo einbetoniert wäre, hätten die Kollegen das bemerkt.«
»Vielleicht wurde er sonst wo entsorgt.«
»Entsorgt!«, entrüstete sich die Staatsanwältin. »Wie sich das anhört! Aber im Prinzip hast du Recht! Mit der hier haben sie es nicht anders gemacht.«
»Die? Du gehst also von mehreren Tatbeteiligten aus!«
»Nicht zwingend, aber es spricht aus meiner Sicht einiges dafür. Das Anlegen des Grabes, die Tarnung, die Leiche verpacken, hierher schleifen … scheint mir ein bisschen viel für eine einzelne Person. Hinzu kommt, dass Paul Hammerschmitt laut Zeugenaussagen ein alter, kranker Mann ist; falls er beteiligt war, hätte er es alleine nicht geschafft. Ebenso wenig wie Claudette Roux, denn diese Leiche hier gehört zu einer Frau, die mindestens 70 Kilo gewogen hat … «
»Kann man so sehen! Gibt es eigentlich neue Erkenntnisse über die Spuren von der Burg?«
»Nein, nichts Neues! Wir werden allerdings ab sofort die Fahndung nach Claudette und Philippe Roux sowie nach Paul Hammerschmitt verschärfen. Ab heute Abend über die Rund-

funkmedien; wir haben jetzt eine völlig neue Situation!«
»Zu blöd, dass wir kein Foto von Philippe Roux haben; das würde uns enorm weiterhelfen.«
»Stimmt! Wir haben nicht einmal ein Phantombild.«
»Inge hat sich nicht gemeldet. Hoffentlich ist in der Handakte ein brauchbares Bild.«
»Oder in der Leidinger Wohnung«, spekulierte Daniela Sommer. »Da setze ich, ehrlich gesagt, mehr drauf, als auf diese Akte.«
»Ich rufe Inge an; hoffentlich gab es im Archiv keine Probleme.«
»Du solltest wieder nach Leidingen fahren«, schlug die Staatsanwältin vor. »Ich will dir zwar nicht reinreden, aber hier kannst du im Augenblick nix tun.«
»Nee, Marius schafft das alleine. Wie lange bleibst du hier?«
»Ha, ich müsste eigentlich längst weg sein.«
»Gut, dann bleibe ich hier. Falls Inge ein Problem hat, könntest du sie bitte unterstützen.«
»Später gerne, aber erst muss ich zum Gericht.«
»Ich melde mich, wenn es Neuigkeiten gibt.«
»Wahrscheinlich wird der Oberstaatsanwalt eine Presseerklärung abgeben; ich kümmere mich drum.«
Nachdem sie die Leiche zum Abtransport freigegeben hatte, verabschiedete sich die Staatsanwältin. Hauptkommissarin Reinert versuchte zwischenzeitlich, Inge Manderscheid zu erreichen, aber es dauerte eine Weile, bis sie sie endlich an der Strippe hatte.
»Wo steckst du denn die ganze Zeit? Hast du die Akte?«
»Ja, aber die waren so was von zäh! Eben war ich auf dem Klo, wird hoffentlich erlaubt sein, trotz all dem Stress!«
»Schon gut! Inge, ich kann jetzt nicht ins Detail gehen, aber wir brauchen so schnell wie möglich Informationen über Claudette und Philippe Roux! Hast du die Akte durch?«
»Nicht komplett, aber in einem Protokoll ist er erwähnt. Ge-

boren in Nancy am … warte … 17.11.1985.«
»Mehr steht da nicht drin?«
»Jedenfalls nicht zu seiner Person.«
»Welcher Idiot hat denn diese Akte geführt? Na ja, dann eben nicht! Was hast du zu Claudette?«
»Da wird auf ein Erfassungsformular verwiesen, aber das ist in der Akte nicht beigefügt.«
»Mann, welcher Arsch hat … «
»Steht nicht drin, ist auch nicht unterschrieben.«
»Schöne Scheiße! Versuch es weiter über das Einwohnermeldeamt. Wenn sie sich querstellen, verweist du auf die Staatsanwaltschaft, Daniela weiß Bescheid. Wir sehen uns später. Ende!«

***

»Ja, Claudette Roux, Leidingen, Neutrale Straße 35A.«
…
»Mein Name ist Schaum, ehemals Hauptkommissar beim LKA, ich unterstütze die Ermittlungen; es ist ein Notfall.«
…
»Kann ich verstehen, aber ich wiederhole: Es ist ein Notfall!«
…
»Ich weiß, was Datenschutz bedeutet.«
…
»Das dauert zu lange, wir reichen die staatsanwaltliche Anordnung nach.«
…
»Wer kann das entscheiden?«
…
»Dann geben Sie mir seinen Stellvertreter!«
…
»Dann fragen Sie bitte bei Ihrem Bürgermeister nach oder jemanden, der das entscheiden kann, aber schnell, es eilt!«

…
»Okay, ich setze mich ins Auto und bin in einer halben Stunde bei Ihnen.«
…
»Das ist mir egal! Bis später!«

***

»Guten Tag, mein Name ist Inge Manderscheid vom LKA Saarbrücken. Es geht um eine Meldeadresse. Claudette Roux, Leidingen, Neutrale Straße 35A.«
…
»Wie, da hat schon jemand nachgefragt? Wer?«
…
»Verstehe! Datenschutz!«

***

Als Katja Reinert die Telefonnummer von Inge Manderscheid im Display erkannte, stieg ihre Hoffnung, dass Claudette Roux nicht weiter die große Unbekannte bleiben würde.
»Hallo Inge! Was hast du herausgefunden?«
»Nichts! Die berufen sich auf den Datenschutz. Außerdem hat da heute bereits jemand angerufen und sich nach Frau Roux erkundigt. Da haben sie keine Auskunft erteilt. Ohne schriftliche Anordnung geht da nix!«
»Dieser bescheuerte Datenschutz geht mir langsam auf den Geist! Wer hat sich nach Claudette erkundigt?«
»Auch das wollte mir die Dame nicht sagen.«
»Sag der Staatsanwältin Bescheid, die soll das anordnen!«
»Ist vor Gericht!«
»Wenn sie zurück ist!«
»Mach ich.«
»Bleib am Ball, Inge! Bis dann.«

Unmittelbar nach dem Telefonat rief Katja Reinert ihren Kollegen Marius Sorg an.
»Und? Wie weit seid ihr?«
»Nora und ihr Kollege sind bei der Arbeit. Ich schätze, dass ich in einer halben Stunde rein kann.«
»Okay. Such vordringlich nach Aufnahmen, auf denen Philipp und Claudette abgebildet sein könnten. Alles, was uns zu ihnen führen könnte, ist extrem wichtig.«
»Ich weiß, was wichtig ist!«
»Dann ist es ja gut! Mimose! Sag mal: Hast du beim Einwohnermeldeamt angerufen und die Daten über Claudette Roux angefordert?«
»Nein. Warum?«
»Inge hat angerufen, aber sie war nicht die erste. Die berufen sich allerdings auf den Datenschutz.«
»Wer hat sich außer ihr erkundigt?«, fragte Marius.
»Das sagen die nicht.«
»Nee, ich war das jedenfalls nicht.«
»Na gut, bis später.«
Marius Sorg atmete tief durch. Er hatte eine ziemlich genaue Vorstellung, wer beim Einwohnermeldeamt nachgefragt hatte.

34

Wallerfangen! Über die A8 binnen einer halben Stunde, dieses Mal verläuft die Anfahrt ohne Umleitungen, Baustellen und Verkehrsbehinderungen. Ein Glücksfall in diesem Land!

Fabrikplatz; laut Navi ist das die Adresse des Rathauses. Stimmt sogar und ich finde sofort einen Parkplatz, ich bin heute ein Glückspilz. Mit drei Sätzen stürme ich die Eingangstreppe hinauf, stehe schließlich im Foyer und wende mich an die Angestellte der Rezeption.

»Wo ist bitte das Einwohnermeldeamt?«, frage ich höflich.

»Im Gebäude gegenüber; hier ist die Wasserversorgung«, antwortet die junge Frau und schaut mich an, als hätte ich nicht alle Tassen im Schrank.

»Oh, Verzeihung«, stammele ich verlegen. »Eine Verwechslung, ich war zu sehr in Eile.«

»Da haben Sie allerdings Pech. Dienstagmittag ist das Rathaus geschlossen.«

»Nee, oder?«

»Doch! Dienstag und Donnerstag nur morgens!«

»Ich habe einen Termin!«

»Dann müssen Sie klingeln. Mit etwas Glück kommt jemand und öffnet. Oder nicht! Am besten rufen Sie Ihren Gesprächspartner an und teilen ihm mit, dass Sie vor der Tür stehen.

»Das ist jetzt nicht Ihr Ernst?«

»Wenn mir nach Scherzen wäre, würden Sie das merken.«

»Ich habe die Nummer nicht; könnten Sie vielleicht für mich anrufen?«

»Bin ich hier die Partnervermittlung oder was?«

»Nein, das sind Sie sicherlich nicht, aber ich wäre Ihnen trotz-

dem äußerst dankbar.«
Ich weiß nicht, ob es meine Hilflosigkeit ist oder mein filmreifer Dackelblick, der die Dame schließlich erweicht, mir den Gefallen zu tun und dem gegenüberliegenden Einwohnermeldeamt auf meinen Hinweis hin mitzuteilen, dass da ein LKA-Typ namens Schaum vor der Tür stehe.
Wenige Minuten später werde ich im Foyer der Gemeindeverwaltung von einem Mann empfangen, der sich als Verwaltungsoberamtsrat Schiffler, Leiter des Hauptamtes, zu erkennen gibt. Schiffler erklärt umständlich, dass der Bürgermeister in Urlaub, der erste Beigeordnete nicht im Haus, der Leiter des Ordnungsamtes krank und seine Stellvertreterin in Mutterschutz ist; außerdem laufe gerade eine Weiterbildungsveranstaltung in Saarbrücken. Ich verkneife mir die Frage, wie hoch die Ausfallquote insgesamt ist.
»Die Kollegin, mit der Sie telefoniert haben, hat völlig richtig gehandelt; der Datenschutz gilt auch gegenüber dem LKA. Ich nehme an, Sie können sich legitimieren.«
»Nein, das kann ich nicht, das habe ich Ihrer Kollegin bereits erklärt. Sie können allerdings gerne Oberkommissar Sorg beim LKA anrufen und bestätigen lassen, dass ich in offizieller Mission unterwegs bin.«
»Da hat gerade eben jemand angerufen und sich nach der von Ihnen erwähnten Person erkundigt.«
»Ach ja? Wer?«
»Jemand vom LKA.«
»Sehen Sie! Darf ich fragen, wer?«
»Eine Frau Manderschild, aber eigentlich darf ich Ihnen das nicht sagen; nun ja … «
»Inge Manderscheid; eine Mitarbeiterin des Dezernat 3.«
»Ich glaube Ihnen, Herr Schaum, aber das ändert nichts an der Tatsache, dass wir Ihnen ohne schriftliches Ersuchen mit Nennung der Rechtsgrundlage keine Auskunft über persönliche Daten geben können. Falls Sie eine besondere Eilbedürftigkeit

im staatlichen oder allgemeinen Interesse beziehungsweise zur Abwehr einer konkreten Gefahr oder Gefährdung geltend machen können, würde sich die Bearbeitungszeit reduzieren lassen und Auskunftsgebühr entfallen, sofern … «

Ich muss mich zusammenreißen! Ganz ruhig! Der Mann hat einen Amtseid abgelegt, er kann gar nicht anders. Nicht die Fassung verlieren!

»Ich verstehe Sie, Herr Schiffler. Dennoch: Wir haben zwei Tote, und Frau Roux könnte damit im Zusammenhang stehen. Den Rest wird Ihnen Oberkommissar Sorg erklären; rufen Sie ihn bitte an.«

Schiffler erklärt sich nach längerer Abwägung und geistiger Durchforstung seiner Dienstvorschriften schließlich bereit, den Anruf vom Einwohnermeldeamt aus zu tätigen und bittet mich, ihm zu folgen. Dass ich ihm die Nummer von Marius' Diensthandy gebe, macht die Sache nicht einfacher, aber Schiffler springt tatsächlich über seinen Schatten und telefoniert. Es wird ein längeres Gespräch, in dem sich Schiffler von Marius alles Mögliche bestätigen lässt, fehlt nur noch, dass er die Konfektionsgröße meiner Unterhose hinterfragt. Irgendwann weicht sein berechtigtes Misstrauen endlich einer eilfertigen Hilfsbereitschaft. Nach dem Telefonat weißt er die völlig verunsicherte Mitarbeiterin an, die Daten von Claudette Roux auf den Computerbildschirm abzurufen.

Claudette Roux … Geburtsdatum … in Schmelz, …

Wohnadresse, Konfessionslos, Ledig, Zulassungsdatum des Fahrzeugs und einiges mehr, aber nicht das, was mich vordringlich interessiert.

»Was ist mit Kontaktpersonen? Eltern, Geschwister, notfalls Großeltern?«

»Tut mir leid«, erklärt der Verwaltungsoberamtsrat mit einem Blick, als sei er für den Untergang der Titanic verantwortlich. »Da müssen Sie sich an die Kollegen in Schmelz wenden. Diese Daten liegen uns nicht vor.«

»Seid ihr denn nicht vernetzt?«, wundere ich mich. »Interkommunale Zusammenarbeit! Steht öfter in der Zeitung, als ich es lesen will!«
»Ja, das hätten die im Innenministerium gerne, funktioniert aber meistens nicht.«
»Wieso?«, bohre ich nach. »Vor kurzem stand geschrieben, dass wir im Saarland mal wieder ein Vorreiterland sind; diesmal im IT-Bereich.«
»Wenn es ums Dummschwätze geht, stimmt das«, seufzt der Hauptamtsleiter resigniert und setzt damit sämtliche Pensionsansprüche aufs Spiel. »Was nützt uns das schnelle Internet, wenn wir kein Geld bekommen, um neue Computer und Software anzuschaffen; außerdem fehlt uns das fachspezifische Personal.«
»Im Fernsehen stellen die es aber ganz anders dar«, beschwere ich mich.
»Die glauben sogar, was sie sagen, weil sie keine Ahnung haben, was in den Kommunen abgeht.«
»Das ist doch Sch … «, setze ich an, erinnere mich jedoch an die Anwesenheit der Sachbearbeiterin. »Soll ich etwa nach Schmelz düsen und dort die ganze Leier noch mal abspulen? Das dauert alles viel zu lange; bis dahin haben wir vielleicht die nächste Leiche!«
»Das wäre natürlich peinlich«, entgegnet Schiffler treuherzig.
»Peinlich? Sie haben einen seltsamen Humor.«
»Ich könnte vielleicht Manuela anrufen«, meldet sich nun die Sachbearbeiterin zu Wort.
»Welche Manuela?«, wundert sich Schiffler.
»Die zuständige Sachbearbeiterin in Schmelz; wir waren vorige Woche zusammen auf einem Lehrgang.«
»Das ist eine gute Idee, Frau Keller!«, lobt der Chef. »Machen Sie das!«
Fünf Minuten später bin ich in der Ahnenforschung einen Schritt weiter.

Claudette Roux ist die Tochter von Richard Roux, geboren am 10.2.1955 in Bouzonville, und seiner Frau Rita, geborene Emanuel, geboren am 13.5.1956, in Schmelz. Keine weiteren Kinder. Der Vater ist vor einigen Jahren verstorben, die Mutter lebt unter bekannter Adresse in Schmelz.
Ich lasse nachfragen, ob es mehrere Eintragungen unter diesem Namen gibt, worauf die Sachbearbeiterin ihr Telefon auf Lautsprecher stellt.
»Emanuel gibt's in Schmelz wie Sand am Meer! Wenn Sie mich fragen, ein paar zu viel!«
»Nein, ich meine den Namen Roux!«, stelle ich richtig.
»Ach so! Nein, Rita Roux ist die Einzige!«
»Mich interessiert, ob Richard Roux Geschwister hatte; genauer gesagt: einen Bruder?«, ergänze ich.
»Moment!«, tönt es aus dem Lautsprecher. »Hier steht zwar nichts, aber ich frage mal meine Kollegin Kerstin. Moment!«
Kurze Pause, dann hört man die Rufe in Schmelz bis nach Wallerfangen, wenn auch leise.
»Kerstiiin! Du wohnst doch zwei Häuser weiter wie die alte Frau Roux! Hat die einen Schwaaageeer?«
Pause. Stille.
»Moment!«
Pause. Stille.
»Nee, der alte Roux hatte keine Geschwister; und die Rita hat auch keine.«
»Fragen Sie bitte nach, ob ein Philipp Roux bekannt ist«, fordere ich.
»Hast du gehört, Manuela?«
Sie hat.
»Ja, Moment! Kerstiiiin ... «
Ich bin der Überzeugung, dass man im Schmelzer Rathaus weniger ein schnelles Internet benötigt, sondern eine gute Schalldämmung für das Büro von Sachbearbeiterin Manuela.
»Nein«, kommt es schließlich. »Ein Philipp Roux ist hier nicht

bekannt.«
»Danke fürs Erste«, schließe ich, weil ich ahne, dass vorläufig in Schmelz nichts mehr zu holen ist.
»Keine Ursache«, antwortet der Verwaltungsoberamtsrat, der aus dienstlicher Gewohnheit Lob und Dankbarkeit auf sich bezieht.
»Frau Keller«, schiebe ich nach. »Sie und ihre Kollegin am anderen Ende der Leitung werde ich bei Gelegenheit zum Kaffee einladen. Der Herr Oberamtsrat darf leider nichts annehmen, sonst …«
»Für die Damen gilt dasselbe«, stellt der diensteifrige Beamte richtig.
Ich telefoniere zunächst mit Marius Sorg und im Anschluss mit Barthélémy Lemal. Beiden teile ich mit, was ich bezüglich der Familie Roux herausbekommen habe. Sie sind überrascht, dass damit fraglich ist, ob Philipp Roux tatsächlich der Cousin von Claudette ist. Vor allem der Franzose kann das nicht glauben und verspricht, sich bei der französischen Verwaltung in Bouzonville nach Richard Roux, dem Vater von Claudette, zu erkundigen.
Marius erzählt, dass er immer noch in Leidingen sei, und auf die Freigabe des Hauses durch die Spurenermittler warte. Mit Nachdruck fordere ich ihn auf, den Fokus auf eventuelle Fotos von den Gesuchten zu richten, vor allem von Philipp, denn von Claudette würden wir in Kürze die Fotos vom Passamt bekommen. Erst als Marius mich darauf aufmerksam macht, wird mir klar, dass ich bei dem *wir* nicht mit von der Partie sein werde.
»Mann, Josch. Ich habe den Eindruck, dass Katja und du Geschwister seid«, mault Marius. »Die gleiche Ansprache und die gemeinsame Meinung, dass alle anderen Idioten sind.«
»Sorry, ich wollte lediglich erinnern«, entschuldige ich mich. Stimmt nicht! Ich habe unbewusst den Chef raushängen lassen, obwohl mir das schon lange nicht mehr zusteht.
»Macht der Gewohnheit, kommt nicht wieder vor«, versuche

ich eine Rechtfertigung.
»Vergiss es! Das schaffst du nie! Und nun muss ich arbeiten! Ich melde mich! Danke für die Info!«
Was Philipp Roux betrifft, sind wir im Grunde genommen keinen Schritt weiter; dennoch habe ich das gute Gefühl, mich nützlich in die Ermittlungen eingebracht zu haben.
Das ist ein viel besseres Gefühl, als einen versifften Grill wieder zum Leben erweckt zu haben; zumal dieses Werk längst nicht abgeschlossen ist.

35

Die Spurenermittler gaben Marius endlich ein Zeichen, dass er das Haus von Claudette Roux nun betreten und seinerseits mit seinen Ermittlungen beginnen durfte.
»Fang oben an!«, empfahl ihm die Kollegin. »Wir gehen derweil in den Keller. Der Fleck im Wohnzimmer stammt definitiv von menschlichem Blut, ob es mit einer der Proben aus Furpach übereinstimmt, werden die Analysen zeigen.«
Auf diese Freigabe hatte Marius sehnlichst gewartet, er machte sich sofort an die Arbeit. Zunächst nahm er sich die Schränke im Wohnzimmer vor, dort fand sich allerdings nichts, was er hätte verwerten können. Geschirr in rauen Mengen, Bücher und eine Hausbar. Auch in den Vitrinen befand sich nichts von Bedeutung. Essbestecke, Gläser, Hausrat.
Schließlich ging er in die Küche und durchsuchte die Hängeschränke, die Spüle und den Besenschrank, aber auch hier wurde er nicht fündig.
Claudette Roux schien weder Fotos noch schriftliche Notizen hinterlassen zu haben. Marius war klar, dass solche Dinge heutzutage hauptsächlich auf Computern gespeichert waren, aber ein Erinnerungsfoto, ein Zeitungsausschnitt oder irgendeine Notiz fand sich bei Hausdurchsuchungen in der Regel immer, nur hier nicht.
Auf einem Sideboard stand ein Drucker, vom zugehörigen Computer fehlte allerdings jede Spur; auch Datenträger waren nirgendwo zu finden.
»Marius!«, rief Nora Klein aus dem Keller. »Komm runter, wir haben etwas für dich!«
Er eilte zur Kellertreppe und im Runtergehen fragte er unge-

duldig: »Was habt ihr denn?«
»Möglicherweise die Dame des Hauses«, antwortete Nora und seufzte, worauf Marius sich noch mehr beeilte, zu Nora zu kommen, die abseits vom Hauptflur in einem kleinen Kellerraum wartete.
»Vorsichtig und nichts anfassen«, beschwor sie Marius. »Dort, schau in die Truhe.«
»Ja, ja«, maulte Marius, der den Hinweis der Kollegin für überflüssig hielt. »Ich mach das nicht zum ersten Mal!«
In einer Ecke stand eine Gefriertruhe, deren Deckel aufgeklappt war. Noras Kollege stand darüber gebeugt, trat jedoch zur Seite, als Marius näher kam.
Das Bild, das sich dem Oberkommissar bot, ließ nicht viel Spielraum für Spekulationen. In der Truhe lag die Leiche einer Frau! Einer Frau mit rotem Haar!
»Scheiße!«, entfuhr es ihm, bevor er sich weiter herunter beugte.
Die Frau war vollständig bekleidet und hatte die Augen geschlossen. Auf den ersten Blick waren keine Verletzungsspuren zu erkennen. Wären die fahle Haut und die feinen Eiskristalle an Wimpern und Haupthaar nicht gewesen, hätte ein unbedarfter Beobachter sie leicht für Dornröschen im Tiefschlaf halten können. Das schwache Licht der Truhenbeleuchtung gab dem Ensemble etwas Märchenhaftes.
»Sieht tatsächlich so aus, als ob wir Claudette Roux gefunden haben. Ich mache ein zusätzliches Handy-Foto zum Schnellabgleich. Geht das für euch in Ordnung?«
Nora Klein nickte.
»Gut vorstellbar, dass die Blutspur im Wohnzimmer mit der Blutgruppe der Frau übereinstimmt«, mutmaßte Nora Klein. »Dann hätten wir den Tatort, falls wir Verletzungsspuren finden.«
»Ich rufe die Gerichtsmedizin an. Oder wollt ihr die Leiche rausholen?«

»Nein, auf keinen Fall! Wir machen den Deckel wieder zu, nachdem wir alles gesichert haben.«
»Gibt es weitere Spuren?«
»Reicht dir das hier nicht?«, frotzelte Nora. »Wir haben gerade erst angefangen, immer langsam mit den jungen Pferden!«
Marius verließ den Keller und trat vor das Anwesen. Sein Handy war ins französische Netzt eingeloggt, aber der Empfang war schwach und instabil. Erst beim dritten Versuch hatte er endlich Katja Reinert am Telefon.
»Hallo Katja, ich habe Neuigkeiten … «
Mit präzisen Angaben schilderte der Oberkommissar seiner Chefin, was soeben zum Vorschein gekommen war und welche weiteren Spuren im Hause von Claudette sichergestellt wurden. Katja Reinert konnte ihre Überraschung nicht verbergen.
»Verdammt!«, seufzte sie. »Drei Tote! Der Fall nimmt Ausmaße an, denen wir mittlerweile nicht mehr gewachsen sind; jedenfalls nicht mit unserer kümmerlichen Personaldecke. Ich informiere die Staatsanwaltschaft. Mehr denn je brauchen wir umgehend ein Foto von Philipp Roux. Der steht ganz oben auf unserer Liste.«
»Der ist im Übrigen gar nicht der Cousin von Claudette«, unterbrach Marius.
Woher weißt du das?«
»Von Josch!«, gab Marius zerknirscht zu.
»Von Josch? Soll das heißen … bitte sag mir, dass das nicht stimmt!«
»Er war in Wallerfangen beim Einwohnermeldeamt und hat die so lange genervt, bis sie ihm geholfen haben. Wir werden übrigens in Kürze ein Passfoto von Claudette Roux bekommen, dann können wir das abgleichen.«
»Ich glaub's nicht! Inge hat da angerufen und keine Auskunft erhalten, weil …«
»Ja, ich weiß! Du kennst Josch, wenn der angebissen hat, lässt er so schnell nicht wieder los. Es gibt jedenfalls keine Familien-

konstruktion, nach der Philipp Roux der Cousin von Claudette Roux sein könnte. Allerdings existiert nirgendwo ein Foto von ihm.«

»Wer also ist dieser Mensch? Langsam wird er zum Phantom.«

»Genau, das ist die Frage! Je länger wir ermitteln, umso rätselhafter wird der Fall. Ich werde Inge das Foto von der Toten schicken; sie kann es dann mit dem Passfoto vergleichen; nur damit wir halbwegs sicher sein können, dass die Frau in der Truhe tatsächlich Claudette Roux ist.«

»Es würde mich sehr wundern, wenn es anders wäre. Andere Frage: Du stehst also mit Josch permanent in Kontakt?«

»Ja, aber nicht permanent.«

»Und warum weiß ich nichts davon?«

»Weil ich ihn gebeten habe, all seine Informationen ausschließlich über mich laufen zu lassen.«

»Du wusstest demnach von Anfang an, dass Josch auf eigene Faust ermittelt?«, es war mehr eine Feststellung als eine Frage.

»Nicht auf eigene Faust, so kann man das nicht nennen. Ich habe ihn gebeten, für uns ein paar Informationen einzuholen und ...«

»Das ist nicht dein Ernst!«

»Katja! Wir haben kein Personal! Jede hilfreiche Hand sollte uns recht sein! Josch ist nicht irgendwer!«

»Das weiß ich, aber es ist trotzdem illegal. Vor Gericht werden sie uns an die Wand nageln!«

»Wieso bist du plötzlich so ängstlich? Die Staatsanwältin wird das absegnen und fertig. Natürlich werden wir das nicht an die große Glocke hängen, das ist logisch; oder?«

»Mann! Josch taucht im Einwohnermeldeamt auf und gibt sich als Ermittler aus! Was willst du da beschönigen?«

»Er hat denen klipp und klar erzählt, dass er in Rente und das ein Notfall ist. Dann hat er sie aufgefordert, bei mir nachzufragen, ob das in Ordnung geht.«

»Und du hast es bestätigt, oder?«

»Klar! Was hätte ich deiner Meinung nach sonst tun sollen?«
»Mit welchem Argument?«
»Gefahr im Verzug! Das greift immer!«
»Oh Mann! Ist Josch immer noch aktiv?«
»Das weiß ich nicht; von mir hat er keine neue Order!«
»Das hat nichts zu sagen. Wie wir ihn kennen, stellt er sich seine Aufgaben selbst.«
»Dann ruf ihn an und klär das mit ihm ab! Oder du informierst die Staatsanwältin und lässt die auf Josch los! Damit hätten die Beiden endlich mal wieder Gelegenheit, sich zu zoffen!«
»Ich kann mir vorstellen, dass Daniela im Augenblick dafür weder Lust noch Zeit hat. Nee, wir behalten das erst mal für uns. Ich stelle mich dumm und weiß von nix. Du bleibst weiterhin mit Josch in Kontakt, inoffiziell, versteht sich! Mach ihm klar, dass ich ihn unter keinen Umständen im Umkreis eines Tatortes sehen will! Keine Gespräche mit Nachbarn oder Personen im unmittelbaren Umfeld! Sag ihm, dass wir ihm zukünftig keine Türen öffnen können und werden, und er nicht in unserem Auftrag unterwegs sein kann. Was er draus macht, ist dann seine Sache.«
»Ob er sich dran hält, steht aber auf einem anderen Blatt.«
»Ich kann ihm schlecht Fußfesseln anlegen, aber wenn ich ihn hier oder an einem Tatort erwische, nehme ich ihn in Haft.«
»Kannst du nicht!«
»Das weiß ich selbst! Aber drohen kann ich damit!«
»Die Drohung wird Josch allenfalls ein müdes Grinsen abringen.«
»Seine Sache! Und nun sorg dafür, dass du Klarheit über Claudette und Philipp bekommst. Wir sehen uns am Nachmittag. Ende!«
Marius Sorg atmete tief durch. Das würde wieder ein langer Arbeitstag werden, aber das war bei drei Leichen kein Wunder. Als nächstes nahm er Kontakt zu Inge Manderscheid auf und fragte nach, ob inzwischen die Fotos von Claudette Roux ein-

getroffen waren. Inge verneinte, wies allerdings darauf hin, dass die Fotos vielleicht an Katjas oder Marius' Postfach geschickt worden waren.

»Bei mir ist nichts eingetroffen, das würde ich auf meinem Handy sehen und mit Katja habe ich gerade telefoniert. Ruf bitte in Schmelz an. Beim dortigen Einwohnermeldeamt. Frag die Sachbearbeiterin.«

»Wie heißt die?«

»Weiß ich nicht, frag dich durch!«

Der nächste Anruf galt Josch.

»Hör zu, Josch: Wie heißt die Mitarbeiterin des Einwohnermeldeamtes in Schmelz? Wir brauchen die Fotos!«

»Da gibt's zwei: Manuela und Kirstin, die Nachnamen kenne ich nicht. Warum?«

»Die Fotos! Sagte ich bereits!«

»Gibt es Neuigkeiten?«

»Ja, eventuell haben wir die Leiche von Claudette Roux gefunden, deshalb brauche ich die Fotos zum Abgleich. Dringend!«

»Scheiße!«

»Das kannst du laut sagen, aber das bleibt unter uns. Absolut vertraulich!«

Marius informierte Josch über das Gespräch mit Katja Reinert und gab die Anordnungen seiner Chefin weiter.

»Zur Kenntnis genommen. Die soll sich mal nicht in die Hose machen! Keine Sorge, ich werde euch nicht ins Gehege kommen. Beugehaft! Die hat sie wohl nicht alle! Aber es wird nun wirklich Zeit, rauszufinden, wer und wo dieser verdammte Philippe Roux ist.«

»Du bringst es auf den Punkt!«

»Halt mich auf dem Laufenden!«

»Mach ich, aber komm uns nicht in die Quere! Bis dann!«

Zwanzig Minuten später hatte Marius die Passfotos von Claudette Roux auf seinem Handy. Er musste nicht in den Keller gehen, um zu wissen, wer dort in der Tiefkühltruhe lag.

36

Als das Team der Ermittler um 16 Uhr 30 endlich vollständig versammelt war, konnte man den Kollegen die Anspannung ansehen. Von der sonstigen Lockerheit war nichts geblieben, die Stimmung war auf dem Nullpunkt.
Sogar der Polizeipräsident, sein Pressesprecher und der Oberstaatsanwalt waren gekommen, um sich von Hauptkommissarin Reinert über den aktuellen Stand der Ermittlungen informieren zu lassen. Staatsanwältin Sommer ergänzte und kommentierte den Bericht und Marius Sorg zeigte über den Beamer Bilder von den Tat- und Auffindeorten, sowie Fotos der Opfer und Verdächtigen, mit Ausnahme von Philipp Roux.
Der Schnelltest hatte ergeben, dass zumindest die Blutgruppe von Claudette Roux mit der des Blutflecks in ihrem Wohnzimmer übereinstimmte; somit gingen alle davon aus, dass der Tatort gefunden war.
Nach einer ersten Einschätzung war Claudette Roux von hinten mit mehreren Messerstichen erstochen worden. Die Stiche hatten Leber und Milz durchdrungen. Ob der Tod unmittelbar eingetreten war oder Claudette noch eine Weile gelebt hatte, musste die Obduktion ergeben. Eine Tatwaffe war nicht gefunden worden.
»Wir haben drei Opfer mit unterschiedlichen Tötungsvorgängen«, erklärte Katja Reinert. »Das ist auffällig.«
»Soll das heißen, dass Sie von mehreren Tatverursachern ausgehen?«, fragte der Polizeipräsident.
»Das soll erst mal nur heißen, dass es auffällig ist«, antwortete Katja Reinert kühl. Sie hasste es, wenn jemand versuchte, ihre Gedanken voreilig zu interpretieren. »Mehr nicht!«

»Es ist aber nicht auszuschließen?«, hakte der Pressesprecher nach, der in großer Runde anscheinend nicht unauffällig bleiben wollte.
Katja Reinert war es zu blöd, darauf eine Antwort zu geben, daher machte sie unbeeindruckt weiter.
»Wir haben zwei Linien!«
Auf der Leinwand erschien eine Grafik.
»Erstens: Die Linie Hammerschmitt – Mutter und Sohn tot; Vater unauffindbar; der andere Sohn seit Jahren verschollen! Zweitens: Die Linie Roux – Claudette tot; Philipp unauffindbar.«
Katja machte eine Kunstpause und schaute in die Runde.
»Das Bindeglied zwischen beiden Linien scheinen die Papageien zu sein – auch die sind verschwunden und zwar nach Zeugenaussagen just zu dem Zeitpunkt, als gemäß gerichtsmedizinischer Feststellung das erste Tötungsdelikt zum Nachteil von Isabella Hammerschmitt erfolgt ist. Wir kennen einige Fakten, aber alles andere Drumherum ist offen.«
»Weitere Einzelheiten?«, fragte der Oberstaatsanwalt an Daniela Sommer gerichtet.
»Nach intensiver Suche haben wir auf dem Dachboden der Hammerschmitts zwischen allerlei Gerümpel ein Fotoalbum gefunden. Die letzte dort eingeklebte Aufnahme muss mindestens 20 Jahre alt sein. Das sieht man an der Mode und dem Alter der Personen, denn das undatierte Foto zeigt laut Beschriftung auf der Rückseite das Ehepaar Hammerschmitt und ihre beiden Söhne, die damals im Teenageralter waren. Laut unserer Recherche hat Richard Hammerschmitt, der jüngere Sohn, bis 2015 bei den Eltern gewohnt beziehungsweise war dort polizeilich gemeldet. Er war damals Empfänger von ALG II. Die Leistungen wurden Anfang/Mitte 2016 eingestellt, weil Richard sich ohne Nennung einer neuen Adresse abgemeldet hatte, unauffindbar war und mehrere Aufforderungen unbeantwortet blieben.«

»Wurde er als vermisst gemeldet?«, wollte der Oberstaatsanwalt wissen.
»Nach Aktenlage nicht!«
Was ist mit diesem Roux?«, hinterfragte der Polizeipräsident. »Warum bekommen wir den nicht zu fassen?«
»Weil wir nicht einmal wissen, wie er aussieht, geschweige denn, wo er sich aufhält«, entgegnete die Hauptkommissarin.
»Und weil völlig unklar ist, in welchem Verhältnis er zur Ermordeten steht«, ergänzte Oberkommissar Sorg. »In Leidingen wurde er als ihr Cousin erachtet, aber das scheint nicht zu stimmen, denn nach unseren Recherchen gibt es keine verwandtschaftlichen Zusammenhänge.«
»Irgendwo muss ein Mensch mit diesem Namen registriert sein. Bitten Sie die französischen Kollegen um Amtshilfe, das dürfte kein Problem sein«, ereiferte sich der Polizeipräsident.
»Falls der Name echt ist«, funkte Inge Manderscheid dazwischen und war selbst überwältigt über ihren Mut, sich zu Wort zu melden. Auch alle anderen waren überrascht über diesen Geistesblitz.
»Guter Einwand, Inge! Es ist also von ungeheurer Wichtigkeit, Licht ins Dunkel dieser Person zu bringen«. Erklärte Katja Reinert. »Unser Problem ist allerdings die geringe Personalausstattung …«
»Ich weiß!«, unterbrach der Polizeipräsident. »Kollege Arndt wird morgen am Mittag zu Ihnen stoßen. Ich habe das telefonisch geklärt, sein Lehrgang ist so gut wie beendet; er wird durch den Abruf keine Nachteile haben. Frau Kommissaranwärterin Zimmermann kann ich leider nicht vorzeitig rückbeordern, damit müssen wir klar kommen.«
»Besser als nichts«, seufzte die Hauptkommissarin. »Aber zu wenig.«
»Ich kann es nicht ändern«, seufzte nun der Polizeipräsident, als läge nun alle Last auf ihm alleine. »Das BKA brauchen wir erst gar nicht anfragen und ehrlich gesagt, will ich das gar

nicht.«
»Wir werden tun, was wir können und hoffen, dass es funktioniert, aber versprechen kann ich nichts. Im Übrigen muss ich vermuten, dass irgendwann ein weiteres Opfer auftaucht.«
»Sagt Ihnen das Ihr Bauchgefühl oder worauf basiert diese Vermutung?«, fragte der Oberstaatsanwalt mit einem Hauch Hochnäsigkeit in der Stimme.
»Ich gebe der Hauptkommissarin Recht«, sprang Daniela Sommer der Kollegin zur Seite. »In der Wohnung der Hammerschmitts wurden Blutspuren gefunden, die weder Lazarus noch Claudette zuzuordnen sind; und sie gehören auch nicht zu Isabella Hammerschmitt.«
»Sondern?«, hinterfragte der Oberstaatsanwalt.
»Das wissen wir nicht, aber falls Sie meine Meinung hören wollen: Paul Hammerschmitt. Von ihm fehlt jede Spur.«
»Oder Philipp Roux«, intervenierte der Oberstaatsanwalt.
»Unwahrscheinlich«, mischte sich Marius Sorg ein. »Erstens wurde der lebend gesehen, nachdem wir in der Wohnung der Hammerschmitts waren. Zweitens wurden in der Wohnung in Leidingen, mit Ausnahme derer von Claudette Roux, keine Fingerabdrücke gefunden, die auch in Furpach bei den Hammerschmitts nachgewiesen wurden. Da Philipp Roux nachweislich in Leidingen war, ist es wahrscheinlich, dass einer der unbekannten Fingerabdrücke aus Leidingen ihm zuzuordnen ist. Folglich war er wahrscheinlich nicht in Furpach; ergo wird es nicht sein Blut sein.«
»Vage Theorie«, murmelte der Jurist. »Aber okay, dann muss das Blut eben von irgendeiner anderen Person stammen.«
»Stimmt!«, gab Katja Reinert bissig zu. »Kommen Sie aktiv mit ins Team und helfen Sie rauszufinden, wer Recht hat.«
»Herrschaften!«, mahnte der Polizeipräsident. »Ich weiß, dass die Nerven blank liegen, aber mit gegenseitigen Animositäten kommen wir nicht weiter! Ich bitte Sie alle um ein Höchstmaß an kollegialem Respekt. Wir ziehen alle am gleichen Strang

und zwar in die gleiche Richtung! Also bitte! Ich werde Sie dahingehend entlasten, indem wir die gesamte Pressearbeit zur Chefsache machen. Die Pressestelle nimmt morgens und mittags den neuesten Ermittlungsstand entgegen und arbeitet selbstständig. Auf Anfrage verweisen Sie die Presse an mich, und zwar ausschließlich!«

»Können wir Abzüge von dem Familienfoto haben?«, fragte der Pressesprecher. »Wenn möglich in einer ansprechenden Vergrößerung.«

Bevor ihm jemand antworten konnte, klingelte das Handy der Hauptkommissarin, die das Gespräch sofort entgegennahm. Sie hörte angestrengt zu, nickte hin und wieder und stellte Fragen. »Wo?« … »Wann?« … »Von wem?« … »Erste Erkenntnisse?« … »Okay, wir sind in einer halben Stunde vor Ort. Halten Sie vor allem die Presse zurück! Danke und Ende!«

Alle warteten gespannt, dass die Hauptkommissarin die Informationen weitergab.

»Tja, wenn man vom Teufel spricht!«, begann sie schließlich. »Leichenfund, männlich. In Schmelz, genauer gesagt in Hüttersdorf, an einem alten Wehrmachtsbunker. Fremdverschulden sehr wahrscheinlich.«

»Doch nicht etwa Paul Hammerschmitt?«, fragte der Oberstaatsanwalt.

»Nicht identifiziert, keine Papiere. Aber falls Sie sich erinnern wollen: Claudettes Mutter stammt aus Schmelz. Ich habe mir längst abgewöhnt, an Zufälle zu glauben. Sie entschuldigen mich, ich muss vor Ort!«

»Puh!«, stöhnte der Polizeipräsident, als Katja Reinert und das Ermittlungsteam den Raum verlassen hatten. »Das vierte Opfer binnen weniger Tage! Wenn das die Presse mitbekommt, brennt hier die Hütte. Ich muss den Innenminister informieren, bevor er es aus anderer Quelle erfährt. Schafft mir diesen Roux bei, egal wie; wir brauchen einen Fahndungserfolg, selbst wenn der Kerl mit der Sache gar nichts zu tun haben sollte!«

Wenige Minuten später saßen nur noch die Staatsanwältin, Inge Manderscheid und Marius Sorg im Sitzungssaal beisammen.
»Inge, dein Einwand eben war gar nicht schlecht«, meinte Marius.
»Wieso?«
»Was ist, wenn es diesen Philipp Roux gar nicht gibt? Vielleicht jagen wir einem Phantom unter falschem Namen nach.«
»Dieser Denkansatz ist naheliegend«, bestätigte die Staatsanwältin. »Aber das eine schließt das andere aus.«
»Inwiefern?«
»Entweder ein Phantom, was auszuschließen ist, weil der Kerl tatsächlich gesehen wurde, oder er existiert unter einem anderen Namen.«
»Ich bin weder Philosoph, noch Germanist«, maulte Marius.
»Zum Glück«, grinste Daniela Sommer. »Wenn dem so wäre, wärst du hier fehl am Platz.«
»Und wer ist jetzt dieser Philipp Roux?«, fragte Inge völlig verunsichert.
»Find's raus!«, antwortete ihr Kollege. »Wenn du das schaffst, bekommst du das Bundesverdienstkreuz.«
»Was soll ich damit? Ein Präsentkorb wäre mir lieber.«

***

Die Fahrt nach Hüttersdorf war problemlos, aber es war nicht einfach, den Auffindeort der Leiche zu finden. Das Navi führte sie ständig im Kreise und Katja Reinert hatte mehrfach anhalten und Passanten nach dem Weg fragen müssen, bevor klar war, wie sie zu dem alten Bunker am Rande eines Feldweges gelangen konnte.
Als Katja dort eintraf, wimmelte es rund um das Gebüsch vor Feuerwehrleuten, auch einige Zivilisten standen herum. Die Polizei hatte den Fundort zwar provisorisch mit Flatterband

abgesperrt, aber trotzdem standen überall unbedarft plaudernde Menschen herum und zertrampelten eventuelle Spuren.

»Wo ist der Chef von eurer Truppe?«, fragte Katja den erstbesten Feuerwehrmann, der ihr über den Weg lief.

»Der da vorne rechts neben dem Bürgermeister.«

»Und wer bitteschön ist der Bürgermeister?«

»Der in der Jägerkluft.«

Die beiden Herren standen ins Gespräch vertieft beieinander, als die Hauptkommissarin zu Ihnen trat.

»Guten Tag die Herren, Reinert, LKA«, stellte sie sich vor und zeigte ihren Dienstausweis. »Was soll der Zirkus hier?«

»Ich bin der Bürgermeister«, erklärte der Jäger. »Ich habe die Leiche gefunden und ...«

»Okay, warten Sie hier, ich komme nachher wieder zu Ihnen. Und was ist Ihr Job?«

»Ich bin der stellvertretende Wehrführer, wir ... «

»Sie zertrampeln hier die ganze Spurenlage! Ziehen Sie Ihre Leute ab, oder ist irgendwie Gefahr im Verzug?«

»Nein, aber ich weise darauf hin, dass ... «

»Weisen Sie was Sie wollen, aber vor allem Ihre Leute an, von hier zu verschwinden; und zwar zügig, wenn ich bitten darf!«

»Wir sichern die Unfallstelle ... «

»Vor wem? Die Einzigen, die hier stören, sind zwei Dutzend Feuerwehrleute. Danke fürs sichern, aber Ihr Job ist jetzt zu Ende.«

Murrend zog der stellvertretende Feuerwehrhäuptling ab und forderte seine Kollegen zum Rückzug auf.

»Schaffen Sie jeden und jede hier weg, die mit der Sache nichts zu tun haben«, rief Katja einem Polizisten zu. »Und zeigen Sie den Kollegen von der Spurenermittlung den Fundort.«

Katja beobachtete, ob ihren Anweisungen Folge geleistet wurde und wandte sich dann wieder zu dem Mann in der Jägerkluft.

»Nun zu Ihnen, Herr Bürgermeister. Sie gehen also nach Dienstschluss zur Jagd?«

»Nein, nicht immer und wenn dann nicht um diese Zeit. Wie Sie sehen, führe ich keine Jagdwaffe mit mir. Ich habe eine Vorbegehung für unsere Jugendwanderung am nächsten Wochenende gemacht, als ich auf die Leiche stieß.«
»Wann war das?«
»Kurz vor fünf.«
»Danach haben Sie sofort die Polizei informiert?«
»Nein, zuerst die Feuerwehr.«
»Warum das denn?«
»Wir informieren hier immer zuerst die Feuerwehr, wenn was passiert.«
»Dann sollten Sie den Feuerwehrchef zum Bürgermeister machen! Oh Mann! Die Kollegen von der Spurenermittlung sind jedenfalls stinksauer! Haben Sie wenigstens die Finger von der Leiche gelassen?«
»Ich schon, aber die Feuerwehr hat ihn umgedreht. Am Hinterkopf ist eine Schädelverletzung.«
»Tolle Leistung, echt klasse! Ich fürchte, dafür werden Sie keine Belobigung bekommen! Kennen Sie das Opfer?«
»Nein, aus dem Ort ist der Mann nicht.«
»Aha, Ihr Bekanntenkreis beschränkt sich demnach auf diese Enklave!«
»Quatsch, aber ich kenne den Mann nicht.«
»Sonst was bemerkt?«
»Nein; ich war ziemlich geschockt.«
»Verstehe! Sind Sie öfter hier?«
»Nicht mehr; früher ja, wegen der Dachse. Seit der Bunker versiegelt ist, sind die allerdings weg. Wenn die hier wären, würde die Leiche anders aussehen. Die Feuerwehr meint, dass der Mann schon länger hier liegt.«
»So, so; meint die Feuerwehr! Wann waren Sie zum letzten Mal hier?«
»Oje, das ist Monate her!«
»Streunen hier öfter Leute durchs Gebüsch?«

»Normalerweise nicht. Die Wanderer und Radfahrer bleiben oben auf dem Weg. Der Acker liegt seit zwei Jahren brach.«

»Okay, das war's fürs Erste. Wir müssen schauen, dass wir fertig werden, bevor es dunkel wird. Ich will Sie morgen früh um 10 Uhr im Präsidium sehen. LKA, ich denke, Sie wissen, wo das ist. Und hören Sie sich bitte im Ort um, ob jemand in der letzten Zeit Auffälligkeiten beobachtet hat; in einem Dorf dürfte sich so etwas rumsprechen. Hier ist meine Karte, bis Morgen.«

Der Bürgermeister trollte sich mit süßsaurer Miene, erkennbar beleidigt, weil er sich seines Amtes unwürdig behandelt fühlte, aber das war Katja Reinert völlig egal.

Sie ging hinunter an den Rand des Gebüsches und schaute den Spurenermittlern bei der Arbeit zu. Bevor die mit der Erstanalyse nicht fertig waren, würde sie den Fundort nicht betreten, auch wenn nach der Horde von Spurenvernichtern das wahrscheinlich nicht mehr notwendig war. Dennoch: Das Spurenteam war es so gewohnt, wollte ungestört arbeiten und das sollte so bleiben.

Die Hauptkommissarin schaute sich um. Eine wunderschöne Landschaft, die in der Abendsonne eine idyllische Ruhe ausstrahlte und Lust auf Feierabend machte, aber daran war lange nicht zu denken. Eines war sicher: Dieser Tat- oder Ablegeort war nicht zufällig gewählt! Der Täter musste über Ortskenntnisse verfügen. So weit draußen, abgelegen in diesem Gebüsch, ein Zufall? Nein! Dieser Ort war gezielt ausgesucht worden, da war sich Katja ziemlich sicher. Den Feldweg zu finden, der in einer Sackgasse endete, das war Insiderwissen …

»Du kannst kommen!«, rief der Kollege und winkte Katja zu.

Sekunden später stand sie vor der Leiche eines alten Mannes und hörte sich an, was der Kollege als Erstanalyse zu berichten hatte.

Das Opfer lag seiner Meinung nach seit mindestens zwei Wochen hier und zeigte bereits deutliche Spuren von Verwesung und Wildfraß. Die Leiche sei mit Zweigen und Laub abgedeckt gewesen, aber die Abdeckung sei nur teilweise vorhanden, ob durch Tiere oder die Feuerwehr entfernt, könne nicht festgestellt werden. Der Mann trage derbe Kleidung, Cordhose, Arbeitsstiefel, grobes Leinenhemd. Das Alter des Mannes schätze er auf um die 70 Jahre; am Hinterkopf sei eine schwere Kopfverletzung zu erkennen. Der Auffindeort sei mit hoher Wahrscheinlichkeit nicht der Tatort. Um dem beißenden Geruch zu entgehen, nahm Katja den Kollegen am Arm und ging ein paar Schritte.

»Sieht eindeutig nach Fremdverschulden aus«, meinte sie. »Und du bist sicher, dass es nicht der Tatort ist.«

»Nach erster Einschätzung: nein! Aber das ist Paul Hammerschmitt, da wette ich drauf! Ich war heute Morgen in Furpach dabei und habe das Foto von Hammerschmitt gesehen. Er ist es! Oder sein Zwillingsbruder, aber wer glaubt schon an so etwas? Hältst du dagegen? Ein Mittagessen in der Kantine.«

»Ich zahle freiwillig, weil ich weiß, dass du Recht hast. Ich bin mir zwar nicht hundert Prozent sicher, aber wenn du auch der Meinung bist, dann wird er es wohl sein«, erklärte Katja und griff zum Telefon.

Am gleichen Abend kamen das Ermittlerteam und die Führungsebene des LKA erneut zu einer Krisensitzung zusammen, die bis spät in die Nacht dauerte. Alles drehte sich um die Frage, wer und wo Philippe Roux war. Und wo waren die Papageien abgeblieben?

In einer kurzen Pause standen Hubertus Sonne, Daniela Sommer und Marius Sorg beisammen. Hubertus sagte das, was alle anderen dachten: »Er fehlt!«

Die anderen nickten und wussten, dass er Hauptkommissar a.D. Joachim Schaum meinte.

Mittwoch, 2. Oktober

37

Seit Wochen nehme ich mir vor, mehr für meine Fitness zu tun. Der Grill ist mittlerweile einsatzbereit, die Gasflasche gewechselt und die weiteren Punkte meiner To-Do-Liste können mich mal kreuzweise! Ist doch wahr! Die Gesundheit muss vorgehen! Das höre ich ständig!
Ich habe daher beschlossen, einmal pro Woche zum Schwimmen zu gehen, aber nicht mittwochs, da ist Warmbaden für Senioren! Wie sich das anhört! Womöglich mit Schwimmärmel und Badekappe! Nee, das kommt überhaupt nicht in die Tüte; außerdem ist Warmbaden etwas für Weicheier!
Weil aber ausgerechnet heute Mittwoch ist, muss ich das Schwimmen auf einen anderen Tag verschieben. Morgen ist das Hallenbad geschlossen, ich weiß nicht warum; steht jedenfalls im Internet. Freitag ist ganz schlecht; so kurz vor dem Wochenende ist da sicherlich alles überfüllt, und Samstag erst recht. Sonntag ist sowieso Ruhetag. Montag oder Dienstag also! Oder ist Montag nur für Vereine? Irgendeine Regelung ist mir in Erinnerung. Na gut, wenn die nicht wollen, dass ich schwimme, muss die Premiere eben bis nächste Woche warten.
Für heute wäre nach dem Frühstück Joggen eine Alternative, aber auf jeden Fall ohne Stöcke. Das sieht irgendwie merkwürdig aus. Was mir allerdings fehlt, ist ein adäquater Sportdress. Mit meinen Sepp-Herberger-Gedächtnis-Klamotten mache ich mich lächerlich. Nein, das geht gar nicht, aber was das wieder kosten wird, ich darf gar nicht dran denken! Egal! Nach dem Frühstück werde ich in die Stadt fahren und prüfen, was der Markt diesbezüglich hergibt. Vor halb zehn brauche ich es da gar nicht erst zu versuchen, denn …

Das Telefon! Wo ist mein Handy? Es ist immer dasselbe: Je kleiner die Dinger werden, desto öfter bin ich am Suchen! Ah ja, im Wohnzimmer. Wer ruft denn um diese gottverdammte Zeit vor neun Uhr schon an? Oh, das könnte Marius mit Neuigkeiten sein; ich komme!

»Schaum!«, schreie ich ins Telefon.

»Sommer!«, tönt es ebenso wirsch zurück. »Hör zu, du Schnüffler; ich weiß alles! Du ermittelst auf eigene Faust, aber okay, es sei dir verziehen! Ausnahmsweise!«

»Erst mal guten Morgen und ich hab' dich auch lieb! Was soll der Zoff zu früher Stunde? Schlecht geschlafen, Magengeschwüre oder hormonelle Dysfunktion?«

»Nichts von alledem, aber vier Leichen und ein Phantom!«

»Vier? Ich weiß nur von Dreien! Lass mich raten: der alte Hammerschmitt?«

»Ich merke, dass du detailliert auf dem Laufenden bist. Richtig: Paul Hammerschmitt! Wer hat es dir gesteckt?«

»Niemand! Ich wusste es wirklich nicht. Habe geraten, die Chancen standen fifty-fifty.«

»Die andere Möglichkeit wäre wer?«

»Philippe Roux, wer sonst?«

»Okay. Der alte Hammerschmitt wurde gestern in einem Wäldchen in Schmelz tot aufgefunden. Allem Anschein nach wurde er erschlagen, aber der Auffindeort ist nicht der Tatort. Philippe Roux ist dringend tatverdächtig, nicht nur im Fall Paul Hammerschmitt. Unser Problem: Wir wissen nicht, wie er aussieht und erst recht nicht, wo er steckt!«

»Du glaubst doch nicht etwa, dass ich weiß, wo er sich aufhält, oder wie?«

»Mir ist nicht nach Scherzen zumute! Ich bitte dich, uns zu helfen.«

»Was denkst du, was ich die ganze Zeit tue?«

»Aber nicht hinten rum, sondern im direkten Kontakt zu mir!«

»Offiziell?«

»Du weißt, dass das nicht geht. Geduldet, wäre der bessere Ausdruck.«
»Warum rufst du mich dann an, wenn alles beim Alten bleiben soll?«
»Ich möchte, dass du nicht verdeckt für Marius unterwegs bist, sondern für mich. Das hat etwas mit Risikoverteilung zu tun.«
»Aber hinten rum!«
»Jedenfalls nicht als Hauptkommissar im Dienst.«
»Du machst mich in aller Herrgottsfrühe verrückt, um klarzustellen, dass ich ein Hinten rum gegen ein anderes Hinten rum austauschen soll? Das ist nicht dein Ernst!«
»Himmelherrgottdonnerwetter, du eitler Pfau! Du weißt ganz genau, was ich von dir will!«
»Nein, das weiß ich eben nicht! Ich habe bisher über Philippe Roux nichts rausfinden können, und falls sich etwas ergeben sollte, werde ich es nicht für mich behalten, das ist doch logisch! Ob ich dich oder Marius informiere, wo ist da der Unterschied? Was also willst du von mir?«
»Oh, entschuldige! Ich wusste nicht, dass du bereits in Sachen Philippe Roux unterwegs bist; das haben die mir nicht gesagt.«
»Du musst nicht alles wissen!«
»Frechheit! Ich bin die Staatsanwältin!«
»Das ist mir bestens bekannt. Lass die Kolleginnen und Kollegen einfach mal ihre Ermittlungsarbeit machen, dann werden die dich über die Resultate schon informieren! Als ob das etwas Neues wäre!«
»Du weißt genau, dass … «
Ich höre einen tiefen Seufzer, so als ob Luft aus einem Ballon entweicht.
»Josch, das Gespräch bringt uns so nicht weiter! Wir brauchen Roux; dringend! Wie willst du an ihn ran kommen?«
»Ich versuche es über die Franzosen, aber da ist eine offizielle Ermittlung im Augenblick eher hinderlich. Das ist jedenfalls meine Einschätzung.«

»Kennst du alle Einzelheiten?«
»Nein, das muss ich nicht! Marius hat mir einen Überblick verschafft und nur gefragt, ob ich helfen kann, etwas über Madame und Monsieur Roux herauszufinden. Jetzt bleibt nur Philippe. Da der Vater von Claudette Franzose war, liegt es nahe, in Frankreich nachzuforschen, wenn es bei uns nichts zu holen gibt.«
»Du glaubst, dass die Franzosen dir Auskunft erteilen? Das halte ich für sehr ambitioniert.«
»Korrekt. Deshalb recherchiert ein Franzose für mich.«
»Ich vermute: dieser Lemal. Marius hat ihn erwähnt.«
»So ist es.«
»Ergebnisse hat er aber keine?«
»Dann hätte ich sie weitergegeben. Ich erwarte aber stündlich seinen Rückruf.«
»Josch, die Stimmung hier ist denkbar schlecht. In Kürze muss der Präsident die Presse in Kenntnis setzen, dann wird der Druck größer. Alle paar Stunden eine Leiche, das … «
»Eine weitere Leiche ist in diesem Zusammenhang nicht zu erwarten, es sei denn, Philippe begeht Selbstmord.«
»Darauf würde ich nicht wetten.«
»Aber ich.«
»Begründung?«
»Mein Bauchgefühl, gepaart mit den Fakten. Außer Roux ist keiner mehr übrig.«
»Das ist Spekulation.«
»Stimmt; aber eine gute.«
»Du hast Nerven!«
»Bin im Ruhestand!«
»Wie geht's jetzt weiter?«, fragt die Staatsanwältin nach einer längeren Pause.
»Ich tue mein Bestes und ihr auch. Wie wäre es mit einer Erfolgsprämie?«
»Du verlangst Geld? Ich bin entsetzt, das ist das Letzte, was ich

von dir erwartet hätte!«
»Wer redet denn von Geld? Eine Belobigung, einen Orden, ein rauschendes Fest; lass dir etwas einfallen.«
»Eitler Affe!«
»Ha! Das ist reine Selbsterhaltung! Ich muss Marion plausibel erklären, warum ich bei meiner Tu-Du-Liste im Hintertreffen bin.«
»Dein Problem! Wir bleiben im Kontakt. Tschüss!«
Frechheit!
Ich kann es wenden, wie ich will: Ich bin ein Idiot! Warum tue ich mir das an? Jetzt bekomme ich es von zwei Seiten auf die Ohren! Und warum? Weil der Innenminister es nicht schafft, die Personalstärke auf den notwendigen Stand zu bringen. Himmeldonnerwetter, schon wieder das Telefon; jetzt reicht's mir aber!
»Was denn noch?«, rufe ich entnervt ins Telefon, weil es mir auf den Keks geht, dass mich eine angekratzte Staatsanwältin permanent vom Frühstück abhält.
»Oh, Entschuldigung! Stör ich?«
Stimme, Tonfall und Akzent sind mir wohl bekannt: Barthélémy Lemal!
»Monsieur Lemal! Bonjour«, brumme ich verlegen. »Ich dachte, es wäre jemand anderes. Schön, dass Sie sich melden. Nein, Sie stören keineswegs!«
»'aben Sie Monsieur Roux schon gefunden?«
»Nein, leider nicht! Weder ich, noch die Kollegen vom LKA. Und wie ist es bei Ihnen? Konnten Sie etwas herausfinden?«
»C'est difficile! Mais, wie es scheint, gibt es kein Person avec diese Nom. Mes colleges 'aben nix gefunn in die Akte.«
»Mist! Der Kerl ist ein Phantom!«
»Mais ich 'abe etwas anderes; eine Fotografie!«
»Wie? Sagen Sie bloß, Sie haben ein Foto von dem Kerl?«
»Mein deutscher Kollege Ortsvorsteher ist … «
Lemal erzählt, dass beim Stöbern im Archiv ein Foto auf-

getaucht ist, das unter anderem Claudette und Philippe Roux zeigt; zufälligerweise aufgenommen vor ein paar Jahren beim alljährlichen Feuerwehrfest. Auf dem Bild stehen sie am Rande der Musikbühne, zwei Personen, von denen Lemal glaubt, dass es die Gesuchten sind.
»Kann man sie deutlich erkennen?«, frage ich.
»Oui! Vielleicht eine bischen klein im 'intergrund, aber die Polizei hat bestimmt Möglichkeiten, sie zu vergrößern.«
»Ja, die hat sie! Wie komme ich schnellstmöglich an dieses Foto heran?«
»Quand vous voulez, bringe ich es zum Polizeipräsidium, ich bin am midi sowieso en Sarrebruck.«
»Das würden Sie tun? Hervorragend! Dann nichts wie los, Sie wissen, wo das ist?«
»Naturellement!«
»Ich komme dahin; wir treffen uns vor Ort auf dem Parkplatz. Wer zuerst da ist, wartet!«
»Bon, ich mache mich sofort auf die Weg!«
»Ich auch, bis gleich!«
Nach dem Gespräch rufe ich sofort bei Staatsanwältin Sommer an, aber da geht niemand ans Telefon; bei Marius habe ich mehr Glück.
»Olegg!«, entfährt es ihm vor Überraschung in tiefstem Saarländisch. »Das do is jo e Ding! Ich mache sofort das Labor flott!«
»Awwer dabber!«, fordere ich, um ihm in der Mundart Beine zu machen. »Hall druff!«
Unter Missachtung aller gängigen Verkehrsregeln, vor allem der Geschwindigkeitsbegrenzungen erreiche ich in Rekordzeit den Parkplatz des Polizeipräsidiums. Lemal trifft wenige Minuten nach mir ein, gemeinsam stürmen wir in das Gebäude, wo am Eingangsbereich bereits Inge Manderscheid auf uns wartet, um uns ins Dezernat zu geleiten. Statt des Aufzugs nehmen wir die Treppe. Oben angelangt, pumpe ich wie ein Maikäfer und

auch Bartélémy ist völlig außer Atem.
»Mon dieu!«, stöhnt er. »Wollt Ihr mich umbringen? Das wäre nicht gut für die deutsch-französische Freundschaft.«
»Hier findet gerade ein vorbildlicher Akt der Völkerverständigung statt«, entgegne ich. »Da muss man Opfer bringen! Wir sind gleich da.«
Katja Reinert wartet bereits im Besprechungszimmer auf uns. Marius und die Staatsanwältin sind herbeigeeilt. Nora Klein steht parat, um das Foto, falls nötig, sofort ins Labor zu bringen. Gebannt starren alle auf die Fotografie, die Lemal auf den Tisch legt.
»Auf der rechten Seite«, sagt er und zeigt auf die beiden Personen, die am Rande der Bühne stehen und in die Kamera schauen.
»Die Frau ist eindeutig Claudette!«, behauptet Hauptkommissarin Reinert, als sie die Aufnahme, mit den Fotos vergleicht, die sorgfältig an eine Glaswand geklebt sind.
»Wer behauptet, dass der Mann Philippe Roux ist?«, fragt die Staatsanwältin.
»Ich«, erklärt Lemal. »Das Foto ist zwar schon ein paar Jahre alt, aber ich erkenne ihn eindeutig. Die Nachbarn, die ich gefragt 'abe, sind der gleichen Meinung.«
»Wir müssen das Bild … «
Während die anderen debattieren, schaue ich mir die Tafel mit den Fotos genauer an. Da sind alle aufgereiht, die bisher in diesem Fall in Erscheinung getreten sind. Das Dezernat hat seine Hausaufgaben gemacht und alles zusammengetragen, was es von den Pass- und Meldebehörden bekommen konnte. Sogar der Mann, der Lazarus gefunden hat, ist dabei, und fast alle Nachbarn aus dem Umfeld der Hammerschmitts.
Bei einem Foto werde ich stutzig.
»Wie alt ist diese Aufnahme?«, frage ich Lemal.
»Wir wissen es nicht genau. Sechs bis acht Jahre, aber mit mehr Zeit könnten wir versuchen, das herauszubekommen.«

»Schaut euch das an!«, fordere ich und zeige auf die Glaswand. »Die Ähnlichkeit ist auffällig! Wenn wir die Vergrößerung haben, wird es hoffentlich deutlicher.«
»Wen meinst du?«, fragt Katja Reinert und schaut mich an, als hätte ich verkündet, dass beim Bau des Ludwigspark-Stadions Geld übrig ist.
»Der andere Hammerschmitt; der Bruder von Lazarus. Wie heißt der nochmal?«
»Richard! Du meinst Richard Hammerschmitt?«, ruft Katja überrascht. »Der verschollene Sohn?«
»Ja, genau der!«
»Das wär e Hammer!«, entfährt es Marius. »Zeig mal!«
Als er die Aufnahme vergleicht, entfährt ihm das nächste »Olegg!«
»Angenommen, Philippe Roux und Richard Hammerschmit wären wirklich ein- und dieselbe Person, dann sind wir die ganze Zeit auf der falschen Fährte«, stöhnt die Staatsanwältin.
»Das kann man so nicht sagen«, nehme ich die Kollegen in Schutz. »Aber das ergäbe eine völlig neue Motivlage.«
»Vergrößert das Bild, so schnell es geht!«, fordert Katja Reinert und drückt Nora Klein das Foto in die Hand. »Holt alles raus, was möglich ist!«
Wir diskutieren weiter, Barthélémy Lemal verabschiedet sich. Eine halbe Stunde später scheint festzustehen, dass meine Vermutung zutreffend ist. Letzte Gewiss'eit besteht nicht, aber es deutet alles darauf hin, dass Philippe Roux und Richard Hammerschmitt die gleiche Person sind. Keiner von uns kann sich einen Reim darauf machen, was das zu bedeuten hat.
»Großfahndung!«, ordnet Staatsanwältin Sommer an. »Über alle Medien! Ab sofort! Ich informiere die Hausspitze! Vielleicht wird das unser Durchbruch!«
Die Zimmertür geht auf, niemand hat gehört, ob angeklopft worden war.
»Hallo!«, lächelt Ken Arndt. »Melde mich vom Lehrgang zu-

rück. Man hat mir gesagt, hier sei der Notstand ausgebrochen. Was habt ihr denn für ein Problem?«

»Du kommst gerade richtig«, empfängt ihn Katja Reinert. »Wir suchen eine Person mit zwei Namen. Wenn du sie aufspürst, ist das dein erster Erfolg als Hauptkommissar. Auf, Leute, ihr wisst, was zu tun ist. Ken kommt mit mir; ich gebe ihm einen Überblick. Marius kümmert sich um die Fahndung.«

»Und was ist mit mir?«, frage ich in die Runde.

»Ist Josch etwa reaktiviert?«, fragt Ken ungläubig, erhält allerdings keine Antwort.

»Josch komm mit mir!«, lädt Daniela Sommer mich ein. »Aber vorher habe ich Lust auf Süßes. Würdest du bitte so lieb sein und etwas aus der Kantine besorgen, während ich mit den oberen Etagen telefoniere?«

»Bin ich dir nicht süß genug?«, mosere ich.

»Süß schon, aber ungenießbar.«

»Ich verfahre meinen Sprit für euch auf eigene Kosten und jetzt soll ich auch noch die Staatsanwältin beköstigen?«, meckere ich weiter, während wir in den Flur treten.

»Wenn ich gegenrechne, wie viele Nerven du mich schon gekostet hast, bist du noch lange Zeit im Minus, mein Lieber! Und jetzt sei nicht bockig und besorg mir ein Stück Kuchen!«

»Was für welchen?«

»Egal! Bienenstich, Schokosahne oder was mit Erdbeeren; was da ist.«

»Reihenfolge egal?«

»Ein Wort und ich lass dich aus dem Präsidium werfen. Geh endlich!«

»Fünfzehn Minuten später stehe ich mit zwei Stück Bienenstich und zwei Tassen Kaffee vor dem Schreibtisch der Staatsanwältin.

»Ein Stück hätte es auch getan«, erklärt sie, als sie ihr Telefonat beendet hat.

»Mit Verlaub, aber eines ist für mich«, stelle ich klar.

»Bewegungsfaule Rentner sollten auf die Kalorien achten; aber gut, meinetwegen. Setz dich!«

Die ersten Bissen schaufeln wir wortlos in uns hinein.

»Danke für die Hilfe«, meint Daniela Sommer schließlich. »Gute Arbeit. Wie früher; ganz der alte Josch!«

»Das hätte ich gerne schriftlich!«

»Vergiss es! Außerdem sind wir keinen Schritt weiter, solange wir diesen Knilch nicht in unseren Fängen haben. Bete zu Gott, dass die Fahndung erfolgreich wird.«

»Ich bin da recht optimistisch.«

»Wie das?«, fragt Daniela und beschäftigt sich weiterhin intensiv mit ihrem Bienenstich.

»Erstens hat Richard keinen Führerschein, zweitens kann er kein Französisch. Nach meiner Einschätzung hält er sich in der näheren Umgebung auf. Außerdem kann er nicht mitbekommen haben, dass wir seiner wahren Identität auf die Schliche gekommen sind. Das erfährt er erst, wenn er von der Fahndung hört.«

»Woher weißt du das mit dem Führerschein und den Sprachkenntnissen?«

»Den Zeugenaussagen zufolge, ist Richard früh von zu Hause abgehauen und hatte Drogenprobleme. Damals hatte er keinen Lappen, meinen die Nachbarn.«

»Du hast also schon geraume Zeit auf eigene Faust ermittelt! Schuft!«

»Reine Neugierde! Richard hat kein Geld und wenn er mal welches in die Finger bekäme, würde er das nicht für einen Führerschein ausgeben.«

»Vielleicht wurde er clean und hat es dann nachgeholt.«

»Aus meiner Sicht unwahrscheinlich. Außerdem saß er in Leidingen auf dem Beifahrersitz.«

»Sagt wer?«

»Zeugen! Außerdem wurde ihm nie ein Führerschein ausgestellt, jedenfalls nicht in Deutschland! Sagt Marius!«

»Von mir aus! Wieso kein Französisch?«, seufzt Daniela mit

wehmütigem Blick auf ihren leeren Teller und sehnsüchtig auf den Rest meines Bienenstichs schielend.

»Junkies haben andere Sorgen, als eine Fremdsprache zu erlernen; sagt mir mein Bauchgefühlt.«

»Vielleicht hat Claudette ihn in ihre Obhut genommen, ihm eine neue Perspektive gegeben und sprichwörtlich einen neuen Menschen aus ihm gemacht.«

»Klingt wie bei Rosamunde Pilcher, aber ich gebe zu, dass man nichts ausschließen kann. Mich beschäftigt gerade allerdings eine ganz andere Frage.«

»Nämlich?«

»Was wusste Lazarus von der Beziehung seines angeblich verschollenen Bruders zu Claudette?«

»Warum angeblich?«

»Es wäre denkbar, dass die beiden Brüder in Kontakt standen, ohne dass die Eltern davon wussten. Theorie eins! Theorie zwei: Die Eltern oder zumindest ein Elternteil wussten die ganze Zeit, wo der verschwundene Balg steckt, gaben das aber gegenüber Dritten nicht zu, weil sie sich wegen seiner Drogenabhängigkeit schämten.«

»Durchaus denkbar!«

Überleg mal; Claudette wurde von Lazarus nach Furpach ins Haus der Hammerschmitts beordert, just in dem Augenblick, als die Alten von der Bildfläche verschwunden waren; das spricht für Theorie eins.«

»Dort wurde allerdings nur sie gesehen, nicht aber Richard.«

»Vielleicht war ihm das wegen der Nachbarn zu riskant?«

»Ich weiß nicht, das klingt eher wie Lesen im Kaffeesatz.«

»Daniela, das ist kein Zufall! Claudette ist Tierhändlerin; sie hat eine wie auch immer geartete Beziehung zum Bruder des Mannes, der auf einer Herde von Vögeln sitzt; ob von seinen Eltern verlassen wurde oder sich derer entledigt hat, sei vorerst mal dahin gestellt. Da taucht plötzlich die von Lazarus selbst als Bekannte bezeichnete Claudette im Haus der Hammerschmitts auf, nimmt die Papageien mit und wird wenig später zusammen mit Richard in Leidingen gesehen.«

»Ich weiß, auf was du hinaus willst. Das Motiv sind die Vögel, beziehungsweise ihr Geldwert.«

»Das liegt nahe, wobei ich nicht weiß, ob das Verschwinden der Vögel Ursache oder Wirkung sind.«

»Es wäre jedenfalls für Richard die Gelegenheit, an Geld zu kommen; über den Schwarzmarkt, falls die Vögel wertvoll sind. Übrigens: da fällt mir in dem Zusammenhang auf, dass deine Führerschein-Theorie einen Haken hat. Das Auto von Claudette ist verschwunden und sie selbst kann es nicht weggefahren haben. Selbst wenn er keinen Führerschein hat, kann Richard Hammerschmitt trotzdem mit dem Wagen unterwegs sein.«

»Das stimmt allerdings! Habt ihr die Fahndung nach dem Fahrzeug rausgegeben?«

»Ja, das geht in einem Aufwasch mit der Fahndung nach Richard.«

»Mit Tierhandel auf dem Schwarzmarkt kenne ich mich nicht aus«, seufze ich.

»Kollege Ken wird sich drum kümmern; Katja hat in dran gesetzt.«

»Dann bleibt vorerst nur abwarten«, stelle ich fest. »Oder kann ich noch etwas für euch tun?«

»Danke, im Augenblick nicht. Aber wenn der Fall abgeschlossen ist, könnten wir uns alle zusammen in Leidingen treffen und feiern. Es würde mich interessieren, mehr über diesen Ort auf der Grenze zu erfahren. Das würde ich als Gelegenheit nützen, dich zu belobigen, in dem ich dich und Marion kostenfrei stelle.«

»Gute Idee, ich kümmere mich drum.«

»So, und nun zisch ab und sag Marion liebe Grüße. Ich werde dich informieren, falls es Neuigkeiten gibt.«

»Das will ich hoffen! Falls du mich dumm sterben lässt, kannst du Leidingen vergessen! Und zwar komplett!«

»Versprochen! Und? Habt ihr morgen was vor?«
»Morgen? Wieso?«
»Feiertag! Schon mal was vom Tag der deutschen Einheit gehört, oder Wiedervereinigung, wie das aktuell heißt?«
»Boah, total vergessen! Als Rentner hat man kein Zeitgefühl mehr! Jetzt wo du es sagst! Ich glaube, die wollen grillen.«
»Du meinst schwenken. Und du sollst wahrscheinlich alles organisieren.«
»Korrekt, aber ich grille; den Gasgrill habe ich mit Müh und Not repariert. Schwenken ist mir zu viel Arbeit mit dem Holz und dem ganzen Gedöns!«
»Ich wusste gar nicht, dass das im Saarland erlaubt ist. Kulturbanause!«
»Normalerweise haben die Frauen damit auch nix am Hut. So, jetzt muss ich aber los, sonst ist der Metzger meines Vertrauens ausverkauft!«

***

Als Marion am späten Nachmittag von der Arbeit kommt, ist das Kühlfach mit Grillgut bestückt und das Bierlager im Keller aufgefüllt. Um den Vorrat an Crémant kümmern sich traditionell die Frauen, da mische ich mich nicht ein.
Von dem, was tagsüber abgelaufen ist, erzähle ich nichts. Als in Fernsehen und Radio nach Richard Hammerschmitt und Claudettes Wagen gefahndet wird, tue ich so, als hätte ich es nicht gehört.
»Hammerschmitt?«, fragt Marion überrascht. »Sind das nicht die Nachbarn von Doris? Die mit den Papageien?«
»Ach ja, ich erinnere mich«, heuchele ich. »keine Ahnung, hinter was die ehemaligen Kollegen da wieder her jagen. Was soll's, ich bin in Rente.«
In Marions Augen lese ich, dass sie mir kein Wort glaubt, aber sicherheitshalber bohrt sie nicht nach.

Donnerstag, 3. Oktober

38

Eigentlich hatte ich mich an diesem Feiertag auf ein gemütliches spätes Frühstück eingestellt, aber das war eine optimistische Fehleinschätzung.
Bereits um 8 Uhr wirft mich Marion aus den Federn, mit dem Hinweis, dass die Bagage zum Grillen bereits um 12 Uhr anrücken wird. Mein Einspruch, dass ich von 18 Uhr am Abend ausgegangen bin, bleibt unkommentiert. Es ist immer das gleiche Spiel: Wenn die Frauen etwas vereinbaren, heißt das nicht, dass die Männer es mitbekommen.
Das Frühstück ist minimalistisch, weil Marion anmahnt, dass in Kürze ein üppiges Mahl auf den Tisch kommt. Super! Eine Tasse Kaffee und ein halbes Croissant machen meiner anfänglich guten Laune endgültig den Garaus. Ich habe die Aufgabe, die Tafel im Garten herzurichten, für ein gemütliches Ambiente zu sorgen, den Keller zu saugen, damit alles sauber ist, falls mal einer aufs Klo muss, die Sonnenschirme zu platzieren, für den Fall dass der riesige Kirschbaum plötzlich seine schattenspendende Funktion verliert, und die Fackeln mit Lampenöl aufzufüllen.
»Wie lange wollen die denn bleiben?«, interveniere ich. »Dunkel wird's erst nach acht.«
»Du kennst sie doch, sie haben Sitzleder! Außerdem ist das immer so romantisch.«
»Nix gegen den Mauerfall, aber der hätte besser im Winter stattgefunden.«
»Dann müsstest du den Ofen im Keller anfeuern, und wie ich dich kenne, wäre dir das auch nicht recht.«
Nach diesem Argument habe ich eine vage Vorstellung, warum

allgemein gefordert wird, dass mehr Frauen in die Politik gehen sollten. Es ist bekannt, dass der Geschlechterkampf selten zugunsten der Männer ausgeht, und auch ich gehöre zu den Verlierern.

Mit Groll im Hirn und Hunger im Bauch tue ich, was mir aufgetragen ist. Ich bin gerade fertig, als bereits die ersten Gäste auftauchen. Ein Himmelreich für eine kurze Mittagsruhe, aber das ist jetzt vorbei.

»Wieso finden alle Feste eigentlich bei uns statt?«, frage ich Sonja. »Ich bin in Rente und arbeite mir den Wolf.«

»Genau deshalb!«, lautet die genauso spontane wie mir unverständliche Antwort. »Ich leg dann mal den Crémant auf Eis, dann reden wir weiter.«

Mir ist sofort klar, dass die Fortsetzung dieses Gespräches niemals stattfinden wird.

Nach und nach trudeln die hungrigen Nachbarn ein, gegen halb eins ist die Truppe vollständig; etwa zwanzig Personen aus mittlerweile drei Generationen warten darauf, gefüttert zu werden.

Während die anderen lustig beisammen sitzen, habe ich im Service jede Menge zu tun. Irgendwann gegen halb zwei bin ich so weit, dass ich mich an die Tafel setzen und meinen Hunger stillen kann.

»Sag mal, Josch«, wendet sich Dagmar kauend an mich. »Im Radio läuft die Fahndung nach einem Richard Hammerschmitt; das Internet ist voll davon. Das ist doch dieser komische Typ, bei dem wir in Furpach waren! An diesen ulkigen Namen kann ich mich genau erinnern!«

»Nee, das ist sein Bruder! Der, bei dem wir waren, heißt Lazarus und ist seit Neuestem tot.«

In dem Augenblick, als ich es sage, tut es mir schon leid. Die Reaktion ist eruptiv, ich hätte es wissen müssen!

»Was? Tot? Warum weiß ich nichts davon? Sag mal selbst, oder?«

Jetzt werden die anderen hellhörig. Es wird spekuliert, dass ich gar nicht in Rente bin und heimlich als verdeckter Ermittler weiterarbeite. Als ich es zu erklären versuche, glaubt mir kein Mensch.

»Voriges Jahr hast du nach der verschwundenen Frau gesucht, da warst du auch schon in Rente«, behauptet Claudia.

»Von mir aus kann er machen, was er will, aber ich will wissen, was da läuft!«, motzt Dagmar.

»Und überhaupt!«, pflichtet Sybille bei. »Hier einen auf gestressten Rentner machen und in Wirklichkeit hinter dubiosen Subjekten herjagen. Stellt euch vor, ich würde die Küche liegen lassen und stattdessen auf Verbrecherjagd gehen.«

»Ob du einen fangen würdest, wage ich zu bezweifeln«, erklärt Erik trocken.

»Eher als du«, verteidigt Claudia das weibliche Geschlecht.

»Der Josch ist Profi, der kann nicht anders«, schlägt sich Bhavin auf meine Seite.

»Genau!«, bestätigt Markus. »Er kann es einfach nicht lassen!«

»Deshalb wird hier nix fertig«, stellt Marion fest. »Ich erinnere an den Hühnerstall! Der ist nach wie vor im Rohbau!«

»Moment!«, kommt mir Trudi zu Hilfe. »Besser er fängt Verbrecher, als dass er einen blöden Hinkelsstall baut; gelle mein Knecht! Aber heiraten könnten die zwei wirklich mal endlich. Das ist doch auf Dauer kein Zustand!«

»Wer sich um das Land verdient machen will, dem soll man keine Steine in den Weg legen«, urteilt Walter und greift sich ein Würstchen. »Und den dauerhaften Zustand der Ehelosigkeit empfinde ich persönlich als Feigheitsgelübde vor dem femininen Feind. Da waren wir früher aus einem ganz anderen Holz geschnitzt! Wir hatten gar nichts, aber den Mut, dem Weibe Auge in Auge gegenüberzutreten. Ich erinnere mich …«

»Erinnere dich lieber daran, dass die Blumenzwiebeln unter die Erde müssen«, stoppt seine Frau Walters wortgewaltigen Erinnerungsversuche.

Die Argumente wogen hin und her, aber in einem sind sich alle einig: Ich muss berichten, was passiert ist, und wieso nach Richard Hammerschmitt gefahndet wird. Irgendwann bin ich es leid und ich erzähle, allerdings ohne ins Detail zu gehen.
»Mann!«, entfährt es Sibylle, »da könnte man glatt einen Krimi drüber schreiben.«
Wolfgang schlägt vor, dass man diesem Leidingen und vor allem der Destillerie ruhig mal einen Besuch abstatten könnte, worauf Dagmar spontan beschließt, eine Fahrt zu organisieren. Sofort beratschlagen die Frauen über einen Termin. Markus schlägt eine Übernachtung vor, was naheliegt, weil sich für die Rückfahrt die Frage der Fahrtüchtigkeit stellt. Die nächste Diskussionsrunde widmet sich der Abwägung, ob Bus oder Übernachtung. Das Ergebnis bleibt offen, stattdessen sind die Frauen bei der Kleiderordnung angekommen. Eine halbe Stunde später habe ich den Überblick verloren und die anderen wissen gar nicht mehr, wie die Diskussion eigentlich angefangen hat.
»Wenn die dort kenn Deitsch kenne, fahr ich net mit!«, erklärt Trudi, worauf man ihr nachdrücklich versichert, dass die paar Meter hinter der Grenze nicht zum Ausland zählen. Wie es sich für einen pensionierten Oberstudiendirektor gehört, erklärt Gert die historischen Zusammenhänge, wobei Walter politische Feinheiten ergänzt.
Beim Spätgrillen haben sich die Reihen keineswegs gelichtet und es wird Zeit, die Fackeln anzuzünden. Marions hellseherische Fähigkeiten beeindrucken mich zutiefst. Als ich in der Küche gerade den Brotkorb auffülle, meldet sich im Wohnzimmer mein Handy. Bei näherer Betrachtung stelle ich fest, dass dies bereits der dritte Anruf ist. Als ich rangehe, teilt mir Staatsanwältin Sommer mit, dass das Fahrzeug von Claudette Roux gefunden worden sei.
»Wo?«, frage ich.
»Auf einem Parkplatz am Dillinger Bahnhof.«
»Und?«

»Ein Drogenspürhund hat angeschlagen, die Untersuchungen laufen noch.«
»Wann war das?«
»Heute Mittag um drei. Eine Streife hat ihn entdeckt. Er scheint nicht allzu lange dort zu stehen, wir suchen aber nach verlässlichen Zeugenaussagen.«
»Stellt sich die Frage, warum er ihn ausgerechnet dort abgestellt hat.«
»Aus meiner Sicht gibt es zwei Möglichkeiten. Er ist unterwegs, hört im Autoradio von der Fahndung, bekommt Panik und stellt die Kiste bei der erst besten Gelegenheit dort ab, wo er annimmt, dass sie in der Menge nicht auffällt. These zwei: Er ist auf die Bahn umgestiegen.«
»Oder er will, dass wir denken, er sei mit der Bahn unterwegs. Wie viel Sprit ist im Tank?«
»Etwa halb voll.«
»Ein Kleinwagen. Vor zwei Tagen in Leidingen, jetzt in Dillingen. Der Tank ist halb voll. Entweder er hat die Gegend nicht verlassen, was heißt, dass er in der Gegend zu tun hat. Zum Beispiel, um die Papageien zu Geld zu machen. Das wiederum heißt wahrscheinlich, dass er im Augenblick nicht weg kann, denn er braucht erst die Kohle, um sich absetzen zu können. Auf dem Schwarzmarkt geht's um Cash auf die Hand, das kann er aus der Ferne nicht abwickeln. Er muss also bleiben, bis das Geschäft abgewickelt ist.«
»Klingt logisch, oder auch nicht. Er könnte zwischendurch getankt haben.«
»Ohne Führerschein ist es für ihn zu riskant, längere Strecken hinter dem Steuer zu sitzen; eine zufällige Verkehrskontrolle und er fliegt auf; außerdem stellt sich dann die Frage, warum er zurückgekommen ist.«
»Auch wieder wahr. Du geht's also davon aus, dass er in der Gegend ist!«
»Für mich ist das jedenfalls naheliegend. Vor allem müssen die-

se Vögel irgendwo in der Nähe sein. Was ist mit der Kameraüberwachung auf dem Bahnhof?«

»Die Auswertung läuft noch. Zuständigkeitsprobleme bei der Bahn am Feiertag … «

»Okay, man wird sehen, aber ich glaube nicht, dass er einen Zug genommen hat. In der Bahn ist er den neugierigen Blicken der Fahrgäste hilflos ausgesetzt und sitzt in der Falle; wenn er einigermaßen bei Verstand ist, scheut er dieses Risiko.«

»Mit einem Taxi ist er anscheinend nicht abgehauen, das haben die Erkundigungen bei den Taxi-Unternehmen ergeben. Von denen gibst hier nicht viel.«

»Es wäre wichtig, die Vögel zu finden.«

»In Dillingen? Kein Mensch kann so viele Vögel unbemerkt in einer Stadt unterbringen.«

»In der Stadt selbst wahrscheinlich nicht, aber im ländlichen Umfeld; dort muss das jemandem aufgefallen sein. Die Polizeiinspektionen sollen Streifen in Marsch setzen und das Umfeld erkunden.«

»Das ist die berühmte Nadel im Heuhaufen, Josch! Eine Sisyphos-Arbeit; dazu fehlt das Personal!«

»Das weiß ich, aber es fällt mir im Augenblick nichts Besseres ein, solange Ken keine neuen Erkenntnisse liefert.«

»Wir müssen abwarten, was die Videoüberwachung bringt. Je nach Ergebnis werden wir die Schwerpunkte setzen und die Einsatzkräfte konzentrieren. Ich muss das mit Katja und dem Präsidenten noch mal durchkauen.«

»Frag doch mal bei der Bundeswehr nach, ob die Amtshilfe leisten kann.«

»Bundeswehr? Wie kommst du denn auf die?«

»Die haben Erfahrung mit Vögeln, die am Boden bleiben müssen.«

»Witzbold! Mir ist gerade nicht zum Scherzen.«

»Cool bleiben! Irgendwann haben wir den Kerl. Es ist selten jemand auf ewig untergetaucht.«

»Dein Wort in Gottes Ohr. Seid ihr noch am Feiern?«
»Klar, es geht gerade in die zweite Runde.«
»Ich wäre jetzt gerne bei euch und würde mir die Kanne geben, das kannst du mir glauben.«
»Das kannst du nachholen, wenn alles vorbei ist. In Leidingen.«
»Darauf kannst du einen … Gift nehmen. Servus, wir bleiben im Kontakt.«
Als ich zurück in den Garten komme, wird mein langes Fernbleiben nicht kommentiert. Die Runde ist in einem Stadium, wo Abzählreime nicht mehr funktionieren.
Während sich die anderen amüsieren, grübele ich im Schein der Fackeln nach und versuche, mich in die Situation des Flüchtenden zu versetzen. Was würde ich an seiner Stelle tun? Zwischendurch bin ich am Zweifeln. Was ist, wenn Richard Hammerschmitt gar nicht der Fahrer des Wagens war? Dann nutz die ganze Zielfahndung nichts. Andererseits: Wer sollte es sonst gewesen sein?
Wenn eine andere uns unbekannte Person im Spiel ist, sind die Spatzen sowieso gefangen. Apropos Vögel! Die Tiere müssen gepflegt und gefüttert werden. Vogelfutter! Irgendwo muss dieses Futter beschafft werden; wahrscheinlich Spezialfutter, das man nicht um die Ecke kaufen kann. Oder haben die die Verpflegung aus dem Haus der Hammerschmitts gleich mitgenommen?
Das sind Fragen, die ich gleich morgenfrüh mit Katja Reinert besprechen muss, sobald ich hier aufgeräumt habe. Oder besser gleich als erstes, der Müll hier läuft mir nicht weg.

39

Hauptkommissarin Reinert war umgehend nach Dillingen geeilt, als sie vom Auffinden des Wagens informiert worden war. Vor Ort hatte der Kriminaldauerdienst bereits alles Notwendige in die Wege geleitet und mit dem Sichern der Spuren begonnen.

Katja Reinert ließ die Kollegen erst mal in Ruhe arbeiten, verteilte das in aller Eile kopierte Fahndungsfoto des Flüchtigen an die herbei beorderten Einsatzkräfte und besprach mit ihnen den weiteren Einsatz anhand eines Stadtplans, den ihr einer der Kollegen ausgehändigt hatte.

In Zweiergruppen sollten die Kollegen in alle Richtungen ausschwärmen, Passanten befragen, die Restaurants, Cafés und Kneipen in der Umgebung abklappern und die Bus- und Taxifahrer mit dem Foto konfrontieren. Die Fahrzeugführer, die ihre abgestellten Autos vom mittlerweile abgesperrten Parkplatz entfernen wollten, mussten befragt werden, wann sie hier angekommen waren und ob sie bei ihrer Ankunft Claudettes Fahrzeug bemerkt hatten.

Der Kriminaldauerdienst hatte inzwischen zwei auf Rauschgift uns Sprengstoff spezialisierte Spürhunde heranschaffen lassen, die jetzt abwechselnd um das Fahrzeug schnüffelten. Mittlerweile waren Oberkommissar Marius Sorg und Staatsanwältin Sommer am Dillinger Bahnhof eingetroffen.

Katja Reinert wies Marius an, sich um die Kameraüberwachung auf dem Bahnsteig zu kümmern, sie selbst studierte eingehend den Stadtplan und versuchte, sich vorzustellen, wohin Richard Hammerschmitt geflohen sein könnte, falls er zu Fuß unterwegs war.

Der Stadtpark war nicht weit entfernt, das war eventuell eine Möglichkeit. Direkt angrenzend lagen das Rathaus und die Polizeiinspektion, aber das musste nicht unbedingt ein Hinderungsgrund für einen Fluchtweg sein. Über Funk wies Katja den Einsatzleiter der Bundespolizei an, dieses Gebiet zu durchkämmen und nach Zeugen zu suchen.
Nach einer Weile kam Marius Sorg fluchend vom Bahnhof zurück.
»Wegen dieses Scheiß-Feiertags finden die niemanden, der Zugang zu der Video-Überwachung hat«, erklärt er mit einem gehörigen Schuss Wut im Unterton.
»Nimm zwei Beamte und die Staatsanwältin mit!«, entschied die Hauptkommissarin. »Notfalls verschafft ihr euch Zugang ohne Rücksicht auf die Bahn. Wir brauchen unbedingt diese Aufzeichnungen!«
Marius war gerade gegangen, als der Staffelführer kam und berichtete, dass einer der Hunde auf Drogen angeschlagen hatte.
»Auf der Fußmatte des Beifahrers. Kein konkreter Fund, aber dort waren Drogen gelagert. Sprengstoff: negativ.«
»Kofferraum, Handschuhfach? Weitere Auffälligkeiten?«
»Da musst du die Kollegen fragen«, erklärte der Staffelführer und ging zurück zu seinen Hunden.
Katja ging zum Wagen und erkundigte sich bei den Spurenermittlern.
»Der Wagen wurde anscheinend gründlich gereinigt«, erklärte der Kollege. »Dennoch haben wir zwischen den Ritzen der Rückbank und im Kofferraum bislang vier Vogelfedern gefunden. Blutspuren: negativ. Der Hund hat … «
»Ich weiß«, unterbrach Katja. »Hat auf Drogen angeschlagen. Ich wette auf Papageien, aber das soll Hubertus näher spezifizieren. Sonst noch was?«
»Wir sind lange nicht fertig!«
»Habt ihr eine Vorstellung, wie lange der Wagen hier steht?«
»Direkt nach unserem Eintreffen haben wir die Temperaturen

von Motoröl und Kühlwasser gemessen. Unter Berücksichtigung der Außentemperatur komme ich auf eine Standzeit von vier bis fünf Stunden, vorausgesetzt, das Fahrzeug war auf Betriebstemperatur, als es abgestellt wurde. Das ist eine grobe Einschätzung, mehr nicht. Übrigens: der Tank ist halbvoll.«

»Die Karre wurde demnach um die Mittagszeit hier abgestellt.«

»Eine Theorie, die auf Modellrechnungen basiert.«

»Danke.«

Katja war im Begriff, zum Bahnhof zu gehen, um sich dort nach dem Ergebnis der Videoüberwachung zu erkundigen, als der Einsatzleiter der Bundespolizei erneut auf sie zukam.

»Vorne am Imbiss glaubt eine Verkäuferin, unseren Mann am frühen Nachmittag gesehen zu haben. Angeblich ist er in Richtung Stadtpark gerannt und ist ihr deshalb aufgefallen, weil er in seiner Hektik beim Überqueren der Straße beinahe in einen PKW gelaufen ist.«

»Okay, wo habt ihr die Zeugin jetzt? Ich will mich mit ihr unterhalten.«

»Die Kollegen haben sie und andere Zeugen zum Protokoll in die Polizeiinspektion gebracht; liegt gleich um die Ecke. Dort sind die logistischen Möglichkeiten besser.«

»Ja, ein Glücksfall. Es gibt also weitere Zeugen?«

»Möglicherweise, aber wir sind erst am Anfang. Eine junge Mutter will ihn vor einer Stunde am Spielplatz gesehen haben, aber da gibt es Widersprüche zu der Imbissverkäuferin, was Kleidung und Größe betrifft. Das muss hinterfragt werden.«

»Super. Da wäre ich gerne dabei; ich komme gleich zu euch. Gibt es Meldungen aus den anderen Bereichen?«

»Negativ!«

»Ich schaue schnell beim Bahnhof vorbei, ob die Kollegen etwas gefunden haben; danach richtet sich unsere weitere Strategie. Hinterher komme ich gleich rüber; behaltet die Zeugen solange da. Falls es Neuigkeiten gibt, bleiben wir im Funkkontakt!«

»Klar! Bis später.«
So schnell sie konnte, eilte Katja zum Bahnhof. Dort führten Marius und die Staatsanwältin ein heftiges Wortegefecht mit einem Bahnbediensteten, der behauptete, nicht zu wissen, wer für die Videoüberwachung zuständig ist. Er könne überdies seine vorgesetzte Stelle wegen des Feiertags nicht erreichen und damit sei das Problem für ihn erledigt. Man könne sich gerne über ihn beschweren, und überhaupt habe er jetzt Feierabend.
»Sie zeigen uns den Server-Raum, den Rest übernimmt die Bundespolizei«, entgegnete die Staatsanwältin forsch. »Marius ruf den Einsatzleiter her. Und wenn Sie nicht binnen einer Minute in Gang kommen, mache ich Ihnen das Leben zur Hölle! Ich hoffe, ich habe mich klar genug ausgedrückt!«
Die Botschaft kam an, der Bahnbedienstete setzte sich in Bewegung und der Rest der Truppe folgte ihm, bis auf die Hauptkommissarin, die sich beeilte, in die Polizeiinspektion zu gelangen. Auf dem Weg dorthin durchquerte sie den Stadtpark und war überrascht, mitten in Dillingen einen derartigen Ort der Ruhe und Entspannung vorzufinden.
»Was sagen die Zeugen?«, fragte Katja, als sie zur Ermittlungsgruppe stieß.
»Die Zeugin musste weg, ihr Kind bei der Oma abholen, aber wir haben selbstverständlich die Personalien von allen Zeugen. Das Problem ist das Alter der Aufnahme, aber mindestens zwei Zeugen sind sich ziemlich sicher. Bei denen herrscht Übereinstimmung hinsichtlich Größe, Haarfarbe und Kleidung. Lange Haare, ungepflegtes Äußeres, braune Cordhose, Sandalen ohne Strümpfe, grünes Hemd; das Alter passt in etwa. Der Mann hatte es eilig und war zwischen 13 Uhr und 13 Uhr 30 im Stadtpark unterwegs. Sein Weg führte zunächst nach Norden, aber dann scheint er wieder zurückgekommen zu sein. Irgendwann war er dann verschwunden, wahrscheinlich durch die Büsche.«
Ein Beamter erschien und teilte mit, dass der Flüchtende an-

geblich in der Innenstadt gesehen worden sei.«
»Eine Zeugin behauptet, dass er am Roten Platz unterwegs war. Etwa vor einer halben Stunde; die Kollegen konzentrieren sich auf diesen Bereich und befragen die Zeugin weiter.«
»Roter Platz?«, wunderte sich die Hauptkommissarin. »Den hätte ich hier nicht vermutet. Wo ist das?«
»Das ist der Marktplatz, etwa zehn Gehminuten von hier.«
»Okay, wir warten ab, bis ich Informationen vom Bahnhof habe. Oh wie ich diese Warterei hasse! Aber wenn er dort in einen Zug eingestiegen ist, können wir uns das Theater hier sparen.«
Während sie in der Polizeiinspektion abwarteten, liefen permanent Informationen der einzelnen Streifen ein. Standorte wurden abgefragt, neue Einsatzbereiche festgelegt, Einsatzkräfte koordiniert und alle Bewegungen mit bunten Markierungen auf dem Stadtplan gekennzeichnet. Dann endlich kam die Meldung der Staatsanwältin vom Bahnhof.
»Wir haben die Aufnahmen im Zeitraum zwischen 11 und 14 Uhr im Zeitraffer durchforstet. Unser Mann ist hier nicht aufgetaucht.«
»Sicher?«
»Was heißt sicher? Der Bahnhof ist heute am Feiertag schwach frequentiert; lediglich ein paar Ausflügler, alles in allem sehr überschaubar! Durch den Haupteingang ist er jedenfalls nicht gekommen und nirgendwo durchs Bild gehuscht. Wenn er allerdings die Schleichwege und die Standorte der Kamera kennt, könnte er sich theoretisch davongeschlichen haben. Die Kollegen werden Kontakt mit den Anschlussbahnhöfen aufnehmen, aber das dauert. Hast selbst gesehen, wie kooperativ die Bahner sind.«
»Okay, danke! Wir haben Sichtmeldungen aus der Innenstadt. Wir bleiben dran und gehen der Sache nach.«
»Gut, ich breche jetzt hier meine Zelte ab und komme zu euch rüber zur Inspektion.«

»Ich weiß nicht, wie lange ich hier bin; andernfalls sehen wir uns im Zentrum. Marktplatz und Umgebung. Ende!«
»Sichtmeldung aus der Hüttenwerkstraße!«, rief einer der Beamten. »Das passt zum angrenzenden Marktplatz.«
»Wo?«, fragte der Einsatzleiter.
»Er hat in einem Café Essen und Wasser gekauft, ist aber sofort wieder weg. Die Verkäuferin hatte den Eindruck, dass er sehr in Eile war und erinnert sich an sein ungepflegtes Erscheinungsbild. Das war vor weniger als einer halben Stunde.«
»Wir riegeln die Innenstadt im Umkreis von dreihundert Metern ab«, entschied die Hauptkommissarin. »Alle Einsatzkräfte in diesen Bereich. Bei Sichtung Zugriff ohne gesonderte Aufforderung. Achtung, wir wissen nicht, ob er bewaffnet ist. Durchsage an alle Einheiten. Keine weiteren Spekulationen, entweder das ist unser Mann oder wir haben die Arschkarte. Los, wir fahren vor Ort!«
»Du gehst aufs Ganze!«, stellte der Einsatzleiter überrascht fest.
»Wir haben keine Wahl! Wenn er uns durch die Lappen geht, stehen wir alle am Pranger und ich bin wahrscheinlich meinen Job los. Bei vier Leichen gibt's nicht viel zu überlegen!«
Auf dem Weg zur Innenstadt informierte Katja Reinert ihren Kollegen Marius und die Staatsanwältin. Wenige Minuten später kamen sie auf dem Roten Platz an und ließen sich von den Beamten über den neuesten Stand und die Örtlichkeiten informieren.
Die Bewertung aller Informationen stimmte die Hauptkommissarin optimistisch. Ein der Personenbeschreibung entsprechender Mann, der offensichtlich eiligst bis hektisch unterwegs war und wahrscheinlich mitbekommen hatte, dass man hinter ihm her war, wechselte ständig seinen Standort und versuchte, irgendwo ein Schlupfloch zu finden.
»Ich bin sicher, dass das unser Mann ist. Augenscheinlich ist er im Umkreis von ein paar hundert Metern unterwegs und wird

versuchen, sich unsichtbar zu machen. Wir müssen aufpassen, dass er nicht durchdreht, wenn er in die Enge getrieben ist. Nicht dass er eine Geißel nimmt oder sonst wie außer Kontrolle gerät. Marius und ich gehen jetzt nach vorne und schauen uns um. Wir sind in Zivil und er kennt uns nicht. Vielleicht gelingt es uns, Sichtkontakt herzustellen. Lasst keine zusätzlichen Passanten ins Zentrum, fangt sie dezent ab. Das SEK soll sich bereithalten.«

»Ist bereits im Verfügungsraum«, erklärte der Einsatzleiter. »Spürhunde bringen hier nichts. Hubschrauber steigen erst auf, falls er das Zentrum verlassen sollte.«

»Eigentlich sollten wir Sicherheitswesten anziehen«, meinte Marius, »aber dann erkennt er uns auf hundert Meter.«

Katja Reinert nickte. Die beiden überprüften ihre Waffen, dann machten sie sich auf den Weg. Katja legte ihren Arm um Marius' Hüfte, und als sie merkte, wie der plötzlich stocksteif im Rücken erstarrte, beruhigte sie ihn.

»Keine Sorge, ich will dich nicht anmachen! Wir spielen ein verliebtes Paar, das macht uns weniger verdächtig.«

»Wenn wir durch Zufall meiner Frau begegnen, habe ich ein Problem«, seufzte Marius.

»Haben wir nicht! Unser Problem heißt Richard Hammerschmitt!«

Als verliebtes Pärchen schlenderten sie durch die Hüttenwerkstraße, blieben ab und an vor den Schaufenstern stehen, hatten aber in Wirklichkeit ständig das gesamte Umfeld im Blick. Die Bank an der Ecke schlossen sie aus, denn jeder halbwegs clevere Flüchtende würde die Kameraüberwachung scheuen. Das Sanitätshaus und die logopädische Praxis waren nicht einsehbar und das Designergeschäft hatte wegen des Feiertags geschlossen. Durch die verkehrsberuhigte Zone fuhr kein einziges Fahrzeug; der Verkehr war von den Kollegen bereits weiter vorne gestoppt und umgeleitet worden. Hier und da ein parkendes Auto, aber insgesamt waren beide Gehwege und der

Fahrbereich gut zu überblicken. Die Zielperson war nicht zu sehen. Am Ende der Straße befand sich ein Café mit spärlicher Außenbestuhlung.

»Wollen wir uns setzen und knutschen?«, flachste Marius.

»Das würde dir so passen, mein Freund! Dann hättest du allerdings zwei Probleme: mit mir und deiner Frau! Nach weiter vorne kann er eigentlich nicht gekommen sein; da stehen die Kollegen.«

»Da ist ein Busbahnhof«, erwiderte Marius, ohne auffällig in die Richtung zu schauen.

»Die Busse werden weiter vorne kontrolliert; wenn der in einem drinsitzen würde, hätten wir ihn schon!«

»Lass uns auf der anderen Seite zurückgehen«, schlug Marius vor.

»Machen wir! Sei nicht so verspannt im Rücken, ich bekomme gleich einen Krampf in den Arm.«

»Du solltest das üben! Du hast einen Griff wie eine Rohrzange!«

»Besser so?«, fragte Katja, nachdem sie den Griff gelockert hatte.

»Viel besser!«

Auf der anderen Straßenseite kamen sie zunächst an einem Modegeschäft vorbei; geschlossen! Wohin hatte der Kerl sich verdrückt? Hier gab es nirgendwo eine Zuwegung zu einem Hinterhof, keine Eingänge, alles dicht bebaut, Haus an Haus. Eine Zahnarztpraxis, daneben eine breite Front mit Scheiben aus Milchglas und einer breiten doppelflügeligen Eingangstür. Marius rüttelte, aber die Tür war verschlossen. Oben war ein hochgezogenes Rollgitter zu sehen.

»Was ist das für ein Schuppen?«, raunte Marius.

»Ich frag nach!«, antwortete Katja und hantierte unauffällig an ihrer Steuerung für das Head-Set.

Während sie auf die Antwort wartete, schlenderten sie weiter. Eine italienische Weinschänke hatte geöffnet, war allerdings nur schwach besucht.

»Ich überprüfe die Toilette«, sagte Marius und ging rein, während Katja draußen blieb.
»Negativ«, sagte Marius, als er wieder rauskam.
»Der Schuppen, wie du es nennst, war mal ein Kaufhaus. Jetzt ist da eine Theaterschule oder so was drin.«
»Die Kollegen sollen mal anrufen. Die Tür war zwar zu, aber bei der Fensterflucht zur Straße hin sind die Gitter hochgezogen.«
Katja Reinert gab die Anforderung weiter.
»Da vorne in dem Laden scheint etwas los zu sein; da höre ich Musik«, sagte Katja. »Lass uns nachschauen!«
Der Laden entpuppt sich als ein Geschäft für Instrumente, vornehmlich Gitarren. Anscheinend fand dort eine Verkaufsveranstaltung oder ein Workshop statt, denn drinnen stand ein gutes Dutzend junger Menschen und entlockte den Instrumenten mehr oder weniger melodische Klänge.
»Lass uns reingehen!«, entschied die Hauptkommissarin und ließ ihren Kollegen los. »Das könnte passen, hier würde er weniger auffallen.«
Die beiden Ermittler betraten den Ausstellungsraum und hatten dabei alle Personen genau im Visier. Scheinbar interessiert betrachteten sie die zahlreichen Gitarren, die akkurat geordnet an der Wand hingen und näherten sich dabei langsam der Gruppe; der gesuchte Hammerschmitt war allerdings nirgendwo auszumachen.
»In der Theaterschule findet zur Zeit eine Probe statt«, tönte es ins Ohr der Hauptkommissarin. »Keine besonderen Vorkommnisse.«
Katja Reinert ließ diese Mitteilung unkommentiert und konzentrierte sich weiter auf die Gruppe der Musikanten. Weiter hinten hielt jemand einen Vortrag, entweder war es der Chef des Ladens oder der Veranstaltungsleiter, das konnte man an der wichtigtuerischen Körpersprache erkennen. Einige junge Männer standen um ihn herum und hörten fasziniert zu. Weil

die Scheinwerfer blendeten, waren die Gesichter für die Ermittler nur undeutlich zu erkennen und es war nicht klar zu sehen, ob der Gesuchte dabei war. Um dorthin zu gelangen, mussten Katja und Marius an den Musikanten vorbei, daher schoben sie sich langsam vorwärts, aber als sie ankamen, war ihre Zielperson nicht unter den Zuhörern.

Marius unterbrach den Vortragenden und hielt ihm das Fahndungsfoto unter die Nase.

»War der hier? Schon mal gesehen?«

Bevor auch Katja Reinert das Foto herumreichen konnte, antwortete der Gefragte mit arroganter Entrüstung.

Warum wollen Sie das wissen? Wer sind Sie überhaupt?«

»LKA, Oberkommissar Sorg!« Marius zeigte seinen Dienstausweis. »Das ist Hauptkommissarin Reinert. Was ist nun?«

»Ja, der ist gerade auf Toilette und … «

Ehe der Mann den Satz beenden konnte, flog im vorderen Bereich des Geschäftes, etwa in Höhe der Musikergruppe, eine Seitentür auf und krachte mit lautem Knall gegen die Wand. Im gleichen Augenblick stürmte eine Person in den Raum und rannte in Richtung Ausgang, wobei sie einen Ständer mit zwei Gitarren umstieß. Binnen Kürze herrschte Chaos in der kleinen Gruppe, die in Panik geriet und auseinanderstob. Der Flüchtende erreichte den Ausgang, riss die Tür auf und verschwand draußen nach rechts aus dem Blickfeld.

»Scheiße!«, schrie Marius und stürmte hinterher, verlor aber wertvolle Zeit, weil er sich einen Weg durch die aufgeschreckte Gruppe bahnen musste, bevor schließlich auch er den Ausgang erreichte.

Katja Reinert sprang hinterher. Im Laufen gab sie Meldung an die Einsatzkräfte.

»Zielperson flüchtet vom Musikgeschäft in Richtung Busbahnhof. Alle Einsatzkräfte zur Hüttenwerkstraße!«

Der Flüchtende hatte einen Vorsprung von etwa dreißig Metern, als Marius Sorg ins Freie sprintete und die Verfolgung

aufnahm. Im Laufen versuchte er die Waffe aus dem Holster zu ziehen, verwarf den Plan aber gleich wieder, weil er fürchtete, weiter ins Hintertreffen zu geraten.
Gerade als der Fliehende die Höhe der Theaterschule erreicht hatte, ging dort die Eingangstür auf und eine Frau trat heraus. Sie hatte den Mann nicht kommen sehen und stieß einen spitzen Schrei aus, als der Kerl sie grob zur Seite stieß und sie aufs Pflaster knallte. Blitzschnell griff der Mann die sich schließende Tür zur Theaterschule, riss sie auf und verschwand im Inneren. Marius war Sekunden später zur Stelle, ignorierte die Frau am Boden, aber es gelang ihm nicht, die Tür zu fassen, bevor die Tür krachend ins Schloss fiel.
»Fuck!«, schrie Marius seinen Frust heraus und drehte sich zu der wimmernden Frau um. »LKA! Sind Sie in Ordnung?«
Die Frau war in ihrem Schock unfähig, ihm zu antworten und wimmerte weiter vor sich hin. Aus dem Gebäude waren jetzt Schreie, lautes Stimmengewirr und Gepolter zu hören; mittlerweile war Katja Reinert eingetroffen, die Einsatzkräfte kamen von allen Seiten angestürmt und Polizeiautos mit Sirenengeheul und Blaulicht hielten vor dem Gebäude.
»Einsatz SEK!«, ordnete Katja Reinert an. »Möglicherweise nimmt er drinnen eine Geisel.«
»So viel ich sehen konnte, ist er nicht bewaffnet«, ergänzte Marius.
Als urplötzlich die Tür der Theaterschule geöffnet wurde, zogen die Beamten reflexartig ihre Waffen und sprangen zur Seite. Heraus trat eine Frau, der die Anspannung ins Gesicht geschrieben stand. Schwer atmend, mit weit aufgerissenen Augen und eine Hand vor den Mund geschlagen, trat sie ins Freie. Während Marius und Katja die Frau in Sicherheit brachten, stürmten sofort einige Beamte in den Innenraum. Sekunden später geleiteten sie ein halbes Dutzend Männer und Frauen ins Freie.
»Er ist nach hinten abgehauen!«, rief eine der Frauen aufgeregt.

»Da kommt er nicht raus«, erklärt die Frau, die als erste herausgekommen war. »Alles abgesperrt, die Türen sind massiv.«
»Sind Sie okay?«, fragte Katja.
»Ja, so weit schon!«
»Prüfen Sie, ob alle draußen sind oder ob jemand fehlt.«
Die Frau schaute in die Runde, während weitere Einsatzkräfte das Gebäude betraten.
»Alle da!«
»Er ist also alleine da drinnen?«
»Sieht ganz so aus!«
»Wo kann er hin? Gibt es einen Weg zu den Nachbargebäuden oder übers Dach?«
»Soviel ich weiß, nicht. Ohne Leiter! Das Gebäude ist sehr groß, aber ich wüsste nicht, wie er rauskommen sollte. Das ist schon die ganze Zeit mein Problem.«
»Wieso?«
»Das hier ist das ehemalige Berliner Kaufhaus J. Brück; alter Familienbesitz meines Mannes. Wir wollten es zu einem Theater umbauen, aber wegen der fehlenden Fluchtwege funktioniert das nicht.«
»Wie groß ist der Innenraum?«
»Sehr groß! Über zwei Stockwerke mit einer riesigen Treppe. Wunderschön. Glaubt man von außen nicht, ist aber so!«
»Sind Sie in der Lage, dem SEK eine Beschreibung oder Lageskizze zu geben?«
»Vorne im Schrank sind Baupläne, aber ich gehe da nicht mehr rein, solange der Kerl drin ist.«
»Müssen Sie auch nicht! Sagen Sie mir, wie wir an den Schrank rankommen!«
Minuten später drang das Sondereinsatzkommando in das Gebäude ein. Indessen wurden die Personen aus dem Innenraum von Hilfskräften betreut und versorgt. Glücklicherweise gab es nur eine Verletzte, aber selbst die war beim Sturz auf das Pflaster mit einer Prellung und dem Schrecken davongekommen.

Staatsanwältin Sommer, die Kommissare und der Einsatzleiter der Bundespolizei warteten auf der gegenüberliegenden Straßenseite den Einsatz des SEK ab. Aus dem Gebäude war zunächst kein Ton zu hören; kein Mensch würde vermuten, dass es dort womöglich gerade um Leben und Tod ging. Nach einer gefühlten Ewigkeit kam endlich der erlösende Funkspruch.
»Zugriff beendet. Wir haben ihn. Keine Personenschäden. Alles gesichert!«
Drei Einsatzwagen des SEK fuhren vor und warteten mit laufenden Motoren; daneben parkte ein Fahrzeug des LKA. Was für Unbeteiligte wie eine Parade aussehen musste, war in Wahrheit ein gut vorbereitetes und über Funk koordiniertes Szenario. Das SEK bereitete den Rückzug seiner vermummten Mitarbeiter vor, das LKA war bereit den Festgenommenen in Empfang zu nehmen und schnellstmöglich, vor ungebetenen Blicken geschützt, abzutransportieren. In spätestens einer Viertelstunde würde nichts mehr an diesen Einsatz erinnern, nur das Team der Spurenermittler würde von außen unsichtbar seine Arbeit erledigen.
Als der Festgenommene übergeben wurde, gingen die Staatsanwältin, Katja Reinert und Marius Sorg ins Innere des Gebäudes. Richard Hammerschmitt, alias Philippe Roux bot einen jammervollen Anblick und konnte sich kaum auf den Beinen halten. Die Hände auf den Rücken gefesselt, schaute die verwahrloste Person wortlos zu Boden. Alles an ihm starrte förmlich vor Dreck. Auf die Ansprache der Staatsanwältin und die Belehrung durch Katja Reinert reagierte er nicht. Überhaupt musste man den Eindruck haben, dass er gar nicht mitbekam, was mit ihm passierte.
»Lasst ihn medizinisch untersuchen«, ordnete Katja an. »Womöglich hat er einen Drops eingeworfen. Wir sehen uns später im Präsidium.«
…
Die ersten Vernehmungen fanden unmittelbar nach der Ein-

lieferung ins Untersuchungsgefängnis statt. Im Zuge der medizinischen Untersuchungen ging es allerdings im Grunde lediglich um Maßnahmen und Fragen zur Feststellung der Person, des persönlichen Umfelds und der Aufenthaltsorte in den Jahren nachdem Richard Hammerschmitt von der Bildfläche verschwunden war.
Erst als die Ärzte erklärten, dass Richard zur Zeit nicht unter Drogen stehe, sein geistiger und körperlicher Zustand allerdings sehr wohl auf jahrelangen schweren Drogenmissbrauch zurückzuführen sei und er Entzugserscheinungen zeige, konnten Fragen zu den Mordopfern, den Taten selbst oder eventuelle Motivlagen gestellt werden.
Staatsanwältin Sommer war hinzugekommen; sicherheitshalber wurde ein Pflichtverteidiger gerufen, obwohl der zu diesem Zeitpunkt gar nicht hätte dabei sein müssen. Der Oberstaatsanwalt hatte jedoch so entschieden, damit hinterher nicht behauptet werden konnte, dass der Beschuldigte nicht in der Lage gewesen wäre, seine eigene Situation zu beurteilen. Die Staatsanwältin äußerte sich nicht zu dieser Anordnung, denn es war ihr letztendlich egal. Die Beweislast war ihrer Ansicht nach erdrückend, aber noch war nicht absehbar, ob der Beschuldigte zum Zeitpunkt der Verbrechen zurechnungsfähig war oder nicht; es ging erst mal darum, Zusammenhänge, Abläufe und Fakten zu sammeln, die eine formelle Anklage zuließen.
»Vordergründig müssen wir sicher sein, den Richtigen erwischt zu haben und zu klären, welche der Opfer ihm zuzuschreiben sind«, hatte sie zu Katja Reinert gesagt, als die sich über die Verzögerungen beschwert hatte, die durch das frühzeitige Hinzuziehen eines Verteidigers entstanden.
Nachdem Richard Hammerschmitt geduscht und frische Kleider bekommen hatte, reichte man ihm ein üppiges Mahl, das er gierig hinunterschlang. Danach wurde er zugänglicher und überraschend mitteilsam, allerdings äußerte er die Forderung, mit Drogen versorgt zu werden. Selbst sein Anwalt machte ihm

deutlich, dass dies ein Ding der Unmöglichkeit war.
Dennoch war das Eis anscheinend gebrochen und Richard nun froh, eine sichere Unterkunft, regelmäßiges Essen und einen relativ stressfreien Tagesablauf in Aussicht zu haben. Obwohl ihm mehrfach erklärt wurde, dass er nichts aussagen müsse, was ihn selbst belaste, gab er von sich aus erschöpfend Auskunft. Zwei Sitzungen zu jeweils zwei Stunden, dazwischen eine Pause von dreißig Minuten, brachten viel Licht ins Dunkel der Ermittlungen. Richard schien über eine endlose Kondition zu verfügen, aber um Mitternacht wurde die Vernehmung abgebrochen, weil die Beamten und der Rechtsanwalt fix und fertig waren.
Am Morgen nach dem Feiertag sollte es um 9 Uhr weitergehen, aber da war Richards anfänglicher Elan verraucht. Nach einer Stunde verweigerte er jegliche weitere Aussage, wenn man ihm keinen Zugang zu Drogen ermögliche. Staatsanwältin Sommer versuchte, ihm die Unmöglichkeit seiner Forderung klarzumachen, aber es half alles nichts; Richard Hammerschmitt schaltete auf stur. Daraufhin brach die Staatsanwältin das Gespräch ab und setze es bis auf weiteres aus.
»Lassen wir es vorerst dabei«, erklärte sie. » Wir sind bereits ein gutes Stück vorangekommen. Den Rest werden wir aus ihm herausbekommen, wenn er zur Ruhe gekommen ist. Für eine Anklage reicht es allemal.«
Bis dahin hatte sich das Leben von Richard Hammerschmitt als ein einziges Chaos herausgestellt. Selbst Katja Reinert äußerte die Ansicht, dass er eher Opfer als Täter war, wenngleich das nichts entschuldigte.
Richard hatte tatsächlich all die Jahre hindurch Kontakt zu seinem Vater Paul gehabt, was allerdings weder seine Mutter noch sein Bruder ahnten. Anfangs hatte ihm Paul hin und wieder Geld zugesteckt, aber irgendwann ging das nicht mehr, weil Isabella alles kontrollierte und der kranke Vater zu Hause nicht mehr das Sagen hatte. Von Paul wollte Richard erfahren haben,

dass die Mutter gestorben war, aber er habe nicht gewusst, dass sie umgebracht und im Garten vergraben worden war. Auf die Frage, wer seiner Meinung nach als Täter infrage käme, konnte oder wollte Richard zunächst nicht antworten.

Obwohl die Ermittler immer wieder nachbohrten, blieb unklar, in welcher Beziehung Richard aus seiner Sicht zu Claudette Roux stand; mal behauptete Richard, sie seien ein Paar, dann wieder nur gute Bekannte, ein andermal waren sie enge Freunde. Katja Reinert äußerte im kleinen Kreis die Vermutung, dass wohl Richard selbst das gar nicht einzuordnen wusste. Fakt war jedoch, dass er ihr hörig war und sie ihn fest im Griff hatte.

Vor vielen Jahren waren die beiden sich über den Weg gelaufen, da hatte Claudette in Limbach nicht nur mit Tieren gehandelt, sondern die einschlägige Szene auch mit Drogen versorgt. Claudette war also schon damals ein schlimmer Finger, aber Richard hatte sich zu ihr hingezogen gefühlt, nicht nur wegen der Drogen. Möglicherweise beruhte das anfangs auf Gegenseitigkeit, denn sie gewährte ihm Unterschlupf, erfand für ihn einen neuen Namen und versorgte ihn mit Drogen zum Minimalpreis. Im Gegenzug musste ihr Richard bei ihren krummen Geschäften zur Hand gehen, Transporte mit illegaler Ware abwickeln oder als Strohmann herhalten. Claudette machte ihn zwar anfangs heiß, ließ ihn aber immer weniger an sich ran, stattdessen hielt sie ihn an der kurzen Leine. Sex bekam er nur von ihr, wenn er alles zu ihrer hundertprozentigen Zufriedenheit erledigte, Geld nur so viel, dass es zur Selbstversorgung reichte.

Durch Richard wusste Claudette von Isabellas Tod, bereits bevor Lazarus sich gemeldet hatte, war aber vorerst nicht auf die Idee gekommen, dass sie aus den Papageien Kapital schlagen konnte. Das kam erst nach Lazarus Anruf und der Taxierung der Papageien. Der Besuch in Furpach hatte den Stein ins Rollen gebracht und Claudettes Habgier geweckt.

Richard gab zu, dabei gewesen zu sein, als Claudette seinen

Bruder außer Gefecht gesetzt und über das Geländer gehievt hatte. Er habe allerdings von dem Plan vorher nichts gewusst. Da er sich diesbezüglich bei seinen Aussagen in Widersprüche verwickelte, glaubten ihm die Ermittler diese Version nicht; aber Richard bestand darauf, nicht direkt an der Ermordung seines Bruders beteiligt gewesen zu sein. Für seine Darstellung sprach die Tatsache, dass am Tatort nur zwei Fußspuren gefunden worden waren, die von Richard war allerdings nicht dabei. Claudette konnte die Tat also tatsächlich alleine begangen ahben. Sie habe ihm zehntausend Euro versprochen, wenn er den Mund halte und den gleichen Betrag noch mal, wenn er ihr helfe, die Papageien zu verscherbeln. Erst später habe er erfahren, dass die Tiere mehr als das zehnfache wert waren.
In Leidingen habe er Claudette damit konfrontiert, dass sie ihn übers Ohr hauen wolle, dabei sei es zu einem handfesten Streit gekommen. Eskaliert sei die Sache, als sie ihn als einen vollwaisen Idioten beschimpft habe, als Bruder eines schwachsinnigen Elternmörders, der auch nicht besser sei. Abschaum sei er, habe sie geschrien, und von ihr würde er keinen einzigen Cent bekommen, das könne er sich abschminken. Da sei er durchgedreht.
Auf die Frage, wo die Papageien abgeblieben seien, konnte Richard keine verwertbare Antwort geben. Die seien in einer Nacht- und Nebelaktion auf einem Feldweg in einen Transporter umgeladen worden, er selbst habe nur die Kisten und Käfige geschleppt. Er wisse weder, wer die Leute waren, noch wo das Geld abgeblieben sei. Das Geschäft habe Claudette eingefädelt, und er sei überzeugt, dass sie ihn übers Ohr hauen wollte. Mit dieser Behauptung hatte Richard die Vernehmung abgebrochen und auf Drogen bestanden, und das war's dann fürs Erste.
Augenscheinlich war Claudette Roux eine geldgierige skrupellose Person gewesen, die die Schwächen der Hammerschmitt-Brüder gnadenlos ausgenutzt hatte und die Fähigkeit besaß, andere zu manipulieren.

Den Ermittlern war bewusst, dass eine Menge Arbeit auf sie zukommen würde, aber im Prinzip war die Sache klar: vier Leichen, drei Täter, zwei Motive – Habgier und Hass!

40

Von alldem erfuhr ich erst, als alles längst vorbei war.

Da die meisten Feierbiester den Freitag als Brückentag genommen hatten, wurde es dann auch der 4. Oktober, bis ich ins Bett kam. Ich kam daher schlecht aus den Federn, Marion war bereits zur Arbeit gefahren.

Ich saß entsprechend spät und schlecht gelaunt bei meiner ersten Tasse Kaffee und hörte die Ergebnisse der Fahndung in den Nachrichten. Daraufhin wurde meine Laune noch übler, weil es niemand für nötig gehalten hatte, mir persönlich Bescheid zu sagen.

In meinem ersten Zorn wollte ich zum Telefon greifen und die Staatsanwältin zur Schnecke machen, aber dann beschloss ich, auf stur zu schalten. Die können mich mal! Sollen sie doch zukünftig schauen, wie sie alleine zurechtkommen. Meine Mithilfe können sie sich jedenfalls an den Hut stecken. Undankbares Pack!

Mit einer gehörigen Portion Wut im Bauch machte ich mich ans Aufräumen des Trümmerfeldes im Garten. Der schöne Grill! Gestern picobello und jetzt schon wieder reinigungsbedürftig!

Leere Flaschen, schmutziges Geschirr, Gläser und Müll auf den Tischen, aber weit und breit keine helfende Hand in Aussicht. Immer ich! Mit einem Rentner können sie es ja machen! Bin ich hier der Dorftrottel oder wie? Knurrend mache ich mich an die Arbeit. Gegen Mittag klingelt mein Telefon.

Staatsanwältin Sommer!

»Hallo Josch, entschuldige, dass ich mich erst jetzt melde. Es wurde gestern sehr spät und ich musste erst mal schlafen. Du

hast im Radio wahrscheinlich schon gehört, was gestern los war.«
»Habe ich! Wundert mich, dass du überhaupt anrufst.«
»Red' keinen Stuss, es ging einfach nicht früher!«
Während der nächsten zwanzig Minuten schilderte die Staatsanwältin ausführlich die Ereignisse des vergangenen Tages und den Vernehmungen, die bis spät in die Nacht angedauert hatten. Am Ende waren alle total platt gewesen und hatten eine längere Ruhepause eingelegt.
Am folgenden Morgen war der Polizeipräsident höchstpersönlich im Dezernat erschienen und hatte sein Lob überschwänglich wie mit der Gießkanne über alle Kollegen vergossen.
»Ich habe natürlich nicht versäumt, darauf hinzuweisen, dass dir ein großes Stück des Erfolges zuzuschreiben ist«, erklärte Daniela Sommer.
»Kannst du dich an die Gesprächsrunde im Präsidium erinnern? An den Zwischenruf von Inge Manderscheid? Sie war die Erste, die die Identität von Philippe Roux infrage gestellt hat. Da hat's klick gemacht und … «
»Wir sind ja nicht blöd! Selbstverständlich haben wir das zur Sprache gebracht und der Polizeipräsident hat das auch honoriert. Inge hat einen großen Blumenstrauß und einen Tag Sonderurlaub bekommen.«
»Ich bin gerührt«, heuchele ich. »Und? Wie hat er sonst noch reagiert?«
»Ha, du wirst es nicht glauben! Am Ende hat er zugesichert, den Betriebsausflug nach Leidingen mit allem Drum und Dran zu finanzieren. Die Dezernate 4 und 3 und einige Leute von der Bundespolizei. Du natürlich auch! Höhepunkt soll eine Belobigung mit einem Präsent sein!«
»Nee, oder? Ich fasse es nicht! Hat der im Lotto gewonnen?«
»Der wird sich das Geld sonst wo besorgen, aber das soll uns egal sein. Du darfst mitbringen, wen du willst.«
»Ehrlich?«

»Ja. Den Termin gebe ich dir durch, sobald wir uns intern einig sind. So schnell wie möglich, damit wir was vom Wetter haben, der Herbst soll angeblich sehr schön bleiben. Würdest du dann den Rest vor Ort mit deinem französischen Kumpel klarmachen?«

»Ja, klar, das übernehme ich gerne.«

»Dann bis die Tage; ich melde mich.«

41

Das war vor drei Wochen; heute ist der Tag, den Leidingen so schnell nicht vergessen wird, und der Polizeipräsident auch nicht.
Bis auf Bartélémy Lemal, der in die Sache eingeweiht ist, staunen die Kollegen nicht schlecht, als der Reisebus mit 30 Siedlern vom Köppsche und den beiden Sachbearbeiterinnen vom Amt in Schmelz vor der Destillerie in Leidingen vorfährt.
Staatsanwältin Sommer bekommt vor Staunen den Mund nicht mehr zu und der Polizeipräsident schaut aus der Wäsche, als habe er ein Ufo mit Außerirdischen gesichtet.
»Wieso bringst du die alle mit?«, fragt Daniela Sommer schließlich. »Was haben die denn mit der Sache zu tun?«
»Nix!«, lächele ich das freundlichste Lächeln, zu dem ich fähig bin. »Aber es ist doch Tradition, dass bei Belobigungen Leute in vorderster Front stehen, die völlig unbeteiligt sind. Außerdem möchte ich gerne nette Leute um mich herum haben.«
»Der Alte flippt aus!«, seufzt Daniela.
»Nur die Ruhe! Ich wette, dass unsere Frauen ihn von der Richtigkeit seiner Entscheidung überzeugen werden.«
»Seiner Entscheidung?«
»Genau! Er weiß es nur noch nicht.«
Ich sollte Recht behalten!
Der Polizeipräsident war einer der Letzten und saß bei Marion, Dagmar, Sonja, Sybille, Lotti, Trudi, Claudia und wie sie alle heißen am Tisch. Ich hätte ihm allerdings sagen sollen, dass unsere Frauen hinsichtlich Schnaps geeicht sind.
Es gibt eben üble Erfahrungen, vor denen selbst ein Polizeipräsident nicht sicher ist.

Mein Resultat dieses Tages hatte kontroverse Facetten, aber das konnte ich erst im Nachgang erkennen.
Zum einen herrschte natürlich die Freude über den Fahndungserfolg vor. Zum anderen aber hatte ich nicht mitbekommen, dass sich eine Phalanx der Ehebefürworter im Laufe des Zusammentreffens zusammengefunden hatte. Die Koalition der Frauen war einstimmig zu dem Schluss gekommen, dass die wilde Ehe zwischen Marion und mir ein Ende finden müsse. Ich konnte nicht ahnen, dass die Frauen der Siedlung, die des Kommissariats und des Sozialamtes sich, vom Branntwein beflügelt, verbündeten und Marion Druck machten, mich zur Eheschließung zu animieren, wobei animieren der sanfteste Ausdruck ist, den man sich vorstellen kann.
Das alles wurde mir erst Monate später bewusst, nachdem die Damen beim Sektempfang im Standesamt in Plauderlaune waren. Ich hatte es mal wieder verbockt, die Welt mit realistischen Augen zu sehen – bereut habe ich es bislang allerdings nicht.

Nachwort des Autors

Als Autor werde ich oft gefragt, woher ich die Ideen zu meinen Büchern nehme und was mich zu den Handlungssträngen inspiriert.
Meine ehrliche Antwort lautete bisher stets: »Ich weiß es nicht, es kommt plötzlich und irgendwie ist die Geschichte dann in meinem Kopf; und zwar vom Anfang bis zum Schluss.«
Dieses Phänomen erstaunt nicht nur meine Leser, sondern mich selbst ebenso.
Ich gestehe (das tun in meinen Krimis die wenigsten Verdächtigen), dass im vorliegenden Falle alles anders gelaufen ist.
Die Grundidee zu diesem Buch entstand, als einige Frauen von der Siedlung Am Köppsche in Spiesen bei ihrem wöchentlichen Frauenstammtisch plauderten. Ihrer lautmalenden Fantasie, die zum damaligen Zeitpunkt aus besonderem Anlass nicht einmal übermäßig futuristisch war, ist es zu verdanken, dass dieser Krimi entstand. Ich habe dann als Autor einfach meinen Senf dazugegeben und die Handlung ausgeschmückt.
Anlass war eine nicht alltägliche Begebenheit, die zu Spekulationen auslöste, und die den kriminellen Motor der Damen zunächst anwarf, im Laufe des Stammtischabends warm laufen ließ und ihn schließlich nach dem zweiten oder dritten Crémant auf Hochtouren trieb. Das war der Zeitpunkt, als ich die Kneipe betrat, um die mir vom Schicksal Zugeteilte abzuholen.
Die Begebenheit und ihre Auswüchse wurden mir quadrofonisch geschildert und leidenschaftlich vorgetragen. Ich sortierte die Fakten, was angesichts der vielen, gleichzeitig übermittelten Informationen nicht einfach war, und beschloss in derselben Nacht, aus dem Mumpitz, den mir die Stamm-

tischfrauen aufgetischt hatten, einen Kriminalroman zu basteln. Während sich der Himmel draußen bei einem Gewitter entlud, muss einer der Blitze in meinen Geist eingeschlagen sein, denn plötzlich war die Geschichte klar; komplett bis zum Ende, da war es wieder – mein Phänomen.

Dennoch haben die Frauen, ob es vier oder fünf waren, ließ sich im Nachgang nicht mehr sicher ermitteln, den Anstoß gegeben und können somit zumindest als zündende Mitautorinnen dieses Buches angesehen werden. Tantiemen gibt's dafür allerdings ebenso wenig wie Urheberrechte!

Aber ich möchte ihnen Gerechtigkeit widerfahren lassen, weil es generell der Anspruch eines Krimiautors sein sollte, dass am Ende seine Romans die Gerechtigkeit obsiegt!

Spiesen, im Januar 2020

Der Autor

Klaus Brabänder wurde 1955 im saarländischen Neunkirchen geboren und wohnt heute in Bexbach und Spiesen-Elversberg. Im Hauptberuf war er als Bauingenieur tätig. Neben der Liebe zur Literatur und seiner Tätigkeit als Autor ist er häufig auf Reisen, wo ihm viele seiner Ideen für besondere Geschichten in den Sinn kommen.
Brabänder ist Autor in der »Schwarzen Reihe« der Edition Schaumberg.

Weitere Titel aus »Schaumbergs Schwarzer Reihe«:

Klaus Brabänder
Sumpf

Schaumbergs Schwarze Reihe I
4. Auflage, Taschenbuch 13 x 21 cm, 400 Seiten
ISBN 978-3-941095-23-6
14,80 Euro

Klaus Brabänder
Steinbruch

Schaumbergs Schwarze Reihe II
2. Auflage, Taschenbuch 13 x 21 cm, 418 Seiten
ISBN 978-3-941095-29-8
12,80 Euro

Klaus Brabänder
Für Eich

Schaumbergs Schwarze Reihe III
2. Auflage, Taschenbuch 13 x 21 cm, 232 Seiten
ISBN 978-3-941095-36-6
12,80 Euro

Klaus Brabänder
MitGift

Schaumbergs Schwarze Reihe IV
2. Auflage, Taschenbuch 13 x 21 cm, 320 Seiten
ISBN 978-3-941095-44-1
12,80 Euro

Werner Weckler
Das Quartett

Schaumbergs Schwarze Reihe V
1. Auflage, Taschenbuch 13 x 21 cm, 174 Seiten
ISBN 978-3-941095-46-5
11,00 Euro

Klaus Brabänder
Gegenwind

Schaumbergs Schwarze Reihe VI
2. Auflage, Taschenbuch 13 x 21 cm, 320 Seiten
ISBN 978-3-941095-49-6
12,80 Euro

André Link
Feuchte Morde

Schaumbergs Schwarze Reihe VII
1. Auflage, Taschenbuch 13 x 21 cm, 128 Seiten
ISBN 978-3-941095-60-1
9,90 Euro

Klaus Brabänder
Dreierpack

Schaumbergs Schwarze Reihe VIII
1. Auflage, Taschenbuch 13 x 21 cm, 288 Seiten
ISBN 978-3-941095-59-5
12,80 Euro